火线剧社
女兵日记

刘燕瑾 著

人民文学出版社

图书在版编目(CIP)数据

火线剧社女兵日记/刘燕瑾著.—北京:人民文学出版社,2016
ISBN 978-7-02-011459-7

Ⅰ.①火… Ⅱ.①刘… Ⅲ.①日记—作品集—中国—现代 Ⅳ.①I266.5

中国版本图书馆CIP数据核字(2016)第039067号

责任编辑　郭　娟
责任校对　杨　康
装帧设计　黄云香
责任印制　张文芳

出版发行　人民文学出版社
社　　址　北京市朝内大街166号
邮政编码　100705
网　　址　http://www.rw-cn.com

印　　刷　三河市鑫金马印装有限公司
经　　销　全国新华书店等

字　　数　322千字
开　　本　710毫米×1000毫米　1/16
印　　张　25.25　插页11
版　　次　2016年6月北京第1版
印　　次　2016年6月第1次印刷

书　　号　978-7-02-011459-7
定　　价　45.00元

如有印装质量问题,请与本社图书销售中心调换。电话:01065233595

火线剧社女兵们,右起何彦、陈立中、刘燕瑾等

1945年秋,在胜芳演出《王秀鸾》时的刘燕瑾

《日出》剧照：刘燕瑾饰顾八奶奶（右），丁冬饰陈白露，陈志坚饰胡四

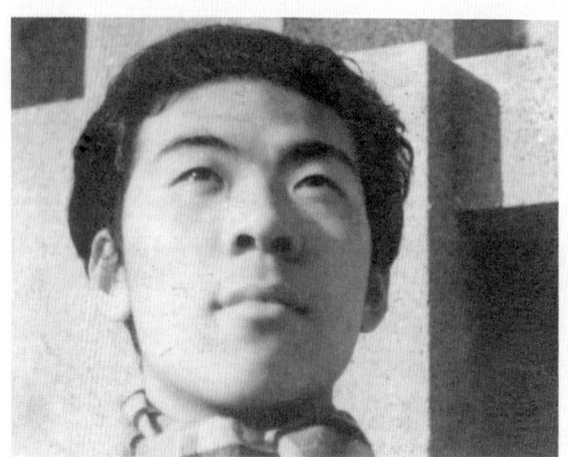

凌子风当年送给刘燕瑾的照片。照片背面写着：1939年 中国电影厂

凌子风送给刘燕瑾的照片。照片背面写着：二十岁时，一九三六在南京国立剧校工读与牧虹同志合摄（勿失 只此一张了）

刘燕瑾和刚参军的弟弟

火线剧社进村

刘燕瑾与傅铎（右）所写《王秀鸾》的原型张化权（中）在一起

1945年在胜芳演出《王秀鸾》的时候。刘燕瑾（前排左一），陈立中（后排右一），何彦（后排右二）

部分演员在村外合影。刘燕瑾(右四),郭维(左二)

左起：刘燕瑾、孙民、胡汐、崔嵬

王林和刘燕瑾结婚照

郭维与闫争结婚照。刘燕瑾（左一）

左起：郭钧、陈立中、刘燕瑾、王端阳（七个月）、王林、李壬林

王林抱着七个月大的黑蛋　　刘燕瑾抱着周岁的黑蛋（王端阳）

电影《葡萄熟了的时候》剧照

电影《昆仑山上一棵草》剧照。刘燕瑾饰演惠嫂(右)

话剧《叶尔绍夫兄弟》剧照

话剧《同甘共苦》剧照。张平(左)刘燕瑾

话剧《同甘共苦》剧照。于蓝(左),刘燕瑾

歌剧《白毛女》演出后,周恩来上台与演员郭兰英握手。刘燕瑾(右一)

周恩来与《同甘共苦》剧组合影。周左为孙维世,周右后为刘燕瑾,周左后为张平,前排右三为于蓝

电影《平原游击队》剧照,刘燕瑾饰李向阳母亲

拍摄电影《活着》时与巩俐、张艺谋合影

日记原封面

目 录

日记中的人与事／王端阳　　1

缘起：母亲刘燕瑾和她的日记／王端阳　　11

序一：渴望爱与被爱的心灵／邵燕祥　　13

序二：传承／杨浪　　23

火线剧社女兵日记

（1943.3.8—1947.9.30）　　27

回忆三章　347

难忘的日子　难忘的人民

——一个女演员在"五一大扫荡"中的惊险经历　349

深深的怀念

——忆崔嵬同志导演话剧《把眼光放远一点》　362

我怎样学习和表演王秀鸾的　371

附录：母亲刘燕瑾和凌子风／王端阳　　381

日记中的人与事

王端阳

1. 火线剧社

其前身——火线剧团,成立于1938年1月,王林任团长,隶属吕正操领导的人民自卫军。4月冀中军区成立后,便由军区直接领导,改名火线剧社。8月王林调冀中区文建会副主任,陈乔接任社长。初期曾演出王林创作的话剧《活路》《自取》《黑信》《家贼难防》《火把》等剧目,特别是用当地方言和素材改写的话剧《夏伯阳》,在冀中可谓家喻户晓。1940年10月凌子风调来任副社长,导演了曹禺的《日出》。1942年"五一大扫荡"中,剧社被迫化整为零,分散隐蔽在老乡家中,其中很多人在反扫荡中壮烈牺牲。特别是女导演路玲,被日本鬼子俘获后,大骂鬼子,被鬼子用刺刀活活挑死。1942年9月,剧社分散人员陆续越过平汉铁路,进入晋察冀根据地的北岳区。1942年11月,火线剧社进行了整编,崔嵬来剧社任社长,导演了话剧《十六条枪》、京剧《岳飞之死》《打渔杀家》,和胡丹沸的话剧《把眼光放远一点》。1944年8月,剧社返回冀中,先后排演了考涅楚克的话剧《前线》和傅铎的歌剧《王秀鸾》。1947年傅铎任社长,排演了河北梆子《骨肉亲》等。1949年剧社整编后名称取消。

火线剧社培养造就了大批文艺人才,崔嵬、凌子风、郭维被公认为新中国电影的奠基

人、王林、远千里、傅铎、胡苏、胡丹沸、钟惦棐、海默、侯金镜、秦兆阳成为著名作家和剧作家,黄中、解杰、陈乔担任省部级领导,还有那些女兵刘燕瑾、陈立中、丁冬、管林、何彦、张子舫、付林……男兵李壬林、田丹、陈志坚、鲁威、郭筠、孙民……成为知名演员和导演。

2. 边区参议会

晋察冀边区第一届参议会,1943年1月15日至21日在阜平县城南庄温塘村召开。288名参议员经各地民主选举产生,其中北岳区240人,冀中、冀东和平北的议员由于残酷的环境和敌人的封锁,未能如数到达,冀中区到会40人,冀东和平北区各到会4人。其中中间势力和上层分子中的开明地主、绅士、学者及社会名流占了总数的三分之一以上,充分体现了"三三制"的原则。另外,朝鲜独立同盟、日本反战同盟,以及记者科技人员等中外来宾和政府各界80多人列席了会议。会议通过了边区政府施政纲领及一系列组织条例,选举成仿吾、于力为参议会正副参议长,杨耕田、阎力宣等为参议员,王斐然为边区高等法院院长。这次选举是在平等的民主制度下,采取直接普遍的无记名投票方式进行的。这次会议在历史上有着重要地位。

参加此次会议的文艺界人士,日记中提到的人物就有沙可夫、田间、沙飞、周巍峙、崔嵬、凌子风等。王林是安平县选出的正式代表,因环境残酷未能成行。孙犁作为记者出席会议,会后给王林写了一封信介绍大会情况,即《二月通信》。火线剧社为大会演出了《日出》和《把眼光放远一点》,刘燕瑾在《日出》中扮演顾八奶奶。也是在这次会议的某夜,凌子风对刘燕瑾"纯洁的试探的谈说着爱情"。

3. 凌风

即凌子风(1917—1999),生于北京。1938年到延安,1940年10月到火线剧社任副社长,执导了曹禺的话剧《日出》。在排演的过程中,与扮演顾八奶奶的刘燕瑾产生恋情。他们曾申请结婚,未得到组织批准,反而受到批判。1944年凌风回到延安,在鲁迅艺术学院戏剧系任教,开始还与刘燕瑾保持书信来往。后因环境艰难,断绝了音信。但刘燕瑾在不断的整风、检讨中仍在等待,几年后,等来的却是凌风与老红军遗孀石联星结婚的消息。当时刘燕瑾"全快疯了,快傻了,足足有一个月的时间我的思想是昏迷着"。这段刻骨铭心的恋情,日记中有详尽记述,并可参看本书附录《母亲刘燕瑾与凌子风》一文。建国后凌风改名凌子风,前后导演了《母亲》《红旗谱》《骆驼祥子》《边城》等影片,成为我国著名导演。

4. X.F

黄枫,火线剧社男演员,因父亲被日本人杀害而参加抗日。曾追求过刘燕瑾。1942年"五一大扫荡"中黄枫被捕,据同时被捕的战友回忆,他表现英勇,公开承认是八路军。当时传闻他被杀害,所以刘燕瑾在诗中写到:"你静静的安息吧,我为你默默的戴上黑纱!""我们友情的根芽!纯洁的感情是破坏不了……" 但突然有一天,黄枫回来了,刘燕瑾在极度兴奋中却夹杂着一丝担忧——此时她已经爱上了凌风。在"椭圆形"的月亮下,她只能流着泪拒绝了他的爱,"心里好像有一条五颜七色的花毛毛虫在来回的徘徊着……"可是在后来的日子里,黄枫没有放弃,采取了一些"手段",引起一些不愉快的事,甚至在刘燕瑾结婚前夕还托人捎来一本日记向刘表露心迹……

5. 儿童节

1935年4月4日被民国政府定为中国的儿童节,这是中国儿童们的第一个政府法定节日。民国政府还规定从1935年4月4日起至1936年4月3日止为全国儿童年,"儿童是中国未来的主人翁""儿童是建设新中国的础石""儿童是中华民族的继承者""儿童是复兴中华民族的生力军""加紧教育儿童,训练儿童"等等,已成了普遍的口号,随处可以听到见到。新中国成立后,以六一国际儿童节取而代之。

6. 西战团

西北战地服务团,1937年8月在延安成立,以宣传抗战为主。主任为丁玲,副主任为吴奚如。同年9月,西战团40多人,用7头小毛驴驮着行李和演出用品,开赴山西抗日前线。一路上,他们用群众喜闻乐见的形式去发动群众、宣传抗日。1938年7月,西战团奉中央指示返回延安,结束首次出征。

1938年11月,由于丁玲在延安马列学院学习,于是便由副主任周巍峙带队,第二次奔赴抗日前线,并于1939年1月3日抵达晋察冀边区的平山县。五年中进行了大量宣传、创作、演出、收集活动,于1944年4月奉命返回延安。之后根据收集的"白毛仙姑"的故事,创作了歌剧《白毛女》。

1945年6月,中宣部决定撤销西战团建制,大部分成员被分配到鲁艺各系。

7. 指导员

黄中(1915—1996),时任火线剧社指导员。日记中记载他批评刘燕瑾"处理自己心灵上的矛盾时太脆弱了,太不果断了,哭更是不好的表现"。

黄中自幼喜爱运动,1935年在上海举行的第6届全运会上他获得游泳比赛第一名,1936年1月还曾代表北平辅仁大学校友足球队访问日本,踢中锋。1938年4月在叔叔黄显声将军的劝导下赴延安,入抗日军政大学,同年加入中国共产党。1938年11月赴冀中区东北救亡总会战地服务团及冀中军区工作。新中国成立后他从事体育事业,曾任国家体委副主任。他夫人吴力为火线剧社演员,即日记中提到的小力。

8. 社长

崔嵬(1912—1979),山东诸城人。1932年在上海参加"左联",1938年到延安。1942年11月任火线剧社社长,改编并导演了话剧《十六条枪》。在他任社长期间,剧社还先后排演了胡丹沸的《把眼光放远一点》、苏联著名话剧《前线》和傅铎的歌剧《王秀鸾》。1946年发生被林铁警卫员殴打事件后,心情郁闷,要求调离。1947年秋调华北大学文艺学院任创作研究室主任。建国后曾导演《青春之歌》《小兵张嘎》《北大荒人》等影片,还在电影《红旗谱》中扮演朱老忠,是我国著名电影导演和表演艺术家。

9.《前线》

话剧《前线》是苏联著名剧作家考涅楚克的代表作,创作于1942年。卫国战争爆发以后,考涅楚克以新闻记者的身份上了前线,目睹了某些指挥官作战的无能,写出讲述撤换高级军事指挥官的剧本《前线》。剧本得到斯大林的关注和肯定,几天以后就在《真理报》《消息报》和《共青团真理报》上同时发表。但剧本遭到前线高级将领的反对,甚至有元帅给斯大林发电,要求枪毙《前线》作者。这惹怒了斯大林,他甚至把前线指挥官科涅夫元帅召回莫斯科训斥一顿。据悉,德国当时也演出了《前线》,作为反苏宣传。

1944年5月延安《解放日报》全文刊登了萧三先生翻译的剧本《前线》,6月1日又发表了《我们从考涅楚克的〈前线〉里可以学到些什么?》的社论。杨家岭中央大礼堂还演出过《前线》。戈尔洛夫和客里空成为摆老资格和吹牛皮的同义词,《辞海》《汉语大词典》都收有"客里空"条目。

火线剧社排练的《前线》于1944年9月5日公演,观众达一千余人。刘燕瑾扮演唯一的女角色玛露霞。十年后的1955年3月10日,考涅楚克夫妇访问天津,在欢迎晚宴上,王林代表妻子刘燕瑾为他们敬酒,考氏回敬说:祝福她。

10.《血泪仇》

《血泪仇》为马健翎(1907—1965)创作的大型秦腔现代戏,1943年在陕甘宁边区首次演出,产生强烈影响。剧情发生在抗战时期的蒋管区,农民王厚仁一家六口,受尽了国民党的残酷剥削迫害,被逼得流离失所、家破人亡,后来终于到了陕甘宁边区，在共产党和政府的关怀下，过上了幸福美好的生活。《血泪仇》是毛泽东《在延安文艺座谈会上的讲话》的直接产物，曾在解放区广泛流传，并被改编成多个剧种。

11. 郭维

郭维（1922—2014），著名电影导演。1938年参加陕北公学流动剧团，1942年随崔嵬到火线剧社任话剧队队长，1946年调群众剧社任社长。建国后历任北京电影制片厂、长春电影制片厂导演。导演的影片有《董存瑞》《智取华山》《笨人王老大》。他爱人闫争也在火线剧社。他们热闹的婚礼，日记中有记载。

12. 老陈

陈立中（1916—2012），1938年加入火线剧社。建国后在电影《冲破黎明前的黑暗》中扮演李大娘成名，以后还在电影《野火春风斗古城》中扮演杨晓东（王心刚 饰）的母亲，被称为"四大革命老旦"之一。她爱人郭筠也在火线剧社。

13. 《王秀鸾》

《王秀鸾》是傅铎1945年以女劳动英雄张化泉为原型创作的一部歌剧，当年由火线剧社演出后，在冀中地区产生很大影响。1949年还在全国第一届文代会上为代表汇报演出，被誉为解放区"四大名剧"之一，与《白毛女》齐名。刘燕瑾在剧中扮演王秀鸾。傅铎（1917—2005），河北蠡县人，著名剧作家。1942年任火线剧社话剧队副队长，1947年崔嵬离开后任社长。建国后创作话剧《冲破黎明前的黑暗》等作品。曾任总政话剧团团长和八一电影制片厂政委。他爱人刘志国也在火线剧社。

14. 铁蛋

田丹(1924—　),火线剧社男演员,曾追求过刘燕瑾,后与在《日出》中扮演陈白露的女演员丁冬结婚。所以在他们结婚之日,刘燕瑾没有"卖把子力气",也是心有难处。有意思的是,刘燕瑾和丁冬在同一天同一条炕上生下了儿子王端阳和女儿田安利。建国初期田丹在郭维导演的电影《智取华山》中扮演班长的角色。后任沈阳军区文工团团长等职。

15. 小胡

胡汐,火线剧社女演员,年纪最小,天性活泼,长得很漂亮,又有点洋味儿,所以大家都叫她"小苏联"。

16. 王林

王林(1909—1985),河北衡水人。1931年加入共产党,历经学运、兵运、一二·九运动、西安事变。1937年来到冀中,1938年组建火线剧社并任社长,后任冀中文建会副主任、文协主任等职。抗战期间为火线剧社创作了《活路》《家贼难防》《夏伯阳》《骨肉亲》等十余个剧本,还以"五一大扫荡"为背景创作了长篇小说《腹地》和短篇小说《十八匹战马》。王林在恋爱上屡受挫折,在刘燕瑾失恋后开始追求她,最终成百年之好。剧社人羡慕:天下还有比王林更福将的吗?时人笑评两人的结合是"冀中区两大最困难的问题全解决了,这是我们文艺界的荣幸"。

17. 崔嵬被打事件

1946年8月,火线剧社在一次演出前,冀中区党委书记林铁的警卫员在舞台上来回走动,非但不听剧社工作人员的劝阻,还态度蛮横,引发双方冲突。演员赵森林一时冲动骂道:"打他个狗腿子!"双方动手。当时崔嵬在场,觉得他们太不像话,没有及时制止,反而说道:"有什么了不起,狗仗人势!"那天林铁的夫人坐在台下,觉得扫了面子,要求处理。

数天后,崔嵬到村边地里拉"野屎",被林铁的警卫员遇上,打了一顿。剧社演员情绪愤激,甚至要罢演。一段时间演员们都不敢单个到河间城里。

区党委要处分崔嵬,要开除党籍,甚至还关过一段时间。副社长傅铎偷偷去看过他,还带着人去请愿。戏剧队长郭维正准备调到群众剧社当社长,还没走,他向区党委反应,崔嵬可是个"名人",三十年代在上海参加过"左联",后到延安……在社会上影响很大,处理他要慎重。但后来还是给了崔嵬一个警告处分。

林铁(1904—1989),建国后曾任河北省委书记、省长等职。

18. 文协

冀中文艺工作者协会,1946年10月15日成立,王林当选为主任,崔嵬当选为副主任。到会的文艺工作者六十多位,刘燕瑾也参加了成立大会。

19. 胡苏

胡苏(1915—1986),浙江镇海人。1937年到延安,1942年随崔嵬到火线剧社任副社长,也曾追求过刘燕瑾。建国后曾任冀中文协主任、河北省委宣传部文艺处长、长春电影制片厂副厂长等职。1958年将梁斌的长篇小说《红旗谱》改编成电影。

20. 民生公司

1925年卢作孚创办,是1949年以前长江航线上最大的私营轮船公司。1937年抗日战争全面爆发,民生公司投入抢运抗战物资,保住了抗战时期中国的工业命脉。卢作孚被国民政府委任为军委会水陆运输管理委员会主任、交通部常务次长等职。

21. 联大成校长

成仿吾(1897—1984),时任华北联合大学校长。当时王林忙着欢迎成校长,刘燕瑾曾想入联大学习。

22. 王昆

王昆(1925—2014),著名歌唱家。1939年参加西战团,1943年与周巍峙结为伉俪,1944年随西战团到了延安,1945年在歌剧《白毛女》中扮演喜儿。1947年初回河北老家唐县探亲,与刘燕瑾不期而遇。刘燕瑾在日记中描述了见面时的印象。建国后曾任东方歌舞团团长。

23. 沙院长

沙可夫(1903—1961),浙江海宁人。时任晋察冀边区文联主任、华北联合大学文艺学院院长。

24. 黄敬

黄敬(1912—1958),浙江绍兴人。1932年在青岛大学由王林介绍入党,1935年他们一起投身一二·九运动,以后成了王林的直接领导。1938年任冀中区党委书记,由于他们的特殊关系,王林经常去找他聊天,写作《冀中一日》的设想,最初就是王林向他提出的。1949年任首届天津市市长。

25. 范瑾

范瑾(1919—2009),黄敬的爱人。浙江绍兴人,1936年参加革命工作,1938年加入共产党。抗战期间曾任冀中导报社长,兼任新华社冀中分社社长。建国后任天津日报社总编辑,后调任北京日报社社长兼北京市委宣传部副部长,1955年任市委常委,1964年任北京市副市长。"文革"中在秦城监狱关了十年。

26. 周扬、丁玲到冀中

1947年5月周扬和丁玲一起到冀中参加土改。在一次文艺座谈会上,刘燕瑾见到"久已仰望的"两位文化名人。

27. 李壬林

河北安新县人。1937年参加河北人民游击军,1940年入华北联合大学戏剧系学习。曾任火线剧社戏剧队队长。建国后,在电影《白毛女》中饰穆仁智,还参加拍摄《野火春风斗古城》《秘密图纸》等影片。曾任总政文工团话剧团副团长、办公室主任。

28. 青沧战役

1947年,中国人民解放军晋察冀军区部队在河北省青县、沧县地区对国民党军进行的进攻作战。王林参加了此次战役。那时刘燕瑾已入医院待产,因报上看不到王林的消息而焦虑。

缘起：母亲刘燕瑾和她的日记

王端阳

2012年1月14日母亲去世了。在她的遗物中有两样东西特别引起我的注意：一是四本日记，一是著名导演凌子风给我母亲的八封情书和两张照片。

我母亲刘燕瑾1923年出生于京城一个满族世家，属正黄旗。

1937年卢沟桥事变时，我姥爷刘树棠是二十九军的军医，从此一去不回。家中立刻失去生活来源，为了养活五个孩子，我姥姥只有靠典当度日。我母亲是家中长女，此时正在女二中读初二，学业难以为继。

我二姥爷刘觉非是冀中军区卫生部的干部，1938年进京采购药品。他看到这种情况，便把我母亲带到冀中，参加了八路军。母亲只有15岁，长得漂亮，就到火线剧社当了一名文艺战士。二老爷后来在"五一大扫荡"中不幸牺牲。

四本日记从1943年3月8日开始，至1947年9月30日结束，详细记录了我的母亲从20岁到24岁的一段青春岁月。虽然年轻，却已是参加革命多年的一名老兵了。当时她已经成为火线剧社的骨干演员，曾在《日出》中扮演顾八奶奶，在《前线》中扮演唯一的女角色玛露霞,在歌剧《王秀鸾》中扮演王秀鸾……而且已入了党。她努力,演好戏,多读书,要求自己不断进步、有所成就……我仔细读着母亲写于遥远烽火年代的日记,仿佛看到那个小小年纪就远离家乡亲人的少女,有时满腹心事、痛苦乃至消沉,却始终怀着奋斗、进步的信念,我常常激动不已,感慨良多。

这是一部青春成长日记,也是一部情感日记。与凌子风的苦恋,由于没能获得组织批准,也由于战争的阻隔,最终成为一段撕心裂肺的经历,铭心刻骨。之后,在我父亲王林的热烈追求下,她开始了新的恋爱,并在组织的促进中很快结婚、生子——就是我。这两段恋情的记录,不仅仅是母亲个人的或我家的家史,同时也是战争年代中女子情感经历的时代标本。

日记不仅是母亲个人记录,除凌子风、王林外,日记还或详或略记录了曾在火线剧社、后来成为文艺界大腕的崔嵬、郭维、傅铎、丁里、胡苏、胡丹沸、鲁威、陈立中等人的"前传",也惊鸿一瞥地记录了来到冀中的周扬、丁玲、王昆、沙可夫等文化名人的踪影,当然更多的是记录了火线剧社的活动,排练、演出、劳军以及内部的生活各种场景;同时,作为时代大背景出现在日记中的战争(抗日战争、解放战争)风云、反扫荡、整风、土改,在母亲个人视角的观察下展现出丰富生动的历史细节。

母亲的日记具有远超出个人历史的更大意义。基于此,我决定出版这四本日记,并且为了历史的真实,原文照录,保持原汁原味。

日记结束,生活继续——1949年我母亲随我父亲进入天津,任天津总工会文工团副团长,1953年任天津人艺副院长,1954年参加中央戏剧学院表演训练班,后留中央实验话剧院。前后参加《同甘共苦》《暴风骤雨》《小市民》《蠢货》《罗密欧与朱丽叶》《大风歌》等数十部话剧的演出。除戏剧外,还参演电影《葡萄熟了的时候》《昆仑山上一棵草》《平原游击队》《春兰秋菊》《蓝风筝》《活着》等。她回忆冀中抗战的文章《难忘的日子难忘的人民》发表在《红旗飘飘》第八集上。

序一：渴望爱与被爱的心灵
——刘燕瑾《火线剧社女兵日记》代序

邵燕祥

一

这是一部青春的日记，关于成长，关于友谊和爱情，关于烦恼和痛苦及其驱除与疗救，以及战争环境里内部斗争的磨炼……

日记主人刘燕瑾，八路军冀中"火线剧社"的女兵，1938年入伍，1939年入党。日记历时五年，从1943至1947，正是作者二十岁到二十四岁的盛年。她穿着灰色土布军装，走过历史上这一段从抗日战争敌后惨烈的反扫荡，直到国共两党内战攻守异势的转折点；既抱着为民族解放而奋斗的志愿，也带着追求个人幸福的情怀。

感谢燕瑾的珍惜和历史的机遇，使这部纯粹的私人性的日记，竟能经过七十年时间的淘汰幸存下来。让我们得以在完全不同的语境，披阅七十年前一位战士——少女的灵魂。①

这不是文学作品。原汁原味的生活、思想、感情以至语气，没有任何艺术加工，更谈不上雕琢。

燕瑾生于1923年。十五岁，只读到初中二年级，辍学去冀中抗日根据地参军。据说当时因年幼"长得又漂亮"，分配到剧社学习表演。看她五年后开始的日记，叙事抒怀不仅都能达意，每每生动鲜明，而且在"戎马倥偬"——行军和演出的间隙，偶有闲笔涉及自然景观，体察入微，还别有会心，透出诗情，这就属于本来意义上的"情商"包括审美能力，也可以说是文

艺的天赋了。②

　　这当然更不是学术著作。然而作者用笔留下的感性材料,远远超出了个人传记性叙事的范围,而于无意中以个案形式提出了有关青春期性教育和早恋问题,友谊与爱情、婚姻的界限问题,特别是如何对待青年的精神世界等诸多疑难问题,实际上涉及了心理学、教育学乃至社会学的课题。

　　总之,这是一本《爱经》,中国的,四十年代的,敌后游击区的。今天的年轻读者,可以从中一窥旧时少女在友情和爱情之间的内心纠结,一辨"嘤其鸣矣,求其友声"的友情与"关关雎鸠,在河之洲"的爱情的异同;如果这只能算是浅阅读的话,那么深入领会和思考,就是对于精神世界的问题,不论是思想或感情,任何简单粗暴的政治干预,不管动机多么伟大正确,都是弊多利少,对当事人的心灵会形成难以结痂的伤害。

　　站在这部日记后面的刘燕瑾:健康、善良、热情、天真;按她自己后来说的,应当再加上幼稚和糊涂,我想这是由于不懂世故又毫无城府,导致对个别人以至某级组织盲目轻信。

　　歌德写过两句经典的诗(译文不见得经典),"青年男子哪个不钟情,妙龄女郎谁个不怀春",这是普遍的人性;而由此引起的情感波动也是必然的和可以理解的。歌德以第一人称写了《少年维特之烦恼》,而这一部真人真事的日记则是《少女燕瑾之烦恼》,她不是"无故寻愁觅恨",而是如实写下了无处安排的种种心情意绪。

　　今天的读者读这部日记,会注意到日记开笔前的1941年,十七岁的燕瑾跟大她六岁的导演凌风(即凌子风)在排演话剧《日出》过程中彼此产生了好感,次年"三八节"在边区参议会演出时两人定情。但因他们恋爱没有经"组织"批准,而且凌风不是中共党员,又是从敌占区大城市辗转来归的,注定至少一时不被信任,于是就这样分处千里外的延安和敌后,信件不通,燕瑾在不断被批判斗争中苦苦等待,三年后等来的却是凌风与别人结婚的消息。

　　燕瑾的日记不仅记下了她对初恋恋人的真诚等待,也叙述了那"不断的批判斗争"对她整个精神生活的影响。

感情生活——亲情、友情和爱情,对于社会的人只是精神世界的一部分。影响及于每个人包括刘燕瑾的精神生活的,还有政治生活;政治因素包括来自组织的干预,是最强有力的外因。

几乎从1943年开始,对燕瑾的小整风、大整风,除了围绕她与凌风若断若续、若即若离的恋爱关系外,还纳入了燕瑾与剧社内男同志间的交往。可怕的是到了最后连燕瑾本人被迫检讨时,也提到所谓男女关系的原则高度。但"男女关系"并不属于法律和道德范畴,却只是个模糊概念。在我们女主人公和男同志的交往中,充其量有一次被称为"王快镇的kiss关系",剧社党组织却把她同一些男同志的友好相处,以至受到多个异性的追求,混淆一起放进"男女关系"这个大筐了。

这里不得不多说几句。造成这种局面,除了中共党和军队为保持战斗力而必须制定严格纪律外,主要缘于基层如剧社的领导和群众(包括其中的许多知识分子),多半是囿于"男女之大防"的传统礼教观念,认为男女之间不可能更不应该存在两性关系之外例如友谊、友情这样的关系,似乎不同性别的人特别是青年男女之间稍显亲密的接近,都有"直奔(性)主题"的嫌疑了。

中国共产党领导的革命队伍,本来在内部是提倡"阶级友爱",并以此为内部团结的黏合剂的③。这种"阶级友爱"固然有"阶级"的标签,但一般认为"友爱"就是"友谊""友情"的同义语。即使以阶级属性为前提,也不能限定在同性之间。理论上是这样,而一进入生活实践,在男女同志之间,要么淡漠相处乃至冷眼相加,要么一旦发生了可称"阶级友爱"——友谊、友情的表现,一不留神就会在对于"友谊(情)"与"爱情"(特指性爱)界限不清的眼光里,沦为"男女关系"的严重问题了。

附带说一句,可能是直到1949年"进城"以后,却也必定是经由党的一定级别的组织领导指示,在运动和日常人事工作中,对需要作为问题加以追究的"男女关系"一词前面加上"乱搞"这一限制词,虽然仍非法律语言,但已相对缩小了滥扣帽子的范围。

二

1938年一入伍就成为火线剧社的新兵,老兵们热诚接纳了这个十五岁的小姑娘,以其年幼"长得又漂亮",自然为大家所宠爱。刘燕瑾在生活上、业务上得到兄长们的指点和帮助。对此她心怀感激。随着年龄渐长,从初解风情而又一知半解,她把年长于她的男同志对她的爱慕和追求,一例看成同志间理所当然的(阶级)友爱,自然不忍断然坚拒,都报以友善的态度,只因各人气质不同,主观上难免分出了厚薄。她一度以为气质相近、过从较密的黄枫,反扫荡时被日寇俘虏,传说黄已壮烈牺牲,是对她一个重大打击。因曾视同知己,在传来他牺牲的噩耗时,深感欠了他一笔感情的债。然而,黄枫又"复活"归队了,这使燕瑾深深引为欣慰。又一个然而,黄枫接受组织审查,组织同时要求燕瑾与他划清界限,也就是断绝来往。从这时起,重提燕瑾和凌风的"违规"恋爱,又围绕她与黄枫的交往,结合燕瑾和男同志们的友谊,形成了清算她感情生活的围剿之势。先是在行军、演出的生死斗争的间隙,大小会连续不断,迫令燕瑾检讨;1943年下半年则进入严酷的整风运动。这个"下半年"是这部长达五年的日记留下的唯一的长长空白。

假如由组织主持,动员群众参加的这类"思想斗争"截至1943年上半年及时告一段落,而不发展到下半年整风运动中的紧锣密鼓,急风暴雨,炮火纷飞,也许这类所谓意在"帮助"的生活检讨会、思想总结会,适可而止地起到提醒的作用,可以说还不失其正面的效果。因为就当事人刘燕瑾来说,她已经自省到感情和理智的关系,有助于理智地处理感情问题。而且重要的是,她仍然坚持了革命组织内"友谊""友情"之必要,这是绝对不违当时"阶级友爱"的大旨,而又符合人性本真的要求的。

燕瑾在1946年3月16日的日记中,抄录了她1944年的一篇日记(在烧毁的一个本册中保留下来的),显然这一页如她所说"足足反映了那一年的思想

感情的表现,以及那一年的内心苦痛",至今仍"起着共鸣",是她十分重视的:

年轻的人们,爱情会损害你啊!

我知道求人谅解的那种虚妄,然而我也深深理解友情的可贵。

在伪善与自私的圈子里生活,"友谊"是常常遭到损害和出卖的。

过去,我一直常常差不多如此以为一切人都是好的善良的,然而我能这样自信么?"热情"到底算作什么呢?只不过是促使自己受骗的一种毒药!

每次的友谊被人误解,使我变得非常之孤独,我深深警惕"罗亭"所走的路。我了解了一切浓厚的友情是在"自私"被打倒之后才可能存在。让我这样默默的领会过去吧!

我珍惜我的前途,我深怕自己的生命会像一朵花,无声的开放又无声的萎去。我向往于英雄主义的生活,让一切烦琐俗事远远离开我吧!生活的路其实是极其宽广的,假若让我挑选"光荣"与"烦琐"的友谊,那么无疑的我将抛弃后者。

友谊的可贵,倒不在于胜利时的共同狂欢,而是在于失败时的忘我互助。因为"进步"、"地位"和"荣誉"损害了和损害着多少的友情啊!

我看见人们相互之间玩弄着感情,争执着享受与虚荣,我知道生活于这种环境是非常可憎与可怕,因此我焦急的等待着一种摆脱。④

人,可怕者不在于受挫折,而在于没有克服挫折的毅然的勇气与决心。生于安乐不如死于斗争——在激烈的斗争中即使战死也都是愉快的!

我永远是一个战士,虽死于激烈的战场,也要唱着赞歌。

这一篇焚余的日记,是燕瑾为真正的友谊写的赞歌,也是她历经"斗争"后接近成熟的友谊观。那导致她无数矛盾和纠缠的,如"爱人者不被爱,被爱者不爱人"等情结,在很大程度上是由于早年没有划清"友情"和"爱情"各自的边界,一律目之曰"爱"的缘故。

由此，燕瑾还产生这样浪漫主义的异想：

  我感激你们，感谢爱我的人，泪都流出来了，请恕我不能千篇一律的爱你们。如果"人"能允许有几个爱人（甚至任随其感情的自由发展），而爱人与爱人之间也能心心相印，毫无一种怀疑忌妒的心理，那不是更好吗！也许这是妄想，永远的妄想，我也深知道是绝对不可能的，但是谁也抑制不住我这样想呀！……可是你们又为什么都爱我呢？难道是因为我爱你们的缘故吗？你们就真没有看到我是多么平凡的人呀，可有什么值得爱的地方呢？我真是不了解，我有这样许多大毛病……唉，如果你们全不爱我，任何人也不睬我，从来就谁也没跟我谈起过这个问题，那么我会很自由了，像个野人一样……甚至任何人都讨厌我，我才高兴呢……可是事实为什么不呢？

  如果我们狂妄地自居老大，那么在读到二十岁的刘燕瑾提出了只有后来的性学家李银河才会有的关于婚姻形式的超前构想，而直到今天大多数人还会认定为谬论邪说的时候，可能简单地说她"幼稚"。但这一幼稚之见，却出自渴望友情，渴望爱与被爱的心灵的天真，这种天真却总不幸地遭到被她报以友爱者的亵渎：就在她以同志相称的人们中，有人接近她，向她示好，是出自真诚地寻求知音、知己、朋友以至爱人，但也有些浅薄的轻佻者，同样是以"爱"的名义相追求，却缺乏精神的内容，在玩弄别人的感情同时，难免怀着"吃豆腐"的打算，甚至闹出争风吃醋来。一旦受到某种压力，这一部分人往往倒打一耙诬陷别人，暴露他们的自私和虚伪。

  在因黄枫事件引起的清查中，燕瑾如上的倾诉，就是体验了感情带来的"甜、热、苦、酸、辣"之后的复杂心理，她紧接着写道：

  感激你们，只有感激得流泪，我还能说什么呢！但我也有时恨你们，恨的很厉害,……唉,我不能爱你们,因为我好像感觉到我没有感情了……只有……只有……唉,让我大声的呼一口气吧!(1943年4月24日)

这是令人窒息的苦恼。然而绝处逢生,不是虚构小说硬安的光明尾巴,而是夜不安枕,找到了解脱的力量:

痛苦的安慰是最快乐了,我深深的体会到这种感情。我痛苦死了,但是却找到了一些痛苦中的安慰。上帝呀!一个人难道非要经历一些折磨吗?

"刺激"有时对于人倒是一种使其向上的元素,尤其是男同志,只要他是倔强的,那么他会有一极大的转变。我看到很多这样的例子。但是女同志却下降的很多,越来越没有生气。为什么呢?我是绝不会的,我不能让人家(特别是忌妒我的人)看笑话。我要更倔强、更勇敢的活下去!"让创造生活的人活下去吧!"(1943年4月25日)

按照今天遣词用字的常规,这段日记中的"倔强"一般写作"坚强"。而"倔强"突显了逆反和不屈的意向。燕瑾向来不甘落后,在经过组织批评以后,力求果断地改变自己"群众关系"中遭人物议之处,决心规范自己的言行和男女间交往的分寸:

朋友的关系是不应建立的⑤,以后对任何人都应一样,有些好一些的也只能说是密切一些的同志。在我没结婚以前,对任何男人都不应太真诚、热情、坦白、直爽,因为他们受不住,总会有其他想法或行动,这样会害人。我为什么要害人呢?我恨我自己没很早发觉这样的问题,以致形成这样。这个教训应该接受了,接受吧,以后少接近他们,又不可能成为自己真正对象,不要对他们好,剧社中没有一个可能发展的……(1943年4月27日)

今天我们这些局外人回头看,事情其实很简单,一个漂亮、健康的女孩子,在一个男青年众多的小集体里,几乎成了"人人爱"的竞逐对象,而这个女孩子一度全都报之以热情和坦诚……如此而已。

我们终于看到她在日记中重复多次地规劝、提醒、警示自己:对待任何人都应有一定的分寸,尤其是男同志,"不要太奔放";"摆脱一切青年人——热情的勇敢的青年人的追求和爱慕,逃出他们的包围圈……超出于这个火热的情网……"

其实什么"狼来了"的险情也没发生,让我们想到"天下本无事,庸人自扰之"的旧话。而把这样一个简单的事情变得复杂化的,并不是当事人刘燕瑾的"庸人自扰"。

但若把一级组织有计划的但工作方式稍嫌简单粗暴的政治行为看成"庸人自扰"就错了。那些干部是认真的。他们认为改造普通党员和群众——特别是挂着"小资产阶级"标签的知识分子的思想,以至改造或支配他们的感情,使他们从非无产阶级的思想感情变为"工农兵的""劳动人民的""无产阶级的"思想和感情,乃是他们"政治思想工作"的天职,他们自觉或不自觉地执行着从精神控制入手巩固思想和政治领导的重大任务。

在火线剧社,从1943年7月1日开始的"整风、坦白运动",竟使刘燕瑾成为重点,清算她的"小资产阶级思想",清算她的"男女关系"!一直绵延到1944年12月的个人思想总结。要强好胜的燕瑾为了"争取做示范""在这次整风中改变人们对我的印象,改变我的思想"⑥"满足……大家的希望"⑦,不惜"顺竿爬"地采取如后来所谓的"上纲上线",严重地自污自辱,如与"敌人的桃色间谍……手段"相提并论,说自己"实际上起到了一种敌特破坏作用"等等⑧,简直耸人听闻。至于提到"与党一条心,还是两条心""组织上入了党,思想上入没入党"的问题,则只是挂靠到毛泽东整风报告的政治高度,成为套话,反倒不足为奇了。这样表示了对毛泽东教谕的服膺,也表示了对党组织的"帮助"的回报,认定"应该对党对组织做无条件的绝对的相信和服从,只有这样你的问题才能解决"⑨。这就是整风运动的伟大成果在刘燕瑾这样一个青年党员思想上、精神上的体现。

　　值得庆幸的是,经过八年敌后抗战的血与火、生与死的锻炼,又同时经过革命队伍内部斗争的历练,在这部日记结束于1947年时,我们已看到在思想政治上一步步走向成熟的刘燕瑾,穿着灰色土布军装的二十四岁的女兵,正走在进军天津的途中,这时她已同后来白头偕老的知己和同志王林结婚,她怀抱中的婴儿,则是近七十年后为她这部日记的整理、注释、出版尽心尽力的王端阳。

　　那时,刘燕瑾回顾早年的"幼稚,糊涂",曾用过"混蛋"这个字眼自责,未免过重、过苛了。人人从历史深处来,人人逃不掉历史的限制。

　　要强好胜的刘燕瑾,在战争环境中坚持着她的英雄主义信念;我不知道她是否读过罗曼·罗兰这几句话:"真正的英雄主义,是在认清了生活的真相之后,仍然热爱生活。"这部日记写到1947年,燕瑾可以说已经上过了"认清生活的真相"的第一课,她依然热爱生活,她仍怀抱远大的理想和个人志愿,在束缚个性的年代力求完善自己的人格,这是令今天——近七十年后的读者也为她欣慰的。

　　我在上世纪六十年代初,作为编剧之一参与中央实验话剧院《叶尔绍夫兄弟》剧组的活动,从而结识了刘燕瑾同志。她在孙维世导演的这一苏联生活题材的话剧中,扮演一位年轻干练的女工程师伊斯克拉(俄语语义为火花)。后来留在我记忆中的"大刘",就是穿着皮夹克的"火花"——伊斯克拉·卡萨克娃工程师帅气矫健的身影。

　　七十年代我所在的剧团来了个年轻的同事王克平,我们有缘谈文说艺,他写剧本,又从事木雕艺术,才华横溢,尤其难得的是政治胆识。后来我才知道他是刘燕瑾和王林的次子。他和乃兄端阳在发现母亲早年日记后,以开明的历史主义态度待之,决定一字不改地公之于世,作为一个重要历史时期的一页真实的见证,这是极具远见卓识之举。我以为,从探秘历史的角度看,日记主人与早年恋人凌风之间的互相等待与彼此相失,虽是贯穿数年的一条情感线索，但其实已经退居其次，因为燕瑾在剧社整风前后经历的思想政治批判及其引起的心灵震荡，才是对了解那一代"知识青年"思想改造的富有史料价值的文字实录。

我有幸结识燕瑾、端阳、克平，都是他家的主要成员，遗憾的是与王林同志呼吸过同一城市的空气，却缘悭一面。他是革命的长辈，也是文学的前辈，更是上世纪五十年代最早因文学创作而受难者。在我遵端阳、克平之嘱来写此读后以代序时，燕瑾日记中写到的他们夫妇间相知相契的真正爱情，也让我感到极其亲切。

哦，这一切都已沉入历史了。

真的一切都已沉入历史了吗？

2015年9月，中秋前夕于杭州白乐桥孟庄

11月1日定稿于北京

---

① 参看日记1946年8月31日："这本日记……这一年多的工夫没白花啊。我应该更珍贵的保存它，以便将来万一有用的时候好再翻出来看看，我相信我不会没有好处吧！一年多的经历，……一年多的血泪生活都全部记下了。等再过一年，再翻出来看看，够多么新鲜呢！同时也可以供给愿意了解我、帮助我的人，以一种赤裸裸的真实的参考吧！他可以由这本日记里了解我全部的生活、斗争！""保存啊，谨，只要是有你的生命，那么日记就应与你共存，并永远不离开你！"

这是刘燕瑾经过"整风"后更加明确了的写作并保存日记的态度。

② 参看日记1943年6月2日看星星；1943年6月19日看早霞；1944年10月4日行军路上看月亮；1945年2月28日月亮如乳母；1945年10月20日大清河边月夜看雁群。

③ 对于"阶级友爱"，在主流意识形态的诠释，似乎应推毛泽东所说"我们都是来自五湖四海，为了一个共同的革命目标，走到一起来了"，"我们的同志应该互相关心，互相爱护，互相帮助"；而这种"关心、爱护、帮助"，应该包括一旦发现别的同志有例如"小资产阶级"的"不健康"的思想感情表现，应该立即向组织报告，这才是对同志在政治上负责，符合阶级友爱的真谛。

④ 刘燕瑾当时还寄希望于能够调往延安即凌风所在地，后来又在剧社面临精简时希望能有机会离开。

⑤ 刘燕瑾在这里说的不应建立的"朋友的关系"，是指目标明确为所谓"先友后婚"的异性朋友，"交朋友——男朋友，女朋友"，也就是后来一度流行的口语"找对象""搞对象"。

⑥ 1943年3月21日日记。

⑦⑧⑨ 1944年12月10日日记。

序二：传承
——《火线剧社女兵日记》序

杨浪

都说摄影界有三个著名孩子：沙飞的女儿王雁，孙明经的儿子孙建三，石少华的儿子石志民。建三大兄和我是一个院儿的，其父是当年北京电影学院几位"非延安系"的著名的老教授之一；不过，"孙明经"这个名字在中国摄影史和纪录片史上愈发彰显，已是他去世以后的事了，这，端赖他家老三——有关孙明经的资料多是这个儿子搜存和阐发的。志民兄的家我是去过几次的，中国无论公私的摄影制作，能达到石兄这种软硬件水准的，我看不到第二家！不惟设备精当、制作精准，每次看志民兄对乃父最重要遗作的精心扩放、听他对拍摄背景的娓娓道来，就像接触如山史册里的一层页岩，分明触及历史的质感。而八路军和晋察冀最重要也最具才华的摄影家沙飞，也正是由于他女儿王雁的努力，才得以从历史深处走进我们的视野——王雁写了大量介绍文章，并追寻父亲一生足迹去研究他的生平。这三个著名孩子的作为，总使我想到一个词儿——"传承"，不仅是生命基因的传承，更是某种精神的传承！

其实我要说的是另一个"著名的儿子"：王端阳。

端阳是哥儿们、故交、战友，这交情要追溯

到上世纪七十年代的昆明军区时期。那时候,端阳是青年作家、剧作家、冯部长到云南采风时被大家羡慕的"跟班"——建国初期因为有冯牧做西南军区首任文化部长,才有历史上昆明军区和云南作家群体(包括如公刘、白桦、徐怀中、彭荆风等等)的茁壮生成。端阳其人,实诚厚重,外讷而慧中。他与做雕塑家的兄弟克平,皆清奇之人,平时聊天嘻嘻哈哈,但出手便是奇绝的路子。端阳一辈子也写过不少作品,他创作的电影剧本《红象》,由田壮壮导演、张艺谋摄影搬上银幕,是第五代导演的"第一声怒吼"。不过在我看来,端阳最重要的作品出自他退休后,即他对父母亲生前文字的研究、整理和推介。

端阳的父亲王林是左翼文化运动的参与者、冀中抗日根据地文学戏剧创作的领军人物,只是由于其长篇小说《腹地》在建国初期就被错误批判,所以声名不彰。一辈子从事文化事业的父亲留下了大量文献笔记,而退休之后的端阳就沉浸在这批与他血缘相承的文字里孜孜以求,乐此不疲。

真应该感谢端阳,没有他的这些整理、传承,我们不单会与这些重要的"革命现实主义"和"历史浪漫主义"(我杜撰的词儿)的重要作品失之交臂,更无缘窥见上一代投身革命的青年才俊透明的心灵。端阳的功德就在于他不但整理出版了父亲的多卷本著作,还将父亲的日记等大量纪实而私密的文字公之于众!让我们看到民族危亡关头解放区知识分子的心迹与行迹,那些在大背景下由琐碎细节串联起来的生动无比的历史现场,那在作品与日记之间相互映照出的真实性格,时时让我——怦然心动!

这一回是刘燕瑾阿姨的日记了。

小时候就知道实验话剧院有个刘燕瑾阿姨,她在电影《昆仑山上一棵草》中饰演的女主角,当年家里大人们津津乐道。不过后来这些年和端阳见面聊起来,怎么样安排、照顾老母亲成了一个话题。到了我们这把年纪,有个健康而高龄的老妈,实在算是个幸福的事情。再后来就读到了刘阿姨的日记。这部《火线剧社女兵日记》是端阳母亲刘燕瑾阿姨在战争年代的日记。

我是很投入进去地读这部女八路日记的,渐渐地,像是在读一部小说:一位青春靓丽的女主人公,在战火中从事戏剧表演和文艺宣传,她既是演员、是革命者,又是一个天真的少女;那些壮阔激烈的战争成为舞台幕后的背景,而女主人公的爱情蹉跎、她的所思所想、她的爱恨情仇,甚至到后来她对烽火中出生的儿子的喃喃细语……我知道我不仅在读刘阿姨,我是在读他们那一代人的经历和情感。

端阳对得起妈妈在烽火连天的年代对襁褓中的他的呵护。他在父亲和母亲故去之后,把他们生前留下的上百万文字整理出版了,不是每一个子嗣都能这样做的!如今的社会诱惑太多、羁绊太多、牵连太多,端阳也已年近古稀,需要一种强大的动能、一种精神力量,才能持之以恒把浩繁文字(时常漫漶难认)一个字一个字地誊清、录入、注释、编辑、出版。这动能就是传承的力量。

我们都是传承链条中的一个环节。近几十年来的问题是,有些链条中断了,许多环节扭曲了,因为混沌隔膜也因为托大,很多人对精神传承相当的漠然……所谓五千年文明的传承之于我们,无非是文献阅读的延续。在文献中,《经》《史》《子》《集》的经典与家族文献互为因果、脉络相通。王端阳们所做的,就是将父辈留存下来的文献保护好、继承好,他们以一己的力量把这些文献发扬光大,再通过广大读者使文献烛照周围、映及社会,进而将父辈那一代人的牺牲奋斗与民族精神、文明传承联系起来。

想一想,兹事体大,因此王端阳们功德无量!

是为序。

火线剧社女兵日记

(1943.3.8—1947.9.30)

一九四三年

3月8日

　　新的生活需要新的方式,从现在起我应该开始我的新生活。

　　边区参议会,回来后的鉴定与这次大精兵,对于我都是非常深刻的刺激。我开始苦恼了,一直到现在我才可以说是刚刚找到了线索,发现了我应该走的"路"。我已经开始站在这条路上了,应该更勇敢的埋头走下去,路的尽头是无限的幸福与美满。

　　虽然我也很了解这条路在我走起来是非常困难,可是我是一个倔强的人啊!我不会为了某些坑、刺而萎缩,而后退的!

3月9日

　　一切都从现在开始,我又得到了更多的启示,我觉得从现在开始还不晚,否则就太危险了!不要单纯依靠任何一个人,外界的帮助是非常不保险,只有自己的学钻,得出来的成果才是老老实实的可靠的东西。

　　除非有一种特殊的了不起的关系,那他或她对你的帮助才是最忠实的诚恳的。

　　走路要靠你自己进步,不能依赖于别人,在你的进程中如果跌倒了,那别人可以拉你一把,但是他是不能代替你走的呀!

　　一切都从现在开始,一切都由现在开始。

3月10日

音乐可以陶炼一个人的性格,音乐可以训练一个演员的深刻的想象力。音乐里有的是你所体会不完的感情,音乐里有美丽的画面。这是我现在才深刻感受到了。我要进一步的训练自己的声音,我决定每月里唱两个名曲。

在我个人的事业里,我不怕任何人的排斥与忌妒,我只是埋头自己的工作与学习,哪怕是极细微的一点点小事,我也应该忠实的彻底的完成。

《三姊妹》重新换掉了我的角色。我详细的了解到这里有很多醋味(当然是经过调查研究的),但是他能影响到我自己的事业吗?不可能的!一个演员对于艺术工作的忠实,并不只表现在多演一个戏或少演一个戏上,而应该表现在他对艺术生活的态度。我绝不能因此而情绪低落,相反的而应该更积极的参加舞台工作,表现给他、她们看。这几个戏中没有我,那我可以准备演过去的角色。接受演出当中的经验教训和别人的意见,进行更深一步的创造。就是这一个时期不教我演戏,甚至一年,那又有什么,我可以更多的学习点理论东西,把自己的实际经验整顿统一起来,可以更严格的训练自己,积蓄本钱,培养条件。日子长着呢,将来有了本钱,还怕生不出利息来吗?有了充分的条件与高度的技巧,还怕不能担负任何角色吗?瑾!努力吧,一会儿不进步,随时都有被淘汰的可能。拿出最大的信心和勇气来和她们竞争(当然不是忌妒)。

3月12日

到底是春天了,风再也不那样刺人了,太阳一天都晒的你懒洋洋的,总想睡,可是我利用各种办法,坚持了我个人的学习。

C.G像一个老大哥,像关心着自己的妹妹一样关心着我。下午来了一封信,是那样的诚恳与亲切!Cn W zhang 又像一个大伯一样,现在这幼稚孤独的我，只有他们是我唯一的亲属了。

3月14日

  大伙房的前面，人们吃过了饭的院场上，一个穷孩子在吃着由地上拾起的同志们掉落的饭粒。这个场面感动着我，我感到我们的节约太不注意了，可是我又怨同志们掉落的太少了。因为制度决定了我不能给他一碗饭。怜悯的心情充溢着我整个的胸怀，我故意的吃到最后，省下了碗里的一半饭，当我从他身旁一过的刹那，迅速的倒给了他。回顾了一下并没有人看到我，心里忐忑的跳着回去了。

  晚上在一个排戏的院子里，由一个横倒的屯里发出了一声柔弱的颤抖的声音，我借了散射着的气灯光，又看见了那个穷孩子，怜悯的感情又冲碰着我的心。回去后由别人的口里知道了他——穷孩子，刚死了唯一的寡母而被婶子给赶出来了。这一个夜里我来回反复的想着母爱的伟大，我悔恨我对于母亲的冷淡。

3月16日

  梦！最近好做梦，平均哪夜也做。梦里有你所从未见过的世界，有使你窒息的恐怖，有阴森的黑灰色的环境，但是也有你所要得到的一切想望。有愉快的笑容，有洋溢的轻松的歌声，有你所理想的甚至理想不到的东西。

  昨夜梦见了凌风，他从一个两旁长着白杨树的山坡上，穿着一身湛蓝色的外衣，孩子一般的跑了下来，紧紧的握着了我的手。他的脸上突的第一次浮起了褐色的兵士的泛潮。就在这一秒钟，我陶醉在一股甜与热的情感里了。我没有讲话，因为还有急的工作等着我，我离开他了，不远，在背后传来了钢样的声音："××，待会我和你谈谈。"

3月17日

《我是劳动人民的儿子》第一遍算看完了,得到很多心得。我爱谢明·柯德科,我爱苏菲亚,我更爱两个残废不全的妈妈,我也爱苏维埃的乌克兰。我同情他们的遭遇,我也钦佩他们的勇敢,我更羡慕他们的爱情。我带着万分的愤恨来仇视着她的爸爸台加琴科和贵族军官克伦伯,以及支持着他们的德军。我含着满眼眼泪来看到乡村苏维埃主席的死,我更为了谢明的遭遇,及他实行劫婚被捕判决死刑而哭了两次。我更为了社会主义苏联的反攻胜利与在这驱逐了德国强盗的欢笑中,在这劳动人民解放的愉快的歌声中而成全了的"眷属",而兴奋的颤抖了。我也更为了谢明的又回到前线去——兵士从前线回来了,但是他现在又回到前线——而感动得愉快的跳了起来……

总之,我太爱这一本书了,我从这里看到了历史的材料及乌克兰的风俗人情,我得到了文学所授予我的力量。我也看到了劳动人民应走的路,我也进一步知道了一个作家怎样在自己的作品中来指导着人民,来促进影响革命的胜利,来表现自己的党性。

我决定再详细的看一遍,可能心得更多了。我还准备和别人讨论。

在中午当我看完了这书的最末一页的时候,我抑制不住了自己的兴奋,我笔直的耸立在这春三月的温暖的阳光下,高高的举着右手,军帽拿在头顶上,而更英勇的激昂的坚决的大呼着:"我是劳动人民的儿子!"

3月18日

下午的支部大会解除了九个月以来我对于支部组织生活的苦闷。

在这样的支部里,我就更好的尽到我自己应有的权利与任务(当然过去并不是没有,而以后应更好的做到),我要在这严格的组织里,起码能做到一个党员就可以了。

共产党人,现在我想起来距离它是多么的远呀。真正的一个共产党人是多么的不容易,他应该具备着真正无产阶级意识,在任何的环境中都应想到了党,想到了我是一个党员,一切都为了党的利益。说是这样的容易,而做起来,在任何一个问题上都有自我,都把个人放到前面。这些所谓知识分子的余毒是太不该保留了。瑾,毫不顾惜的改造自己吧,哪怕是最小的最少的一点坏思想,也应该把它批评、判决(这些有时也只有自己知道)。要知道现在对于一个知识分子的改造问题是多么重要的呀,作一个共产党人太不是个简单的问题了,也只有真正的马克思主义的知识分子,才能真正的配称得起是一个知识分子。我们这些小资产阶级出身的学生,也只有受无产阶级的洗礼,用共产党人的思想来改造自己,那才不是危险的。

3月19日

我喜欢水,我更喜欢无边无际的大水——海洋。我羡慕勇敢坚强的海燕,我爱海纹皱起的一个一个的波浪,我愿意尝试海上的风云、暴风雨,我更爱着海面的平静的月光。

我幻想着那美丽的海上世界,我幻想着海上将成为我永久的故乡,我希望着我将来长久的生活在海上,就是我死了,我也希望能在海里安葬!

3月20日

做一个班长就应该注意到全班的事情,不应光努力于个人学习,生活应该集体一些。

深心于个人的学习,把底子打得更坚实一些,可是也千万注意不要妨碍了工作。

纯净的橙黄色的月夜里,在每一处角落里都出现着一对对的唧唧哝哝的知心蜜语。

C.R 和我谈关于凌风的事，我无法答复，我完全处在一种心灵矛盾的斗争里。

3月21日

　　回忆起去年这个季节的生活，是多么的愉快呢。春天，光艳的春三月，可是一切全成回忆罢了，这里没有一点春的象征，干燥，无味，真是北方是没有春天的。所有的尽是春天的黄沙风，刮了一天，刚巧没有影响到晚上的演出。

3月22日

　　这两天对于篮球很有兴趣，每天下午一定要打两场，出一身汗，才觉得痛快。真是有一种难以形容的劳动的愉快，我应该这样的锻炼身体，我要训练我做演员的条件。

3月23日

　　听到了很使我难过的消息，就是戈君在这次冀中反扫荡的某一个战斗里被包围，突围没成功，阵地牺牲了。

　　这一次是真正证实了尧翔是真的牺牲了，在过路的时候与其余的十五个人被俘，并没运到东北而壮烈牺牲。英勇顽强，宁死不屈。好，是一个好汉子！

　　敌人，你摧毁了我多少的年青伙伴呀！只要我还能有一分钟的呼吸，我也要做着破坏你的工作，给他们报仇，给我自己所受的损失讨取一定的代价！

　　安息吧，我的伙伴，我已经再也不能向你们说一句友谊的话了！

3月25日

　　我很喜欢这几句小诗，感情是那样浓厚。

别到我跟前来,你别伤我的心。

如果你不喜欢,你就离开我吧!

3月26日

离开了那富有春意的带着法国风味的娄村,这一团的工作任务算结束了,又开始了新的对象的演出,现在是到三团,我们住在劳褂村。

行军很舒服,因为昨夜下了雨——春雨,第一次的春雨,空气是那样的湿润与新鲜。

我喜欢雨,特别是在这杏花含苞的时候。

3月27日

我们的环境越好转就使我更想到他——X.F,我相信他如果仍然在——活在这样的环境里,会更发挥他的力量。

朋友,
你静静的安息吧,
我为你默默的戴上黑纱!

过去,
我们为着友谊的好,
曾受尽了人们的——
忌妒、讽刺、辱骂!
可是他们没有摧毁了,
我们友情的根芽!
纯洁的感情是破坏不了,
倔强的意志是值得骄傲!

在我们的友情交织上，
永远显耀着灵魂上的优美，
永远像怒放着的四月的杜鹃花！

现在……
永别啦！
我要证实我们所说的话，
我要向他们讨还损失的代价，
虽然人们全停止了笑骂，
虽然环境有着巨大变化，
因为你死的壮烈，
你死的英勇，
这也就证实了我们感情的坚贞，
我要更倔强呀！

朋友，
安息吧！
你永远逃不出我的记忆里，
我为你永久的戴着黑纱！

3月28日

《我是劳动人民的儿子》第二遍又看完了，这一次没问题是更深刻的了解到了一些东西。一个作品的主题的焦点，就能决定了这个作品的命运。它将是"传统的"呢？还是"革新的"呢？这问题是被"谁战胜谁"这一问题所决定的。

在《我是劳动人民的儿子》里也同样解决着这样的问题，是劳动人民战胜了呢？还是德国强盗战胜了呢？这一对有情人，柯德科与苏菲亚的命运，他们的爱情，他们的幸福，这一切都是完完全全被这一历史问题的解决所决定的。他们个人的幸福与命运是同全人民的幸福与命运相联系的，乌克兰的劳动人民不摆脱了异族羁绊，柯德科与苏菲亚是没有幸福可言的。

卡达耶夫的主题所以是革新的主题，是在于这主题把个人幸福同千千万万的人民大众的幸福、同国家的幸福表现为不可分离的一体。

在这本书中，作者把历史的真实赤裸裸的揭露出来了。他告诉了我们，如果你要想在这世界上过着人的生活，如果你要想爱人和被人爱，你就为着人民大众去斗争吧，这是历史在全世界劳动者面前所提供的课题。

他还告诉了我们柯德科和苏菲亚这一对，在全民族得到解放后的喜悦里成了眷属的有情人的故事，是苏联文学突破了传统的民间故事的手法而深刻的独创出来的故事。这种独创与新奇，实际上是苏维埃的独创的和新奇的生活的本身所授予的，这种苏维埃式的"大团圆"，不需要神仙故事中的好事遇魔时的慈悲的"神仙"或"妖魔"的解救，也不需要主人公的"神奇的例外的侥幸"，而是在劳动人民的解放斗争里，摆脱了异族的羁绊，粉碎了劳动人民的公敌，在劳动人民的幸福的欢笑里有情人才成了"眷属"。（录曹靖华前言）

"明白，质朴，透彻，形式的纯朴，思想情绪的完整，丝毫不带装腔作势的花样，也没有捕风捉影的比喻，这是真正人民文学的特征。同时也是卡达耶夫这部作品的所具备的特色。"

在这部作品里，他的题材完全是替作品的理想而服务的，用作品的全部的开展来显示着个人与全体的不可分离的联系性。

作品，真是一部太好作品了，写得是那样年轻，活跃，娇媚，漂亮的少女也没有它这样吸引人呀！我是太爱它了，甚至比爱我自己还厉害。我自己有时我是可以自由损伤的，但这本书我是不能弄坏它的，我给它包了一个完整的皮，送还给主人了，我希望它能得到更多人的爱。

苏联文坛上"天之骄子"是真不亏加给这个伟大作家的,列宁红旗勋章也应该赠给这位文人的。我太兴奋了,我想也只有在苏联社会主义的国度里才会有这样的作家,才能产生这样的作品,才能十足的充分的发挥作者的天才。我祝贺着,我赤诚的祝贺着这位天之骄子永远永远的健康,因为他是真正人民的、劳苦大众的作家,更是为着无产阶级而服务的。要失掉了他也正像失掉了高尔基一样,是影响全世界劳动人民的无产阶级文学的。

健康,卡达耶夫,永远永远的健康!

3月29日　南坟头

值得纪念的日子,今天是我的生日(阴历)。前几天我就盼望着这一天的到来。我准备好好的玩一玩,我也想写信给我的朋友们,叫他们也知道。但是却总没有时间,算了,那样也未免太孩子气了,就让我自己好好玩玩,愉快一下吧!

真不错,虽然一天又行军(从三团回到一分军区),又演出(给他们的高干会),但是心里头总有这样一个念头,所以一天过得很跳跃。

晚上由周庄回来后,大家全很饿,后社部决定又做了一锅杂面汤,吃得非常饱。我自己心中还这样想,总算又吃口面了。

我追忆着我过去的这一天,是那样的天真烂漫,又追念着妈妈,在这一天该多么样的忙呀,可是现在她也许又为她女儿过生日了,也许由于困难与压迫,想起了这日子而哭泣,而悲伤!

夜里我躺在炕上,我仍然是那样想……想……无穷的幻想……

另外更听到一个消息,一个刚由北平出来不久的同志到我们剧社来了,她正好是郭鲁民的同学,由此我得到了很多鲁民的消息。她已经大学快毕业了,她弟弟也上了大学,这一句话像一碗冷水一样洒到头上,使我身上一抖,唉,他也已经上大学了,我现在如若处在他那样环境,不也上大学了吗?过去他的功课是那样不如我,而现在也是一个大学生。"大学生"这个滋味是怎样的呢？恐怕我永远也读不上了吧！唉，现在咱是什么也不知道的，太贫弱了，太缺乏资本了。我一想起自己的文化水平，我就太恼恨我自己，为什么好几年了还是这样不进步呢？再不提高文化水准，那真是危险呀！人家将来全是大学生或大学毕业的，而自己只能做一个所谓"八路军抗日战争的老干部"，顶多成了一个"兵痞"、"兵油子"，在这几年以来就学会了行军，吃小米，无特长。唉，惭愧！

3月30日

清晨就接到了凌风的信与两本书，的确是太关心我了，可是我又感觉到没有办法回答他。早饭后写了一封回信，只谈到我个人的学习以及生活的情形。

"恐怖是在想象中的"，我又发现了这样一个问题，一切你所认为最恐怖的事，往往当你身临其境的时候，倒毫无恐怖的感觉了。在我个人想象中的恐怖是太多了。

一天写了四封信（L、G、ZH、L），其余在计划下一月的学习。上月计划完成了，心里很轻松。

3月31日　夜

看了一天的报，一个艺术战士是应该关心时局的。一篇莫斯科广播《穿军衣的姑娘》，短短的通讯，内容是那样充实，文字非常新鲜，反映着苏联红军中许多穿军衣的姑娘的勇敢顽强，与敌人斗争的英勇。歌颂着那会使用机关枪、步枪、手榴弹和勇于忍受在敌人炮火下的军事生活的困难的姑娘们，歌颂着她们的勇气与对于祖国的忠诚。是的，她们是有勇气的，因为每个人全知道和自己家庭分离是不容易的，抛弃少女的快乐习惯是更不容易的一回事。赞扬着她们坚决的果敢的执行着某种有重要意义的，甚至是很危险的战斗任务的光荣的穿军服的姑娘们！

在苏联这些姑娘们是很多的，是需要写无数的诗歌和音乐去赞扬她们，表扬她们是如何的为人民幸福而奋斗着，她们是如何的会巧妙的去战胜敌人。

并且说明着这些穿军装的姑娘们心坎中的坚强精神是从什么地方来的呢？她们那种伟大力量是从什么地方产生出来的呢？"爱护自己祖国"，"爱护自由"，这就是我们穿军服的姑娘们心坎中坚强精神、英勇性、坚决性和大无畏精神的源泉。

她们大多数穿军服的姑娘全得到了列宁勋章，因为她们真正为祖国建立了功勋。同时"苏联英雄"的称呼也就是苏维埃国家给她们的最高奖赏。

这样我便想到了我们——这些出没于敌人点线、坚持华北敌后抗战的穿军服的姑娘——女八路，也是多么值得赞扬与歌颂呀！我们也有过许多惊天地而泣鬼神的可歌可泣的英雄传奇故事，我们也为了保卫祖国而流了无数的血汗，建立了革命事业的根基，为民族建立了功勋。因此我们也很自豪（当然不是自满了），事实告诉我们有许多事是值得我们来自豪。我们虽然还有许多缺点，但是我们有最大决心与信心来向她们看齐，在自己的岗位上要尽量发挥战斗力量，叫敌人知道我们是穿着军服的姑娘。

同时我自己也兴奋的欣慰着，因为我也是一个"穿军服的姑娘"！

小胡回来了，带来了由她母亲所带回来的家乡的不幸：灾祸，无粮食，无法生活，每天全有大批人因饿而死！唉，无形的恐怖侵蚀着我，我好像看见了全家都已经饿死，我惦记着家……妈妈……弟弟……祖母……叔叔……噢，我要哭了！……妈呀！

4月1日

"爱人者不被爱，被爱者不爱人！"我越想这一句话越有意味，体会不完的奥妙,太对了!难道天下,不,至少是在我们中国甚至在我们现在的环境中,都是这样吗?恋爱,真是一件最冒险的事情,成功了那就有着尝不尽的甜蜜,失败了也同样有着尝不清的苦痛。恋爱过程真是太富有悲剧性"戏剧"了,扮演的角色也真是太不容易成功了。

我虽然还没当过主角,但是它已经深刻的苦痛着烦恼着我了。因此我很怕,我不敢冒险。

另外我还觉得,一切都没有你自己所理想的那样,没有完全十全十美的事情。在这问题上,我深深的感到我自己所理想的"条件"太不合实际了,也可以这样具体来讲,如果照我个人所幻想的条件,那么我永远不能恋爱,因为世界上并没有一个像我所想象的人,就是有也太少了。

4月2日　夜

阴雨的天气,没有半点太阳。

做一个模特儿我认为是最光荣的事,因为首先他、她得具备着优美的条件,这也应该是值得自豪的事情。同时我也很悲哀,因为我没有具备着条件。我是否能锻炼能争取做模特儿呢?我自己很怀疑,在我这一生中能争取做到一次模特儿,我就心满意足了。

最近对美术也有点兴趣,愿意看一些名画,虽然是不懂,但是也有一些好处,对于构图、情节、色彩全应该学习。

CH.C给我画了两张像,很使我满意,因为抓着了特点,非常像。

晚上在供给部演出(一分区),成绩颇佳,据说只有一个晚会,大概后天即可回去。

4月3日

竟是这样临时增加的晚会,这个任务刚完,于是新的就又来了。昨天刚演完,今天就又要出发到抗一队去。虽然只有十几里,却爬了一个大山,十几里就完全是一个山的上下距离，出村上山，下山就进村到了，倒也很有趣。

4月4日

儿童节一年一度的来临，但是我却一年一度的离它远了，远了，完全成了已往。快乐的黄金般的童年呀，早已成了追忆。

对于自己的缺点已经知道了要克服，而在实际工作中也注意到"不再犯"，不再"暴露"，但是这还不能算真正的"克服"，因为虽然你已经不再犯了，可是这是一种非常不舒服的不自在的对于个人的控制，对于个人的压抑，有时倒不如让它痛痛快快，直爽的自然的暴露缺点更好一些，因为是没有一种虚伪造作的，这样倒真实一些。当然并不是不去克服缺点，而是应该学习优点（别人的），这样来代替缺点，所以在自己克服缺点的过程中，没有优点的暴露，那是不能算克服了缺点，学习优点，弥补缺点的位置，这样才算彻底的真实的克服了缺点。

不要装腔作势，单求表面的表现个人优点，取得多数人的称赞，而实际上是隐藏着压制着个人的缺点，应该深入的一点一滴的进行个人的改造。

4月6日　雨

两天来总是天不作美，除了刮风就是下雨，戏总是没有演成，舞台塌了两次，杆子也断了三根，真是太倒霉了。到一分区来以后，哪一个团也没有这里给我们的鼓励大，特别在精神上的慰劳太厉害了，每个同志也全加了最大力气，想给他们以圆满的回答。但是天却是这样不利化上妆，不能演了，马上卸舞台。虽然这样五次三番的"倒腾"，每个人的情绪仍然是那样高，都准备一晴天马上开始战斗。

4月7日

谁也想不到这样的季节，天还会下雪，地还会结冰。这骤然变化的天气,真使身体受大损失了,很多人因为没带棉裤而发起疟子。我也一天没出门,头晕晕的。

这里的任务没完成,大家都心急的要命,可是家里又来人催了,听说剧作组也来一分区等着我们了,并且他们还写了一些剧本。我心里也很高兴,想从他们得到一些新消息。

现在又支起舞台准备演出了,可是风还没有完全停,冷得很。

4月8日 晚

盼了许多时候的晚会今天总算开成功了,收到效果颇佳,明天就该回去了。

公演回来忽然发现挂包有人动了,东西全翻乱了,房东也不知怎么回事。唉,真使我奇怪,难道在剧社还有这种事情吗?东西并没少,只是看了一些东西,因为日记,信,全在这里。我很疑心可能有人要想了解我,以及我个人的秘密。好,随他去吧!我要随时注意调查,更应随身带着自己不能叫人看的东西。

4月9日

带着昏沉沉的头,拖着两只疲惫的腿,走了四十里路,又回到分区了。因为又有新的工作。

4月10日

看见了我的朋友,但是说不出一句话,只用沉默代替了一切询问与回答。(我现在胆怯吗?)

晚上又一次演出,节目拖延得那样漫长,最后只剩下了少一半观众,大概是最爱看戏的了。等收拾完一切,走回周庄,已经听到井边的辘轳声了,赶远集的也已经动了身。

4月11日

　　我又得到了一个剧本,《未婚》。

　　心里很愉快,还不错,还看得起俺,我以为要有一个长时期不让俺演戏呢!

　　我要争一口气,这个戏要叫它起码让人们评论"不错""好"那就是更进一步的要求,"成功"那是最高的希望,也是最终目的。(不过这一点我实在不敢这样想,因为我有许多不利条件,如果真能做到了,那也证明下了功夫。)

4月12日

　　几天来完全忙于角色的创造。

　　接到了凌风很早的信(三.三),谈到很多问题使我感叹。他也决心下功夫了,是的,应该这样,让我们竞赛吧,看谁的进度收得效果更大些。

　　更谈到关于我们关系问题,这使我真不知从哪说起,我准备向管林询问真情。

　　总之我接到他的信是感到有一种很不自然的情绪,但是这里面却包含着兴奋、愉快。

4月13日

　　检查了一下这个月的学习,还没有完成一半,时间都哪里去了?当然又新接到了剧本,这是一个原因,但是自己总还应检讨。

　　给西战团写了两封信,尤其是给G.L的写的很多,报告了我一切情形和私人的问题,我相信她会帮助我。我等待着!

4月14日

　　和战线(剧社)的抗敌(剧社)的代表等开了一天文艺座谈会。谈了很多文艺工作的方向问题及戏剧上很多事情,还不错,只是天气燥得很。一天过着会议生活，精神是很疲乏的。晚上月亮很好，完全做了一个观众。

一个人的"气质"的确是很难得的，一个人要是没有"气质"就等于没有坚强的灵魂，在成就上不会有太大的发展，也绝不能做出惊天动地的事情。哪怕他的表现(现在)是很不好的，只要他有"气质"，将来一定有远大的希望。

从前对我印象最不好的，使我讨厌的人，也就是我很看不起的人，现在却使我感到了他的可爱与可近。这当然不是一种很平凡的普通的接近了、了解啦，而是包含着某一些因素，最主要的还是我发掘了他的特具的本质，正与X.F相似。没问题，这种气质也就是我所喜欢的。大概这也将成为以后我多接近他的一个主要原因吧！

4月15日

班上的检讨会，同志们提供了一些意见。在这些意见当中，却还证实着我比上阶段是进步了，特别是在待人团结上。但是为什么对人的"深度"还不够，真正的热爱是没有的，真正把别人的事当成自己的，把自己的事当成别人的，是一点也不够的。太应该研究研究这个问题了，多和人们谈谈吧，关心自己更应特别的关心别人。

吃过了晚饭到二十九团去演出，大概这也就是最后一个在一分区的晚会了，因为军区来电话叫我们回去呢，回去准备五月工作。

这个团是冀中的，到底不同，我们情绪也很高。

又接到凌风信，很好笑。

4月17日

又下了一天雨，我们的晚会没开成。这个村子的环境又非常好，梨花和桃花完全怒放着，麦子和柳树完全在春雨中洗得格外碧绿的干净。在黄昏后的微雨中,练声真是特别痛快,舒爽,有一种说不出来的清新味道,直到衣服湿了的时候。

4月18日

"夏",人们赠给了我这样一个代名词,说我各方面都象征着夏,也只有这一个字能形象着我的一切,代表着我一个人。

是真的吗?"夏"是万紫千红的季节,是最奔放也是最潇洒的。这一个字也可能代表一部分,感谢了解我的人啊!

白天公演在后台和CH.F谈了约有五个钟头,很透彻,的确很像我所想的那样,一个类似X.F的人。

感情发展到最深奥的地步也即会变成理智,而理智往往也是最高最纯感情的结晶。往往很感情的人,也即是很理智的,一个很理智的人,他也一定会有浓厚的甚至很细微的感情。也想起了甘凌的话:"真正的理智才会产生真正的感情,而只有真正的感情才会产生真正的理智。"现在又一度的证实了它。

同志们之间的真正的帮助与谅解的要求,绝不是那般公式形的条文式的意见与批评所能解决的。

我需要许多人来帮助我,特别是在心灵上一致的人,能沟通的人,在灵魂上纯洁完美的人,在气质上应该像一棵白杨树一样的人。(我能怎样的形容呢?)

对别人的接近与帮助,应该赤诚而热烈,而不应抱着一颗"非要从别人那里要回东西"的心,或"一定要弄到点便宜不可"的念头。更不应当形成"利用",或一时的感到成功可能暂时收到效果,但路是遥远的,那就吃大亏了。

勇敢的、赤诚的、倔强的、热烈的去接近你所愿意接近的人吧!瑾!

4月20日　于高各庄

　　回军区了,步子总是走得那样轻松,大概是卸了几重任务吧。到底是走的回家的路,腿抬得那样快和有力,每个人都像怀着莫大希望,因为五月工作在家里等着我们呢!

　　到了台于,刚喝过了水,ZH.G传来了惊天地的消息,让每个人全难以相信的消息——X.F回来了! 天哪,是我自己的耳朵吗?

　　"是的,X.F真的回来了,在军区……"

　　哎呀! 这样的消息能让我相信吗? 死了的、差不多已经污烂的人,能够复活吗? 但是……

　　"是真的回来了,我还能骗人吗? 安科长这样讲的。"

　　"真的回来了……"

　　一句一句的重复在我的耳朵里,证实着,像最有把握的一样,果断的证实着,我……好,我相信了……因为我应该……不! 我不能不相信呀!

　　我兴奋吗? 还是难过呢? 怀疑吗? 还是担忧呢? ……我不知道我现在是怎么样了,这是什么一种感觉呢? 大概是太兴奋了吧! ……也许……因为我只知道我的心是狂跳着,我的肌肉是紧张着,说不出一句话……

　　我开始想了,如果真看见他我会怎样呢? 我们将说些什么话呢? 大家会怎样看他呢? 上级要怎样处理他呢? 他是怎样回来的呢? ……会不会……

　　这些问题来回的在我脑子中旋转着,一个熟悉的面孔也出现在我的眼前。

　　最后我决定了。

　　"话"是无穷尽的,也许能谈九天九夜谈不完,但是这次应该看具体情况了,不应一点毫无顾忌。当然对朋友永远是赤诚的,而且是真正的朋友呀!

　　死了心的,完全的死了心的,像沉没在海底的事,现在又浮起来了,又复活了。啊! 倔强的人呀,让他复活吧,勇敢的干下去吧!

　　我怀着满腔的热诚与希望,带着无限的兴奋与欢愉,在等待着、期望着明天，明天就可以回到家，明天就可以证实了一场让人不相信的事情。可能有一场风波——幸与祸——明天就可以看见了我的伙伴，那受过无数折磨的、不幸的但是倔强的伙伴！我等待着……

4月21日

行军中人们一次又一次的从队伍中传了过来："前面走慢点！""走慢点！"但是我这个排头的脚却总是压不住步子，刚传来慢下来，但走了没有一里就又快了——当然这是一种无形中的不知不觉的快了起来——心里有一种促着我前进的力量。

离北洪城差不多只有一里地了，在一个小的土坡上出现了一个蔚蓝色的影子，越来越近了。突然向我们扑了过来，有一股热气冲到了我的嗓子里，我说不出一句话，一双火热的手伸到我面前，我真不知该怎样好了。

队伍进村了，我在难过吗？还是兴奋呢？泪，已经默默的滴下了。

驻军了，谈，应该谈一谈，但是谈什么呢？为什么一句话也说不出来呢？大概是话太多了，不知先说哪一句。

晚上在村后土坡上，园子里，河边，草场上，谈到了半夜。月亮是那样圆而且亮，像一个水晶体那样洁净。我非常愉快，完全被一种爱的烦恼所缭绕着了。

我也不知谈了些什么，直到身上感觉到冷了才想到了回去。

回去后已经夜深了，我坐在刚刚搭起的床上——门板——轻轻的唱着："……今夜的月色分外好……"

4月22日

看了几篇党中央文委的决议及陈云、凯丰等同志对于文艺工作者下乡及倾向问题的讲话，我很受感动，每句话全像针一样刺着我，像电一样的启发着我。这是关于党的文艺工作政策与方向问题，我很好的学习了并作了笔记。

X.F已经正式到剧社来了,我想对我帮助可能更大。不过现在应该注意到他的休息以及精神上的安慰。

C.Y调动工作到冀中去了,真好。能有这样的机会,使我又想冀中了。回冀中去,在抗战中我是坚决不脱离冀中的,我以高度的热望与信心,准备打回去。

4月23日

又进行了一次编班,这次班长的头衔算撤下去了,心里很轻松,像放下了一个担子。以后对学习可能更好,一些频繁的事务工作全可以不去做了,起码还应该做到一个好班员。只要不叫班长对你多费心就可以,同时也要帮助他。噢,让我深深的松一口气吧!

环境好像对我又有议论了(是我感觉过敏吗?),大家都对我很关心,当然不同于过去,完全的不同了,没有了那种冷嘲热讽,而形成了有些"担心"。哈哈,这是我自己的事情,我要怎样做就应该勇敢的做下去!

4月24日

梨花盛开的季节已经过去了,现在应该是结果的时候,让它结吧!感谢自然给它的一切营养,它会结得更肥美的。

梨花是洁白的,难道我们的心灵不该像它一样洁白吗!

夜像死水一样静,月亮已经变成了椭圆形,我和我的朋友在野外谈判着一件最纯洁的事情,是从未有过的直爽,是从未有过的坦白。

我宁愿作一个牺牲者,我不甘当一个害人的人,如果有我牺牲的代价的时候。

这是什么样的心情呢?又好哭,又好笑,真是一种失常的感情呀!我也不知道说了些什么,也不知道做了些什么,只觉得心里好像有一条五颜七色的花毛毛虫在来回的徘徊着,我完全被一种爱的烦恼所缭乱了……

是从来没有经历过的事情,是第一次体验着的感情,甜、热、苦、酸、辣……什么味道都有。

我对不起他,真的,太对不起了!我像欠债人一样,好像欠下了他什么东西,我要偿还他的。这样可以作为对他的补偿,我也应该还了他的,只要他愿意的话,我想那样对我自己的良心也可能更舒畅一些。我准备着,准备着还了我的账,当然也可能是永远还不清的……那样……也就让它永远的欠下吧!……唉,了解我的人呀,我太缭乱了……

我感激你们,感谢爱我的人,泪都流出来了,请恕我不能千篇一律的爱你们。如果"人"能允许有几个爱人(甚至任随其感情的自由发展),而爱人与爱人之间也能心心相印,毫无一种怀疑忌妒的心理,那不是更好吗!也许这是妄想,永远的妄想,我也深知道是绝对不可能的,但是谁也抑制不住我这样想呀!……可是你们又为什么都爱我呢?难道是因为我爱你们的缘故吗?你们就真没有看到我是多么平凡的人呀,可有什么值得爱的地方呢?我真是不了解,我有这样许多大毛病……唉,如果你们全不爱我,任何人也不睬我,从来就谁也没跟我谈起过这个问题,那么我会很自由了,像个野人一样……甚至任何人都讨厌我,我才高兴呢……可是事实为什么不呢?

感激你们,只有感激得流泪,我还能说什么呢!但我也有时恨你们,恨的很厉害,要打要骂……甚至要吃了你们……噢!……唉,我不能爱你们,因为我好像感觉到我没有感情了,甚至已经连表现感情的技能全没有了……只有……只有……唉,让我大声的呼一口气吧!

4月25日

痛苦的安慰是最快乐了,我深深的体会到这种感情。我痛苦死了,但是却找到了一些痛苦中的安慰。上帝呀!一个人难道非要经历一些折磨吗?

"刺激"有时对于人倒是一种使其向上的元素,尤其是男同志,只要他是倔强的,那么他会有一极大的转变。我看到很多这样的例子。但是女同志却下降的很多,越来越没有生气。为什么呢?我是绝不会的,我不能让人家(特别是忌妒我的人)看笑话。我要更倔强、更勇敢的活下去!"让创造生活的人活下去吧!"

4月27日

指导员找我谈话了,关于我们的事情不能不跟他坦白的讲吗?都说了,一切的事情全讲了,我受到了批评。

"自己绝不应该做一些害人不浅的事,对他们都应该负责任,对他们的诱惑或以'朋友'作掩护来进行其他活动都是不应该的。"

"处理自己心灵上的矛盾时太脆弱了,太不果断了,哭更是不好的表现。"

我接受,可是人究竟是感情的动物呀!过去我对这些问题的了解真是太单纯了,处理的也是那样的幼稚,我就没考虑到这里边有这样许多问题,真有害人不浅的事实,甚至有时你认为那是救他,但相反倒害了他。

朋友的关系是不应建立的,以后对任何人都应一样,有些好一些的也只能说是密切一些的同志。在我没结婚以前,对任何男人都不应太真诚、热情、坦白、直爽,因为他们受不住,总会有其它想法或行动,这样会害人。我为什么要害人呢?我恨我自己没很早发觉这样的问题,以致形成这样。这个教训应该接受了,接受吧,以后少接近他们,又不可能成为自己真正对象,不要对他们好,剧社中没有一个可能发展的,那么自己就应该努力了。在事业上,有了成就,等到将来胜利后,这样问题还怕不好解决吗?忙什么呢,在抗战过程中我是绝不结婚的。

4月28日

当你的秘密(隐藏在你内心中的事)被人识破的时候,那是最难过的。

但是谁能识破你内心的隐秘呢？只有最了解你的人。欺骗别人的事情被人家发觉了那是多么痛苦呢！我为什么要欺骗别人，更欺骗自己呢？可是我又为什么不呢？我只有欺骗，那样我会减轻一些痛苦，但是当我过后，我的良心马上就会发现，就更痛苦。可是我不能不这样做，也许……也许我会变成一个非常尖酸、毒辣、刻狠的人，我会毫无顾忌的做出一切骗人骗己的事，这样我也可能痛快。

4月29日

情况是这样的突如其来，五月工作完全不能准备了，我们马上就又回一分区去反扫荡。事情总都是这样巧，行军来"例假"了，多倒霉。

午饭后出发，到高各庄。

4月30日

清晨赶到了洛褂村，又住上那个好房子，并且还开辟了一间小楼房，四面有窗子，空气很凉爽，谁也想让我们在这住几天吧，可是下午敌人又强迫我们不能不离开这可爱的小楼。夜行军到了慈家台，心里满肚子气，向谁说话的态度全不好，难道"例假"的时候就总想发脾气吗？可是绝不应该放纵这种不正常的感情。

抽烟，人抽烟总会有他的原因，不知不觉自己也学会了点，大概是为了解除精神上的烦闷吧！

5月1日

夜里三点钟敌人到了台于，离我们二十几里，一切全做出发的准备。天大亮了还没吃早饭，敌人便到了刘家台，到我们这只五里地了。街上炸了，一切全紊乱着，像敌人包围了村一样，队伍拉出去了，跑了十里路，在一个山坳里休息。

一天处在紧张战斗的情绪里,肚子痛,很厉害。

黄昏,情况弄清了,我们马上分成两个队,指导员队跟着三团,我们和社长一起向二十团出发,行程四十里。

5月2日

又到五月了,扫荡就又开始啦。扫荡,扫荡吧,我已经准备了全副力量。

夜行军在山里,真不是好玩的,有的同志平均三里地就要跌一个跤,好笑! 不算多,因为天气在下着雨。

经过了一个悬崖瀑布——龙泉,夜里看不清有什么奇景,只听到呼呼的流水声就使你非常恐怖。

路,在夜里好像越走越长,过了至少有四十条河,已经进入了最后一个山沟,走了十里多,再有几里就到了。可是突然山头上放下了一个手榴弹,大家散开了,接着一个又一个,谁还沉得住气,乱了,都向回跑。我们班里很好,集中在一起准备突围。退却有二里地,任何声响全没有啦,队伍找到一个峭壁下隐蔽起来,派人去侦察。这时每个人全做了最后准备,衣服有的全湿透了,约有两个钟头仍没动静,有人估计大概是发生了误会。到拂晓前,尖兵才回来,说是误会。于是队伍又淋着雨前进,走了五六里到了目的地,雨依然下着。

吃过早饭睡了一天,下午五点又出发,到团部去,距离五里地,大家全很疲乏,像几天没睡觉的一样。

5月3日

一夜全很安静,清早就吃过了饭。白天刮了一天风,许多人集在一个房子里,真讨厌。一天也不太安静,弄得我没处坐没处立的。唉,可恶的风呀,弄得我好浮躁,希望明天不要刮了,情况也好转啦。

5月4日

纯洁的人,难道永远是纯洁的吗?不会的,一定不会的,他会学坏啦。但是倔强的人,将永远是倔强的。

捉着了两个汉奸,据供敌人最近可能扫荡一分区基本区,为了避免不必要的损失,我们更向深山里进。初次和连队行军,速度是那样快,几乎掉了队。半夜就到达了一个小庄,为了保守秘密,任何人连屋都不让出,一切事情全由男同志去做,倒也很自在。

连队首长对我们非常关心,真是所想象不出来的。因此很感动我,这样也就更进一步督促了我自觉的自发的去遵守他们的纪律。

5月5日

又行军,经过了一些很美丽的风景,使我深深感受着大自然的"美",呼吸着大自然的"香"。

山是越走越高,路是越走越窄,河是越来越清,风是越来越硬。

到了一个只有三家的山庄上住下了,头又是昏沉沉的,一天都觉得无意思,没劲!无聊的厉害,总想睡。

5月6日

"沉默",对一个青年大概是最痛苦的事吧!可是我却不能不这样做。

我需要沉默!我需要沉默!

让我今后生活得更整齐更严肃,也就是更深沉一些吧!

"深沉"对我那是太需要了。

从风格上灵魂上培养自己吧!

5月8日

军事行动是任何人也猜测不出的,夜里传来了这样的消息:敌人全退却了,黎明前我们就要赶到团部,随他们一起回分区。路程有一百多里地,真把每个人全吓着了。夜里吃了饭出发,中午在平地休息了几个钟头,天黑了很久才赶到吴家庄休息,一共走了八十五里地,真不少。

5月9日

吃了一天大米,下午回分区了,情况还弄不大清,准备和二队集合。

5月10日

班里找到一个好房子,刚学习了两个钟头,马上命令出发,去与二队汇合。中午看见了他们全很好,只有小妹妹病了,也快好了,默祝她赶快痊愈吧!

从别人的手里拿到了朋友的信,带来了愉快呢？还是更深的痛苦呢？解除了友谊的关系,埋没了过去的一切,根断了将来的发展。

"我不爱你了,我发现了你的孱弱……"

是的,我很孱弱(比任何人全很孱弱,我是一个女人,女人一切的缺陷都在我身上出现着,我怎么能……)。

但是,能让我相信吗？一个倔强的人呀!

可是,我向他讲了,我很愉快,一定很愉快。

我能欺骗别人,可是我不能欺骗我自己呀!一旦我发现了这里的真实意义的时候,我不会更痛苦吗？我应该准备着这样的情绪,我深信将来。痛苦完全是属于我的,当然也全是由我所造成的,我不能怨别人,只恨我自己,恨死了!

5月11日

情况缓和了,刚准备把自己的生活整顿起来,下午情况又变了,分区叫我们马上回张各庄,走了半夜快到了,前站回来说军区转移了,那边有情况,于是马上又回来。到刘家台下了大雨,全淋湿了。我的小潜水艇真起了作用了,在水里荡来荡去的。天黑的要命,跌了好几个跤。天快亮了才到了慈家台,住下了就生起了火,因为每个人全冻得发抖了。

5月12日

睡了一天的觉,不知怎么的从昨天心里总不好过,头痛,大概快病了。

不爱讲话,特别不愿理一些熟识的人,甚至有时感到讨厌。

别人不要对我照顾,我自己会照顾我自己(也许我很嫉妒)。

5月13日 黄昏

由于情况的不定,使得心情也很不定,也不能学习,也不能做一些事情,只注意休息和行军。扫荡,真讨厌!

要做的事情全不愿意去做,烦得很。

五月快过一半了,没有学习,净他妈的行军、睡觉了!

5月14日

"情况变化多,若不小心会出错……"的确,瑾,应该严重的警惕自己呀!

5月15日

敌人包围了狼牙山,使我们转了好大的圈子,跑坏了半双鞋。现在又回到三分区了,住在了杨家庵,情况可能缓和了。

和队长发生了一场小风波,很不好。不管怎么样他是一个上级,个人为什么那么一点涵养都没有呢?很难过,真的想哭了。

5月16日

X.F病了,我很担心,但是好像也很痛快,因为我正希望着他病,同样也希望着自己病,这样可以造成他今后沉默的机会,否则他是不能马上沉默的。

对他没有更多的照顾,因为人大概总是这样,不能做他所愿意做的事情。

在这个环境中一切就都应服从于集体生活。

清洁了一天没有读书。

5月17日

一次再一次的感到了CH的父亲样的温存,他们也住在这个村里,来问我了好几次。下午叫到他那吃饺子,可惜我们也是吃饺子,已经吃过了。于是坐到院子里和我亲切的谈了许多事情,真像一个爸爸,革命的爸爸。

为了工作的方便,就又转移到一个深沟里,只有三四家人家,环境还很好,有很多的树,就是缺少了一条河(德盛庄)。

扫荡大概结束了,明天就排戏。

白天听到了沈云失踪的消息,唉,同志,就这样默默的失踪了。敌人,你摧毁了我们多少的文化兵呀!

现在很愿意为别人做一些小事情,这样大概也可以自慰吧。

5月18日

我真想不到他会是这样一个人,竟能做出这样卑贱的事情,真是太出我意料之外了。

我不怕他的破坏和污蔑,在我的良心上是很对得起他的,不过这样的行为是太破坏他的人格了,幸亏我还没做了什么让他"拿"的住的事,否则对我的破坏那就更大了。

我对他估计的错误,由这一点小事上就更让我清楚的了解了他。过去我为了他的痛苦,真是太不应该了,因为他不是那样一个人呀!

我气愤,真是气死我了,解决,一定要解决的! 我能忍受这样的侮辱吗? 对于我的人格!

5月19日

我找一些人谈了谈,我考虑了一天。这样事情的处理是应该慎重的。

我不找他谈了,我可以原谅他。

这种事情的发生是必然的——在他身上,这是一种报复和反抗,是一种由爱变成恨的具体表现,是有着高度的自尊心和好强性的,这里有很深的仇意,但相反的,我也看到了在这种激烈的仇恨里,还埋藏着他更深的痛苦,我相信他有一天会发觉的。

让他这样去做吧,这一小点的损害自己还受不住吗?难道连这样的涵养都没有了吗?忍耐吧!

我忍耐着,宽恕着,我让他自己来发觉这样的错误——灵魂上的污点,气质上的不纯。

我决定不再向任何人提起这样的事,哪怕是对这有关的,也不向人谈起了,让它埋没了吧,一切全过去了。只让它在我的历史上多了这一小点波折,多了这一点经历,接受这一点经验教训而已,别的什么也不要讲了。

自己多对自己负责任。

5月20日

大哥从边区回来了,带来了很多新消息,但是也知道了我的很多事。

他,亲爱的大哥哥是那样赤诚而严厉的批评着我,我几乎要哭了。自己真是太幼稚了,什么也不懂呀。我相信,也只有他能那样公正的恳切的没有任何私人感情的严肃的指教着我。

一切我都应该负责任,因为你向他上前了一步,没问题这就会引起他对你更高一层的希望,造成一个人的痛苦是自己最大的罪过。

当个人的思想、风格、感情……还没有固定的时候,个人应该更谨慎更虚心的注意锻炼与陶冶。实际上个人是太幼稚了,在自己的事业上还不能谈上有一点成就的时候,为什么先来搞或确定这样的问题呢?难道自己就确信自己将来不变吗?老这样幼稚下去还行吗?太不应该了,要自尊,要深沉,要抑制着自己的感情。

女同志的团结是最不容易的事了,应该对她们更虚心一些,为什么要特殊自大呢?和她们生活上要打成一团,不要自己孤僻的超群。再说自己也没有更比她们强的本领,有什么值得骄傲呢!

自己很活泼,很纯洁,如果只强迫着从外形上求得深沉,实际上只能造成精神上的情绪低落,而不能解决自己风格上的深沉。要知道,深沉并不就是沉默呀!

月亮很高了,我才回来,睡在炕上,我缄默的忏悔着。

5月21日

我的心情又开始了一种新的紊乱,我现在需要冷静了。

绝不应再做一些幼稚得可笑的事情啦,对待任何人都应有一定的分寸,尤其是男同志或自己的朋友,全要保持一定的关系和感情的深度,不要太奔放。

能够摆脱一切青年人——热情的勇敢的青年人的追求和爱慕,逃出他们的包围圈,更远的更高的离开他们,把精力完全放在自己的事业和风格创造上。这当然不是一件很简单的事,不过我相信我自己的顽强,我绝对可以这样做的。

我要冷淡的离开他们,超出于这个火热的情网,让我好好的看着他们,等到我自己在事业上有所成就,在风格上思想感情上固定了,能像一个很具体的人一样站在那里了,那么我便可以很自然的选择了我所考验着的对象,来做我的伴侣,长途的伴侣。那时我相信在我的旅程上会有享受不完的幸福,也绝不会害自己或别人。

如果还像现在这样幼稚单纯的凭了一时感情的处理问题,那么会痛苦你一辈子。因为一失足成千古恨,的确不假。

所以我现在需要冷静了,我应该好好的考虑考虑,切切实实的用用脑子。

我不愿再有任何事来烦恼我了,我应在思想上精神上做充分的准备。

让我在思想上准备准备吧!

5月22日

多想多做少说,太必要了。

个人对于班中的环境是不满意的,不能得到别人的帮助,可是应该改造它呀。别人不能帮助你,难道你也不能帮助别人吗?为什么让人感到特殊?诚恳的帮助别人,对自己也有好处。

学习是互相的。

晚上看病号,夜深才睡。

5月23日

两天完全做着思想上的准备。

《冰岛渔夫》第一遍算看完了,很喜欢其中的主人翁,她——哥弍,要在我的风格上表现出她的影响。准备再详细研究一遍,和我思想上的准备配合起来。

睡得很早,好让我的脑子更多的想起一些事。

5月24日

改造自己风格上的斗争开始了。冷静,我在冷静的处理着问题。

不再和任何无关的人谈一些这类的问题。

人家全集在一块谈话,个人可以坐在一旁观望着了,今天开始这样做并不感到困难和痛苦。为什么过去就做不到这一点呢?而形成大家全注视的

"场面上的人物"。

一天可以完全不出屋的不午睡的沉心学习。

每天的谈话(和别人)可以数的出来。

我现在已经开始这样做了。

当然深沉不等于沉默,可是在我这形式上的东西也应该做一做,学习学习,甚至该更露骨一些,也可以叫作"模仿模仿",然后更进一步从本质思想上改造。当然内容是决定形式的,可是在我的思想上已经做了最大的准备了,并有最大决心和勇气来改造、来和自己斗争。

现在就让这斗争开始吧!

5月25日

接到了凌风寄来的《山》(三期),该后边有一封长信,我冷静的等待着,一切的问题我全想到了应付办法。

夜里做了一个奇异的梦:许多的青年,强壮的勇敢的青年,在拼命的追逐着我(当然有许多我是非常不认识的)。

在无际的平原上,我飞快的跑着,后边有一个人在追逐着我。

在辽阔的海洋上,我像生了翅膀一样翱翔着,后面也有人在追赶着我。

在无边的沙漠中我跋涉着,后面也有人使我喘不过一口气。

我急了,爬着绝崖陡壁,他们也爬上来。我大胆的跳下来,他们也向下降。我转着胡同或旋绕的最高楼,虽然一刹间可以看不到人,但几秒钟过后就又赶来了。我化着装,用了各种方式方法隐藏,结果只能取得很短时间的效果,一会便又被人发觉了。

我喊着,闹着,我要自杀了,因为我是不能让他追上的。也不知道为了什么,但是利用各种方式方法也死不了,结果最后被一个最强健的人,把一只手臂拉着了。我疯狂了一样的喊叫着,想把这只手臂用刀断下来,但是强有力的他,却一把将我按下,我拼着最后力气大吼一声,醒了。完了,一切全解决了,原来我在做梦。真好玩啊,弄得我筋疲力尽,全身都很没力。就这样疲惫的躺着,一直躺到天明,还没恢复过来。

好奇异的梦呀!

5月26日

"黎明鸟的集群"在破晓以前的歌唱,是使我最神往的了。

要破晓以前,在月亮正南的时候,在我那朦胧之中,每当我听到了这集团的合唱,我便一切全清醒。每当我听到这清脆的歌声,我的精神是那样的舒爽和轻快,我再也不睡了,我是那样陶醉的沉静的躺着,欣赏的等待着,等待着黎明。

每天全起得很早——地上有露水,天上有星星,我要在这大自然的环境里陶冶我的性情。

我愉快而轻松在这夏季的新鲜的早晨。

今天我第一次那样大胆的长久的注视着我朋友的眼睛,从那冷泉一样的波动里,我感到了无限的热与爱,我获取了无数的暗示和启发。

5月27日

"认识"是事物的开始,而也是对一切事务的基础。

老大哥的事情,我赤诚提供了我个人的意见。

对于一件东西,各个人的认识与观点是完全不同的。一对爱人那起码在观察问题上应该是一致的,哪怕是最细微的点滴琐事,也应包括在"观察"里。

指导员报告了关于做人、沉默等等问题,使我应该严格检讨自己。的确,人性、个性,特别是自己的个性,绝不能拿它来作为掩护自己落后意识、特殊、清高、不合群的依据。和少数人的结合,情趣上的一致,那是小资产阶级落后意识的表露,是落后思想的结合、纵容。

我曾为人事问题深深的苦恼过,当然现在好像较轻松。但是只不过是一种形式上的摆脱而已,实际上做人待人问题并没处理得好。当然要完全处理好是不容易,而在我们好像特别困难。但是自己绝对应该听从群众的呼声,接受大家的意见。

沉默,往往也是一种自大、骄傲、清高的具体表现,应进一步处理自己的沉默。

崔(嵬)社长回来了,我相信可以解决一些问题的——整个的,个人的。

5月28日

个人写字真是太应该研究研究了,为什么那么潦草不老实呢?真像飞的一样。字是代表性格的。自己今后性格的转变,也应该更沉心一些,好好练习练习,每天的日记就应该做为一次最好练习机会,多写多看别人的字体,我相信只要下功夫,没有改不过来的。

"姑娘家一笔好字是门面",我又想起了这句话,虽然现在观点和它完全不同,但为了提高自己文化水准,为了使人看得懂,自己看起来也舒服痛快,还是应该写得更好一些为是。

好,这作为自己的决心,以后慢慢写,应注意:

1. 首先在我个人应特别注意慢,沉下心,不要总像叙情一样哗哗潦草的流下去。
2. 注意笔画的均衡,面积,正派。
3. 多学习别人的体态。

5月29日

有人又在批评我的沉默了。是的,现在是沉默多了,可是一个人的心情愉快并不一定表现在说说笑笑呀。难道整天嘻嘻哈哈在笑着的轻浮的人最快乐吗?也不见得吧!

而我现在反而觉得我生活得很轻松和舒爽呢。我觉得我这种沉默,并不是表现着我心情的苦闷和烦恼的,这是一种愉快的沉默呀!

愉快的沉默,也许别人不会这样认识与了解,除了少数人之外,我相信他们或她们是没法体会我这种感情的。怪,我自己有时也认为自己简直是一个怪物,是那样的不容易被人们所了解啊!

我为什么让他、她们了解呢?可是又为什么不应该让他们了解呢?这真是一个谜,一种矛盾。

怎样在思想上来统一这个矛盾,把它们结合起来,现在应成为我中心一环。

从思想上基本的改造自己的意识形态、风格、感情……的确是一个严重而必要的——尤其在我。但在方式方法上一定会发生许多倾向或错误,虽然在基本观点、认识、出发目的完全是纯洁和正确的,可是方法的错误,也还值得考虑和研究。

那么就要听取群众的意见。

因为一个人的改造绝不可能是偶然的,绝对的,两个极端的,马上"立竿见影"的事。

要想从坏的一面立刻完全摆脱,而跳到好的一面的道路上,这种绝对的突进是不可能的。

一定要有过程,同时过程的"长短",这倒是个问题。

所以有过程,那就需要详细的正确的研究、考虑,采取一定的适应"方法"。

5月30日

一天腰很痛,很懒,身体很不舒服,我知道这绝不是情绪病,大概快"例假"了。

真是,懒得连日记全不愿意构思了。

朋友的安慰是最珍贵的,一谈起来往往就没头,所以出事也就往往在这延长的短短的一分钟或一秒钟。

5月31日

一天全都忙着做服装,所以没有看书。

真的月月红了,心里有一种难以形容的喜悦,现在的身体和精神都保持着相当程度的健康,难道这不是事业的资本吗?这不是个人进步的唯一条件吗?

瑾,过去对于个人毫无条件毫无理由的摧毁与不注意,真是对于革命的损失,自己吃亏受害。

现在好好保养自己(当然不是娇气),将来是莫大幸福。

6月1日

一个文章的好坏,绝不论长、短篇或字的多少,今天看到四篇仅仅二三百字的小文(《门槛》、《乞丐》、《两富人》、《卖花女》),是那样纯朴、简单、明了、强悍,真是太短小精悍了,而主题却又是那样鲜明有力,不过人道主义色彩是很浓厚的。这当然要与作家屠格涅夫分不开,技巧是高超的。我已经抄下来了,以后我想多看一些这类小型东西,对我也很必要。

晚上演出成绩颇佳,尤其是后台秩序,真是在我看来是空前的。

回来,清脆的铜钟一样的鸟声,第一次开始响了。甜美的嘹亮的歌样的啼声,在这黎明前的灰暗的天空来回的回旋着,好像有一种看不见的朦胧的灰白色的烟一样轻浮的东西,在我的头顶上,在我灵魂的深处洋溢着,萦绕着,一直到我进入梦乡,到我真的睡着了的时候。

6月2日

白天休息,吃过晚饭到三分区,路程三十多里,特别在黄昏后所走的十余里是那样平坦,说说笑笑的好像散步一样就走到了。

这一带的麦田是那样多,而且很肥满,每一棵带着黄金盔一样的微绿的麦秆,都向着同一方向弯着腰。风轻佻的吹弄着每个人露在帽子外面的头发,因为没有背被包所以走得是那样潇洒和轻快。

我挺直着身子昂着头,久久凝视着那黄昏后的天空,蔷薇色的云带一条一条的飘散着,有的还镶上了微紫的条边,围绕着云带的像护卫一样的是一团团灰白色的云球,像做游戏一样来回的结构成图案式,而在背后,在辽远处的山、树、村庄却慢慢的慢慢的在向一起汇集着,重叠着,合并着,一会就溶化成整个的朦胧的大的集体了。

一个,第一个跳出天幕的星星,顽皮的向我眨着眼,一会儿,又一个像用手偷偷的拉开那无边的帷幔一样向我眯缝着眼微笑着,一会儿,又出来两个、三个……于是慢慢地一小组一小组的全跳出来了……都对我眨着眼微笑着,最后……全天的星星都向我大笑了……我于是像被一群群哄笑着的人包围着了一样,带着一种不好意思的心情,害羞样慢慢的垂下了头,再也不敢抬起来了。

我默默的走着我自己的路,我在星星的包围和监视下,偷偷地前进着。

6月3日

刮了一天狂风,任何人对于演出全没信心了,满身沾满了黄沙土。但是天黑下来时,像把风魔赶走了一样,代替它的位置的是黑压压的一片静寂,树像一个非常安稳的大姑娘一样啦,天上也显出了星星。于是我们便又开始准备,又开始了我们的夜生活。演出一定要演了,只是时间晚了一些,并没大妨碍。晚会又开始了,我牢守着自己的岗位,因为我是绝不甘心让别人看笑话的。

6月4日

为了一套箱(旧剧服装),分区坚决的挽留我们再开一个晚会,所以今天没走。

对于《冰岛渔夫》的阅读,现暂告结束了。

我特别喜欢它的风格是那样纯洁、素雅和大方,丝毫没有什么红枝绿叶的小市民味道,是一种小资产阶级的心灵和风度,到处充满了青春的力和希望,每一个非常简单的词句里显露着火热的活鲜鲜的画面,隐藏着新生的战斗力。它的主题是那样强烈的激荡着我,使我不仅看到了一对冰岛渔夫的恋爱故事,而叫我更进一步懂得了什么是恋爱,爱情的圣洁与伟大,它给一个将近二十岁的少女——歌戍带来了怎样的痛苦和悲哀,使她整整烦恼了两年——冰岛的渔期是多么不好熬的岁月呀!而当她完全没有一点企望的时候,他答应她了,她是怎样的颤抖啊!……而她又是怎样的骄傲和怪癖啊!

当别人都拿她和他烦绕的时候,他是无论如何也不那样做的。他不理她,不给她一点安慰,在一度那样大胆的向她进攻以后,就逃跑得那样无影无踪了。他是不能被任何人所征服的,而在他须要占有她或已经占有她的时候,他又是那样疯狂的粗野的像野兽一样的啮取着她……最后他终于被海所吞噬了。不幸的遭遇呀,我为你们全痛哭了。

它的刻画是那样生动与真实,每一个人物全活活的跳在你的脑子里,对于风和海写得使你又感到爱又感到恨,使你完全生活在他们中间,熟悉着他们的一切。

是一部多么杰出的作品呀,只是在政治的意义上太小了。他没有把冰岛渔夫的集体生活的力量更大地组织起来,发挥出来。渔夫们全爱海……他们虽然全很明白,他们不久便一定会遇到同等的命运……但是他们却仍然勇敢地投进它的怀抱……他们究竟为什么呢?有一种什么力量促着他们这样做呢?他们能不能避免?怎样才能避免呢?……(指示前途)而怎样通过这两个人,反映全体冰岛工人斗争呢?……等等,这一些全是非常不够的。当然这与作家思想、时代、环境全分不开的。整个作品中全是一种旧的写实主义的方法，但是我却特别爱着这本书，它有一种非常大的诱惑力，能使我百看不厌。实际上我已经看过它三遍多了，以后我还想再好好研究研究。

因为它的风格对于我的风格及思想上的改变、培养全很重要，感情的处理特别值得学习，尤其在一个初恋的我，风格的影响应是第一。

6月5日

一天从写剧本到念词到排，突击出来一个快板剧，为了凑节目。我这一天也就忙乱于这个凑节目里。

一个节目早早的演完了，我便下去玩。

忌妒心不但每一个人有，而且越是倔强的人他的忌妒心则越大。虽然有时甚至永远也不表现出来，并且还能让人们认为他的倔强有涵养，胸怀远大，其实忌妒的火是那样凶猛的燃烧在他的心里、眼睛里。

这是怎样的一种关系啊，互相全提不出更多的意见，不冷不热，真使人莫名其妙。

他应该恨我，看不起我，骂我，因为我对于他的不忠实，我不能像爱人一样爱他。

我也应该甩弃他，因为我爱上了别人。为了他好，要毫无顾忌的，把他甩得远远的，像一件讨厌的东西一样。不要害人不浅，更不应背着一个"玩人"的黑锅。

可是事实上却没这样做好，脆弱吗？也许不值钱的怜悯心呀，要不得。

谁都有着一些遭遇，谁都受过一些波折，真正的爱情，它的发展行程应该是特别曲线的，甚至像狂涛怒浪一样，一个跟着一个的波折、打击。也只有在这种波折中才能考验与培养出坚贞的爱情，也只有渡过这险风恶浪，前面才可能是一帆风顺的美丽的早晨。

我是受过不少波折与打击的人，所以我敢在这曲线的旅途中沉着的跃进。

等我们将来全成人了,结婚了,有孩子了,老了,那才是一件特别有趣味的事。

等待着吧,十年以后……

不求别人的感激和安慰,只单单凭了自己的良心,做着所愿意做的事。

6月6日

今天的太阳非常毒,在这样炎热的太阳底下要是让她出差的话,那么也许牢骚就来了。可是为了做自己的事情,那么就可以牺牲一切。冒着正午的太阳走了三十余里路,那真是甘心情愿的。唉,人多少都会有点自私,哪一个小事情没注意到就会被别人说话。因为大家的眼睛都是很亮的,何况有时又光看见别人呢。

晚饭后向回来的路上前进,因为吃了一顿黏米枣饭,所以出发时间晚了,天深黑的时候还在半途中。

破晓继续前进。

6月7日

端阳节,有许多旧的风俗习惯,老百姓也总是一年一度的遵照执行。回想起去年的今日,我正受着洋罪,真是再没想到有今天呀!

麦子黄了,布谷鸟远远的叫了,今年是一场好的麦收呀!在山里这样的年成真是少有的。

晚饭后下了一场雨,埋没了这两天来的浮热,因此新鲜的空气又使我很舒服。

这个小村到处都是臭虫、蚊子、绿豆蝇、百灵子、跳蚤,使得你一夜一夜的不能睡,真有点讨厌。皮肤很不好,应特别注意,我想多洗一洗还是必要的,又清洁了一次。

6月8日

又让我知道了很多事情，人还究竟是人，谁也能说一套，但做起来却满不是那么回事。"草木皆知春，何况人乎？"除非那些所谓"矿物质的人"。但实际上这种人是没有的，不要看外表怎样庄重、纯洁、清高、神圣而不可侵……遇到了"问题"还不是"软骨头"。真是，这些事谁也懂，我看还是少管别人的为好，先整自己。

我看还是冷一些好，为了自己不被人误会，为了第三者，是不应该趁这个热闹，凑这个热闹，因为现在已经到高潮了，每天晚上全要搜山了，甚至听说还有"野合"的。天呀，为什么这样轻举妄动呢？我要在这时光前逃遁，不要随波逐流呀！

夜里社长来查铺，只有我一个人睡下了，而且睡得是那样甜。我为什么为了这一些事，使他对我有那样态度呢？那样对自己没有好处。我要争取，在工作上。

CH.CH要走了，下乡去，怎样送行他呢？我讲不出什么来。我了解他，我知道他的苦衷，他也默默地回答着我……最后，他给我提供了一些意见与希望，很好。真是一个好老实人，纯粹是一个农民知识分子。

他送我一本诗作纪念，很好，是他一字一字抄来的，我要好好地保存。我也送给他一件礼物——礼轻人意重，瓜子不饱是人心——很小，不值钱，但是在我看来，当他工作正忙的时候，或奔跑得很劳累的时候，或被这仲夏的太阳晒得焦热的时候，我的礼物会陪伴着他的。可能和他很亲近，并给他以无限安慰与鼓励，为了我们应更多工作一些，同时我默祝他下乡顺利！

6月9日

果然不出我预料，指导员公开谈判问题了——克服不良倾向，为了七月的工作及将要到来的整风学习，应该马上把这浪潮打消，否则将会发生严重事情或意外变动，都是很危险的。不管已经历史注册，或正在进行的，或第一、二、三者,或准备演大轴戏的,或演压轴子戏的,或主角、配角,全都应该立刻及时停止活动,把全副精力放到工作、整风上,否则就会按法论罪的。

的确,现在有很多人真是太疯狂、太冲动了,竟毫无顾忌的大胆进行,毫无顾忌的来冒险钻牛角。而有一些人又事不关己的高枕无忧的看笑话,更有些人在忌妒在吃醋,在自找苦闷自找不安,而影响整个散漫。

这真是一种空前没有的混乱现象时期,像善门大开一样,都搞起来了。真应克服这种倾向,否则没法工作的。

新的工作又布置下来了,首先是创造。我希望我的朋友,能在这工作中"大显雄威"。

6月10日

一天完全沉醉在歌词的创造里。

为了收集材料,看了许多报,更知道了国际上是起巨大变化,与我们——反法西斯的战斗者更加有利,胜利一天天的接近了。

"兵士从前线回来了",我的朋友也居然想起了家,并决定以后要回去。当然,也只有我会了解这其中的问题。他改变了他的事业,勇敢的毫无留恋的放弃了戏剧工作,而决定从事于文学,"将来回家去,终身搞文艺工作,住在乡下,抚养我的孩子……"

是的,谁没个家……但是为了革命,你是可以牺牲一切的……可是我却又这样想:战争胜利以后,难道我还不能回家吗?我要回家,我是一定要回去的,我要回去做我的工作。

回去吧,每一个有家的人,谁能不回家呢?

但是原则的基本组织上的问题,意识的问题,我却做着严厉的斗争。我是不能容忍这样做的,因为我曾经爱过他,我不甘心看着他倒下去,我一定要支持他,扶着他站起来,等他立得安稳了,再离开而去。我仍然深信他是一个有希望的人。

是的,有希望的人!

6月11日

"对了,不是钉子,而是'死刑'的宣布哩!"

我第一次这样大胆的无顾忌的狠心的做了。我向我的朋友宣布了"死刑"。

因为我受到组织的批评,否则就要纪律制裁了。纪律对于一个不自觉的人,就应该是强制的束缚的。我是一个共产党人,就需要无条件的遵守党的纪律,这是党员起码的义务、特权。

"做了",就这样决心做了。我不能违背群众、组织、党的要求。

夏风吹着,心里特别清凉。

6月12日

含着满眶子的眼泪,拒绝了我朋友的恳求。

等待着吧!

有一天的到来我会找你……

我们不能再谈了,也不应该再谈了。

我不能再爱你,我本质上绝不会再起变化。

朋友,你不够我的条件啊!

把一切的精力放在事业和意识的培养上吧!

不要为了这样一个女人而毁了自己。

……

但是,他不傻!他祝我"晨安"!

是的,因为我祝了他"晚安"!(因为黄昏已经真的来到了……)

"我明白你,明白你的心。"是的,我更明白你,让我们在灵魂上共同"活着吧!

"我爱你,我爱你,为了我爱你,我将离开你……而漂泊去……"

啊,朋友! 我默祝你漂泊顺利!

"我准备占有你,可是这绝不是今日,而是永久的将来……在你的灵魂上……在你将来特别感到孤独的时候……我会奔千里而来……陪伴着你……"

朋友,我对不起你!

而现实,你却在大骂我,侮辱我,嘲弄我,讽刺我……

我笑了,是一个含着泪的微笑啊……

是一个流着泪的大笑啊……

因为在这一刹那你还在指教我,帮助我。

朋友,

我只能这样喊一声,别的我再也说不出来!

……

大概我是应该痛哭一场的,但是到处都是人,我是绝不甘心让别人看作一个绝望的或没出息的女人的,也正像歌忒一样。

我没有痛哭,因为眼泪对于我好像已经没什么作用了,而相反的我倒会笑……因为我是一个演员,我会演戏给别人看的。

……

也好!

的确,我也实在不应该再打扰他了,

让他更安静一些吧!

6月13日

我希望我的眼睛再不看到他!

小组会上进行了个人反省,的确,我快成自由主义大王了,一切不良倾向都具体表现在我身上。

对其他同志的关系不够亲切,不直爽,埋头于自己私人的事情,事不关己高高挂起,和平共居,无有一定原则性的斗争(对己对人),不能严正、负责、尖锐、深刻的提出批评或自我批评,模范作用不够,不能及时单独解决问题,发牢骚,集体生活遵守不好,破坏制度,特别对党内工作不良倾向放纵……等等,严重存在,应立即纠正,存在某一点则会害己害人。这是小资产阶级不良意识进一步发展与个人放纵的结果。瑾啊,危险!

6月14日

晨,社长报告恋爱至上主义倾向,它在剧社这个时期严重存在着,利用各种方式方法——追逐、拒绝、诱惑、暧昧、沉醉、公开、秘密的——表现着这一倾向。

脚踏两只船吗?我自问着。

有的,事实不就在这证明着吗?

明知道事情不可能,但为了一时精神上得到安慰,就这样半不推半不就的态度,对于别人的暧昧的引诱,依据对别人的帮助了解为名,而进行自我陶醉之事,把恋爱问题的"泰山毫毛"之分配得不恰当,认为自己这是造"经历",创锻炼,甚至把它拿来在自己生命史上,有光之一页,难涂难忘,而拿以自豪自傲。

"虽是残花一朵,晚上放在案头,也给我生命某些点缀。"自欺欺人。

对于其他同志出于特别超群的感情,这是不是恋爱?

违反原则的、没有条件的热爱,是不是恋爱至上主义?是不是反党反革命的?是不是影响工作、生活?影响群众对你的威信降低,印象不好?

是的,我的良心已经没条件的默认了。

我恨我自己,我玩了人……耍了人……害了人……我算什么东西。

我对不起他……他……他们……

朋友,反省吧!揭发我吧,认识我吧!恨我吧!不要再上当了……离开我,丢弃我吧……去好好走你们的路。否则会害得你们更苦,更苦……

走吧!勇敢地走吧!……都远远地离开我吧!……你们是对的……我没有什么值得同情和可怜……只有我一手造下的罪恶!永远欠下的罪恶!

听我说……朋友……相信我……走吧!

应该留下我自己,饱尝着这自己种下的罪恶的苦果!

朋友,恳求你,忘记我吧!

……

希望社长的报告,能在你们心上起着巨大的波动!

衣服脏得全有味了,也不愿意洗。

晚饭后才下了决心,洗。到泉边一个反战支部的也来洗衣服,我很感动。随洗随和他谈。我洗完了,于是帮助他洗了一个被单。这真是我第一次做了好事吧!是衷心的高兴做呢!有什么理由不呢?我现在是应该多做些好事啦,多做些哪怕是损害自己而对别人不管什么人有利就行。

这样,我的良心很舒服。

6月15日

有人提出我的歌词只是为了完成任务而写的,太不成熟了。是吗?我倒好像费了不少劲呢!两个午睡、两个白天、两个早晨、两个夜晚……难道能说我没用力思索吗?可是想不出东西又有什么办法呢?也许正像别人说:"已经像木头一样了……"是吧,一个枯井、干泉还能流出半滴水吗?

不会的,需要突变,暴风雨……

而现在,我只需要学习。

整风学习即将开始了,从现在到年终,而只整学风一部。这是一个长期的艰苦的意识斗争的过程,需要最大恒心与勇气,因为小资产阶级割尾巴,的的确确不是件容易事。

我将勇敢的投进这个波浪里,我要在这个熔炉中更生。

借到了一本《原野》。

6月16日

为了遵守制度,午睡我也脱了衣服钻进帐子里,和其他人一样,但是我的眼睛却不肯闭上。于是我轻轻的翻着书,一直到吹哨子,我还装着刚起来一样,我想这种偷偷摸摸的不遵守制度,也不单只我一个人吧!

因为午睡对于我好处倒没坏处多。首先我认为这是时间的浪费,否则两个多钟头可以安安静静的看许多书,做许多事,一睡了我就非常后悔。同时一躺下就不太容易按时醒,甚至下午饭全受影响,弄得一下午昏迷迷的,所以倒不如不睡。

班上一些人抱着人家的笔记抄,大本的抄诗,因此受到社长批评,他严厉指出现在剧社倾向每人不学本职业务,尽学别的东西,尤其演员不搞戏剧,不念词,更不对。是的,我的文艺学习超过一切,戏剧学习可以说是没有,因此在这次整风中好好纠正,现在即开始每天半小时读词,这对一个演员大有利的。

6月17日

《原野》看完了。

我很爱金子,同情她。我好像看她就是我自己,她的敢说、敢做、敢想是那样强悍,她的遭遇,她和环境的斗争,她对仇虎的爱,又对大星的怜悯,对瞎子的恨、嫉妒,为了自己的理想,为了使自己活,受尽了苦和折磨,不萎缩,不妥协,要怎样做,做到底。

"怕什么？事情做到哪儿就是哪儿……"

"难道我不是人么？掐了我我会喊痛,挠我我会说痒,骂了我我会生气,难道待我好的人我就对他没有一点人心？"

"可是你要我,你图什么呢?"

"你要我干什么呢? 我在这儿苦,我苦你不也苦,你苦我不是也苦么?"

"星:哦,天哪! 为什么一个男人偏偏非要个女人来苦他呢?"

"金:问你哪,可我要是你呀!"

"星:怎么? 金子。"

"我一定把女人杀了!"

"那你不是男人!"

"那么就不理她,让她走……"

"我是野地里生,野地里长,将来也许野地里死呢。大星,一个人活着就是一次。"

这些好像都是我自己讲过的话,难道我也有过这样的感情?

而当他们杀了人在黑林子奔跑得昏晕欲倒的时候,已经非常狼狈筋疲力尽之时,却仍然是那样倔强。

"仇:你跟我跑出来,只是苦。"

"金:可我……我心里是舒服的。"

"仇:人家看我是个强盗。"

"金:我是强盗婆。"

"仇:人家逮着我就砍。"

"金:我给你生下儿子,报你的仇。"

"仇:你为什么要跟着我?"

"金:我跟你一同到那黄金子铺的地。"

"仇:为什么单挑上我?"

"金:就你配去,我——(低声)配去。"

更在他们最后已经没有了子弹,被包围得非常严密的时候,希望已经全完了,天快亮了,一切幻想全破灭啦。当他们又跑到了最初相遇的原野,巨树下野塘边的时候,仇虎让她一个人跑,并问她:"后悔么?"

"后悔？我一辈子只有跟着你才真像活了十天。哼，后悔！"

是多么顽强的回答呀！

末了侦缉队搜上来了，她受了伤，他自杀而死，她不得不走了，她跑了，她应该跑……因为她肚子里还有一个新生的希望。

我也更爱仇虎那样一个有血气的汉子，直爽，粗野，鲁莽，勇敢，健康，从没有低过头，屈服过。我看也只有这样的人，才能真配称得起是一个男人。

关于作者的主题，是不够更尖锐的，对于旧社会是暴露，但方法不明显，因此政治价值不算更高。在艺术技巧上我认为是不如《雷雨》，台词全很简练，不过有些过火。因此很多地方不够通俗，只是很适合于我念罢了。

好，两天来我每天早晨全来念它，和我的感情某些地方很吻合。

6月18日

农民和知识分子是那样悬殊呀！

在支部大会上同时介绍着两个新党员，可是就那样的不同，出身，经历，同志们的态度，手续……全很悬殊。同是一篇讲话，而在我们伙夫同志就是那样朴素单纯，心里想到什么说什么，甚至于措辞的紊乱，但使你却发生一种好感，发生一种真正的无产阶级的挚爱。在他那由于兴奋的微笑而造成的稍稍有些不自然的姿态中，在他那愉快得耀光的眼睛里，你可以看到对于党的无限爱慕与忠实。他赤诚的向我们报告他入党动机、经过……是那样直爽，真是一种无产阶级的自觉觉悟性呀！虽然不懂得马列主义的理论，但是在思想上却比知识分子更接近党，更纯洁，更无产阶级化。

表决时，大家热烈的举着右手，伸得高高的，除后补党员外全体通过了。

而在另外一个虽然也通过了，他的讲话很有准备，有条理，但是总让你感到平凡，因为对于事务人员的发展在本支部这还是第一次呢。

在同一个支部大会上，又解决着一个犯纪律的问题——斗争T.I，并且给了严重处分，并经大家讨论，主要是男女关系不正确。这里面也联系着我自己,由于她的错误实际上即教育了我,使我更应警惕了。我很怕,我看见了她,我就很怕我自己是不是将来也可能走她同样的道路,如果现在不从思想上整顿割尾巴,从新认识、了解、处理这些问题,也就会有脱离、违反党的可能,也就会产生把握不住立场、不服从组织纪律的现象,所以我很怕。

因为时间关系会没结束,明天继续。同时也为了有许多问题没弄清楚,反省程度不够。

回来睡下后我的脑子没有休息,却开始盘旋起来了。一方面为了这个问题,一方面也更加强了我对于炊事员的尊重。我是应该敬爱他们的,可是过去我没这样想过。

6月19日

破晓即起已经成了我的习惯,每天的发声、柔软操,几天来又成了制度。因为我觉得只有在工作生活上更正规一些、自在一些,才能给我更大的鼓励和勇气,在我的精神上才有所寄托和得到自慰。

拂晓,天阴着,我只穿了一个衬衣在院子里立着,晨风不断地吹着,使我特别清醒和凉爽。

一会我做柔软操时,忽然从东边山后边冒出一缕红云,像一个工厂大烟筒一样吐出火样的云烟,慢慢的扩大着、缓延着,遮满了整个山头,一会又向我这边伸张着。等遮过我的头的时候,我好像戴上了粉红色的眼镜,我看我四周的一切全成了桃红色,是多么美丽的彩云呀!是我从来也没看见过的朝霞,我停止了我的运动,看得它出神了。我看白杨树的叶子反射着红光,更轻快的扇着,不由得拿出了镜子照着我的脸……我的心马上跳起来啦,原来我的脸也是这样的绯红……我第一次觉得我没有二十岁……像年轻了几年。

我呆望着,看着它慢慢的淡了……桃红,绯红,粉红,金黄,黄,淡黄了……一会儿因为冷风不断吹,雨好像就在后面,一瞬间就全吹散了。

天空又恢复了阴沉,灰暗色。

白天看了一天画报和报纸,在一本柯达摄影书上找到了一个非常像老毛子的相片,于是一天小弟弟总围绕着我。

6月20—21日

支部大会继续开,支部并要我做个人的反省,在解决田崖问题后做报告。我为了服从组织就这样做了:

1. 首先是党的原则立场把握的不够。
2. 对恋爱问题的观点之错误。
3. 破坏了党的威信,造成了群众之不良影响。
4. 个人利益第一,一切为了解决私人事情、爱好。
5. 对组织之不忠实、不信任,明知故犯。

但是大家却提出了更严重的许多问题,一致使会议拖延到十二点后还没完,于是结束不了啦,只有明天再开。

回来后我沉思着,为什么我的问题没很好解决,反而越弄越多,越多越严重。

可能是我的检讨不够深入,但是我为什么不能更深刻一些从思想上去发掘呢?难道我害怕吗?或是怕丢人呢?还是基本上没认识问题的本质呢?没了解到自己究竟错在哪儿?的确,我应该好好想想。我愿意在这个大会上帮助我从思想上去改正。

那么首先应表现在你对于大会——支部的无限忠诚与赤裸,把自己所说的、所想的、所做的无条件的暴露给党,根据这次清算会的精神使自己受到教育。

所以我准备着,以便明天做进一步的发掘缺点(思想、行动)来解决这个问题。

6月22—23日

关于我个人的这个问题,早晨支部就布置了工作,以便解决。我很高兴,因为我觉得支部是应该这样对一个党员负责的。

但是却出乎我意料之外的是:T.I问题顺利解决了,而我的事情却造成了"悬案"。现在不可解决,以后等待支部大会解决,这是多么意想不到呀!

这不很明显的看出来吗?问题是愈闹愈严重了,甚至有人还讲到了会超越T.I问题。甚至在这当中更加怀疑我了(尤其怀疑我和黄枫关系的程度)。天哪!我实在抑制不住我自己的感情,我没想到还有人这样想。所以我的态度更倔强,更大胆,更不怕,完全凭了自己主观错误的、不加思索的、过去一贯有的态度去反辩一切个人所认为不正确的意见。

没问题,就这样自己吃大亏,使问题没法解决,使斗争会议的中心由解决了T.I问题后,全部转移到我自己身上,而今天却不能解决,需要等待着……等待着我对于错误的反省,同时也等待着弄清更多的材料……

我太难过了,是从没有过的难过啊!

我今天才刚开始了解了我自己是怎样一个幼稚的孩子,幼稚,太幼稚了,无知!

我也更考验了我自己究竟锻炼到了什么样的程度,在意识上到底怎么样惭愧,惭愧死了!

我可惜,二十年中我所糟蹋的粮食,尤其是抗战五年中我所浪费的公粮,真不如叫一个牲口吃了,它倒还能为抗战服务,还能替公家背驮东西,还能间接的、直接的打击敌人。可我……可我自己……却……却……却做了这样许多违反党的事情……却有许多这样破坏党的行为,降低了党的威信。在思想上、感情上、行动上,这样的与党、与组织不一致,这样的与群众脱离……噢!我难过死了……

我对不起党!我辜负了党给我的五年的教育!我可叹五六年来我的意

识还是这样落后,我的党性还是这样不纯……我有什么脸面再见我所认识的朋友们呢?所希望所关心着我的人们呢?

我不了解:

组织的力量比我大,一个人只要他是要进步的,在革命的队伍里,在党的领导下,到处都有人来帮助他,照顾他。而我自己却太相信我自己,我过高的估计了自我,我认为我的力量可以征服一切。本质上是好的,想要拉着他促着他进步。但相反的却由于暧昧的感情,倒把他拖着了,甚至还把他往后拉了几步。因为这是一种双方的落后思想的放纵和融洽。

我不了解真正爱情的忠实,应表现在对于革命事业上的忠实、积极、不妨碍,更有突飞猛进的表现。

我不了解通过恋爱手腕去帮助一个人是不会有进步的,对一个人的观察批判的角度是应该站在党的立场的。而我自己却从"人性论"出发,不了解没有个性以外的党性。在两性间的忠实,应首先表现在你对于他的忠实上,反映在你的感情上,而我们却是一种十九世纪的、英雄主义的、幻想超现实的恋爱生活。

我不了解人终究是人,在感情的陶醉下,他会做出一切无意识的事情,甚至违反原则。我真不知我吃几碗干饭了。错误,是多么严重的错误啊!

伤了他的心,毁了我的事业!

过去我不懂,我不知道这些是错误,所以就那样倔强的大胆的做下去。是的,我很"倔强",甚至于一般女同志所没有的,可是今天我却哭了。是我脆弱了吗?不是的。而是我真正发现了自己的前途的危险。我痛苦,我惭愧,我不配做一个党员!

但是我不应该光难过,而要把自己的倔强搬过来,放在对待自己的错误上。应该倔强的去改正,不要认为这样就没有前途了。应该倔强的把自己的思想、行动、感情和党的统一,更倔强的投到党的怀抱里。没有什么可怕可顾惜的,倔强的赤裸裸的暴露自己,改造自己。

两天以来我才初步的发现了这样的问题。

6月24日

我找支部里谈了,我希望根据我现在对于这一问题基本态度的转变,而要求得到正确的解决和处理。我百倍相信支部,我要求他们具体帮助我反省——因为我的问题的解决需要七月工作以后,所以在这个长时期中,是给我最好的机会。时间长一些可以做得更彻底一些,因为这是一个严重的困难的思想斗争啊!

我准备作一个长篇的全面的详细的书面反省,一方面给支部,一方面作为对自己考验的根据,看看自己在这些问题上究竟认识到了什么程度,还一方面为下次支部大会做报告提纲。这样可以不耽误大家时间,同时报告得好,可以把这会圆满的愉快的结束,否则也要拖延几天。这样是太不对了,那么一切决定都在于我。

6月25日

病倒了,我知道这和情绪绝对有关。心里是说不出来的烦乱,翻搅,吐,头痛,不想吃东西,难道这真是一个了不起的刺激吗?怎么连我这样一个强悍的身体也受不住了呢?

也好,应该是一个强烈的刺激!

我认为这个问题正确的解决与否,将对于我将来的事业前途有决定作用。这也即是说在这个问题上,如果我彻底的正确的解决好了,那么我相信我今后的进步会是突飞的,不可限量的。在事业的成就上、在思想意识上、在风格上都会有些截然不同。因为我总觉得我并不是一个没有希望的女人。

但是如果处理得不恰当,那么对于我将是莫大阻碍和损失,同时也是很危险的。因为起码我的精力会消耗一半在这些事上,没问题,对于事业受到莫大影响。

因此对于这事,我个人也认为是很严重的,我将把它当成一个划阶段的界碑,把它当作我今后进步的分水岭。

头痛的厉害,晚上演出是死命的坚持。

庆幸对方也有初步觉醒。

6月26日　黄昏

我绝不做后悔的事情,也再没有矛盾了。

我下了最后决心,这次不仅解决X.F问题,而同时也解决了凌风问题,我再不愿被这问题所烦绕了,我要解脱得一干二净。斗争就要彻底,矛盾就需要统一,所以我决定这样去做。

我不应该再被恋爱所纠缠,也不应该再让它消耗去我差不多五分之三的精力。我不应该再任性的随便的接受某一个人的爱,也不应该只凭了自己无定型的思想、感情、嗜好,去爱一个人。这也即是说让我爱情的火焰暂时的熄灭。

当然其原因是很简单的:

一个刚进二十岁的孩子,如果不摆脱这种事情,如果不向事业上求进步,那前途是可想象得出的,将来还不是一个附属品、寄生虫。

而我却又处在这个新时代中,尤其是我现在的环境——战争将要胜利,斗争正在残酷,而不把自己更加培养锻炼,不更多的对革命有所贡献,而急于谈恋爱,这是多么无聊的事啊!同时更说得老实一些,我和凌风的关系,在思想上感情上、事业上、灵魂上、风格上……的基础还不巩固,也即是要结合,那么还有一个相当距离,要渡完这个距离即还需要一个时期。如果就这样迁就,勉强附和,那么将来也不会有好结果。所以不如现在更慎重的处理,那么就是一起解决。

但如果将来结合了,那也是将来的问题,而绝不是今天的条件,今天的环境。一切一定是全不同于现在了,也就是说,将来有一天我俩又结合了,那一定在思想上、灵魂上、感情上、事业上全一致了,融洽了,而绝不同于今天。这当然要取决于双方的努力,取决于双方共同的进步、发展、改造才能达得到的。

而在今天,当一个纯洁的、无知的、幼稚得可笑的少女的初恋,遭到了这样的不幸,已经够痛苦的了。如果还不接受这次经验教训,仍然这样单纯的、大胆的、错误的和丝毫不顾忌自己的前途、事业、影响的做下去,那将来会怎样呢?请问!

所以现在我再没有什么矛盾了,我毫无顾惜的这样的决定了。我准备向组织提出,争取同意。

6月27日

一天都准备明天的出发,因为我们整个军区全转移了。

白天把反省写得很草乱,交给支部。

下午虽吃饺子,但心里却别扭的厉害。是情绪的低落吗?为什么两天来,不,几天来全是这样不舒服呢?唉,痛苦!

6月28—29日

由唐县走到了阜平(乌园寺——石虎),一共一百余里,两天便走到了,路上很好。

今天遇到了狂风暴雨,我们正在路上,上没村下没庄,紧跑快走的还是受了淋。这时真是我第一次感到自然气候对我的威胁。天上全成黑色了,风狂呼着,雨乱打下来,雨丝四面八方的交错着,像乱射下来的玻璃条,使你抬不起头,喘不过一口气,跑都跑不动了,只有让它抽打,正像一只被雷雨打落的乌鸦一样,再也飞不起来。一会儿水就从脚下流起来了。幸而我们还在前面一些，找到一个小庄进去了，于是后面大队也跟着追奔过来，大家全挤在一间屋子里，到处是湿淋淋的，还没有十分钟，河水涨了，流得是那样怕人，声音非常大。

一会雨小了，河水更猛了，冲下来许多木头、树。浪头是分外可怕，这使我想起了《冰岛渔夫》生活。我跑到河边上，水一会比一会大，全打到岸上，我也随着向后退，在我心里却分外痛快，我跳到河里摄了几张相片，我真想叫浪头一掀，翻到我的头上，那才舒服呢！在水里玩了半天，减去了我一天行军的疲劳。

雨停了又出发，过了许多大河，全到腰以上深，一直到夜里才到达目的地。这一天很愉快，因为我喜欢水，我尤其喜欢暴风雨。啊，让暴风雨更快的来临吧！今天心里烦闷的火焰，好像也灭了一些。

6月30日

暴风雨过后，现在是连绵细雨，我相信有多么狂暴的火气也会被它扑灭的，并且永远不会再燃烧。

早晨接到凌风从雁北来的信，那里仍然在严冬，生活是异乡风味。他说我党性很健康。呸，混蛋，简直是不了解我！我的党性最不纯，意识最坏了，所让他感到好的只是表面的东西，实际上满不是那么回事！

我爱情的火焰是再也燃不起来了！

中午看见X.F的反省，使我很感动，真是，一个群众全能这样深刻反省求进步，难道一个党员就不更应该吗！现在要集中一切力量来处理解决我这个问题，其他事什么也不要管，甚至连想也不应想一想。

支委会今天开会了，我等待着顺利解决。

一九四四年

1月于板峪店

安静吧,我的心,它已经缭乱了六七个月!

清醒吧,我的头脑,它不应再被苦闷所昏迷!

睁开吧,我的眼睛,看一看这新的潮流新的环境!

劳作吧,我的手,它已经对不起革命!

挺起吧,我的腰,担负起一切你所应负的责任!

快跑吧,我的腿,我已经落伍了八千里!

记忆吧,我的脑筋,趁着自己还年轻!

歌唱吧,我的喉,歌颂着我的新生!

2月1日

雪,压抑着了一切的浮尘。早晨,空气是那样的清鲜与凉爽。我站在雪地里发声,四处一片洁白,远山与天空成一色,再也看不到那干枯的土黄色。

一个黄色的影子从我身边过去了,我目送着他一直到很远,他引起了我无限的回忆。

人活着就得像人,就得有思想有主见,如果像猪,那就不如死去。

九个月,我是怎样的活着呢？真的像猪一样,我是毫无理性毫无思想的混过去了。

不幸呀！

2月3日

　　人怕的不是受挫折，而是没有克服挫折的毅然的勇气与决心。我相信只要我不脱离党，我并不是一个没有希望的人。

　　九个月，我清楚的看到了我的环境，原来我是在这样一个圈子里生活。我看见了人与人的关系，我也见到了人们的伪善与自私。在这样的环境中，人们是怎样的玩弄着感情，争执着享受和虚荣呢！真是，到一定的年龄就会知道一定的事情呀！

　　但是我很珍惜我的前途，我深怕自己的生命会像一朵花一样无声的开放又无声的萎去，我向往于英雄主义的生活，让一切烦琐碎事远远的离开我吧！

　　生活的路，其实是极其宽广的，如果要让我挑选"光荣"与"烦琐的友谊俗事"，那无疑的我将抛弃后者。

2月5日

　　问题的抑压并不等于解决，表面看起来很平静，而其实并不见得安宁。长久的拖下去是一种非常不可能的幻想。

　　"不要心跳，不要畏惧，更不要逃避"，是的，它给我带来了勇气！

　　问题的抑压并不等于解决。

2月7日

　　军区的护爱大会开幕了，会场是空前的隆重与庄严。无数的劳动英雄，是那样的可亲可爱，也只有在共产党的领导下，这样一些人才能被抬到主席台上，才能受到别人的尊重与欢迎。

　　我很轻松，玩了一天，晚上的剧也没有看。在十五的月亮底下，我吐露出了我的心灵,吐露出了我一年以来所压抑着的郁闷与真情,这使我很轻松。

2月8日

昨天抗敌(剧社)叫了好,今天该看我们了。一早就到会场去准备,十一点开幕,一直到下午五点。天爷!好长的剧呀,等收拾完了回去,月亮已经在东山顶上微笑了。成绩还不坏。

2月11日

回来后就又演了两个晚会,每天都是准备舞台工作,除了看几张报以外什么也没干。不过最近报纸的确引起了我非常的兴趣。

2月13日

一个非常天真与直爽的人,也是很值得可爱的,但是有时由于我个人的倔强与他的孩子气很不调和,也会吵吵闹闹。但是我总是应该让步的,因为我很喜欢他的孩子气,我总把他当一个兄弟看待,但有时我会故意惹他发脾气。今天他又气了,在屋内狠狠地骂着,但是在他这每一句骂里,我体会到有一种爱与恼的成分。我笑了,这更惹起了他的气。我知道他气的是很难使我悲伤或屈服,很难使我成为一个顺从的温存的女人。

2月15日

对于到塘灰铺去演戏,使我感到莫大兴趣。也不知是为了什么,一路四五十里地很早就到了,也丝毫没有倦意。

下煤窑也更是一件非常奇特的事,因为很多人半途而归了,很多女同志被人们说的全不敢去了。可是我却非领着小胡(汐)去,她果然也很勇敢,于是在黑暗中我们手拉手的下去了,路不太宽,但是很弯曲,并且灯离很远才有一个，像下楼一样，我们大胆的走。路上碰到很多小孩从下面往上爬，背上驮着一篮子煤，每一篮都有四五十斤，在每一个支岔里都有人做工。最后到了尽底，煤，油闪闪的一块一块随着镐头落下来，接着一锹一锹、一篮一篮的往上运。忽然一转眼，一只健壮的充满肌肉的腿露了出来，接着是一个圆润的肩，这是多么吸人的健康呀，这原来是向外淘水的，一个人一个人像接力一样，一斗子一斗子向外淘，每一个工人都光赤着身体，为了人们的习惯我们不能再向前去看了，就转向旁边去看顶柱子的。工人对我们很欢迎，和他们谈了一会儿就顺着原路出来了。里边是又黑又热又闷气，当刚一上来时眼睛非常难过，呆了半天才看清楚了。唉，工人，他们每天是这样生活着！如果八路军没来就更甭说了。

2月16日

列宁的一篇论群众观点，使我得到了很多东西，尤其是关于知识分子怎样看待群众的"落后"，和群众已经不怕带枪的人，和不成熟的共产党员所了解的群众经验、群众觉悟、力量、领袖……等，这些也教育了我这个不成熟的不健康的党员。

2月20日

《女贼》，当我看到这样的标题，就使我想到了她的性格。果然不错，是一个我所喜欢的孩子，刚强，果敢，她为了她的理想，曾做着当权者——老店主所最不高兴的事情，她为了他偷了珍贵的羽毛而被监禁。但是她丝毫也不后悔，监禁对于她好像没有什么，改变不了她的意志，而又当一个不同出身的人对她好的时候，热恋着她、给予她一切的温暖与享受的时候，她又是那样冷静。结果走了——向着她的理想。他，圈不住她，她的全身都表现着一种冷淡、沉静和宇宙间那些清廉、忠诚、刚直的天性所特具的那种冷酷。

我爱她,我愿意有这样的个性。

2月25日

整编的浪潮又一次的掀起了,这次已经到了顶点,谁也抑压不下去了。看劲头是非吃砸锅饭不成了,没有一个人再愿意在剧社待下去了。为了调动工作,人与人之间骂街、打架,简直就不像一个革命的团体。真是变动快来吧!

该散了你想聚也是聚不成的,山南的海北的浪人们全各奔前程吧!我也决心要走!走!一定要走!离开这个环境!

2月27日

X.F决定离开了,最后的一次找我来谈,被我拒绝了,还有什么好谈呢。走,就应该勇敢一些,难道还要留恋吗?呸,不要脸!开辟你的新环境去吧!剧社再也不需要你了,走吧!更坚决一些,日子长的很,路也很遥远,还有什么犹豫呢!日记没有丢,但是我不能给,因为我再也不那样傻气了。走吧,越远越好!

2月28日

该走的人已经走了,留下的是再也跑不了,组织命令就是这样的执行。李部长作了最后的报告,任何人全应该安下心,以整别人的精神来整自己,并且宣布了三个月整风计划,整风后下乡。天爷,让我再来熬这几个月吧!

3月3日

五天的工作检讨开得是那样出乎意料,一天比着一天热烈。感谢大会对我的教育,深入的批评反省提意见是空前的诚恳坦白。这是整风的基础,是改造环境的开始。我开始对剧社有了希望,爱护的种子刚萌芽,让大家巩固它培养它吧！只要大家一条心的努力，"环境"还不是由我们自己造成的。只要是革命的共产党领导的团体，哪有不会进步的。难道还不相信组织吗？缺点是发展中的必然现象，那种对改造环境失掉信心的思想，是反党反革命的。先从自己做起，安下心去，着手检讨坦白运动。

3月5日

每天全在排演，正式的工作又开始了，我也担任了一个王大脚的角色。新奇，好玩，我对角色发生了兴趣。

3月7日

背了二十六斤米到离会场三里地的村庄，就累病了两个。女同志运输是太不合算了，同样的时间换取不了同样的代价，以后我的主要生产应放在纺织上。

3月8日

妇女的节日，哪年也要刮风。今年同样的飞沙走石，会场上起初人很多，但是越来越少，直到还没宣布散会即一轰而散了，谁也阻拦不了这群缺乏组织性的冻僵了的人们跑回家里去，终于会开不成了，戏也没有演，大风沙把人们卷得无踪无影了。

我们路过西战团，感受到了他们的热情。的确与我们不同了，两个不同的环境，不同的气氛，好像不同的天下。

晚上凌风告诉了我突如其来的事情，太突然了，真是我所意想不到的，他们要到很远很远的地方去了，他们要很长很长的时间去下乡，他并且争取我到他们团体去工作。我犹豫，我畏缩，我还需要好好考虑。如果为了我的前途，我非常愉快我愿意到他们那里，如果单纯为了他，我觉得待一个时期也未尝不可。但是旧的环境对我又是那样恶劣，这一切的一切使我矛盾了半天,最后我却答应了他,为了我喜欢他,为了我个人的事业,为了跳出我现在的环境,更为了到更远的地方去开开眼界,充实充实生活,我答应了他,我愿意到他们团体和他一起工作。但是,这只不过是自己的愿意而已,我是一个党员,我还应该绝对服从组织。他已经反映上级了,他请求组织能够允许我和他一起走。

我很高兴我发现了他对于我的爱情的深厚,甚至超过了我对于他的感情的几倍以上,我很愉快。

夜晚和管林四个人睡在一起,谈得很久,我非常兴奋,我兴奋得全睡不着了。月亮把屋里照得非常亮,我看着窗格的花影慢慢的斜过去,斜过去。

3月9日

满怀着极大的不安,忐忑的走到了家中,我的脸一进村就烧得通红了,像有一件什么事情将要临头,我也不知我是兴奋还是恐惧。但是到了家各处全是冷清清的,没有一个人,大家全背粮去了,我只有等待着,等着他们回来。

黄昏了,人们也全零星的走了回来,但是却没有人找我谈,指导员,社长,全像往常一样,只有我这心里头像有一条花毛虫在爬,在爬。小鬼从门外急促的进来了,我马上从炕上跳到地下,心扑扑的跳个不停,原来他是找的别人,我只好又暂时的安静下去。

天快黑了,我实在再也等待不住,一股劲的跑到了社部。当我一进院子,我立着了,我到底干什么来呢?我怎样讲呢?这些事先我全没有想到,现在当然也没机会来准备了。鼓了鼓气大胆的喊出了一声指导员。他出来了,和往常一样,我不能抑制自己了,我说出了我的话。他没有回答,因为他不知道有这样一回事。没法,我只好又回去。

晚上凌风来了,是那样的冒失与唐突,他向社部说了,但是所引起的效果是那样坏。因为他没有经过一定的组织手续,剧社的组织完全不知道这回事，更没接到过指示。自然事情办的非常不好，我也没办法，只好叫他回去，经过一定的组织关系来解决问题。他很坚决，他说回去一定经过组织把我调走。可是问题会这样简单吗？我们团体的性质不同，我们的上级又不是一个组织系统，我相信一天、两天之内是不会解决问题。再说对于现在剧社一个人的调动也不会那样容易。当然这也就更增加了我的烦恼与不安。

又一个夜晚我是在朦胧之中。

3月10日

剧社的整风正式开始了，一天七小时的学习，一定严格遵守。早晨开会我也参加了，我又有什么权利不参加呢？但是，是怎样的勉强呀！只有我自己知道。对于会议我像一个第三者，对于别人的发言我一句也没有听见。

上午文件学习，很好，很合适，这样可以掩饰我自己情绪的不安。我眼睛注视着文件，我也顺着行一个字一个字的看下去，但是我的心却跑到了西战团，我的心在陪伴着他们行军，陪伴着他们谈笑，陪伴着垂头丧气精神痛苦的凌风。

中午我再也忍不住了，这样我怎么能够学习呢？我炸着胆子又找到指导员，向他谈明了。他很不满意，他严厉的批评了我，最后他说他也没有办法，只有等待组织上的决定。我回来了，虽然受到了指责，但是却感到了有一些轻松，心里像解开了一个疙瘩。

一直等到月亮出来，下半月的月亮呀，是那样的贼亮而清凉。任何的动静都没有，我深信他们是走了，问题是不能解决了，他们已经走了。

3月11日

我的心开始向回收，因为我已经失去了希望，走的希望。毫无问题，组织上一定是不允许，而他也只有随着他们的团体到更远的地方去。

但是我很不甘心,我总觉得他还应该给我留下一封信,哪怕是几个字,写明了他的去处,也可以使我安了心。我也可以作长期的等待,等待,我只有等待了,等待着他能够给我留下、留下哪怕是最后的一封"信"!

3月12日

我应该坚决整风了,别人已经开始了两天,这两天我真像一个呆子,别人学习,我也随和着拿起了书。别人种地生产去,我也就跟着下了地。别人用劲干,我也就低着头的不休息。手掌磨起了泡,泡又磨破了,我也不感觉得奇怪,更不感觉到痛,因为我的神经并没有集中到这些上。我只是一个呆子在随着别人乱跑,没有思维没有灵感,像剧社这样热烈的整风、生产,对我丝毫没有刺激。

现在我应该学习了,无论怎样反省,对自己还是有好处的,把自己的思想总结一下吧。

我开始和别人调和融洽了。

3月13日

由于个人的偏爱,往往模糊自己的意识,甚至于阶级的党的立场。在我的男女关系上就具体反映着这样一点。

如果组织上认为把我调走可以减少很多的麻烦与纠纷,可以减少很多的对外的坏影响,那么我绝不甘心做一个害群之马,而宁愿马上离开剧社,甚至于改行全可以的,以减少对于革命的剧社的损失。

对于一个新的环境所给予我的新的刺激,没问题是会很强烈的,那么我坚信我会进步得突然。

组织上正式的做了最后决定:我不能走。

我没有任何话可以讲了,我是一个党员,难道我不懂组织纪律?一切的幻想完全破灭了,像坐了几天飞机,今天很直旋的落在地上。我不应该再有任何的希望,组织告诉我还应该慎重的考虑考虑……一个党员和一个群众,这是组织原则问题,我们又是一个党军的剧社,而不同一个群众团体,这样的事情是绝对的不可分辩的。

组织纪律呀,打破了那迷人的噩梦!

3月14日

有人在暗地里想看我的哈哈笑了,西战团的走对于他们全非常轰动,他们议论着我的不幸的到来,他们更预计着我的情绪的低落,整风的不安与落伍。我能够这样吗?我的情绪是会有影响,但是却不大,连我自己也很奇怪。有人说我一定哭过,一定要病(发疟子),但是全没有。别人也许会这样,我却没有。更有人说:"如果大刘非常爱凌风,她这次就应该表现非常痛苦,否则……"我了解,我了解这个同志的本意,他不但还有怀疑,里边还有责备与谩骂,并且在那里袖手旁观。对的,我已经考虑过了,也许我对凌风的感情还不够那样更深厚、更饱满、更热烈。另一面也许由于我个性的倔强,我的理智,我不愿意让别人看到我的不幸与痛苦,我宁愿"演戏",我也不愿让别人作为茶话材料。也许我并不是一个脆弱的女人,所以我的外表影响很小。对于整风我更抱着一种非整不可之心,反省更是必要的,就是我下午走,我上午的反省也就更重要。如果我明天走,我今天也要把我对剧社、对别人的意见提出来,对我自己也应该来一清算总结。所以我这两天的整风出乎别人的意料,在整风上我很安静,私人的思想活动没有侵犯过整风时间,当然精力是不能完全集中像布置计划一样,随时吃饭睡觉全想着反省整风,可是这是不能避免的呀!我的内心还在斗争着,如果我不是一个人,不是个党员,我会毫无顾忌了,但是现在我有更多的顾虑。

我哭不得,笑不得,真的,我不知道应该怎样了,我也不知道我现在变成了个什么形态。但是我却了解我现在要是哭,哭不出来,我已经流不出眼泪。要是笑,也笑不起来,我好像再也不会笑出声。

3月15日

　　好坦然的凌风啊!你就不给我一封信,难道你就忘了吗?你就忘了这里还有一个对你有着希望的人!难道你就当真非常安然毫无留恋的走了吗?听说你们要到更远的后方去了,我后悔,如果我们的关系没有进一步的发展——我已经爱了你,那么又与我何干?可是现在你让我怎么办?连封信全不给我!

　　不,他不会这样做,由于他的忠实,他也绝不会忘记我,他不是一个党员,他有他自己的苦痛,他会给我来信,一定的,再等两天。好,我等着,我愉快的等着。

　　凌风,我对不起你,如果我知道在你来的那天晚上将是我们最后的一次见面,我为什么不多和你玩会呢?不多和你谈谈呢?我相信你也不会想到这一点吧。你的希望更高,你一定会更痛苦,我知道了。但是凌风,听我的话,你勇敢的走吧,我们都还年轻,日子还长的很。精神上应该愉快,因为我的精神在陪伴着你,更要注意自己的健康与进步。我……请你放心,你也应该放心了。

　　啊,天啊!我这些话是对谁讲呢?

　　唉,可怜!可怜他连一个字也听不到了!

　　天是黑的,地是黑的,交流的空气也是黑的。

　　只有两只圆睁的眼睛是亮的,发着期待的光。

　　但是……她是很疲倦了!

3月16日

　　"大刘,根据你的水准,家庭成分,与你的年龄,你应该是一个很纯洁很健康的人。但是小资产阶级意识在你还是很浓厚的!"呀!像一声雷,像一颗手榴弹在我头上爆炸了,这是多么英明的启示呀!像一个响亮的警钟的尾音,长久的回绕在我的脑中。我被这样一个启发所激动了,我深深的思考着,为什么?究竟这是为了什么?一个纯洁的孩子会变成了这样的破坏党的分子,会变成了这样的肮脏!

3月17日

这个启示缭绕得我两夜都不得安宁,我也很奇怪,这是我思想发展的歧途,我从历史上去反省了。

真的,热情、大胆、小资产阶级的幻想促使我离开了温暖的自由的家庭而参加了革命,受了党——共产党的洗礼,但是它也大大的阻碍了我的进步。天呀,这个歧途使我绕了多大的圈子呀!在这几年的过程中,我走了多少的冤枉路呀!而现在,现在这几年的冤枉路呀,它把我弄得是这样的疲劳与不健康。

3月18日

没有想到,真的没有想到,我没有估计到一个纯洁的最朴实的幼稚的孩子,也学会了欺骗,在他那最直爽最坦白的后面,还有隐瞒的东西呢!我发现了他的秘密,我深深感到了受骗后的痛苦,但是我只能默默的忏悔。

3月19日

反省应该有重点,反省应该抓着要害,这样才能够深刻,这样别人才能够满意,这样才不至于避重就轻、避生就熟,这样才不至于使自己头昏眼花摸不着头脑。什么都有,什么都重要,而应该找它那最尖锐的地方,突出的地方。

那么对于我,我应该坚决清算"我的男女关系"。

3月21日

赤裸裸的坦白反省对自己的确是一件非常轻松的事情，但是内心的激烈的斗争、矛盾，也是相当痛苦的。但是"新我"如果战胜"旧我"，那是多么愉快呢！打开反省大门，坦白将是一个最主要的关键。让"新我"迅速胜利吧！我有这样的决心与信心，我争取做示范，我要在这次整风中改变人们对我的印象，改变我的思想。

几天以来我感到非常疲乏，每天早上全睡不醒，晚上又不愿早睡。白天脑子里就没个闲，这真是体力劳动与智力劳动初步的结合，真够受！昨天抬粪的肩，今天还在痛呢！

3月22日

整风、坦白运动在剧社造成热潮，真是我所预料不到的效果，很多的从来就隐瞒着的问题全坦白出来了，墙报更大大的增加了篇幅。真是共产党的伟大呀！有一种看不见、摸不住的力量在促使着每一个人，比一个最纯真的教徒还要诚挚的向党坦白着他的一切。他们的诚挚感动着一切的人，有谁能对这样的运动不严肃呢！谁也知道只有这样党才会给他以力量，他才能得救！

的确，问题是越挖越多，像有这样许多问题，过去全埋伏着，工作怎么能做好呢？剧社怎么能进步呢？同志间怎么能不打架、不骂街甚至于像仇人一样呢？

3月24日

整风把我全部的思维全牵连着了，我再也不会想其他无关紧要的事情，我每天每夜的思想活动全是坦白反省，甚至于为了妇干会的演出节目，有一个角色我全不愿意管它了。我的词还没有抄，有时如没人提醒就像忘死了一样。真的，每天都在不停的写，每一分钟全在想，像写不完想不完的一样，越写越多，越想越复杂。

3月31日

仅仅参加了一天的妇干会,使我真正感到了群众斗争的伟大,而我自己却远远的在这斗争以外。大会出了那么多英雄,可哪一个人的哪一点,哪怕是最细小的一点,我们能赶得上吗?我太激动了。一个老粗山杠子,一个瞎字不识的小脚娘,一个六七十的老婆,一个只会带孩子管家务的大嫂子,一个粗野的村姑娘……却能做出那样生动的新鲜的事情,真是连历史上都是新鲜少闻的事情,她们全做出来了——在这革命的抗日战争中。而我们这样一个半知识分子,却真是像毛主席所讲的肩不能担担,手不能提篮,既不会杀猪,又不会做饭的无知无能货,自己还总自以为不错,凭什么呢?我留恋这个大会,但是明天还演出,只能参加一天。但是这一天,我的思想上深深的受到了刺激。

4月2日

我丢掉了心爱的宝藏,我唯一的纪念品。

我的心全痛了,我的脑筋在慌乱着,我的精神在紧张着,我到处的找,都没有。我每一个人全问过了,当我没开口以前都是抱着满怀希望,但是我所得到的回答,却都是一样的"不知道"。

我等待着,我不相信它会丢,我希望着有一个人能还给我,哪怕是让我付出最高的代价,我也愿意重新收买回来,我唯一心爱的纪念品——小镜子。

4月4日

我期待了两天,我整整找寻了两天,但是终究没有下落。丢了,是真的丢了。

不讲理的人呀,你们为什么单拿我的镜子呢?难道你们也需要吗?可是你们曾知道有比你们需要更迫切的人吗?真是太自私呀!你们为什么不拿我别的任何什么东西呢？我也绝不会这样心痛啊！还我吧，我会原谅你们，我会付给你们更高的代价，我会赠给你们所最需要的一切东西。还我吧，有情理的人！

4月6日

我们决定到大黑山去开荒了，在这个时候，刘三寿给了我两封信，写的很热情。天啊，让我怎样的回答他呢？我应该慎重，并且一定经过组织，接受以往的经验吧！

出发了，天下着细雨，路旁的杏花盛开着，像在庆祝过路人的胜利，像张着嘴愉快的笑着的童年，它减轻着过路人的疲劳，好一个雨洒清明的佳节啊！

4月10日

当我第一次看到了炭灰铺的煤矿工人，我觉得非常的新奇与愉快。我见到了一个个的黑人，我觉得很好笑又好玩。我抱着参观旅行式的心情，一直下到煤矿的最深处，我又非常热情的和工人谈论着这个，询问着那个，心里满觉得这样就是体验工人生活啦。另方面，我更觉得他们的脏，非常不应该。我讨厌他们的懒，我怀疑他们难道连这一点洗刷的时间全没有？怎么样也不会让他大人、孩子、男人、女人全成了"黑人牙膏"似的人物。

然而这一次来却不同了，我对他们发生了热爱。

我们的同志也下洞了，刚一天，出来后个个也全变成了黑人，甚至连吐痰也是黑的了。真是不做这种工作，不知这种工作的滋味。一天两个班，黑天白日的睡眠不足，使他们也再没有经常洗脸的机会了。特别是在心理感情上也在起着非常激烈的变化。我们女同志留家做饭，工作虽然轻闲，但对于我们也像特别繁重。最初曾笑话百出，不是生了就是稀了，几个人每天守在伙房里支应着上下工的吃喝，情形是非常忙乱的。尤其是上下工时，矿上所发出来的那种悠长的喊叫,真使你的心志忐的跳动不安。因为就在这一喊叫里,应该上工的要已经吃了饭,应该下工的马上也就要吃饭了。如果你的饭还没做好,那真着急的要命。不简单,的确什么事都不是那样简单,掌握生产技术真不是一件很容易的事,让这次下矿作为我们实际锻炼的开始吧!

在矿里,在矿外,这一群所谓搞文艺工作的人们,是在慢慢的改变着自己的心理感情。他们对这群"黑人牙膏"——纯朴工人,慢慢的亲热起来,对他们全抱着一种羡慕的敬爱,对他们开始接近了。

5月6日

从十四号到今天,我们全爬到大黑山里的土耳石岭上去开荒,全体都住在石堂子里,在一个只有一家人的土耳石村中,我们安下了伙房,就从那一天起,我每天都手忙脚乱的做着事务工作——司务长、伙夫。在这整整一个月的时间里,使我学会了管理伙房及做饭的本领,我很为了我能得到这点技术而感到愉快。

今天下来了,在这下边好像是另外的一个环境,这里一切都变成了深绿色,什么东西都像已经过了春天,庄稼全长起来了。可是在上边,几天以前还下着雪,真的今年是多过了一个月的冬天,今年我已经没有春天了。

5月8日

由于在开荒期间过度的紧张与疲劳,使我一回来休息倒坏了,满身没有一处不痛,疟子发起来了,实在也再支持不住,于是我就倒了下来。就算病了吧,病吧,越重越好。

5月14日

好了就得排戏,真讨厌死了。说良心话,我现在真是再也不愿意工作了。

5月15日

　　帮助老乡春耕,恰好是打枣步曲虫。天啊!感情非常脆弱而不健康的我,对于那又软又长的步曲虫,真是怕的不成呀!最初我连上前看看全不敢,但是我一定要克制我自己,这也是实际锻炼啊!于是大着胆子上前去了,心里真像也有一堆步曲虫在乱爬一样。别人全下手弄了,我却仍拿石头,但又有什么办法呢?真是从心眼里害怕呀!一直工作了一天,在心理感情上仍然没有群众化。

5月19日

　　一封寄不出去的信

　　压抑了很久很久,这一封信我不能寄出,也就是这一些话我不能公开的讲。

　　请你原谅我在这样长的一个时间里(从收到你的第二封信起),没有给你任何的具体答复,这绝不是什么任何全能归于工作时间问题,而是我主观上思想上有意识的这样去做,并且也许会永远的这样做下去了,因为……因为我实在的没办法。

　　我曾因为你的来信被激动得几天的不安,我曾长久的被矛盾纠缠着,但问题是终于解决了。

　　我对不起你!在几年的斗争中,我使你失掉了希望,我不能再像过去,因为几年的时间使我大大的改变了,使我对于问题的观察与理解也改变了。我不能爱你,因为你已经不是我所理想的人。我知道你的进步,我也理解你对于我的钟情,便是你却有非常不适合我的"条件"存在。真的,在这几年艺术工作中,我的爱人的条件也随着我自己的进步而提高,这也就是说我的虚荣心使我一定要找一个技术比我高的人(当然也一定是同行)。因此你的工作性质决定了我们没有前途。

　　我知道你是在飞跃着,你的地位是高超了,可是你也晓得我所喜欢的是政委、司令员之流的人物吗?

特别应该告诉你的是，我现在已经在深爱着一个人，他也很爱我。虽然他已经到了很遥远的地方去了，但是为了我个人的将来幸福，我是决心等待着他的。虽然我也知道这是一种可能很小的希望，我也曾受遍人们的讽刺、谩骂，可是我的心却无时不飞向那有他住着的遥远的地方，任何人的力量全拉回不了我的心，任何人的爱都使我难于接受。

你知道了吗？我是在爱着这样一个人，当然他并不特殊，也不漂亮，并且在某些地方很落后，工作能力也不一定高。可是我确在爱着他，我确被他的某些力量所引诱着。

也许这又是幻想？正像你所说的一样，我是太富于幻想了。过去我曾由于自己的幻想来冒险的爱着一个落后分子，而结果受到组织纪律的制裁，而今天我好像接受了过去的经验教训。可是这也是一种偏爱，怎么办呢？难道还会演悲剧吗？不会吧？党会对我负责任的，这也就是我唯一的希望。

因此，我觉得我不应该再给你写信了，那样对你会是一个更大的扰乱。我很后悔，我不应该给你写那第一封信。在这六年的阔别中，对你会是一种负担，会使你几夜的失眠，这全是我的罪过。我再不应该让你感受任何的苦恼，哪怕一切的痛苦都交给我一个人呢？我甘心情愿，我会愉快的伸着两手欢迎痛苦的来临，因为我自己做的自己尝，因为我已经对不起你，因为在这样的事情上我宁愿牺牲，也只有在痛苦中的愉快，才是我真正的安慰。

忘了她吧，××，她已经过去对不起你，现在对不起你，而将来也会对不起你。对于这样的女人，还有什么客气吗？应该对她发生怨恨，应该对她实行报复，因为她已经害你不浅。

这样的女人没出息，堕落，将来不会有更好的前途。还是为你自己的将来前途打算吧！

5月25日

真他妈妈的,不是人！黑锅就会往别人身上背,不知又是哪位高明之士,发了宣言说我和××又有什么要好关系。唉,用不着任何的解释与说明,日子长了就会水落石出。哼！想着打击别人抬高自己,我还是不怕。你不用看着这些日子我又抬起头来有了进步,我仍然会进步,越这样越不会显你好。告诉你,大刘就是不怕打击,就有这么点怪脾气！

5月28日

有人很关心的向我说,如果给他写信,有人保险带到。于是我就大胆的写了。经过指导员准备交给那个可靠的人。但愿这封信能随着我,我整个的心情很迅速的被带到他的面前。

5月30日

"又到了乌园寺啦",人们都在不约而同的感觉着这同一的时候。真的,现在剧社的气氛又像在乌园寺时候一样了。爱人们整天的出去,生活是不正规的,人们的嘴里谈论着男的女的,有的班一直到夜深还听得到讲述着关于性的问题。有的小集团的去发牢骚,有的憋得变相发泄,简直不像样了。男女关系,人事问题,都成了每个人每天的思想注意力最集中的一点。每天吃了饭就这样乌烟瘴气的混着,我真再也受不了啦,我又怎能不受影响呢？我急待着一种逃脱。

6月1日

当我看完了三十一日的报纸,我的心急急的跳着,我的精神特别集中,我不知道我是高兴呢,还是悲哀？我哈哈的大笑了一阵,我又偷偷的擦了擦眼。最后我立起来报告给别人这样的消息："西战团到延安了,在中央大礼堂演出《把眼光放远一点》。""啊！到延安了！"人们全在惊喜着,接着就有人叹气了。唉,苦命的人呀!就在这样的环境里闷着吧!

我也很愉快,我默默的庆祝他们长途旅程的胜利。同时我也意想着他身体的健康。他会看见许多熟识的同志,光荣的英雄,革命的领袖。他更会看见了我久已期待看看的毛主席。幸福啊,凌风!在那样丰衣足食的新民主主义的好地方,你应该怎样的注意自己的锻炼呢?你应该怎样的为了将来准备力量呢?我祝贺你,我祝贺你能有一新的进步!

我被这兴奋的消息鼓舞得全睡不着了,我默想着,我打算着,我打算着我现在应该怎样努力。

6月2日

潘副主任到剧社来了,大概有人越级的给他反映了一些问题,他于是来解决了。找人们个别的谈了半天话,又召集扩大的活动分子会议讨论了很多事情,并给了一些指示。大概还没算彻底解决清楚了,因为三号要去王快演出,准是回来后开始新的清理、整顿。我又像有了点希望了,我专等着回来后剧社的再生的新气象,也许会又是小资产阶级歇斯底里的一时发作。但是在我精神上已经准备好了,不管怎样也准会比上次强。这是要慢慢来的,改造一个环境也绝不容易,但是我自己首先有信心,首先做起,哪怕它是一时的,也比现况强。真的,我现在成了现况不满派了。不然的话,我是非要求下乡不可。

改造吧,让一切都彻底改造吧!

6月6日

第二战场开辟了,这个消息兴奋鼓舞着每一个人。反法西斯战争的胜利在望了!

6月10日

剧社又有点变动,希望这个变动能波及我的头上,但是又非常没可能。正、副社长全下乡,丁里到我们这做社长,这当然是每一个人所欢迎的,但是……

我的烦恼在增加……

6月14日

我……

不要做爱情的傻子,应在事业上用聪明。

在爱情上如果不睡觉,在事业上就更清醒。

7月29日

整个的七月我是随着潮流,在无数次的排演、演出中,紧张,匆忙,有时也愉快的过去了。但是七月的工作并没有结束,更繁重的工作还在后头,对于我大显奇迹的机会还没有到来,因为在这整个的七月演出中,我还没正式的扮演过一个我最喜欢的角色。我等待着,我以一种非常饱满的情绪来准备迎接任何更繁重的任务。

7月30日

为了干部们整风,《前线》是一定要演出的。酝酿了好久的其中的唯一女护士,果然派到我的头上。天啊!当正式公布了人名单时,我的勇气倒像减低了十倍一样。我又对自己怀疑了,我所准备的勇气不知一下哪去了。我战栗着,但是心中却是愉快的。结果我自我的斗争还是大胆的担负起来。不过担子果然是不轻的。担吧,多流点汗,那又怕什么!为了自己的前途。

7月31日

导演讲我这个角色,应该是一个十八九岁的天真活泼的少女,个性是应该非常坚强与爽朗的,要具有社会主义联邦共和国女战士的英勇与果敢,并且对于祖国神圣的战争抱有坚固的不可动摇的胜利信心。有着非常饱满的爱国热情，有着布尔什维克钢的意志，又有着非常潇洒、愉快、说笑自如的风度。另外还应该特别具备一个健康的丰满的美丽的身体。这是一个社会主义制度之下产生的新女性，是经过体力与智力劳动锻炼的女孩子，是受着党的洗礼与培养的经过战争考验着的女战斗英雄。当然她还有她的不足，像在战场上的顽皮，像对英雄炮手——瓦西亚的热爱及对木加姐的某些忌妒等。但这对于我是怎样困难的角色啊！……身体、声音、风度不用说没有看见过，就是连听说过的也太少啦。更对剧本了解的程度也有限。好苦恼好苦恼啊！同时更没有更好的技能，因为如果有较高的表演技术，一切是全可以弥补的。

真的，愁的我连吃饭睡觉全觉得不安了。

8月3日

天下无难事，只怕有心人。我暗自的重复着这句话。是的，他们说的很对，演《前线》也等于我们自己整风，好好的研究其实质、基本精神，同时扮演角色也都具体表现着党性的坚强程度。对呀，党性坚强的演员要创造角色的成功。

我需要进步，我需要提高，这是一个最好的机会，但是绝对避免出风头、个人主义。

几天的阅读，对词，讨论，导演的帮助，使我对角色开始有了点门，我对她也有着浓厚的兴趣，我要大胆的去尝试，去排练，一次不行，再做，还不行，还做……直到可以"对付""将就"了为止。

因为我全没看见过苏联红军的男女英雄，那么一切就全是揣摸的，连模仿全够不上。

8月4日

因为角色的愉快，我也应该更愉快，来培养我的感情，蓄藏我的情绪，以供排演，因此我特别注意给我自己制造环境。虽然往往都是我一个人在一个地方，学习，工作，住……但是我总是让它过的愉快、活泼，很多过去的或现在的烦琐俗事，我都不让它侵犯我，即使有时突然袭击一下，也让我无情的打了回去。因为我要工作，我还珍惜我的前途！

也的确我自己是比过去愉快多了，因为前几天已经把一个有趣的、由于自己的幼稚所造成的问题解决了。过去这些事情曾像潮水一样每天向上涨着，涨着，直到再也不能涨了的时候。可是今天它已经不可能再涨了，相反的就是下降，下降，降吧！

我应该庆幸我这不幸中的侥幸！

8 月 6 日

斯坦尼（斯坦尼斯拉夫斯基表演体系——编者）的演员应该内心的感情与动作一致。

对于玛露霞的一切我都得"幻想"，也只能幻想。

导演告诉我幻想出一个她所最热爱着的瓦西亚，应该是怎样的一个苏联英雄，警卫炮手中的好汉。

我综合着我所能想象出来的一些英雄人物的特长……我想……他，瓦西亚，一定有着两只像《第四十一》里面的白军上尉一样的神秘的引诱人的碧蓝碧蓝的眼睛，有着《星花》主人公的飞鸟一样的眉毛及大理石一样的背脊，要有着尧恩一样的被海所抚育得非常健壮的身体，和尧恩的气魄、风度。另外还一定有着像谢明一样炮兵瞄准手的最高的技能，和对于祖国、爱国战争的高度的热情和胜利信心。这样没问题，他还应该具备着布尔什维克的一切优良品质。

正由于这样，玛露霞非常热烈的追求着他，喜爱着他，夸耀着他。也正由于这样，使她出没于战场上也是那样活跃，使她对于工作——护士，更忠实的负责，对敌人更深切的痛恨。也正由于他，使她甚至不能不对她多年的一起要好的伙伴——木加姐也多少的存在些妒意。因为她也在爱着她所爱的人。但是她却仍然非常英勇,她要用她的一切的对于战争的高超的革命英雄主义来夺取他……直到最后当战斗最激烈的时候,生命最危急的时候,她仍然朝着他的方向——更勇猛的打击敌人,为革命流尽最后一滴血——喊着他的名字:瓦西亚! 瓦西亚!

8月7日

当战斗刚进入一个比较缓和的空隙里,玛露霞穿着一身白色的护士服,非常愉快的活泼的出现在战壕里,在许多的红军战士当中,她显得是那样的年轻而美丽。她给他们带来了温暖和安慰。她非常顽皮的和他们说笑着,但是也非常天真的和他们讲述着她所爱着的瓦西亚。她这时在他们当中是显得突出的,但当更紧张更激烈的战斗到来时——德国坦克冲来了……包围了他们……她也能更勇敢的和他们一起进入战斗,坚持她的工作,救护伤员。

导演告诉我,应该非常神气的上场,也就是要带着你的上场风。我于是就想象着这样一幅非常美丽的图画。这一幅图画在我的脑子里像非常活的一样。我尤其喜欢看这图画当中的活的玛露霞。但是我的表情,却不能和我的想象相似。到我真正演着玛露霞,我总觉得有些造作,不自然,筋肉紧张,总赶不上我所想象的那样美,甚至还没有达到一半那种"美"的程度。我没能更好的达到导演的要求。

我焦急着,怎么办呢?

8月8日

晨曦把室中的黑暗驱逐走了,破晓的微寒把我从睡梦中唤醒。我冒着清晨的朝露,到河那边的广场上去练习我的台词、动作。隔着一条小河及一片浓密的青纱帐,因为我怕惊动了村内的人们。

大胆,是演员创造成功的先决条件。为什么我不能满足导演的要求?不大胆,自己应该大胆的创造,大胆的模仿导演的示范。

8月9日

我非常喜欢这样潮湿的朦胧的清晨,在这样的清晨,我认真的进行着我的课题。

一个医务工作者应特具极高度的细心与耐心,让病伤员能够从他(医生、护士)那里得到像母亲一样的爱慰。那么玛露霞还应该在工作中让人们感到一种在她身体中的看不着捉不住的"母爱"的慈祥,因此要注意她的调皮程度。

当小鸡像一个黄绒球的时代,母鸡对它们的卫护是特别厉害的。但现在到了像小鬼一样大了,仍然不离母鸡的周围,母鸡前前后后的带领着它们,"咕咕"的呼喊着,如果你要捉着了其中的一个,那么母鸡会马上支着翅膀向你冲来。等到它们休息的时候,她仍然张着翅膀把它们掩在怀里。因为孩子已经大了,母亲几乎全被它们顶了起来,母亲的翅膀也被它们给挣裂着,但是慈祥的母鸡,一动也不动的护卫着它们。由此可证明母爱的伟大啊!只可怜我所能尝受到母爱的时间太短了。

8月10日

不满是向上的车轮,它能载着不自满的人永远前进。——鲁迅

看到了《崔洛唐》的演出,使我很吃惊。吃惊的是别人的进步,变了,在这一年多的过程中他们是变了。谁能比我们剧社的进步更慢呢?没有,肯定的没有。别人——那个团体、导演、演员——全有显著的进步。而我们,却仍然是这样的四不像,最惭愧的也是最可怜的就是自己演员的创造,千篇一律的"大刘化",没有新的创造,捉不到群众的新鲜的类型,而只局限于一个极小的圈子,扮演任何的角色都只是那陈旧的一套,左搬来,右用上的来

回倒。而对于新鲜的具体的东西了解太少,只会模仿而不从心理上去细心研究。以往创造出来的东西,只有自己满意罢了,但是发展着连自己现在也不满意了。"如果不立刻突破这个圈子,使自己大胆的接近群众,学习他们,那么前途茫茫。"这是现在我所能知道的、所感到的苦恼。但是究竟怎样突破这个圈子?这个圈子具体妨碍我的竟是什么?用什么办法来突?我却仍不知道,我摸索不着。

"自满",有时自己也会无意识的或有意识的来给自己安慰,这算得什么东西呢?它会拉着你,不用使你后退,就只单单停一下,别人就会赶到你前面去。正像俗语说:逆水行舟,不进则退。不怕慢,就怕站。你想歇一下,偷会儿懒就不行,马上会明显的看得出来。前进吧,不要让这些东西拖着自己,自己又并不是没魄力,又并不是没虚荣心。好强点,向着朱德同志所表扬提倡的"革命的英雄主义"前进!

"如果自己的死,能够肯定别人的生命与自由,那么这种死并不算'死'。"——《两人》

8月14日

由于人们工作中的不集中,工作委员会颁布了"紧急戒严令"。我非常同意这样的做法,这是从群众中来又到群众中去。

由头到尾的一直连贯排了一天,互相的提出了一些意见。关于玛露霞,他们说不够朴实,应该更农民一些。由于我个人的眼睛、表情,使人感觉得带"资产阶级"味,也就是说做的比较忸怩。在叙说木加姐的几段词中表现得不够大方,小气,过于忌妒。她不应该这样,要再大方一些,爽快一些,豪放一些。她曾非常天真的向别人谈述着她自己的爱人,很直爽,很大方,在这一点上应该取得观众对于她的喜爱,到战斗时要表现得更英勇,更泼辣一些。

人们的提醒,使我对自己几段词的读法也发生了怀疑。的确玛露霞不应该有"资产阶级"式的那种小姐卖弄感情的手段,她应该更纯洁朴素一点。

8月15日

第一次的预演就又是一个雨天,所以直到很晚才开幕。预演的效果一团糟,还不如排演来的好,一切效果全没做好,演员也有的上台晕。真是,整整的一天一夜,闹了个这样坏,真别扭死了。鸡叫才回来,心里烦闷的厉害,觉也睡不着。如果演的再好一点,那么我是多么愉快轻松呢,现在心里有一块石头一样的东西。

8月16日

也许由于个人的感情在平时就不够朴实,很浮躁,很容易冲动,正像杨树叶一样,稍微有一点小风拂过,它也要哗啦啦摇两下。这是多么样不够沉静呢!也正由于自己这样的感情,所以往往造成自己很重的痛苦。不好,在这方面应该向二刘学习,她也是一个学生出身,而她是怎样的纯朴与老实呢!埋头苦干,不要有更多的幻想,也别理想得太高,把自己过多的精神活动应该放在事业上。

这样你的戏会演得更好,要向玛露霞看齐。

8月20日

现在突然的确定了这样的一种观念:"只要是给我以'机会',就大胆的利用它来考验自己。"这也就是说不放松每一个机会,同时更要积极的去争取。

《血泪仇》的演出,是我这种观念的界石,我开始从我自己所造成的那种话剧的圈子里向外走,我对一些其他的形式发生了兴趣。直到今天,我算给我自己作了这样一个肯定的答复:"要尝试。"于是我就大胆的向人们宣布,只要有机会,我会造出奇迹!

8月21日

导演的意见,预演以前的玛露霞要完全的推翻,现在应该创造一种更新鲜的典型,更具体的形象。

我自己也大部分同意这个意见,但是这是多么困难的事啊!什么事情不是以先驱为主,这第一个印象是多么的深刻呢!现在马上变成两个性格的人,我失去了信心,但是……的确,是应该费费脑筋的时候了。

我又拿起了剧本,在二十四号以前牺牲我一切的时间来研究,来念。午睡也忘记了,洗衣服做被子全忘记了,把它们扔到后边,等演出以后再说,现在主要的是玛露霞。

8月22日

新的玛露霞在开始和旧的形象斗争。

在战场上当一个战斗的空隙,玛露霞从很远的地方愉快的奔跑到战壕里来,她穿着一身红军战斗员的军服,戴着军帽,卷曲的发光的头发,无意的在外面露着几卷,这更陪衬着她的英俊。因为在冬季的雪天,她穿着长统皮鞋,这一切的装束都非常适合着她的健康的筋肉和发达的丰满的身躯。由于对于爱国战争的热忱和高度的胜利信念,使她非常勇敢的出现在战壕里,准备着,等待着,对祖国对她的伙伴、战友付出她的责任。更由于久经战斗的经验,使她在前线的战壕里,很能说笑自如(毫无恐惧),并且是那样大方的谈论着她所追求着的英雄好汉。

我在一旁窥视着她,我对她发生了无限的敬慕与喜爱。当她看见了我的时候,是那样纯洁而天真的笑着,迈着男人一样的步子走到我的跟前,向我伸出了她那洗得非常干净带有来苏水味道的手,我被惊喜得说不出一句话。但当我刚想对她说出我的高兴,我正想扮演像她那样一个女英雄的时候,轰!那边响了一炮,玛露霞不见了……

我伸开了我紧握着的手,我看见了窗户外面的黎明,隔院的雄鸡开始啼叫了,房东在开着后门。

真的,梦中的玛露霞是活泼的年轻的可爱的红军看护员,她给了我另外的一个印象,应该更进一步发挥她的男人的气魄和开通的风度和举止的大方,言谈的流利明朗和强悍泼辣的性格。对于木加姐的谈论,不应再是讽刺与忌妒,要非常大方的无意义的不在乎的叙述她,对于其他的同志要显得更亲热,更关心,更协调,给他们以鼓励与安慰。她应该起着她女布尔什维克——看护员的一切作用与影响。

在读词上应该更干净更清脆一些,不应太娇柔,忸怩,要英勇,果敢,开通,大方,活泼,愉快。

8月23日

新的人物就这样初步肯定了,昨天晚上排到了十二点,导演讲还需要更多的个人加工,然后就台上见了。我很担心,时间是已经没有了。

讨厌的是又感冒了,嗓子鼻子全不好,但愿它不要影响演出。

自己又练习了几次,全部的心情都在准备着明天的大战斗。

8月24日

镇静!镇静!《前线》的唯一女演员!

只有无限的高度的镇静,才能胜利的勇敢的完成你这次所肩负着的党的使命。

我很觉得光荣与幸福,因为我是在参加着这样一个大的战斗,而且荣获着这样的任务。

从吃过了早饭,就做着积极的准备,直到战斗的正式开始。

不知怎的,在进入战斗以前,我的心总是不能宁静,总可以听到一阵一阵激烈的跳动。害怕吗？恐惧吗？已经有过不少次的作战经验了，为什么还这样呢？也许由于我的情绪是太紧张了，精神是太集中了吧！

战斗结束了，成绩比上次强十倍，但是真正的确切的好与坏，还需要等待群众给你以评价。

8月25日

天亮了才开始睡，整整睡了一天，好像把多少日子以来的疲劳全一下恢复了不可。但是睡到了下午也不见得怎么特别舒服，饭也没顾吃，头晕晕，但是心里很轻松，因为又完成了一次党的任务。

8月26日

学会处理革命的家务，的确是每一个同志所必须的。渐渐的无形中把我那种暂时、依赖的、什么全靠公家的观念磨淡。对自己好像也学会了一些照顾，当然这决不同于完全的自私利己，而是冲淡了那种消极的等待现象。生活中的一切全等待着公家，冷着饿着，反正组织上你得给我想办法，我自己就是把这样一个人交给了你了。有困难组织上能帮助的则克服了，不能的就困难着，甚至由此而影响工作或学习。可是现在好像不同了，自己动手生产解决了一些问题。什么都像应该做长期打算，一切的生活细节都是过庄稼日子似的。这是多么长久的思想转变过程呀！究竟好不好呢？我现在还不敢肯定的确定，不过几年以来，这确是一种新鲜的感觉。

养着四只鸡，每天像惦记自己一样惦记着它。公鸡长的很雄伟，他们都讲谁养的鸡就像谁。真是笑话！鸡和我很熟识，只要是一叫它，从多么高的房上或树上全可以飞下来，从很远就可以伸着脑袋跑了来。你在院子中一坐，它们就围拢起来了。真好玩，可是……养鸡，做活，打毛线……要适当的分配时间才更好呢。

8月28日

"只有在受尽了苦难、危急的人,才会更亲切的体会到救星是怎样的可贵。"(录)

她追求着一个人,很愿意为对方做一些小事情,哪怕是最细微的一点点,只要对方高兴。时间是无情的过去了很多,差不多已经有三个年头,任何一个人全不知道,甚至连对方自己也不曾觉晓……可怜,别人全替她可怜。但是她却很愉快,因为她有这样的决心,她一直追求到坟墓里。她对他有着希望,她对他抱着幸福的幻想,她对他怀着冲动。

8月29日

分区剧社已经分头回去了,回去开展政治攻势,并在一个大会上互相的做了竞赛,准备下一年的检阅。

由于看到了各个分区的演剧,使我很受刺激,尤其是看到他们演员的进步,惊人,真真的惊人!

一分区《崔洛唐》剧中的洛唐嫂(小胡)、三分区《兄妹开荒》中的妹妹(贾贵芬)、四分区《戎冠秀》中的保妮(洛林),从前全是些很不引人注意的、不会演戏的同志,可是现在却成绩惊人了。好!演的非常好,很形象,很自然,可以说是很成功。但是我们这些很早就演戏的、演了五六年戏的却都这样没有朝气了,却都成了戈尔洛夫,自满于过去的成绩与威望,看不起新提拔起来的人,不向新鲜的事物学习,不力求进步。同志,这样你就会塌台,你就会被淘汰,你就会被新成长的人来代替。同志,不警惕吗?不觉醒吗?

难道还真的想做个女戈尔洛夫?

8月30日

看到了分局关于开展政治攻势的指示,我的心跳动了,我等待着、期望着具体的布置。

又有一个青年人向我讲述着他的思想的秘密,直爽坦白,而且是那样的大胆。我尽到了我同志的责任(也只能这样),我给他以启导。

为了满足群众的要求,我们在所驻村演出了。

8月31日

因为别人病了,《戎冠秀》里又增加了我一个角色。时间很紧,但是我很愉快。

9月1日

报纸对于我成了每天必问的教师,哪一天都有许多新鲜的实际的我所应该知道的东西;同样在每一天从报纸上我也能学习能知道能了解好多事情。从每一篇东西里全可以学习到党的政策,党是在怎样复杂的领导着群众斗争,毛泽东的思想很明显的是怎样贯穿着反映在一些具体问题上,而它的斗争改造过程又是怎样的困难,而终于克服着。在国际上每天全可以看到惊奇的胜利,胜利。幸福的远景,它给予人们以多么大的鼓励啊!

9月2日

有人非常关心的诚恳的要求我写信,因为他后天就到后方去了。唉呀!我应该怎样的去处理自己的问题呢?幼稚的孩子,考虑,考虑……

我没有写信,我向他谈了简单的关于我的情形,我否认了我们是爱人关系,我应该执行组织上的意见(因为他不是一个党员)。将来,那么要看将来的形势而定,谁能预料到未来会有什么突变呢?……"倘若要地震呢?"(戈尔洛夫)。我向他谈的很清楚,我希望他能够把这些情形带到那遥远的遥远的愉快的地方。

演完戏后我缭乱的躺在床上,我想……凌,当有人从敌后方前线回去的时候,你会对他们抱着最高的热忱与希望,你一定想象着他们会、同时一定给你带来了最宝贵的礼物,但是你想错了,没有,我没有给他们任何你的东西,你失望了,凌,你感觉得失望后的痛苦吗?

9月4日

值得纪念的同志:

老岳,大号老岳,在九月三号的上午将是你最后的一个早晨,就在这个早晨,你尝尽了人生最苦的滋味,也就在这个早晨,你享受着人类最高的光荣,从此你将永远受着人们的崇敬,从此你将永远刻印在人们的记忆里。

我敬爱的同志,你就这样的长辞了吗?

过去你不曾被人们注意过,尤其在我们这样的环境里,像你这样的人是不会被人注意的,也就是引不起别人注意的,因为你是一个无名英雄,是一个埋头苦干的事务工作者,是一个名副其实的伙夫班长。别人不会注意你,你所一天忙碌的事情都是那样的琐碎、平常,也就是说用你那一天二十四小时的全部精力所造成的成绩,是不引人们注意的。但是,正是在这平凡当中,才能显现得出你的伟大。火线剧社没有一个真正的劳动者,没有一个不是自私与虚荣的家伙,但是只有你们这些苦干的无名人物,才真正是为革命工作,才真正是好汉,也正像米郎对戈尔洛夫所说的一样:"我看将来会有一个变动到来的……"像你们这些下级的埋头苦干的,是真正的英雄,而那些上层的所谓有知识的,正是些蠢材。

过去我也不曾注意你,但从今年春天开荒回来,我才真正看见你的英雄,因为我们在一起工作了一个多月。在这一个多月的过程中,是你实际的教育了我。上山去,你是头等的模范劳动力,下山来,你是伙房的英雄。总之,你是一个顶俩的能手。

你不是个党员,但是你比党员做了更多的工作,创造了更多的成绩。你为党工作了六七年,你永远号召着别人向"模范人"学习,在任何工作中,你全起着你班长的作用,负着你班长的责任。当然你也有你的缺点,比方你的脾气很不好,有时会发火,但这正是你率直与纯朴的表现。

而今你病逝了,安息吧!我敬爱的同志,你可还知道,在这里还有一些革命的热情的同志,在追念着你吗?当他们听到了这悲哀的消息,他们其中有的全哭了。同志,安息吧!你的事业正由这些人来担承。

9月5日

《前线》第一次的正式公演,它吸引着一千余观众,效果仍得到了好评。因为人们还都懂得,怎么样我们也不能不工作。

要求进步的热情的青年们像火山一样爆发了,因为他们再也维持不了这苦闷的境局,他们要走,他们再也忍受不了这样悲惨的遭遇。他们要冲,他们已经举起了拳头,要毫无畏惧的向外冲。

冲!要进步的伙伴们,接连起阵线,冲啊!

我们不能再等待了,因为等待的代价是太大了啊。我们还要进步,我们还要对得起革命,怎么样我们最起码还应该对得起自己!

不要再有任何的幻想,因为幻想已经把我们自己给耽误了,光是想已经是不够了,太晚了,现在我们应该积极起来斗争,向那些所谓有威望的自以为是的门外汉宣战,向工作上的愚昧无知的和不学无术的领导者斗争,告诉他们滚蛋吧,"大人先生",你们已经把我们耽误不浅了,我们的损失已经太大了。"人们喜欢的是聪明的懂事的领导者",而不是你们这些所谓的有威望的人。

9月6日

鬼子又要来扫荡了,四围的情况很紧。好吧!你们来吧,全世界都知道——我们是没有要这种战争的。我们用血建筑起来的晋察冀,你们又要来摧毁了。你们知道伟大的爱好和平的人们的义愤是无可想象的,我们不是在玻璃罩下培养出来的,我们不是在暖室里长大的,我们习惯于任何的艰苦与困难。我们知道这次扫荡将是更残酷、更激烈,但是你们知道我们不会让步吗？敌人想在晋察冀找到便宜,告诉你们,我们的军民是有锻炼的,你们只有碰破你们那猪鼻子。来吧,鬼子,看一看这次晋察冀的领土里会埋葬多少大皇军的尸体!

9月7日

一批一批的同一战场上的伙伴,在向着延安跋涉。果然我们剧社也有两人参加了这同一的行列,我再也维持不住我自己的安宁。

一次又一次的我在做着思想斗争,斗争的很激烈。结果我再也忍耐不住了,我向组织上提出了我的要求。

我给凌风写了一封信,我热望着它能代表着这颗破碎的但是年轻的心,一直到他面前。

9月8日

在行军的过程中,正是例假的中旬,痛苦当然难以形容的,不痛不痒是另外的一种滋味,世界上也只有女人,才能饱尝着这种味道。但是应感激赤诚的帮助我的人。

晚上到达了城南庄。

9月9日

现在我总觉得什么事情都应该迅速的过去。

生活,成长,死亡,任何事情都应该非常快。

烦闷啊,烦闷!烦闷的我连气都喘不过来。

我只能再等待着,我焦急的等待着,我暂时的维持着我的忧愁,等演出回去以后,我要彻底的解决我的问题,不应该再有顾忌,什么全豁出去了,哪怕他头破血流。瑾,大胆呀!

9月10日

戏是演出了,是最后的一次。还有谁能对这最后的一次上演《前线》,不忠实呢!

说也奇怪,一个人当他的恨爱交集的时候,他会像一个野兽一样的蛮横与粗野。

9月11日

别人全为了情况的原故而匆忙的进行着——棚帐、装置、道具等的大的坚壁工作,我因为是个女同志,照例的没被指定参加,那么就有充分的时间休息,越是这悠闲的日子,就越不好过。

做什么呢?到处是这样的忧郁。睡觉吧,连饭也不要吃,因为暂时的只有"一睡解千愁"。

9月12日

又入到温塘中洗硫磺澡,但是彼时此地情景易分,回想起当边区第一届参议会的时候,每天的温泉澡,洗得分外爽。而今天再怎样消毒的硫磺泉,也洗不愈我心头的创伤,因为它是太痛楚了!

凌风啊!忘记了吗?就在这同一地点的第一届参议会,你是怎样纯洁的试探的谈说着你的爱情,当时屋外下着雪,天上没有一个星,礼堂里没有一盏灯,礼堂里的炉火正烧得通红……另外就是你的两颗明亮的眼睛。

9月13日

天有不测风雨,人有旦夕祸福。过去不断的风波集成了今日之倾盆骤雨。在雷雨交加之下,我即成了一只落汤鸡。冰雹与闪电不仅击伤了我的肉体皮肤,还激痛了我的心。我将再不能健康的生活了。

天昏昏,地冥冥,没有了解,没有同情,我完全陷在一种绝望的孤独里。

9月15日

　　我将不知道怎样再生活,吃饭喝水对于我还有什么用呢?一切都非常无所谓。现在只想一个人蒙着被子睡觉,其余的我还需要什么呢!

9月16—20日

　　又回家来了,问题需要彻底的解决,经过了也不知道几天的痛苦的斗争,我得到了这样的勇气。

　　由于浓厚的小资产阶级浪漫蒂克的幻想,在恋爱上充分表现了个人英雄主义的盲目的冒险冲动,总幻想着自己能够培养出一个年轻的朴实的对象,而不从实际具体人来出发,以使自己受到了这样大的损失。是的,大的损失。过去只以为恋爱的失败搞不好,只不过是自己的痛苦或者是双方的痛苦。但是没有看到它对一个人,在政治上、在威信上、在名誉上损失是多么的不可挽救啊!而今天自己正是一个这样的损失者呀!不看看他是怎样的一个混蛋、流氓、幼稚鬼,他竟敢这样大胆的耍流氓、耍无赖,真是得了便宜卖乖。我太苦痛了,我后悔,我悔恨我自己的幼稚和一时的感情冲动。我恨我自己的虚荣与自尊,不能及时的在一件丢人的事情上突破,以使自己长期的痛苦和不安。爱面子、温情使我忍受了多少不应该忍受的痛苦呀!我没有想到,我自己全没有想到,大刘在恋爱问题上会这样怯懦、没出息,会这样的意识不健康,会这样的冒险。大刘会是这样的一个人吗?

　　噢!我太难过了,我的头全快裂了,我的眼泪已经抑制不住了,唉呀!妈呀……

　　你可知道你的孩子是怎样违背了你的意志,是怎样的对不起你啊,妈妈!

　　过去,组织上不应该对我信任,那是由于我对组织上不坦白。是的,我给党的损失太大了,如果党对我有任何的制裁与处罚,那是罪有应得,自作自受,没有埋怨,只应该痛恨你自己。大刘,就这样堕落下去吗?不,为了恋爱摧毁了我整个前途,我不愿意!应该彻底的坦白反省,向党来悔过,向大家来悔过,解剖和丢弃自己的脏包袱。既然有犯错误的勇气,难道就没有纠正的勇气吗?不要对自己原谅,也不要求别人的原谅,斗争就应该无情,就应该坚决。过去由于自己的怯懦,总没有勇气来脱裤子,那么今天既然有人给你脱了裤子,割尾巴还嫌痛吗?尾巴已经露出来了,还有脸缩回去不忍痛来割掉吗?要知道你要不割它,它会成为你永久的绊脚石,它会永久的拖着你,使你不能前进。当你的倔强死命的要你进步,要你超过别人的时候,它会拖得你痛苦得哭叫不得,甚至于别人如果踩着了它,那么会拖你到疯到死。几个月的痛苦,你难道还能再忍受吗?戏你还能再演吗?如果不割尾巴,即使你再怎样装扮、粉饰,别人也会认得出你来,也会看透你的骨髓。党是不能隐瞒的,如果你脱离了党,那是你自找死亡。大刘,你是一个要强的孩子,难道这样一点挫折就经受不起吗?一个这样的波浪就把你打的连头全抬不起来吗?不行,这样你会更对不起党,你会堕落得不可救药。起来吧,倔强的孩子,让好胜的义愤的火焰烧干了你的热情的悔恨的眼泪吧。不应该再哭,要改,要自新,要重新作一个好青年,要赎回自己的罪过,要弥补党的损失,要在工作中来慢慢的好起来,强起来。

9月21日

福无双至,祸不单行。由于情绪的不振,饮食的不注意,随着疟疾,痢疾也一同侵入这衰弱的身躯。这样会显得更萎靡更狼狈。

但是变动是异常的,由于情况,由于工作,组织决定、上级命令我们再回冀中去。看吧,多数人全疯狂了,欢笑着,奔跑着,忙乱着。但这对于我又有什么兴趣呢?我不需要回去,我不愿意回去,冀中没有我的希望,没有我的要求。我要到更远的地方去,去休养去治疗,因为我已经是个病人,去锻炼去改造,因为我太幼稚太不健康。

又记

组织,命令,是没办法违背的,因为现在我还是一个党员,一个军人。那么我只有被迫的随着他们下午出发,我是多么的不愉快啊!

问题没来得及解决,只有把它带到新的环境。

他到七分区,我到八分区。也好,这也是一个机会。临走时闹的很决裂,撕毁了一切以前保存的东西,对于这种东西只有恨,只有悔,不应再有任何怜悯。

吃过下午饭,喝了很多酒,带着满身未解决的问题和未痊愈的病,抱着满脑袋的幻想,随着他们出发了。出发了,去寻找我的新的道路。

9月22日

行军,疲劳,病,一切对于我都像是非常无情。我就单纯的跟着他们走,任他们把我带到任何一个角落。

9月23日

情绪的低落对于行军的保证是很难完成的。每天不是掉队就是拉距离,这样是不行的。小组会开过了,决定了很多事情。我要在工作中重新的好起来,那么我一定要保证平安的通过封锁线。好!从今天起,大刘,慢慢的振作起来,为了大家的安全,你一个人不能成为累赘。

9月26日

真没想到在山边上还有两天休息的机会,一方面因为天气,一方面也为了使大家准备精力,好一下子突了过去。晚上因为没什么事,我们进行矿场表演,节目小而精,这将是到平原工作的准备。

9月27日

在茫茫的黑夜里，在濛濛细雨中，我们向封锁沟、向公路、向铁路、向堡垒、向广阔的冀中平原挺进！

离开了重重叠叠的山峰，离开了母亲般的北岳区，这一群年轻的队伍向着了新的岗位。因为是在夜里，只能看到茫茫的一片，但是每个人都觉得非常轻松，脚步也走得很轻快，只有重担的孤独的孩子在感觉得茫然：山地有山地的美好，平原有平原的快乐，对于这频繁的往返，他再也感觉不到奇异。

只有初到平原的人们在倾听着，在环顾着，在小心翼翼的抬着脚步，在精神紧张的呼吸。他看着身旁的公路，他看着发着一点光的堡垒，看着黑压压的村庄和茫茫的平原，一切他全觉得新鲜。

9月28日

过来了，像往常一样，我们又平安的突破了敌人的重重封锁。他们封锁不住我们，他们只有气死在王八窝里。

这里的一切全和山里不同，人们在政治上很落后，但对于人情世故却懂得很多。他们没有山地人民那样纯朴，他们缺少革命的真诚。但由于物质生活的优越，他们对你会特别殷勤。当然这是几年来敌人对他们的蹂躏，不过他们对于新鲜事物的接受会更快，因为他们自己还开明。

9月29日

行军，战斗，到了冀中这还不是极平常的生活。

9月30日

"中秋佳节月儿圆，家家欢乐，人人……"在中秋的明亮的月光下，在行进的行列中，我轻轻的哼着。

老百姓的节日过的全很丰满，我们也吃了一些肉，但是你应该了解漂泊人的心情啊！

就是这同一的月亮，在冀中是这样，在晋察冀又是一样，在陕甘宁会又是一样，在敌占区那又不同了。但是就在这同一的夜晚，你可知道会有多少变迁，多少不同的心情呀！我真希望你能成为一面镜子，来反映地球上的一切。但这也只是一种幻想而已。

唉，月圆人不圆！

10月2日

分区快到了，现在就开始了准备工作，为了响响的打几炮，同志们全很加油。大刘，工作开始了，重打鼓另开张的时候到了，为了转变大家对你的威信，为了摆脱一切而自己努力加油，就应该从现在开始。

大刘，不要再恋爱了，爱人和被人爱都不是一件简单的事，趁着自己还年轻，往事业上多用功吧，不应再为别人而要为自己前途多打算。本大利息多，只要自己肯埋头，将来不会没进步。培养自己，朝着你的理想干吧！

10月3日

有人说我应该确定自己的目标、方向，不要再胡来。这将是最好的办法，因为实际上自己发育的已经很成熟了。我确定了我的目标，在恋爱上我将做最后的一次冒险，当然这绝不是最近，至少应在一年两年以后，那就是我最后的一次恋爱。除此以外我不应再爱任何人，不应再受任何的波动。为了他，为了将来的最后的冒险，我现在应该努力，应该用功。

在恋爱上应该果断无情，给进攻者以坚决的彻底的打击，不给任何人以机会，打破自己小资产阶级的幻想，老老实实的工作起来吧！

10月4日

我第一次这样巧的有意识的看到了月升。

我们在平原上行军，在黑暗的尽头突然放射出一束桃红色的彩光，有的人以为是接近了炮楼，但是光束越来越高了，越来越亮了，一会从地平线的下端露出了一条线一样弧形的新月，绯红的刺目，还没有半分钟就像一个梳子形了。一会儿半圆了，一会儿全圆了，光束拖着它整个身躯由地皮上爬起来。

　　啊！好一幅画家的选景，诗人的颂歌呀！可惜我这非画家非诗人只有凭着我个人的爱好，而痴痴的凝望着。我喜欢这样的一个场面，如果不在行军中，我会一个人在旷野上留恋着，呆望着。但是现在行军，又是怎样美的图画啊！月亮升起来了，照亮了每个人的眼睛，月亮笑了，笑的是那样的丰满、可爱！

　　在全队当中，我吃着最后的一个苹果。

　　它是在一个月圆的晚上，由一个青年的手里跑到了我的手中。这差不多在全队当中是最后一个了，因为大家的苹果很早就全吃光了。年轻人把它背出了二百多里地，背过了封锁线，背到了平原，而现在到了我手里……不！我不应该要！但是……我怎能推却年轻人的诚恳呢？因此我保留到今天。

　　苹果很脆，苹果还没有全红，苹果还有些酸。

10月5日

　　"青年是人生的希望，青年是人生的骄傲，只有青年是不可限量……"林主席讲过这样的话。是的，瑾，自己还是一个青年，应该具备年轻人一切的特征。堕落、消沉、孤独、悲观……都是极不应该的，应该活得更坚强一些，更骄傲一些，更有为一些，让一切人都能看到了你的前途。你应该给一切人（尤其是所关怀你的人）以希望。瑾，不要辜负别人，更不应辜负你自己！

　　在痛苦中的安慰才是最愉快最甜蜜。

　　我们的队伍又到了水乡，我这是第二次。

　　我喜欢水，我尤其喜欢水上生活，我真希望水能成为我的终身伴侣。就是死，我也愿意死在水里。

坐在船上行军,有一种说不出来的愉快,四周一片汪洋,风平浪静,船走的很快,每个船上全撑起了帆,船排起了行列。可惜不是在夜间,如果在一个月夜里,那又是怎样美呢!

　　我想起了冰岛,我想起了冰岛渔夫,我更想起了尧恩和西尔维斯特和他的一切伙伴们。在船上我也看到了像他们一样的人物——水手。他们的身体都是那样的健壮,皮肤全发着棕红色的光,是多么可爱的劳动人民啊!

10月6日

　　总算安全的到达了九分区,虽然我们八分区的还得走,但怎样也得在这工作几次才行。

　　什么全觉得很生疏,这里的人全把我们当杠子看。真的,两年的斗争、变化、进步是怎样的频繁啊!

　　我开始计划着我到年底的学习、工作、生活……

　　清洗了近来的灰尘,我拿出了一面久藏着的镜子,来仔细的照了一会。一个多月的痛苦的折磨啊,已使我的面貌改变了,额上增添了一条线纹,脸色苍白了,削弱了,颧骨也微微的露了出来。但是凹陷很深的眼睛现在又重新闪动着金属一样的光辉,闪动着新我胜利的欢欣。这种面貌向着前途直视。

　　现在应该完全不同了,过去的苦闷和情绪的动荡轻浮、思想的堕落或一时刺激的轻快都已过去。我的心弦现在应该和震动着平原的一切事件相共鸣。她——幼稚的孩子,她的神经质和活泼性,不是由于喝了酒或吸了烟而兴奋起来,而是由于渴求进步的热忱。

10月8日

　　当我正回忆着一个印象时,有一个熟识的人兴高采烈的来会我们,握手,欢笑,拍拍肩膀,最后他告诉我们到这里来要怎样的工作。

　　所谓下乡要真正的思想下乡才可以,如果思想搞不通,下了乡,即使你做最下层的工作也是碰壁。他举出了××、××等实际例子。政权、群众工作全是很不容易做的，尤其是这些非地方的知识分子的干部，像我们这群人，思想如果还不向群众，那你什么也做不好，那你真是地地道道的无能。不要把自己看的太不平凡。其实在真正的斗争中，只有那最不平凡的人才真正有用，也才真是配得起什么伟大、不平凡的名词。像自己这类的人，平凡的很，渺小的很，没什么了不起。

是的，现在下乡不是什么"做艺术"、"体验生活"、"暂时的帮助工作"的时候了，我们的脑筋都已经被自己封锁得破坏得变成了废墟。现在是不需要什么"艺术人"、"戏剧家"，也不需要什么"名演员"、"名歌喉"，而是需要兵士到前线去，工作者到岗位上去，演员也应该到敌后、前线、部队、乡村、机关、学校……到每一个具体的工作上去。

因此我开始培养我独特的技能（我太无能了，还没有一技之长），那么有一技之长呢，也可以"一着鲜吃遍天"。我要掌握几种技术，一定的，我有这样的野心，我就有这样的勇气。

瑾，要把一切的希望放在自己的技术上。

"没到过水乡的不知道水乡的苦。"李大嫂在向人们讲完她的艰难的时候，说了这样一句话。她的房子、地都被水冲了，屋子里的水比炕还高三砖。没吃没住的，到外乡去拾庄稼，回来养活七八十的老妈，日子是怎样的难熬啊。这次可盼着丈夫回来了，可是一个穷八路，又是个知识分子，他又有什么办法呢？唉，我敬佩她的能干，可真有材料。如果这样的境地，让我们哪一个人也得饿死。

农村妇女，农村妇女有她独特的本领，应该向她们学习，更大方，更朴实，直爽，更泼辣一些。何必那样矫揉造作，有谁来娇贵你，又有谁来惯纵你呢！一个革命的新女性应该具备什么特征？

我想起了当我刚入初中的时候罗伍送给我的一面扇子，写着"繁华不必慕……"，"弱不禁风的女性已是时代之落伍者，新的女性要生活俭朴，身体健康,并努力从事于妇女解放运动……"当中还有一个大的篆字图是"健而美"。我将永远记着吴老师的话。

现在我已经是一个实际参加革命斗争的新女性,并且还是一个极光荣的女布尔什维克,我为我的七年的抗日战争历史而自豪了。我将准备为党牺牲我的一切,我要不愧为一个战斗的革命的新女性。

10月9日

看着评《中国之命运》,感情随着它的内容而增减,有的写的是那样诚恳,有的骂的是那样痛快,真是党的领导者,对问题看的是多么尖锐啊。和人们读到了毛泽东选集,真使大家兴奋的、敬佩的要给毛主席叩头了。思想的伟大啊!有谁能够战胜这种力量呢?

瑾!落伍了。在思想上,想一想,在这一时期的堕落吧。现在应该进一步赤诚的、谦虚的接受,无条件的接受,领会党的政策和毛泽东的思想吧!

10月10日

回到了冀中第一次看到了比较亲近的人——大哥。他健康了,但是面貌却苍老了许多,待人比以前更和蔼。

"科学的思想方法是消除一切成见、意气、探求真理的最公正的保证。"

主要的应该是自己的思想搞通,环境是其次的,即使自己思想搞不通,环境怎样好转、进步、适合个人,那你自己仍然是一个落伍者。

晚会空前的糟糕,是一种赔本的买卖。每个人冷静的深思吧,想一想不负责任的损失。

10月11日

"星,星一般撩人的眼睛。"

有人提出了抗议,瑾,谨慎啊!自己虽然是无意识的,但应注意对方的反映,影响。

10月13日

"咱们可真正看见火线(剧社)了。"第二个晚会后人们是这样议论着。我很愉快,几个夜车没白开。

10月15日

回到冀中是一无所能,可想我们与环境的距离。

从别人的实际斗争经验中,使我深深觉得自己的危险,所谓半知识分子的一无所能啊,真真如此。

剧社小资产阶级知识分子的集团,文艺工作圈子,套得我自己好苦啊!几年以来把自己套得一无所知,二无所能,三无所成。可怜啊,可叹!说句良心话,自己真后悔死了,为什么在一开始脱离学校就找到了这样一个前途——做艺术。假如做群众工作,现在几年了,也会有点门路。假如做政治工作,现在也不会这样落后。假如去受医务训,那么现在也许当医生了。可是现在自己,唉,惨啊!二十一了,已经不是一个小孩,应该懂得和会做大人的事情了。假如没有革命部队的依靠,自己应该顶家立业独立生活了。我苦恼,我太苦恼了,为了我自己的进步,怎样才能完全突破这个围墙?我需要同志们的帮助,尤其比较了解我的人。

10月16日

有人觉得我太不容易了解,哼,那是他没下功夫。可是人家又为什么下功夫呢?是你自己太不让人家了解啦!

也许,不!肯定一些,过去我对于我的一切都希望它是一种秘密,我不愿意让人家知道,我也不需要人家知道,关于我的生活、思想、行为……一切的一切。只有我自己知道即可以了。甚至于把它神秘化,让一切人全不了解,以至造成最接近你的、你对他最好的人也会对你误会、怀疑、不相信,这是什么理由?这是一种什么思想方法?生活态度?人事关系?值得考虑再考虑。

应该无情的忍痛的割除自己的偏爱。

只有用自己的真诚来换取别人的真诚。

瑾,在偏爱上你已经太吃亏了。

10月17日

瑾,睁大你的眼睛看一看你的周围,你的群众和你的朋友和你自己,看一看你已经实实在在成了什么样子。如果你的眼睛仍有白翳,仍然朦胧,那么最好在一个清晨或黄昏,自己划个小船到白洋淀的最中央最洁静最透明的地方,好好的洗亮你的眼睛,激醒你的沉迷的意志。

不要再重复你的错误了,瑾,再错下去,党,工作,名誉,威信固然遭殃,就连你自己的事情也不好办,这是必然的,一定的,确实的。自己如不觉悟,事情是并不美妙的,那样自己将得到一个"死"的前途。

瑾,切记:识时务者为俊杰。

10月18日

大哥像亲属一样,中午送来七十圆伪钞。真的,让我向他说什么呢?单纯的谢谢吗?不必要也不为足,那么只有用我实际行动、实际自己思想的进步,来回答他对我的关怀。

大哥,燕瑾不会辜负你对她的热望,她只是因为年轻幼稚而犯了一些错误,但是她却不甘心堕落,在这一次整风下乡中,她有决心纠正自己的脑筋。当然她还需要你的帮助。

10月19日

棉花服发下来了,拂晓的紧急集合,每个人全成了棉花包,扛着的,抱着的,挟着的,到处是白花花的棉花,幸亏没有走,否则笑话更多。

敌情在急剧变化,为了迎接反扫荡,分区决定我们下去,到区队去工作,另方面八分区的也可以到八分区去了。好,应该快点过去。

10月23日

看到《湖南农民运动考察报告》,使我对农村革命、农民问题,又有了一点比较清楚的认识。

中国的革命主要的是农民革命,农民占全国人口的80%以上,农民是无产阶级最可靠的同盟军。在任何革命工作中忽视农民全是不许可的。文艺工作也是同样,你的对象多数是农民,你应该从农民中学习,而为他们服务。正像书上所说。

"一切帝国主义、军阀、贪官污吏、土豪劣绅,都将被他们葬入坟墓。一切革命的党派、革命的同志,都将在他们面前受他们的检验而决定弃取。站在他们的前头领导他们呢?还是站在他们的后头指手画脚地批评他们呢?还是站在他们的对面反对他们呢?"文艺工作真正的下乡应该采取哪一种态度呢?

由于这篇东西,使我对于在白峪店认为反国特(国民党特务。——编者)有些过分做了深刻的检讨。这种所谓过分的问题是一种什么思想?它的出发点?它的立场?

农民在抗日战争中的功绩要占七分,其他的力量只能占三分而已。可见农民在抗日战争中的重要。

由在白峪店的反国特说起,当时有一些人即说:"国特应该反,但有时村里的举动未免太过分了。"当时我也参加着这一派。实际怎样呢?的确的,村政权、群众团体在村里颇有一点子"乱来",群众的权力至上,造成"有些顽固的必国特",到他们家中砸窗户砸门,喊口号唱歌,把那些未曾坦白的国特牵起绳子戴高帽子游街,牵到河沟里给他洗澡,牵到沙滩里给他打滚,往他们身上抹屎,甚至把"破鞋"脱了衣服,用沙土来埋,谩骂讽刺以及一切粗鲁的行动,真是为所欲为,一切反常一样(主力是儿童团),竟在村里造成一种恐怖现象。这就是一般人、也就是我所谓的"过分",这派议论貌似有理,其实是错的。原因:

1. 以上那些举动都是国特自己逼出来的,这些人以前全是些农村上层人物,有钱,有势力,没问题对待农民不会客气。革命后不得不抗日,但当革命高潮或低潮到来时,其对抗日态度也随时转变。如反扫荡到来时他们则大肆猖狂,为恶作歹,因此现在群众才有这种反抗,才有这种斗争。凡是斗争的最激烈最热闹的地方,国特反的也越彻底,否则会相反。群众的眼睛是最亮的,谁该斗不该斗,他们全很清楚。

2. 战争,革命,斗争,不是请客吃饭,反国特也是同样。要知道中国革命的敌人(民族敌人、阶级敌人),对我们是无情的,是极残酷、极不人道的。因此斗争不是做文章,不是绘画绣花,不能那样雅致,那样从容不迫,文质彬彬,那样"温良恭俭让"。斗争国特就是革命,斗争国特就是农村的民主势力起来推翻封建的反动势力。如果不用极大的力量,绝不能镇压着这种反革命力量,绝不能让他们自发坦白改邪归正。群众中须有一个大的反国特热潮,才能鼓动成千成万的群众,形成这个大的力量。上面所述那些过分举动,都是群众在抗日战争中鼓动出来的力量,这些举动在反国特斗争、进行反法西斯教育过程中,在整顿农村组织时是非常之必要的。在这个时期必须把国特打倒,必须发动广大的群众的民主力量,必须揭破一切国特的特务破坏阴谋,使一些误入歧途的人改过自新,打击国民党的特务政策。所以一切过分的举动全是必要的,全是有极大的革命意义。直言之,每一个抗日的民主根据地都必须造成一个短时期的恐怖现象,非如此绝不能镇压住反革命破坏抗战的国特活动,绝不能达到抗日胜利之目的。

因此个人的那种认为有些"过分"的思想认识,是一种小资产阶级人道主义的观点,它并不是无产阶级的立场,说得严重一些是一种反革命的理论。这种理论阻碍了反国特的斗争的进行,阻碍了群众的民主力量的发挥,其结果破坏了抗日战争,放纵了国特的活动。

这种思想直到今天我才开始觉得不对。

抗日战争需要一个大的农村变动,以往的革命因为没有这样的农村变动,所以都不会彻底胜利。现在有了这种变动,乃抗战胜利的重要因素。一切革命的同志,一切共产党员都应该拥护这个反国特斗争,并为了它的斗争的彻底而努力,扫清进行反法西斯教育、反国特斗争道路上的一切阻碍。

毛泽东的思想,顺之者存,违之者灭!

让我举起双手高呼一声:毛泽东同志万岁!

10月24日

出来工作到底有些不同,一切的时间都用在行军与演出中。虽这样由于群众情绪的高涨,使我们的工作也越红火。

在冀中的环境中你要不抓紧时间学习,你就什么书也甭打算看。抓紧时间吧!

10月25日

一个党员应该做到最有远见,最有工作能力,最富于牺牲精神,最坚定,而又最能虚心体会情况,得到周围群众的爱戴,依靠群众的多数。

瑾,检讨一下,你自己真是一个最没远见,而自私自利的家伙,口口声声为了将来,而实际你的眼睛究竟看到多远呢?短的很,一个没有远见的人,将做不出什么大事业,他会很没出息的没落了。瑾,丰富你的生活的科学的社会的一切知识吧,扩大你的生活圈子和意识范围,锻炼自己政治的远见和生活的远见。否则,你会幼稚的像一个小学生,可是你还没有小学生的那种朴实与单纯。

10月26日

语曰：一失足成千古恨。悔矣！晚矣！

10月28日

在现在的时代潮流中，谁要卖弄聪明、自作聪明而实际上他自己正是最大的傻瓜。

不要自以为聪明，别人都可以欺骗，那样你只是自己欺骗自己。党比你聪明，群众比你更聪明。

过去我自己自作了聪明，自己吃了大亏，实际上自己是最傻的一个。想一想还有你这样傻的吗？吃亏都吃的是哑巴亏，没有人会了解，没有人会同情。

10月29日

一切损人利己者，他最初的出发点全是为了利己，而其结果往往是"损人不利己"或"损人利己"，何必，何必。

10月30日

恐怖，爱的恐怖！

它一次甚于一次的向我侵袭，啊……我怕！……我害怕极了！但是……我……应该更健康一些……

瑾，更坚强一些，更果断一些！

对！给进攻者以坚决的无情的打击！

因为我再也不能做爱情的俘虏了。

10月31日

我又看见了她——我冀中的妈妈。

面容消瘦了,两三年的痛苦折磨啊！天旱,蝗灾,尤其是鬼子的折腾,使她苍老了。"唉,熬着吧,困难的日子不会太长了!"我只能用这样的话来安慰她忧闷的心情。

到这里我像是到了自己的家,可是我也应该尽我义子之任务。

11月1日

对人不要太小气,应该以原谅自己的心情来原谅你周围的人。自己应该吃亏让人,在生活上不要太奸猾了,那样只不过临时占点小便宜而已。可是又为什么贪这点小便宜呢？革命需要你的是牺牲一切个人利益,你不应占革命的便宜,占同志们的便宜,不要专门计较生活的享受。应该计较于事业的成就,工作的成绩,应该和别人计较"对于党对于革命所应负的责任"。

11月3日

一个人的进步当然需要外援,但是这种或任何外援,还是应该建立在"独立自主,自力更生"或"自信自强"的基础之上,否则即有任何丰富的外援,也将起不到任何作用,也即是你不能接受不能消化。相反的,如果你自己非常能够刻苦用功,随时警惕自己的进步,那么即使没有任何外援,你也会收获很大。何况在党的部队里,难道你还恐怖没有外援吗？还用得着老呼喊外援吗？党不会放松你,而主要的是看你自己的态度。

11月4日

瑾,应该更进一步了解恋爱的损失——毁己事小而害人罪大。

11月6日

爱人者不被爱,被爱者不爱人。

11月9日

讲怪话成了这个环境中极为平常而怂恿的事,由上至下,由下至上,请问有哪一个人不曾以讲怪话而泄私愤,而散布不满空气。怪话的发生和发展,常常是在一个人失掉前进心、失掉进取心的基础上萌芽的,是在组织纪律松懈,特别是在互相影响互相包庇与思想斗争不展开的条件下发展与兴盛起来的。因此它与自私自利的个人英雄主义是分不开的,并以此为根源,因为一切怪话都是在不满时发生的。为什么不满? 还不是个人利益第了一,同时怪话与右倾情绪密切相连。没进取心对人对事不满,还不是因为他对革命长期性感到厌烦、对工作失掉热情的结果吗?

11月15日

我们又回到了九分区,途中路过我五一扫荡中的坚壁区,又看见了我的坚壁主,比以前更热情了。我深信这样的社会关系对于一个外乡的工作者将有重大意义。

11月18日

一个人的出身对于一个人的意识将是确定的东西,对于这个问题我又开始了新的萌芽的了解。

试看每一个成名的劳动英雄、战斗英雄……凡做出惊人的动天地的英雄事业的(革命的英雄事业)人,其大多数全是无产阶级,差不多全是身经苦难者,也只有他们才能造出奇迹。

看了一篇《康福山(荣誉军人)的前后》,使我流了不少眼泪,真正的劳动人民啊! 革命对于他们除了解脱非人的压榨外,他们是不会失掉什么的。因此他们革命就从不知道妥协,从不知道退让。

11月25日

来了就排《血泪仇》，当着个穷剧务，纯粹的事务工作员，两旁受着夹板子气。可是为了工作，我也只能瞎干呗。吹吹哨，打打水，多出点勤务，消耗点时间算了。

11月28日

演出了，我的担子算放了下来，几天从没翻过书。

由于人们的讽刺、乱学，使我再也不敢放开胆子演唱，虽然在下边唱的还不错，一上台就头昏眼花了，梆子家伙再一催，真使我分外的筋肉紧张。从来也没晕过台，这回两次上去全变调了。可恨啊，可恼！丢人，真丢死了人！作为一个老演员的我，不应该，实在不应该，还有什么脸以后再见观众呢？

我下了最大决心，我要向导演要求以后我坚决的不演这个戏了，我大刘丢不起这个人！

又一件新的矛盾在心内激烈的斗争着。

11月30日

作为一个新的走向新方向的演员，应该老老实实平平凡凡，要和江湖习气从"噱头"出发做斗争。如果你不这样做，仍旧想走创作上投机取巧，作为游戏趣味出发，那是使新剧走向毁灭之路，同时也毁灭了你的艺术创造。

利用旧形式不要怕（动作），只要你是按照一定角色去了解分析你要去演的人物，你忠实他热爱他，再加上生活对你的感染去表现他。只要你要表现的是合乎观众所见的那样，按照一定的情绪的发展，那高级的戏剧趣味便会出现在你的表演里。

一个无生命的外形形式是不会感动人的。

当然生活限制了我更深的接近真实，但是更多的去接近群众，去学习民间东西,还是非常必要的。

一个演员创造一个角色,不经过那一定的细腻的分析和研究,你是很难和你所要表现的人物接近。

如果你要使你的表演引起观众内心的共鸣,除非你是真实的反映了他们所熟悉的事物,而这所谓"真实的反映",包含情感的真实加以艺术上的创造。

若看你表演上的成功与失败时,群众反映便是最可靠的鉴定。也只有在这种反映中,在与群众的感情交流中,你便会走进了你的角色。

12月2日

后生可畏也!真理!真理!

现在我强烈的感觉到了年纪对我的威胁。我战栗着,我的全身颤抖了,我好怕呀!

12月4日

为了开展今后冀中文艺运动,十、九、七分区文工团和我们开了一个漫谈会,使我在这个会议中学习了一些东西。

首先他关于根据《血泪仇》的演出效果来谈到关于旧形式、旧艺人的团结利用问题。

《血泪仇》之所以成功,是由于它利用形式的自由,当然尖锐的政治内容起着它决定作用,它们是统一的,也只有这种政治与艺术的统一性,才能收到它应得的效果。

它的表现方法,利用一种进逼和对照的方法,非常细腻的表现出它的政治内容,甚至于在前半部逼得人全透不过气来了,这也是它吸引观众的最好之处。

我们再看到它的音乐的收效是相当大的,由于它的音乐能和内容非常调和的表现,因此加强其气氛。

由于这一次的讨论,使我更坚决的觉得应该打破我自封的那种话剧演员的架子,不应该顽固的偏爱这一个固定的形式。在戏剧创造上的各种形式,都应允许其存在,只要看其所表现的是什么即可。只要内容是尖锐的为群众所熟悉所经历那种,采用任何调和的形式都会收到其一定效果,当然这种使用须经过批评。

12月6日

在任何艺术创造当中,尤其是戏剧(因其是表现的艺术),对于劳动应该美化,应该用这种劳动的美化去引导着教育着人前去愉快的参加各种劳动,并引以为荣。但在劳动的美化里,绝不能离开"力"的表现,否则将不是我们新民主主义社会中的主人公的表现,而是过去半殖民地半封建社会的人们对于劳动的态度和认识。

12月7日

没有恋过爱的人,他不知道恋爱的苦恼。

现在是彻底解决问题了,组织上给了我这样的机会,我很冷静的准备着我的反省。

12月10日

三天的会议,四个夜晚独自的沉思,使我在思想上得到了初步的解决。我总结清算了我从历史发展以来的一切男女关系,从思想上从具体事实上来找出它的根源、危害及结果。

错误的实质:

1. 异性问题上的混乱,所给予党的损失与影响。像X.W.L.L这些错综复杂的关系,甚至要出人命。这不仅仅是一个组织、思想问题,而更是一种社会秩序问题,再严重一些能发生政治问题。

2. 对党对组织的隐瞒、欺骗是一贯的多次的,具有历史性的,而使组织上始终没有办法了解、处理。

错误的原因:

1. 没有一个正当的确定的恋爱观。

浓厚的小资产阶级浪漫蒂克的幻想和独特的偏爱,和一种高度的虚荣心,这是一种漂茫无根的高高在上的半天空的不着实际的东西。

而实质上却是一种卑污、无耻、下贱的东西。

a. 恋爱上的游击主义,杯水的解渴式的盲目的冒险,具体反映在王化的kiss关系上,不负责任的玩人。

b. 态度上的暧昧不明,害人不浅,明知不行,脚踏几只船,拉着这个又扯着那个,挑来挑去挑花了眼。不管别人所受之影响怎样,自己总给其以希望机会,或引诱,把人拉到泥坑里又一脚踢开,从矮子里拔将军走了,不顾别人痛苦。在共产党员的道德上也是违反的,如对W.L.X等态度。

2. 思想上的异己。

过去只是组织上入了党,而思想上和党是两条心,同时并不是残余的偶然的。

a. 对党一贯的不坦白,在许多具体事实上长期的企图隐瞒,甚至到实在隐瞒不住时又企图欺骗,利用各种方式方法取得党暂时的信任。基本上就没想到做一个长期永远党员应对党采取什么样态度,甚至最后的坦白还不是主动的进步思想的胜利。

b. 经组织解决,仍然一错再错的做着背叛党的事情(行动、思想),培养对象,爱一些不应爱的人,甚至发生kiss关系,不尊重组织意见与决定,更不能自觉的去服从纪律。

c. 个人利益绝对的战胜了组织利益,一切全为了自己"满足",而没有顾及党的损失与影响,在感情最冲动的时候可以忘记一切党的利益。

d. 在几次恋爱中全违反了政治原则（对象全是非党员），自己的着眼点没从政治原则上去看，甚至破裂了也绝不是自觉的觉得违反原则，而是往往当个人私欲达不到的时候。

e. 高度的强烈的"自信心"，使自己对党全失去了信任。党不可教育的人，自信可以培养。党了解的落后分子，自信可以由自己的手来改造成为进步的。党一次一次的教育，反倒形成了一次一次对党的疏远与隔离，同志们的帮助倒使得自己变得非常孤独。

3. 几年的党内教育使自己仍然缺乏共产党员的修养与道德。即使了解也是教条的，而与自己的行动完全隔绝不一致。

利用一种异性的独特的引诱力来迷惑一些单纯的热情的青年，致使他们完全倾向于自己而昏迷不醒，情绪不安。致使他们互相之间发生矛盾、忌妒、斗争，几乎有出性命之危险。如对 W.T 的关系，自己完全是一种远水解不了近渴的企图。

4. 浪漫的放荡不羁的一种心理感情。具体反映到一种轻浮的风骚的调情的作风、风度，因此扰乱了你周围的男人，激动了他们情绪的不安与混乱，实际上起到一种敌特破坏作用，因为敌人的桃色间谍往往采取着这种手段。

通过了这种严重的错误，使我得到了血泪的教训：

1. 由于自己高度的虚荣心，会完全葬送了自己的前途。在 W 的问题上可能有着这三种前途：一个是仍然突不破虚荣心，结果完全默认了，组织上也允许了，那将是一辈子更大的痛苦。一个是怕丢人而自杀，这种念头已经起过数次了。一个就是再不坦白，将来会受到更大的威胁，会叛变党。虚荣心使我忍受了许多不应忍受的痛苦和损失，再怕人耻笑爱面子下去就会蜕化。

2. 向组织上不坦白，留最后防线，藏藏躲躲，建立攻守同盟最不可靠。同时也解决不了问题。留一点就等于留一个机会，怕人耻笑暗地里解决，实际上等于不解决，相反的会发展。因为纸里包不住火的，要想人不知除非己莫为，不坦白就等于对自己的放纵，就一定会一错再错。因为你既对党隐瞒，那么你对党的爱护就会有了出入，会使你和党的距离越离越远，而到完全的脱离。

3. 在对自己错误上的将功折罪的办法，弥补不了你对党对工作的损失，只有彻底的坦白反省的人，只有新我胜利完全巩固起来的人，他才可能给党以弥补，他才能够对党更忠实更爱护，因为他和党已经一条心了，他爱党比爱他自己更重一层。

4. 在恋爱问题上的混乱，给一个人在政治上的损失是相当严重的。过去我不了解，只觉得顶多是痛苦或给别人印象不好。可是我又为什么非求得别人的印象好呢？可是现在我真正接受了在政治上名誉上的损失啊！

5. 在恋爱态度上的不严肃，任意的游击主义，脚踏几只船，结果只有自己掉在水里。感情上的暧昧不明，不负责任的抛弃、玩弄，结果只有自己吃亏，只有自己被抛弃。想在矮子里面拔将军，结果将军也不会属于你。感情上给别人的缠绵与怜悯，不但害人也害己。不了解越给别人以机会，就等于越给其寄托，越给其怜悯就越给其希望。

6. 一个初恋者和一个多恋者在情感上是不会相同的。尤其是一些纯洁的初恋的热情的青年，他受不起一个女人的引诱，他的感情会像爆竹一样，当你即使用一点点香头触动他的导火线，那么他马上就会爆发。

根据了这样一些血与泪的沉痛的经验教训，同志们、党帮助了我，找到了今后正确的方向。

首先应确定我今后对党的态度，是一条心呢，还是仍然两条心？是组织上入党呢，还是应该彻底的思想入党？我是做一个暂时的党员呢，还是愿意长期的永久的献身于党？没问题，也只有和党真正的一条心，真正从思想上做一个永久的党员，自己才能得救，自己才能不是一个绝望的人，自己的前途才能更光明，否则我将会更危险的蜕化，叛变，走到末路。

在我的恋爱问题上也同样应该根据一定的党的政治原则立场，以及我个人的要求来确定我今后恋爱观点、要求、条件,以及具体的对象。这一切的一切,只有经过一定的组织的帮助,才能达到,才能够满足于你自己以及大家的希望。不要再倔强自信了,应该对党对组织做无条件的绝对的相信与服从,只有这样你的问题才能解决。

最后让我更愉快的来接受党的处罚吧!一切都非常应该,合理。因为只有这样党才能更巩固党的纪律,才能维持成为自觉的。因为只有这样党在群众中的威信才能更进一步的提高。

我很轻松,也很愉快,因为我彻底的坦白反省以后,我更进一步觉到了党的宽大与温暖。我也就更进一步的接近了党。我要从新做一个好党员,在恋爱的问题上我觉得这将是我混乱的与正确的观念的分水岭。

同时我也觉得非常的惭愧与悔恨,因为我更进一步的觉悟到了在这样问题上,我所给予党的损失已经不止一次了。我自己的损失那就更不可弥补。我悔恨,我烦恼,我对不起党,我对不起一些熟识的关心我的同志,我更对不起我亲爱的妈妈。

……

账是这样清算了一下,但是我实在抑制不住我悔恨的眼泪。好,让我放声的痛哭一场吧!

12月11日

问题全解决得很漂亮,新的任务又到来了。

黎明,新我斗争胜利的大刘,冒着鱼白色的朦胧跑出了村子,跑到了白洋淀广阔的冰凌上,来回的滑着。北风吹拂着她的蓝头巾,四周是白茫茫的一层晚上下来的白雪,只有她滑过去的地方明显的留着一条痕迹。她滑着,技术还不高,时常的跌倒了又爬起来。这不像人生的旅程吗?一不小心就跌倒了,再不小心甚至会掉到冰窟窿里(会游泳的也许能爬上来,不会的那就只有淹死)。她虽然跌倒了几次,但终于爬了起来继续滑着。因为在她的心灵中仍然燃烧着好胜的要强的火焰。新我的胜利促使着她一直的向前滑着,一直到太阳出来了。东方染重了桃红色太阳,好像也在为着大刘新我的胜利而祝贺的微笑着。

12月12日

斗争的环境,斗争的形势,决定了我们的关门战术。从夜里转移到一个村,一天也不许出门。因为对于秘密保守的好坏,能确定我们的损失与否。

很闷的慌,到冀中这还是第一次,以后也许会更频繁吧!一定的!

12月15日

剧社已经落伍于整个潮流,但是大刘你更落伍于火线剧社,应该怎样加油赶上队伍啊!

根据这次的坦白反省,彻底的男女关系的清算,从思想上来好好的整顿自己,把一切精力放在自己的思想改造上和技术的提高上,不应再胡思乱想。任何外界的影响、诱惑全不应使自己的感情再受波动,老老实实的工作、学习,想一想过去,不都是由于自己的幻想而受到损失。不应太健谈,必要的话不可不讲,非必要的话不可多讲,那样没好处。

总之,让自己更敏捷的投入练兵热潮吧!更熟练的掌握自己的武器,做一个演员的你,应该怎样提高你的技术呢!培养自己的本钱吧,以备将来的反攻。

多训练自己的身体,多劳动,让它生活得更健康!

12月27日

刚离开了九分区,那里就遇到了扫荡。幸运啊,怪不得有人说"火线剧社净是福将",哈哈!

12月29日

快新年了，许多人都为了一件事情而匆忙着，我自然也算作一个。因为给一个老同志帮忙，那还不是应该的。忙吧，在不妨碍演出的原则下是可以的。

12月31日

除夕！快乐吗？

在一个老同志的婚礼大会上，上级提出了关于许多不正确的恋爱问题，使我又进一步的得到了一些鲜明的教育。

会上大家闹的很热烈，会后人们闹的更凶，真是抗战的婚礼，简单而又朴实！

一九四五年

元旦

又一个晴朗的元旦的早晨,让我伸出双手,愉快的欢迎这属于我的第二十二个元旦的光临。

一年之计在于春,一日之新在于晨。这一年的第一天,我应该做些什么呢?计划计划我这一年的更生。

旧的让它随着除夕逝去,新的让它随着元旦复生。

1月3日

他的火焰烧得是那样狂烈,应该浇一浇水,好彻底的扑灭它,以后更不应该再点燃。

1月5日

大刘,你应该像严冬中的火焰,使群众都欢喜团结在你的周围。

1月9日

别人过年全会休息,我们却得连续不断的演出。到了小堤村看了几家乡亲,又认了一门干娘,这对于这些没家的孩子,会有更大安慰。

为了迎接国际友人,扩大我党我军之影响,我们又处在一种突击状态中。

1月20日

我回想起过去听说过的一些革命领袖，痛苦的监狱生活，奔波的流放与充军，秘密的地下斗争……这一切的一切，长时期的消磨了他们的青春以及一生，可是他们的那种为革命牺牲一切的坚韧力是多么强呢！但是在我们团体里却有许多人全沉不住气了，尤其是一些年轻而又幼稚的人们，他们急躁了，他们对于这频繁的战争感到厌倦，这是一种意识的不健康。如果以一种战争的频繁而作为一种厌倦的借口，那是一种对自己的原谅。自然，战争已经八年了，这悠长的岁月会给青年人很大的刺激（他们已经由孩子变成了青年），但是作为一个布尔什维克的青年人，当摆在他面前的敌人仍然很顽强的时候，他应该怎样处理自己呢？

"只有在自己的岗位上，做出更多的成绩。"

这样不仅对于抗战，即对解放区的民主、经济、文化建设也做了积极的贡献，也就是应该先对革命事业尽你一定的政治责任。

年轻的同志们，作为一个布尔什维克的我们，应该以身作则，不疲倦不自满的先完成人民所给予我们的光荣任务，因为我们是人民的勤务员。

1月21日

"外来的知识分子是不会永远留在边区的！"好，瑾，等待着吧！

1月23日

地球在冒着火，世界的战争在这1945年就要完成了对于法西斯希特勒的消灭。毛主席又给我们指出了任务，战争已经具体的让人民看见了希望，好不愉快的事啊！英明的领袖，我祝你永久永久的健康！

坚持战争的胜利，这将是一种最憧憬而崇高的事业。

1月25日

回想起在我这二十一年的生命中,并不是那样完全的愚昧。我觉得我还可以算作一个半聪明人,因为我还没能进步到一个聪明者的地位。

我有过极平静的幸福,我有过极愉快的忙碌,我也有过极痛苦的悲哀,我也有过孤独的沉默。我经历过爱的烦恼,恨的怜悯,怨的缭乱,愧的忏悔,我也尝过哭中的笑和笑中的哭……

但是我的生命它还不会停止,它还有很长的旅程,它还有很多的复杂的事情没有经历过,没有看见过,没有体验过,没有享受过……

所以我现在应努力于自己的事业的技术、思想的锻炼、成绩的增多,以准备迎接我生命中最伟大的时刻的到来。哪怕它是最后的一个时刻。

我要将我全部力量贡献给党的事业(以前那二十一年中我没有完全走上正确的道路)。

1月26日

一个人的思想的进步,不应仅是观念形态的转变,而应表现在行动上的转变。对于我这应是主要的课题,没有具体的实际行动,绝不能证明你的观念。

好!一切应该有最大的决心与勇气。断!断!断!我不能再接受他的爱,我也不再给他任何一点点哪怕最细微的怜悯与同情。

1月27日

频,好一个使我喜欢的字啊!不知怎的对于这个字使我感到了特别大的兴趣。我喜欢它,我爱它,我要用它,从现在起我将改用这个名字。

燕频,好!非常适合,酸、辣、苦、甜、咸……哪一种滋味我没尝过呢!对于我难道是应该的吗?不!金须百炼。只有强制着自己,将来一切全会好转。忍!锻炼自己的"韧"性。

频(好新鲜),你应该生活得更"沉毅",更"刚强"。

1月29日

各个分区的全集合了，只有少数的没有来。人们全健康了，活泼了。大概是新鲜的事物对于他们的鼓励。

我们回来是准备开一个彻底的工作检讨会，以后再分散到各个地区。我想这个会对于我们将起着这次下乡的关键作用。它应该给任何成员以希望，同时我自己也应该负起一个社员的责任。

1月31日

报纸上介绍着边区群英大会的英雄事迹，每一个劳动、战斗的英雄，全都用同样的语气来表达内心的情绪。他们都常常说类似的话："真是从来就没想到过，做梦也没想到过，一个穷小子，糟老头子，脏庄稼主，到今天会成什么英雄模范。要是没有共产党，咱哪，哪有今个……"甚至连他们自己都不知道他们所做的竟是些英雄事迹，是一些改造人类的事业。

但是反过来，往往许多或者全部像自己这一类型的小资产阶级，他们却天天在梦想着（幻想着、理想着）自己的英雄事业的前途，向往着英雄主义的生活，甚至往往在高呼着吹叫着，可是他们却一点点也做不出那些真正英雄的事业。在他们这些人脑子里心灵上的所谓英雄事业，却和时代非常不调和，和环境和实际是隔离的。所以任凭他们怎样狂叫，怎样梦想，怎样抽象的努力，它却永远不会实现，永远是他们的空想幻想而已！

2月1日

虽然我自己极力的使他平静，但是内心里却不由自主的一阵一阵的起着痉挛，像有一只戴着毛手套的手，不时的在紧握着我的心。哎呀！到今天我才真正尝到了所谓"心痛"和"心动"。

我一次又一次的抑制着自己,我要使自己能做到那"最纯洁的真挚的感情,所表现出来的应该是极高贵的理智"。

2月2日

毛主席讲过:"没有文化的军队即是最愚蠢的军队。他们不能担负起驱逐日寇,建设……任务。"

因此我觉得一个没有文化的人也即是最愚蠢的,他不会更快的进步,更迅速的接受新鲜事物。所以,频,对于自己文化学习及社会常识的学习,应更多的加上一把劲。

2月3日

当我看到了她的活泼与愉快,我的心里像一个冻僵的人得到了一碗白开水。

2月4日

两天的批评工作领导大会,每一个人全掌握着了"知无不言,言无不尽"的态度,成绩是惊人的。许多问题全由不同的口里说出来了,甚至崔(嵬)社长全哭了。当他忏悔的说出了"我真对不起你们"的时候,我的泪也夺眶而出,我真被他的真挚所感动了。由于这样一点,我好像神经过敏的看到了他今后的转变。但是相反的副社长的面孔,却是那样冷而狞,使人感到的只是他的可怕。

2月8日

天天的会议,一天比一天强,现在一般的问题全解决了。会议是真正刺出了社部每一条老牛的血,它也鼓舞了刺激了每一个人的心。剧社要真的走向更生了,几天以来同志们的关系就开始了转变,还有什么能使我不相信呢？这是一种自下而上后又从上而下的运动,每个人全自发的自觉的想好起来了,谁能阻止他呢？这是一种不可忽视的力量,每个人全开始复生了。

频,年轻的人,看见了你的前途吗？

2月9日

善良的人他会永远的喜欢善良吗？

正当我们的会议胜利结束之时及剧社同志关系开始好转之际,郭(维)、闫(争)同志举行着婚礼,大家为他们空前的忙碌着。有哪一个人不更主动的积极的高兴的去帮这个忙呢？但是却有少数的人,在这时间里烦恼着,他们不是为了别人,而是简单的为了自己,甚至在极热烈的祝贺的狂饮下,变成了醉汉。他们醉得人事不醒了,神经错乱的癫狂着,呕吐着,嘴里在讲着不三不四的话,这是多么怕人的场面啊！但是他们都是很刚直的热情的青年,他们都在追求着真理,只是恋爱把他们弄得昏迷了,他们在痛苦中懊悔着。还有谁不承认恋爱所加给一个人的痛苦啊,是看不见抓不着的东西啊！几年的老情人,他们当中还有矛盾,可怕,也可怜。这使我更进一步看到了,恋爱可真不是一件好玩的事。清醒吧！年轻的同志们,让我们一同到野外去吧！地球上到处有着刚开放的花朵和刚开放的心灵,把自己和事业打好基础,将来哪有做不成功的事情。

婚礼晚上进行得更热闹,尤其进洞房后,同志们要求看新人表演各种姿态、感情、动作的活戏,他们全依照着做了,真是好不热闹。

2月12日

两天以来,从清早到黑夜,老百姓每家全咚咚的剁着白菜,灶火里不停的冒着烟。到哪一家全可以看见一些穿得比较新鲜的孩子或媳妇在玩笑着,真是几千年的旧的风俗习惯啊,应该被尊重。

晚上,街上挂着灯,门前插满了香头。当我刚出门,就使我突然的意识到一种不同的气氛,更使我想到了家。在那血腥的饥饿的古城中,亲爱的人们啊,你们将怎样消磨这苦痛的日子呢?——除夕。你们全会怀念着、谈论着这离开家已经七年的孩子吧!孩子已经长大了,孩子也正在同一时刻来思念着你们。

我敬爱的伙伴们,和我所追寻着的人,在这旧历的新年,除夕的深夜,我谨祷祝着你们的愉快和健康!祝你们明年新的胜利!

2月13日

起五更,是殖民地半殖民地半封建的中国的产物,它不知已经流传有多少年代了,在中国每一个角落里,到处都盛行着。这传统的观念,会使人感觉到特别新鲜。

早晨,我随着老乡一起起来了,天还不大亮,但是已经有些人家全吃过了饭,街上不断的来往着穿着新衣服的拜年的人们,更四处的寒暄着。也不知是军队还是老百姓,在四周的村子里放着鞭炮。

白天抗属们在聚会着,子弟兵在向他们拜年。子弟兵的秧歌队,化了装在街上来回的扭,孩子们蹦跳着围得水泄不通。年青的姑娘和媳妇穿着花袄,三一群俩一伙的立在门口。老年人吸着旱烟蹲在太阳地子里,真是,根据地群众是在怎样自由的生活着啊。年节对于他们绝不是一种痛苦的负担,更没有像外边一样为了年节而逼得上吊跳井之事,因为他们有着自己的子弟兵和自己掌握的政权,他们的生活是有保证的。今年年头又不坏,又减了租,他们为什么不这样愉快呢!因为他们生活在边区。

2月14日

"伟大的艺术家们,今天你们有着什么样的感觉啊?"在集体化了装,在街上扭了一阵秧歌以后,当人们正在谈论着的时候,我玩笑的问着大家。

"嘿,伟大的艺术创造呗!"大家兴奋的回答着。

"这里边还有一个特别成功的艺术品。"我带点讽刺玩笑地看着韩巡,人们也哄然大笑起来,使得他非常的不自然了。他装的是一个丑婆子,脸上画得很花哨,耳朵上还戴着两个辣椒,扭起来又是那样的风骚,真是好不让人发笑。由于这样一个角色的确定,使他自己已经一天都不高兴着。但是同志们又都狂喊着:"要为工农兵服务啊!"所以他也只得演。由于这样的口号,我们每个人也都非常兴奋的由这个村到那个村,在街上在广场里,热烈的扭着(有的人与其说是扭,还不如说是在出着洋相),孩子、大人、姑娘、媳妇拥挤的围着我们,就这样一直扭到天黑。

每个人的心里,全意识着一个东西,即怎样才算真正的为了工农兵。拿今天一天来讲,原则上我们全是为了工农兵,但某些小的地方还不恰当。比如说这样的形式我们绝没意见,但是应避免太低级趣味,出洋相不应过火。同时男的装女的总是让人看着难受,放着那样多女同志干什么呢?而让别人难过了一天。他越设法像女的,则别人看着越不舒服。

2月15日

村剧团演出了《血泪仇》,成绩很使我惊奇,我没有想到一个不脱离生产的农民剧团会演得这样好(个别的演员甚至比过分区剧社)。这当然是我的思想毛病,我估计他们太低了,相反的也即是把自己估计得太高。没有体会的了解,只有群众才是真正的艺术创造者,而自己正是艺术的门外汉,甚至是叛逆。因为你不会使用它,你即会给人民带来毒素,正像我们的前辈给我们的毒素一样,不如趁早的收起来,别再带给人民。

由他们这戏里边,有许多实生活是我们全没意识到的,比如指路人给小孩一个馒头,我们是由他爷爷分给桂花吃,而他们却是媳妇从小孩子手里夺过来掰一半给桂花吃。这样可以衬托姑、嫂关系,效果当然比前者要大。

类似这样的东西,我们是应该学习的。所以这次下乡我决计到村剧团而不到分区。

同时许多的地方土语,只要他有感情,是应该被运用的,不一定非说京白国语不可,那样他只顾拉腔,词读的绝没感情,相反的会引人发笑,还不如用方言演出效果更好。这次《血泪仇》则使我更经验的了解了这一点。

2月20日

几天都忙着做准备工作,什么大会总结、处理问题、分配收集材料……等等,忙个不行。

每个人的心都很浮躁,谁也不知谁到哪去下乡,大家都等待着。

2月21日

吃过了早饭,我走到哪班哪班没人,因为人们全玩去了。因为社部决定分散的人们下午全要离开这里,所以人们都在尽情的玩着。

玩吧,我也好好的再玩一天,以后下去就好好的工作学习了。

刚吃过了下午饭,我就督促着我的组员们出发,因为早走一会,我的心就会更轻松。

晚上到达了苏各庄,又一次的帮助他们演出。

2月22日

到了县里,决定我们到四区郝村,真是几年阔别的沙原村庄啊!经过了极残酷的时期,现在又复活了,又被子弟兵给解放了。

到了工作岗位,我发现了几个天才的演员,我准备培养他们,尽我最大的努力。

2月25日

到了林庄,破坏了我自己一切生活制度,每天过着夜的生活。群众的情绪是高涨的,我又怎能消极。也好,工作的忙碌倒驱逐了我脑子中的杂乱,我再也没有时间来思想,来想一些使我烦闷苦恼的事情。我的心,在被另外一种责任收拢着、约束着。

2月27日

当你一切全为了工农兵的时候,最初是不是会感到很大痛苦?几天以来忙迫的工作也使我很安静。稍微的工作成绩也使我感到了安慰。但是对于我私生活的破坏却是一件最大的苦痛。每天不能跑步做柔操了,也没有时间去翻一翻书,每日里就游游荡荡,村剧团里泡一天、半夜,真痛苦。这样是否就真为了工农,还是我自己的方式不好?分配得时间不恰当呢?可是我又怎能逃身呢?也不应该那样,你算干什么来啦!科学合理是必要的,可是我找不出适当办法。

2月28日

几天啦,都是白天阴夜里晴,每当我走出村剧团的排演室,清冷的月光便像喷壶一样沐浴着我的全身,从头顶一直喷射到脚尖。我每天都踏着月光安静的走回家来,街上没有一个人,只有三两一群的演员在相背相向而行。月亮像我小时的乳妈一样,从学校里一直接我回家。现在月亮每天从村剧团送我回来,一直等我睡倒在炕上,它还在窗外看守着我,直到我入梦,甚至有时当我一度醒来,它还斜倚在窗棂上看护着我,样子像是很疲倦,但是它总不肯马上走开,而又送我入睡。

真是,说也奇怪,虽然我只是睡在一个冰冷的炕上(从没动过烟火),但是觉却是那样香,梦也是那样甜。

3月2日

华西:我爱你!

林: 这不够——华西,谁都会的。

我愿意很热烈的爱,爱要是高贵的爱。

它应该像铜似的发光,它应该是战斗的支柱。

　　我愿意你的一切性格、特点——

　　肯定着发扬着我的爱。

　　愿你的感情震响的燃烧的——

　　在我的血里面找到回响。

　　你对尼科拉伊的行为是卑下的,你给我的爱受了伤。

　　华西,我不是那样的女人,和物件相比拟的女人。

　　我对你的爱越多越深,

　　对你的不好处就越加少原谅。

　　我现在觉得很不舒服,

　　对不起,留着和你在一块,我不愿意。

华西:林娜!(她昂然的走去了,没有回头)

　　好一个倔强的女性啊!我对她发生了爱。由这样一段小小的台词里,我们可以看到她的一切,她是怎样刚毅而清醒的生活着啊!

　　频,爱她吗?应该怎样呢?

3月4日

　　我离开了林庄,到了郝村,又过了河,现在又回来了。这里正开着拥爱大会,许多村的狮子、高跷玩了一个欢,真是民间的形式,它是怎样受着欢迎啊!

　　这里的妇女是那样的热情与活泼,当她们要愿意让你怎么样的时候,你真是没办法甚至不好意思推辞她们,真正的"土包子",难道她们就没感情吗? 相反的她们的感情是最真挚最诚恳,而与我们所表现的形式不同而已。可爱的乡村姑娘啊!

　　晚上冒着初春的细雨,在阴黑的旷野里,摸索着回到郝村,这使我想起了我的部队生活。

3月6日

我正式的开始了对郝村剧团的整理与帮助,现在着手的第一步即是整理组织,正忙着与各方面的接头。

单独的工作,真使自己体验到许多过去所未曾体验到的麻烦、顾虑与困难。

3月8日

本决定由边区回家汇报去,后来信说崔社长到香官了,叫我去,早饭后借了一辆车子,过了河。

路上每过一个村子,群众都非常新奇的迎送着,使我自己也很不好意思。我尽量的绕着村外走。真是在这半殖民地半封建的乡村里,对于一个妇女骑车是太稀罕了。

大约有十点钟我就到了,可是人们都上羽林去,一直叫我等到下午饭后才回来。这样今天我只有住下,晚上做了全面汇报,决定明天走。本来我今天是应该早睡一点,但是在临睡前突然使我又想起上午从羽林过时看见他们开"三八"大会,所冲到我心怀的纠缠。事情是本来应该忘记的,但是难道这是一种情绪的记忆吗?当我一看见那个纪念"三八"大会的几个字,我的血液忽的一家伙冲到了脑顶。我想起了在三百六十五天以前的今天,我想起了大风沙的白日,我更想起了上弦月的半阴的夜晚,我想起了我最知心的朋友,我更想起了最爱我的人。在那时谁也不会预想到有今天,在那时年轻人都在做着昏迷的梦。唉,悠长的三百六十五天呀,你在经历着多么大的变化啊!这悠长的岁月是用痛苦和悲哀充实起来的,这悠长的岁月是用眼泪所洗过的日子。天哪!难道是容易熬过来的吗?可是今天,以后,还要坚韧的熬过去。对!频,战争的胜利即是你自己的胜利,这不是你自己所说的吗!

3月9日

很早我就过河回来了,崔社长也被我给动员了来。一进家付林正在排戏,真把我高兴坏了。晚上就在本村演出,幸亏有这样一些人和我做伴玩了多半宿,否则我自己会孤独到什么地步啊!我会回忆起更多的事,这样大家在一起谈、玩,到三点钟左右因为太困了,所以也就一觉到明。但是虽这样,多少还会想到那最后的临别的前夜。是的,最后的一次别离,也许这将是永远的。但是经过了波折斗争后的意志,是不可破灭的,我要付出我最大的毅力来坚持我的斗争,朝着我的方向,追求着我的目标。

3月10日

出发了,在一年前的今天,我的伙伴开始向着遥远的地方前进,那里有着我们的领袖,有着我党的中央,有着新民主主义的丰衣足食的建设。就在一年前的今天,我的伙伴离开了我,走向了新道路。我祝福他,我永远祈祷着他的胜利。

中午崔社长请吃鱼,晚上到彪塚去演戏。

3月11日

刚从彪塚回来就又接到上束晋的命令。

中午老郭(筠)走来了,他带来了老陈(立中)产后健康的消息及婴儿肥胖的喜讯,真使我非常喜欢。这个干亲也算做成了,过几天准备到他那去看一看。

想起来到了乡村以后还没睡过一夜整觉,还没看过一本书,更没有什么创作,真是该抓紧了。

3月12日

下了一天濛星雨,虽然没有工作,但是屋子里却一天满人。也没做了什么,只记了一些材料,关于一些封建会门的。真有意思,几千年的封建迷信统治,使得中国人全愚蠢了,甚至极简单的科学道理全不懂。可见革命、改造思想,绝不是一天一年容易事。

3月13日

早晨还下着雪花,饭后即停了,当地上已经湿荫荫的时候,天宫的大车便进了村。那一轮车全是双套,看起来真威风。我参加火线(剧社)已经七年多了,我们无论到哪里去演戏,还没像这样接送过。真是村剧团别看底子很小,牌子却很大。但是严格检讨起来,这种对待旧艺人的态度和方法,我们应该接受吗?不,绝不能,应该想想我们既来自人民,就应该一切为了人民。这样的招待,对我们真是一种讽刺,我们有什么理由比人民更高超呢!

路上每过一个村,人们便挤嚷着"看戏子去"、"还有坤角呢",真是把我们全当成玩艺了。走到野外,人们也都从地里直起了腰,或停止了工作来看我们。可见这一带的群众,长久的被敌人统治着是怎样干渴而需要精神的食粮啊!他们真正的民主生活可以算才开始吧!祝他们在党的抚育下赶快成长,向他的兄弟们看齐。

3月14日

白天的会场里,群众挤得人山人海水泄不通。舞台是旧戏的搭法,比人还高,群众都在下面立着看。四周像赶庙会一样,有各种卖吃的小摊,晚上就更好像每一个担子摊子上全点起了小灯,一星星,一点点的,格外显得热闹。郝村总算不坏,演出效果很好,群众一致称赞。白天唱旧戏,晚上演话剧,一天忙的不可开交。我个人也就在这里忙乱着。过去要是看到这样一些情形,不用说再参加工作了,就是看着有这样许多人我就厌烦了。我会独自找到一个角落去看书。可是现在也许不同了,难道这是进步吗?我还不能肯定,但是我的心理上,每当烦得不行的时候,要发泄或企图逃跑的时候,我就主动的自语着:"这是为工农兵服务啊!"于是也就心平气和了,或走了几步再转回来。

3月15日

其实人的路子很多,这条走不通再走那条,反正得走一条。当然选嘛,谁也不会选死路,并且在走的过程中还要努力扫除荆棘。我相信一个想死的人他一定是再也没有路子可走了,否则他是不会有着那样大的勇气来自杀的。但是自杀也真是太怯懦了,他就不会再多找找其他的路子。

晚上我和付林突击了一个《姑嫂开荒》,虽然在我们的条件下演的并不算好,但是群众的反映却非常好,真使我们疲惫的精神又得到了一点安慰。

3月16日

早饭后束晋又用大车送我们回来,走到中途我就向正西转了,为了去看一看我的老同志。独自的行程倒觉得非常轻快,一会便走到了。果然老同志的精神很健康,孩子也很好,真使我也很愉快。

3月17日

我准备好好的休息一天,因为近些日子的劳累,把我的嗓子弄得更哑了,眼睛也红了。我到这里真有个住娘家的感觉,什么事也不做,光休息。中午更收认了一个干儿子,还举行了一个封建仪式。你想亲戚们死乞白赖的要举行,我又怎能推辞呢。同时在这个地区群众也的确落后多了。这样我这穷干娘算正式当上了,只可惜我实在没有任何的礼物,要不我这干娘更当的名副其实。

一天写了一篇通讯准备回去投稿,其余的时间就和我的亲家拉了闲话,什么陈谷子烂芝麻的许多沉久的事,全拉了一遍。

3月18日

当我匆忙的跑到家里,他们已经走了,紧追才追到河边,他们已经上船了,立在河沿上谈了一些道歉的话。回来后看小力(吴力)的信更厉害,她等急了,这些日子单独工作的痛苦也真够她的。我准备写封信去安慰安慰她,以解除她内心的怨与恨。

当我把通讯念给剧团人们听的时候,人们全兴奋的不行。我诚恳的征求着意见,但是人们一个也没有,真使我很苦恼。我怀疑我个人与他们的关系是否还有鸿沟,为什么人们不发言呢?我个人再三的修改后准备寄出,谁知效果如何?

上级把找地的事情再三的吩咐于我,这可真困难,我开始做着周旋。

3月19日

不行,从下来以后,我还没看过一本书,一天价这样浪荡可不行了,剧团农忙了排戏时间也少了,我也应该抓紧时间进行个人提高了。

初春的细雨是怎样的可贵啊,它喷湿着刚翻松的土壤,冲洗着刚直腰的麦苗,使这大地上的一切都显得格外新鲜。

人们全农忙了,我的地还没着落,怎么办呢?

3月20日

有家的人们无论怎样,它是会牵挂着外面的人的。边区也就被牵挂的回去了,只可怜咱这没家可归的人。

说了奇怪,从这次下来以后,嗓子就没鲜亮过,总是有些沙哑有些痛,这样就真妨碍我的工作。

3月21日

我又发现了一个群众真正的模范——张大娘。我到她家去,这是第二个下午,一次比着一次真切。关于她的一切生活工作(过去的、现在的),尤其是些不幸的遭遇,她全向我诉说着,有时她会哭着拉着你的手,使我也陪伴了许多眼泪。有时她会兴奋得手臂乱舞着,我也就愉快的赔笑着。由于这两次的长谈,我真正的发现了她与咱不同。她的一举一动一言一语全表现着严明的阶级立场,她处处都在为着党的利益。她的宣传虽然全是些土语方言,但是全贯穿着党的政策、法令。她不仅自己做,还号召着推动着影响着别人,这才是党的真正群众。

我准备把她当成一个典型来研究,我观察学习着她的一切。她还亲自编出一个小唱,我也把它写下来了。这才是真正工农大众的创造。她还给我结构了一个故事叫我写,我接受了准备回去试验试验。

晚上付林来信,说叫我们月底集合,这里最好二十六号以前结束工作。真是,我很不乐意回去,为什么下乡时间不延长呢?现在一切刚摸到了一点门路就回去了,那么,"成绩"哪还谈得到。我等待着边区回来再细讨论。

3月23日

病好像一天比一天严重,嗓子痛的全快说不出话来了。可是我仍然得挣扎着,因为这是影响啊!气的我真没办法了,我买了几十块钱黄连,干脆大吃一回,看它还上这么大火。其实每天又吃了什么好的呢?

吃,看它收效不收效!真麻烦死我了,还不如让我长个疮发回疟子呢,我倒还能说话唱歌啊!

3月25日

麦地绿了,柳梢黄了,在崎岖的交通沟道上,我默默的独行着。我是刚结束了一个村的工作而到另一个村去。那里的工作等着,也许在工作中会碰到许多棘手的问题。但是独行的人脚步疾了,在她的每一个脚印里充满着尝试失败的勇气。

3月26日

家里来信催过了,叫月底准回去,这里一切工作全结束了。但是剧团的人们都不让走,把东西全藏了,真是没办法。慢慢的熬到中午,这门干亲又算做成了,栓椿家生了一个男孩子,非认我不可,我只有答应他们,举行了仪式,还待了客,这个穷干娘又当上了。真是,今年作了两门这样好差事,谁知以后还有吗?

一切都办清了,太阳已经上了西房顶,等我到了咱们冀中子弟兵李杏阁的母亲家中时,各家全掌上了灯。

母亲很健康,乡亲很忙碌,但是母亲的照顾人啊,只有有过母亲的人才能更亲切的体验到。

3月27日

我们到了香官,一切在今天晚上全准备停当,只等明天回家大吉。这里的老乡送来了肉和白面,下午吃了一顿饺子。他们还开了欢送会,真是好诚恳的老乡啊!

过去对他们,我是非常疏远的,更谈不到关心。现在我觉得不同了,老乡和我的关系比以前更亲近,我知道体贴他们,爱护他们。我尤其羡慕他们的家庭生活,真是一个多月的和老乡的生活,使我对于"家"又发生了另外的新的憧憬。有了一个美满的家庭生活,真是一生的幸福,也难怪它对于人的缠绵。可是话又说回来了,当战争的年代,一切还应该服从战争,你的家庭生活也同样受着战争的支配。我也有了好几个家,在这一个多月的生活过程中,我所到过的地区,所工作过的地方就全是我的家。希望这次回去还能回来。

3月28日

踏上了归途,一个月的下乡生活,使我很恋恋不舍,我像丢了什么东西一样的忐忑着,我不愿意走。

回顾这一月来，我虽然没有看一本书，但是我的收获是很大的，任何人全不能否认的。在我们小组每个人全打通了思想的一步，对于工作的任劳任怨，和对于个人个性的磨炼，对工作的热情，那都是空前的。真是，在剧社中工作我从来也没付出过这样大的代价。我也从来没这样疲劳过，难道这不是进步与收获吗？

　　路上四个人有说有笑，不知怎的这几个人的团结也比以前好多了，大家好像再也没有什么隔阂，我这个组长也就分外高兴，回去我首先对得起上级。

　　晚上住到谢村营，回想起别人白天和我谈过的关于本人的问题，我更坚决的确定了，不可能，不可能。

　　瑾，记住自己的话，"不要再往爱的圈子里来爬"。

3月29日

　　紧赶慢赶，下午算赶到了家，理想着到家后会接到很多的慰问与照顾，但是家里却不像你们所想象的那样。哪一组也没有回来，只有几个孩子在很散漫的生活着。大家看见这样都不约而同的泄了气，后悔为什么没到苏各庄去住两天再回家来。现在我们只好等待着，等人们集合齐了再开会。可是我们小组还是不应该放松的，我们准备明天总结，再有时间进行创作。

3月31日

　　在睡梦中我好像觉得我仍然是躺在北郝村的炕上，可是当我醒清楚了，我原来是睡在鲍墟。我不知怎的，我对于刚工作的地区是那样怀念，我想那里的演员，我想那里的老乡，我更想那里的工作环境，我希望早回去，同时更给他们带更多的礼物，使他们不至于对我的失望。

　　总结做好了，还很满意，几个人当看到了这样一些工作成绩时，都愉快的笑了，从心里流露到眼上、嘴上、脸上全笑了。因为每个人都得到了终日疲劳的安慰，工作成绩的安慰，任何的兴奋也没有这时最兴奋了吧！用我们的血汗换来了真正的果实。

4月1日

　　社部布置了总结工作的方式方法,我们的总结还有补充的地方。一天做完了个人思想反省,的确这次下乡中收获不小,但是还有许多缺点。今天小组上谈到了关于我们回来后骄傲的表现非常不好,这样会引起许多人的反感。再说就是有了点工作成绩也没有必要来骄傲,俗语"骄者必败",警惕,警惕! 同时别的小组也不见得比你坏,说不定比你们还好呢!

4月2日

　　该回来的人全回来了,但是大家却很冷淡,为什么呢? 难道是小资产阶级思想改造了?

　　经过了这次下乡,反省,确定了我以后应该怎样对待工作,我大刘还是应该真正为了工农兵,还是为了个人的英雄主义? 首先应该最低限度确定这样一个原则,就是即使自己不能更积极的主动的自发的去找工作,但是对于上级所决定、布置的工作,就应该毫不折扣,任劳任怨。过去是没有一件工作是彻底的不折不扣的完成了,多少会讲些价钱,不多而已。少点就显得更积极点,多了就消极了点,甚至有时发了半天牢骚,推却半天,不还得自己干。没什么说的,只要你真正决心为工农兵,那你就应该多做工作,多卖点力气。

4月3日

　　今天忽然听到了柳笛响,跑出去,孩子们在沙土堆上乱吹呢。哎呀,这是什么样的季节啊!

4月4日

　　大会在进行着,剥了一天花生。上午是我们小组报告的,等到下午我就又松了一口气,又一个重担放下了。

为了生产,我们小组在空闲的时候还替别人做单衣。我认为这是应该的,有些女同志的衣服还找别人给做,这样的意识是否应该检讨?不知怎的从去年在山里开始做衣服以来,这也是一个劳动意识锻炼的过程。我认为一个女同志,在这半殖民地半封建的环境里就应该会做活,就是将来到了完全新民主主义社会,她也应该会。假若说一个女同志连自己的活全不做,那么她还能够实际参加什么劳动?这是不是仍然属于一种太太小姐的思想?自然"不会",这可以作为借口,可是应不应该学?难道我们就单纯的为了赚那六斤米?频,做吧,这是实际思想欢喜参加劳动的开始,自己的劳动观点是要经过这大小的劳动过程而得到改变,也只有实际参加这大小的劳动,才会有劳动观念。

4月6日

关于一个演员,在读台词上的训练,像过去那样划分轻重音,现在我发觉是一个教条的学习方法,它更不适合于乡村剧团使用。因为按照剧本的语言来划分,一切也可能读得很对,但到排戏或演出时情感会变化的,像那老一套的学习方法应该改造。尤其我看到关于《穷人乐》的文件,它起初并没有剧本,而是演出和创造过程结合起来的,并每一个演出它都有其一次新的创造,因此它是不固定的,是发展的。

凡真实的东西不一定现实,但现实的创作,它都应该包括一切的真实,这是经过了艺术的加工过程。

4月7日

一切旧的组织都经过了整顿,排演也就开始了。

新的任务让我担负着一个主题的人物——王秀鸾,她是一个新型的劳动妇女,由痛苦的灾难经过了自己刚强的毅力,而当上了劳动模范。故事是曲折的,主题很明显,人物也很突出。最担心的倒是我自己小资产阶级的意识和感情，和一个劳动人民相差那就太远了。我相信这不能不给剧作以影响，只单纯的为了外形的条件，它是没有办法来掌握个性的。

但是我有着这样的勇气，我希望这个戏的演出将是我又一个划阶段的进步。它应该突破束缚我将近两年的圈子，把我带上另一个范围，并且我更需要从这个戏的演出肯定我自己的劳动观念，并把它在今年这一年的生产中反映出来，拿王秀鸾做自己的榜样。

4月9日

王秀鸾首先应具备着一般劳动妇女的健康的发着红光的身体，她的性格应该刚强、沉毅，由于政治上的开展，使她表现着一种正义的泼辣。她没有低过头，虽然有时软弱了点，但那是适当的让步。当她最没办法的时候，她也会哭，但她把一切希望全寄托在政府、群众和自己的劳动上面。这样她深信困苦压不倒她，有时常把眼泪咽到肚子里，但是随着眼泪在心里早就肯定了主意。她很懂得人伦道德，当大春走了，娘也走了，她本分的领着孩子成家。当她完全翻了身以后，她又那样知情懂礼的对待婆婆，一直到最后选上了劳动英雄。她更不骄傲，这是一个多么可贵的性格啊。她应该让一切观众对她发生敬爱和羡慕的感情。

4月10日

真想不到一口气我可以浇二三十斗子水，还可以勉强的担起一担水。我准备经常做着点这样的劳动的锻炼，为了创作角色，也为了将来的劳动，找了一个耠子也实际的拉了拉。这一下子打破了我以前对于劳动美化的幻想，真正进一步了解了劳动人民为什么要翻身。

4月11日

一切我觉得都很愉快，最着急的就是我的嗓子，从下乡后一直没有完全复原。王秀鸾又有很多的唱，苦恼！真急死我了，我想尽了一切办法，只要是能治好嗓子，一切我完全可以牺牲。但是始终没效，哎呀，快好了吧，不然一切的创造都等于零。

6月13日

真正的和农民在一起，毫无例外的过着我这第二个麦收，在我这生平的记忆里，这仅仅是第二次。

也正在这紧张的麦收余暇，我看了一看《解放日报》上关于家属劳动英雄陈敏同志的记载。这是一个多么新鲜醒目的传记啊！一个出身于地主家庭的小姐，一个旅政委的太太，一个学生出身的半知识分子，而今天在党的领导下却成了一个劳动英雄。一年间就凭了她的两只手，可以养活她自己还有两个孩子，每年还要给公家生产几石粮食。根据她个人的事迹再来看一看我自己，除了给公家消耗以外还有什么呢？但是我并不灰心，我觉得我有本钱，只要我努力，不能争取个英雄，也得闹个模范，我应该向着陈敏同志的旗帜前进。

陈敏刺激了我生产的积极性，她鼓舞了我对生产的热情，她同时也坚定了我能够劳动的信心，因为劳动就是整风。

6月14日

在边区好的劳动者被称为英雄，比中状元还光荣，而他们在经济上的贡献和在政治上的作用是旧状元之流所不能比拟的。正是这些劳动英雄，他们创造了新社会，他们是真正的主人。这些优秀的劳动人民站在我们前头，他们是社会进步的代表人物，不怕你是书读万卷的学问家，不向这些人学习也是会落伍的。

对于知识分子，劳动就是整风的实践，需要自觉的以整风精神参加生产劳动，生产运动自然也是革命任务。但对于知识分子，这又不仅仅是为着革命任务，而且也是为了改造自己轻视"自食其力"，以"不劳而获"为荣的剥削意识,好高骛远,虚浮夸张,对普通的现实事物缺少兴趣的主观主义思想,都可以在劳动的实践中逐渐清洗干净。

如果以业余闲暇的态度对待劳动,或把生产看成苦重的负担,都是缺乏新的劳动观念的表现。我们的劳动英雄在劳动中的愉快的心情,是表现他们在新民主主义的社会之下做了主人,他们是自由的自觉的为自己建立了劳动纪律,与旧社会里在饥饿和鞭策下进行劳动是根本不同的。新社会的条件形成了他们新的劳动观念。向他们学习这种新劳动观念,学习做一个新民主主义的劳动者,是非常重要的一件事,更是在知识分子改造自己的过程中非常重要的事情。(劳动就是整风)

对的,在这一年以及以后几年的实际生产劳动当中,我要养成我这种新的劳动观念,我更要做一个新民主主义的劳动人民。

6月15日

端阳节是来临在这劳碌的麦收中,这样不能不减少佳节的气氛。人们全忙迫在地里、场里,甚至吃粽子的人家也减少了,难道这不是群众的进步吗?

几天以来都是在这鱼白色的朦胧当中,踏着潮湿的清露,冒着黎明前的微寒向着麦地出发。金黄色的麦田滚着波浪一沿一沿的消灭,人们的腰不时的抬起来又弯下去。当拔到了地头休息的时候,人们就又都活跃起来了,说的,笑的,唱的,还有打跟头的,就这样一天早晚工作八个钟头。虽然每个人的腰腿全很痛,但是精神却是非常愉快。在这样紧张的劳动当中二流子还是少数的。

6月16日

不知道有一种什么样的力量促使着我在这次麦收中特别兴奋与卖力气。有很多人都在半开玩笑的说:"大刘真的快成王秀鸾了。"甚至有的人连大刘都不肯叫我了,而代之以王秀鸾为称呼。我自己也捉摸不清,大概是由于我从回冀中来就没病过,是身体的本钱所造成的我不能不干吧。也许……难道这真是我个人的一点点小进步?

最使我愉快的就是差不多每一天我全可以学会一种劳动生产技术,掌握的不熟练是自然的,但是我是会掌握的。更值得骄傲的就是现在我好像比某些人更实际的接近了群众,也可以说是群众观点加强了吧。我很自信这辈子我是不会饿死的,就凭了做活吃饭,我也满可以养活自己。同时我还幻想着将来我能够参加集体农庄或工厂。为了达到这种幻想,我应该从劳动中更实际的锻炼,并且每当我劳动得最疲累的时候,我全会用一种新的意识观念来鼓励我自己更坚韧的劳动。

6月18日

又一次小的波折是在理智的镇静中消除了。

也许是由于在伙房一天忙乱的事务工作中得到的帮助,我很轻松,但是割爱的轻松里面仍有隐痛。

6月19日

子弟兵在做着回家的准备,他们也全是七八年没有回过家的人。今天家乡被解放了,自然他们是可以回去,也应该回去,可是只有天晓得他们对于这外乡人的刺激吧。回家了,到什么时候也能给予我这样一个晚上来做着准备工作呢?

从月亮出来一直到月亮落下,我的心就没有宁静过一秒钟,我又一次的陷在了爱的烦乱里。

6月20日

一天我像丢了个东西似的没有个着落,我从东屋走到西屋,从西屋再走到北屋,我到处的寻觅着,可是我看不见。假若叫我到地里场里或园里去做一天活，也许我的情绪会更稳定。可是我们的领工却再三的拒绝了这诚恳的请求，而使我就这样恍恍惚惚的熬过了一天。一天，我拿起了书看不懂字，拿起了笔写不成行，拿起了针又不愿做，甚至看见什么东西全不耐烦，莫非这是例假的自然规律？当然白天还好混，可是等到月亮出来的时候我又将怎么办？

6月21日

　　天气是一直阴到了晚上，夜里，在这微风吹拂的凉爽的五月之夜，只有我和大嫂（房东）在亲切的轻谈着。她是一个年轻的活寡妇，十九岁被娶在了一个封建的富裕的家庭中，这时丈夫只十五岁，年轻的新媳妇是习惯于住娘家的。而只娶了两个年头丈夫便外出了，这时她刚二十一。丈夫走时她仍在娘家，并且一点音讯也不知道。可是当她回来以后，就只有一个人冷清的住在房子里，从此她的孤独生活便开始了，一年，一年，在她的不开展的落后的脑筋中，始终怀抱着一个美满的希望（丈夫能混了好事回来）。这样一直等待了十七年，当中有很多人劝她改嫁，但是旧的道德约束得她连问都不敢问，甚至听也不听的拒绝着来人，而使别人再也没有办法敢当着她来提及此事。

　　她回忆的讲着她短短的夫妇生活及她自己的苦痛，她几次非常形象的说她半夜睡不着时怎样出去，怎样纺线做活，怎样不安宁的踱来踱去，直到天大亮仍卖命做活。她更怕别人知晓她的痛苦而偷偷隐泣过无数次。当她讲到最伤心的时候，她的声音似乎全哽着了，而长长的叹息着："大刘，你知道我可真不是容易的熬到这会儿啊！要是倒退十年就时兴了这个世道，那我说什么也不能让他们家欺骗了我，我早就打了我的主意了。可这会儿晚了，这么大年纪了，再走动就该让人家笑话了，我就认命这一辈子吧。唉！"到这时我也只能更亲热的安慰她。"大刘啊，将来你自己可得好好拿个主意，别让人家骗了。"越说越长，越说耗神就越集中，夜是越来越深。在这阴暗的深夜里，只有我们的心灵感情是在起了共鸣。

"大刘,睡觉吧,天气不早了。"她很不情愿的督促着我。

"嗯,睡吧!"可是……

睡了不到一会儿天就大亮了。

在睡梦中我仍然听到了大嫂的叹息。

6月22日

现在又进入到半休息状态或全休息状态,因为麦秋已经过了,活差不多全完了。我们也就准备回家集合了,听说集合以后还有新任务。

希望啊,人生是到处都充满着希望,只要能够认明以往的过误,"希望"难道还是骗人的吗?

6月23日

在麦收胜利的归途上,人们好不愉快,差不多谁也存在着一种集合后的希望,有些人自然就更恨无双翅了。

因为带了一些东西,又有病号,所以一路上总有一辆大车陪送着,大家是轮流来坐坐。所以本来三天的路程只走了一天半就赶到了。

这里已经有了一个半个的回过家的人先来集合,据他们说其他组这次回家的可不少。唉,真是,我也不知道怎的,在今天晚上我是这样的不安宁。我想家,我想我的前途、事业,我想我自己的一切……总之,乱七八糟的什么全从脑子里过了一下,只不过时间的长短罢了。一方面为了等待行李,一方面也是真正的不平静。我们两三个人在雨过天晴的皎洁的月光下,一直待到了下一点,心情是共鸣的,谈吐是一致的,只有内心的隐痛或多少有些区别,其他还有什么呢!清寒的夜风,一股劲一股劲的吹来,可是它暂时的吹不散这小小的集团,他们还有能力来抵御,直到村外的大车咕咚咚咚的响了,他们才取回被子,不得已的做着形式上的睡眠。

6月24日

有一些熟识的人们看见了我,都在夸奖着我的身体。的确,我是比以前更粗壮了,在齐会出发前一天才过了一下秤,我比去年长了十斤。第一次是一百一十五斤,第二次是一百一十斤,总之,老百姓说得好:"身大力不亏"。那么我就应该以现有的本钱来更多的卖点力气,在劳动上应抢先。因为你再也没有什么理由来偷懒,因为在边区劳动——快乐与光荣,还有谁能把做活当"受苦"。

6月25日

突如其来的消息,使我兴奋的流出了眼泪——我弟弟给我写了一封信,真是太想不到了,已经离别了有七个秋天,而今天忽的寄来了一封信,这是多么令人兴奋啊!可是弟弟告诉我祖母与二祖父已经逝去了,家中生活靠三姑奶奶经营,一般的讲倒尚可维持。真奇怪,他们到底怎样混的呢?详细的情形他也没更多的讲。晚上我写了封回信,但愿它如期能展现在妈妈的面前。

晚上月蚀了,老百姓全敲起了洗脸盆,可是一直蚀到了半夜才慢慢退去了。我也只有伴着这残蚀的寒月到停蚀,因为我怎样也睡不着了,我又一次的回忆起家乡的一切,我真"恨无双翅如飞鸟",也只能但愿"今宵能有梦,梦魂得绕两亲旁,梦魂得绕我家乡"。

6月26日

"我爱她的美与健壮、努力进取与某种智慧的显露。""我憎恶她在爱情歧途上徘徊而自骄。""越爱也越憎,憎是由于爱。"

在一封无头无尾的信上,我看到了这样的几句话,可是我丝毫的也没被感动,因为我离他的距离实在是太远了,我对他没有半点希望。

可是却相反的我被另一个新的组织决定所震荡了,我不知该怎么好了,我坐着不是,立着不是,唯一的只有闲踱了。踱来踱去,我产生了苦闷。我现在真是更有意识的体会到了"心有事坐卧不宁"是怎样一种滋味啊!我也真体会到了由爱而生的憎在内心里是怎样的痛苦。我恨,我恨我自己的出身决定了我的思想,我更恨社会环境所造成他的不利,我尤恨我的虚荣与自私。可是我又没有办法来突破这个关键。唉,苦哇！苦痛的日子,只有你自作自受！

6月27日

黄昏,我们便到场里去发声练柔软操,因为这是一个最难熬的时刻。突然社部去叫我刻钢板,我犹豫着,去呢？不去？因为各有它的利害。结果因为这是任务所以去了。果然一个整宿他是陪伴着我们两个刻字员而消磨了,没有写出一个字,没有构出一场戏,但是他的脑筋却在剧烈的疼痛着。

"我很懊悔,我不应该找你来刻字。"

"嗯,我早就想到了。好,你一个人继续的写下去吧。"

十点钟,一个细长的影子突然出现在我们的桌前,我浑身打了一个寒战,他赶回来了,看样子走的很仓促。他消瘦了,他也带来了苦闷与不安,打了一两句招呼便走开了。我好感谢社部给我的工作时间啊！

6月28日

就这样冷淡的对待别人吗？

从今天我才发觉我也同样的在爱着他,只不过不成熟而已,要不为什么这样忌妒呢？

我一天全憋闷在屋子里,因为我实在不能忍受这样的气氛。

没有工作,也就没有活动。一天,我在做着激烈的思想斗争,反的,正的,正的,反的,来回来去的搅乱着,最后我只能严格的检讨自己,不大胆,不果断,更不够健康。以前自己走错了路。

末尾只能自己来慰藉自己,从新坚定起自己对于"希望"达到的信心。同时也只有把眼光放得远一点,还是应该珍惜自己的前途啊！

瑾，就这样急迫吗？几年来的幻想希望，就让它从此幻灭吗？从前英雄好汉的事业，到现在让它变成松包吗？从前自己搬起来的石头，让它砸自己的脚吗？处处进取的人，让她现在不如人吗？瑾，镇静！压抑着自己一些，从做的工作成绩当中，从你个人技术提高的过程中，来找你唯一的慰藉吧！那才是最真实的最可靠的用自己的血汗培养出来的慰藉啊！

等待着吧，战争还能再来个八年吗？

6月29日

我把我的全心身投入工作中去，我让我自己没有半点余暇来思虑一些内心的隐痛事情。我白天可以完全不睡午觉，而好使夜间的睡眠更香甜。我更极力的多做力气活，什么担水浇园，扫院子，帮助老乡等。我替伙房切饼把手磨出了泡，我不觉得痛，因为这是我甘心情愿的。我要劳碌奔波，让自己什么也应该会，让自己安心于工作中。我虽然也知道这是一种强制，可是成了习惯则自然了。

想不到在我们这所有女同志中，我又找到了一个开始知心的朋友。这种察觉与结合是非常自然的，也绝非是口头上的述白，而多一半是内心的灵敏，有着一种心心相印的友爱与同情。我察觉她，她发现我，我们互相具备着一种统一的特色（思想、感情、举动……），甚至于有一些值得抛弃的东西，我们在思想上也同样的违反着。真是互相的一面镜子，只是水银的灌注不同而已。有的会反映的更明显，有的会模糊，有的会大点，有的会小点或松些，但基本上相同的地方是多的。两个人谈了很久很久，谈的很热情、很坦白更很赤裸。但愿它，这种纯洁的友情能随同着我们两个人相互的进步而取得更进一步的发展与巩固。

"你是我革命的同志姐姐！"最后她这样称呼我："我们要互相督促着来进步。"

6月30日

　　学习,可以给你以更多的鼓励与信心,尤其要是学习一些新鲜的东西。我看过了《目击记》,我的感触特别深,我被它激动得太惭愧了。

　　从这里我看到了苏联新英雄主义的实质,他们为了祖国,对敌人的那种刚毅与顽强,他们那种视死如归的愉快的牺牲精神。尤其强烈的就是那种高度的阶级友爱。"在战线上除了对于祖国的义务与天责外,主要的'法宝'就是友爱。"果然在那点最细小的生活中,都可以看见他们是怎样爱护着自己的同志,是怎样憎恶着自己的敌人。我更看见了当敌人夺去了残杀了他们最亲爱的人的时候(同志、朋友、亲属),他们是怎样的更英勇的战斗而坚决的复仇,绝不单是一种消极的悲痛。同时我也更进一步的透视了敌人的残酷和残暴,有很多都是我以前没有估计出来的。原来德国人对苏联的摧毁比日本之对于我们更厉害到多少倍。同时用了这种对衬的手法,更进一步显托出苏联民族的伟大和不可战胜。世界上也只有苏联才能彻底消灭法西斯,从这里我更看到了作家的党性表现及阶级立场的掌握,它就没有一个空隙能让你想到其他的立场上,它的每一个字全高度的证明着无产阶级祖国的力量,让人对它发生了具体的实际的真挚的热爱与同情,并且在思想感情上让你和他们起着共鸣。

　　啊!伟大的苏联作家潘菲洛夫,祝你永久的健康!

　　我以后要坚决的多看这一类文艺作品,以加强我党性的锻炼和坚定自己的阶级立场,使自己那种缠绵的不健康的思想感情,让一种刚强的布尔什维克的纯洁的高尚的感情来代替,我要把自己变成一个无产阶级新英雄主义的革命战士。

　　爱过我可也毁过我的人,家来了,带了满脑袋的骂名和暮气。思想搞不通,这是一个基本问题啊!

　　有人就喧嚷出,专看我的态度了。好!很明显大刘的态度不会变,应该怎样工作就怎样工作,因为这已经是解决过了的问题。大刘绝不会再做第二次傻瓜,再第二次的陷害自己!

7月1日

　　人们全集合到舞台上了,一切的准备工作已经正式开始。可是乌云密布,雷电交加,冷风阵阵的吹来,这已经告诉了人们暴风雨快来临了。于是紧张的备袭工作开始了,等一切东西全抢搬到一些房子里的时候,果然倾盆大雨来临,下了有一点钟,庄稼勉强的可以搆上了。戏虽然没演成,可是人们久盼的大雨却降临了,每个人的心眼里也很愉快,回来全赤着脚,蹚着水。这使我回忆起我的少女时代,是怎样的愉快与活泼啊!

7月3日

　　演出延期了,新的剧本需要刻写,我就从天黑一直到天明,睡了只一两个钟头就又一直刻到下午。真是,这一次真把我熬坏了,我疲劳的连话全不爱讲了,我等待着一个适当的休息机会。

7月4日

　　有人观感上对我觉得精神很不集中,比较散涣。虽然我的工作始终是积极而学习也很努力,甚至造成了别人的不测。的确,我完全接受这种观感,我的精神是不够集中。因为在我的内心中有着一种隐痛,我虽然将身心完全投入工作、学习,但是在我的灵魂深处是多么的空旷与虚渺啊!我不得不承认我孤独的苦痛是怎样威胁着我啊!由于这样一点,使我在思想上有着这样一个感觉。我苦痛,我烦恼,因为我发现了我没有知心的同志、朋友。一般的看起来都很好,谁也和我不错,但是一般的都不知心。由于自己的生活范围的狭隘与自私,由于对别人总不够赤诚与热情,由于自己认为的某种程度的"自尊"与虚荣作怪,更由于自己偏爱的孤独与清高,而使自己丢掉了一切可能知心的人。所以当你危机或不幸的时候,你就不会得到外援。而相反的有些人当他最落难的时候,别人会给他以更多的同情与谅解。过去越到了这样时候,我会越和大家隔离,甚至我会很自恃的来自豪。可是今天我忽的发现了这是我最大的痛苦,是我在人事关系上走错了道路,是我友爱思想的错误。最可惜的是我一直到这样晚才发现了这个苦痛。可是也应该庆幸,假若现在还未发觉,那么我将来会变成一个完全孤立的人,我会一点点外援全得不到。试问你生活在一个革命的团体里,你要过着一定的组织纪律的团体生活,在这个大集体里,你工作,你生活、学习、发展,你要完成革命事业。

在这个集体里,你要从事于革命英雄主义的创造。假若你得不到友爱的外援,你自己孤立,那么你就不会完成你的事业,你的前途都是可怕的。我真是越想越怕,越想越苦痛,苦痛的是我没有知心的人,苦痛的是我太孤独。

我决心了,我决心以后要做到能把我一切的心窝子话全可以掏给别人。

7月6日

最后的一次演出就算了吧!在未开幕以前我不知道在我内心里为什么这样紊乱,难道惧怕观众的生疏。

夜里由于过度的精神疲劳,使我留在秀文家里,因为我真没有办法来支持我再走回这十里路。

7月7日

当秀文、老陈和我磨蹭着走到家里时,人们却都在甜睡中。没有别的事情可以做,只有洗洗衣服洗洗澡。下午和她们到瓜铺里吃了一个饱。

7月8日

没有事来赶闲集,这还是我有意识的第一次。集上很热闹,我毫无目的地和她们窜来窜去,在这嘈杂的人声中,我们一直窜了有两个钟头,的确在这两个钟头内,我的忧愁是被忘却了。

有人想以同志的友爱来接济我,被我拒绝了。虽然他的出发点、动机一切全可能很正确,但是我为了群众影响,为了舆论,我应该有这样的志气,即使我困死,我也不应该接受这些人们的增援。

7月9日

这几天雨下的很勤快,这样的天气很适合于看书。

我看了一个女神枪手——巴芙里琴珂,从她这篇自述以前,她已经受过四次伤,个人杀敌记录是三〇九,而她今年才只二十六岁,是一个多么受人敬慕的英雄人物啊!

她说:"凡恐吓祖国的就是恐吓我,谁来恐吓我,就给他准备好一颗子弹。"她是一个红军陆军中尉,她的职务呢是一个狙击手。她能和一个德国狙击兵决斗了三天,这是她最惊心动魄的经历之一。她说:"这游戏才能结束这场恶战——死我们中之一个,不是我,就是他。"结果在决斗的第三天,敌人的望远镜葬送了他自己。她也曾在一小时内和一个伙伴在敌人司令部里干掉十二个官兵。总之,她的功绩是无穷尽的,从她的这一篇勇猛的战斗的生活里,使我就更加向往于英雄主义的生活,我也在幻想着将来总会有几个敌人,会像毒蛇一样的被我杀死。我更幻想着,将来我也一定会有那样一个惊心动魄的时刻的到来,像巴芙里琴珂一样。当人们问到她:"你不觉得干这种杀人的勾当是残酷的吗?你为什么喜欢这个呢?"她的回答是多么骄傲与豪爽啊:"多么愚蠢的问题啊,我当然不喜欢杀人,也并不乐于感到残酷。女人们是喜欢温柔的,而我,确信自己是一个女人。但是当你的家被烧毁了,你的妈妈、爸爸和年青的姐妹兄弟被用机枪打死了,你会觉得怎样呢?""……所以当我射杀一个纳粹匪徒的时候,我感到像射杀一只野兽那样满足,因为我是为了保卫我们祖国而战。你让一个纳粹匪徒留下活命,就等于教唆他来屠杀我们的人民,这是很简单的道理。不是吗?"她又说:"也许你觉得狙击敌人是一桩不太'保险'的事,但是我倒挺喜欢这种危险。"最后她更坚强的讲:"我的经验使我深信,必须在全世界上追捕而消灭所有的纳粹匪徒,这不仅是为了防止他来挑衅和杀害我们,而是在这世界上希特勒主义与自由主义是不能并存的。"从这些短短的自述里,可以给我们一种新的生命力,我们所看到的是苏联人民为了祖国的刚强和勇敢的不疲倦的饱满的对敌斗争情绪。也只有具备这样一种政治情绪,它的胜利才能成为永久的伟大的。

7月10日

在一个对内的娱乐晚会上,我、付林、吴力三个人出了最大的洋相,把所有的人们全笑痛了肚子。真是在晚会的前一分钟,我们也没想起会有这样一个宝贝的突然节目,大家只在开会后的二十多分钟内准备的。当然我是当中的主要角色,也最滑稽。为什么不呢?为了欢送我的朋友们,我是应该特别热闹热闹的,哪怕我的情绪再坏,我的心绪再怎样的不安宁。

所有节目全结束了,人们都入了梦乡,在油漆的板柜上我翻腾着,怎样也不能入睡。奇怪啊,人就是个怪物,难道就是白天睡多了觉!

7月11日

黎明,人们就跑来辞别,当然不是向我,可是又有什么区别。走吧,勇敢一些,男子大丈夫呢!

7月12日

一切的波折现在又到了一个港口,应该让它平静的流入海湾,一些旧日的琐事,应该让它告一结束,但愿他永久的平静永久的安宁!

"学习是转变一切的关键",在剧社的现况下,有人提出了这样口号。的确,要想突破现状的饱和点,只有新鲜的学习,新鲜的刺激。瑾,在协同别人一齐进步之下，你自己又该怎样的多卖力气呢？

7月13日

当我看着上尉什哈伏隆科夫的时候，我的心情不知道该用什么语词来描写，我被它鼓舞得连饭全不想吃了。

我看见了书中女主角的刚强的性格以及举止的文雅、高傲的神态和潜心书本学习的刻苦，以及后来为了战争而经历着那么多的艰难困苦和出生入死的危险，以及毅然的韧性，马上在我的脑子中浮起了一种梦幻。我，独坐在院中的板床上微微的伸了一下懒腰，不由的抬起了头，我想象我自己也可能处在那女主角的地位，而直到了结尾，我在为那女主角所受的痛苦而报复，我在陪伴着她而哭、笑。她的遭遇就好像是我的，她是要救下那高傲的男主角的一条命的，然后他曾向她求爱，而她则抱之以不理睬，直到最后当他们又重逢于最危险的境地的时候，他们又是那样互助，突破了危险完成了使命，最后他们是相爱了，因为密哈洛娃最后说："我干脆就是喜欢你……"

这一切的一切，像电影一样，一个镜头一个镜头的环转着，我像真正经历过看过这一切境遇一样，我是在怎样欣慕的梦幻着啊！

在苏联，在战争的前线上，他们的恋爱、生活是怎样愉快而健康的服从于战争啊。他们的爱情都在对方对于祖国热爱而顽强的战斗中得到了反映。如果祖国需要谁牺牲的话，他们绝不会因为爱人而犹豫，而留恋，相反的代之以无限的荣誉和自豪。他们是那样快乐而勇敢的在战争中来互相考验着，而当和平到来的时候，他们就会很自然的结合起来。那么这种结合将是永固的，坚贞的，任何力量所摧毁不了的。

我太羡慕她们了，她们那种健康的纯洁的感情。

7月14日

我很喜欢那种——心在流血，然而表面上看不出来，既高傲而又忧悒。

可是十分坚强,像铁一样的——人。

但是,善良的快乐的和气的人呀,你们使你们的心变得那么又硬又冷冰的,你们一定是痛苦不堪吧!

7月15日

我在看着歌德的《迷娘》,使我感受着许多新鲜的东西,有许多场合之下的情感是我所感受过的。比如迷娘,"她感受过如火如荼的嫉妒的一切烦恼,她的心突然停止起来,像黑铅似的重物压在胸口。她呼吸全不可能了……"像这样的感情在一星期以前,我不是正深深的感受着吗?当然过了这一个多星期也许就不同了,我比较又开展了点,又坚韧了些,我极力鼓励我自己向往事业前途。因为我觉得只要有爱的对象的存在,就很可以除去我想象力的破坏力量。只要他一天不死,那么我的希望就会在我眼前闪烁一天。

7月16日

花去了两个午睡,把《迷娘》看完了,当然只是走马观花,不过我特别喜欢这两首不完整的诗,虽然它是个歌诗剧。

> 我生来虽则是不患饥寒,
> 我却是饱尝了苦痛深深。
> 我年轻轻便以为烦愁衰老,
> 请永远的返还我的童龄。

> 只有知道憧憬的人呀,
> 才知道我为何悲哀!
> 我是孤零零的,
> 已和一切的欢乐离开。

我瞻望太空，

向着四面八方。

啊！爱我知我的人儿，

是远在天外。

我的头目昏眩，

五内焦灼难挨。

只有知道憧憬的人呀，

才知道我为何悲哀。

7月17日

火线剧社无奇不有,寻死上吊的事也发生了。

熄灯号刚吹过三十分钟,剧社的环境就沸腾起来,街上急促的来往着人,脚步是那样沉重。当我们全坐了起来时候,果然小胡跑来告诉我们这新奇的消息:小D上吊了,没有死,被救活了,现在正在慰问之中。真是,这个人太狭隘了,可是又没有死的毅然的勇气与决心,何必这样威胁人呢！虽然人们一时全被惊动了起来,可是当事情一弄明白了,也就全安定下来。谁也确定她是不会死的,只是威胁。要死怎样死不了呢？事情虽然不大,可轰动了全村,我相信在不久的将来,马上就会轰动全冀中,以及全边区了。因为好事往往是不容易传播的,可坏事比无线电还许快还许普遍呢！眼看着火线剧社马上又澎湃发达起来了,这一闹对外的影响够多大呀！唉,咱们等待着解决吧！

7月18日

重恋,事实上就是失恋吧,我是这样以为。

在排演《李国瑞》的过程中,我学到了许多绝妙的演员艺术,从导演的心理可以泄露出许多我所应该掌握的演员技术。真是,过去我是太不用功了,也从来没注意过排演,今天想起来真后悔啊！

7月19日

　　第二次的自杀又发生在她的行动中,许多人忙的倒穿了鞋,就为她赤脚奔波,结果又是一次威胁。组织上真没办法可以使她转变思想了,你说什么方式没用过,结果全等于零。没法,下午送她到政治部,以备深刻反省。

　　对于我自己的时间,我总是分配掌握的不够科学,事物主义的瞎忙,往往什么成效也收不到,甚至有时不睡午觉,可你又有什么收获呢? 苦恼,科学化的分配掌握时间,对于我真是目前最重要工作之一。

7月21日

　　自私狭隘的个人主义,将是我决定进步的关键,有勇气与决心来突破它,还是顽固的保存着。据现在的形势来说,这已经是一个死角,假若这个死角打破了,那么在我的面前将展望光耀的前途。首先在人事问题是我可以解除一个重大苦闷,我可以得到许多的知心朋友,在开门见山赤诚相见的原则下,我可以得到别人的外援,而不会再孤独了。其次在学习上我也同样会得到更多的帮助。如果你想奠定你的事业前途,那么这个死角将起着决定作用,更重要的还是打通了自己的思想。试问你想一想,在一个以革命的集体主义为人生哲学的革命战士身上,那么自私自利的个人主义将是集体主义的死敌。在思想上,在行动上,这两个东西是不能并存的,只有忍痛的割除前者,发展后者,那么这才算是纯正的思想,才能够更适当的正确的给其人生观以辉煌的点缀,否则连他的人生观都会陪伴他的死角,一齐毁灭。这是定而不可移的真理,而世界上也只有一个是最正确的真理。否则如果突不破这个死角,那么其结果定与前者相反,一切全是逆流的。因此摆在我面前的也正和国际国内摆在中国人民面前的形势一样,只有这两个前途、两个路线、两种后果,任凭你大刘随意选择吧,进步呢,还是落后? 将来的事业前途呢,还是暂时的享受? 群众的利益呢,还是个人的利益? ……这一切的一切都明显的摆在你面前了。大刘,决定吧!只有这两条路,"生与死"只有你是你自己的主人,只有你才充分有着这种权利,别人是不能代替的。当然这还不是单纯的选择,而是怎样彻底的突破它,像对你的敌人一样的无情与坚韧。因为你应该看到它对于你的思想在这几年以来的腐蚀作用。

大刘,突破它这可恶的死角!

7月25日

"艺术比不了青春!"真理!真理!在我们的环境中有很多人盛赞着这种论调,但实际上对于某一种人也实实在在的给以露骨的讽刺,甚至刺得某些人整天的呼唤悲哀。苦哉!苦哉!真所谓"花开花谢年年有,人过青春无少年"啊!

年轻的人们,宝贵与珍惜你们的青春吧!

7月28日

为了纪念党军的生日,《李国瑞》一定在"八一"演出,因此我们又紧促的排练着。在这个戏的剧务中,我的确学到了很多的演员创作与导演手法,每天都是排演到夜十时以后,精神很疲惫。

8月2日

拂晓的微寒振奋着每一只困倦的眼睛,黎明的曝光照射着每一张苍白的脸孔,而他们的心却被演出的卓越效果所鼓舞、激荡着,一直到太阳很高了,他们才意识到需要休息。

8月3日

一个人,当她或他受了最大的激动,那时候她的勇气和意志,可以扫除前进路上之一切障碍。在这样的时候她会发射出星光,在这样的时候她才可能创造出奇迹……而且也只有在这样的时候她才值得生活下去。

瑾，不，频，这样的时候已经到来了。

我听到了上级决定我们去参加攻势。

8月5日

出发了，面向着辽阔的白洋淀及富饶的大清河，每个人的心都非常愉快的跳动着，脚步也很轻捷。因为还有谁能对这一次攻势不抱着一个更大的美满的希望和幻想呢！

这次攻势我相信会给我们更多的收获，途中经过了一些去年从路西过来在这里演出的村庄和一些熟悉的老乡们，它引起了我无限的回忆和憧憬，也引起了我无限的惆怅。

8月6日

眼看快到了目的地，队伍停止了前进，因为从前线回来了一个首长，他讲部队已经回来了，再去执行另外的任务，所以我们究竟前进不前进呢？还需要指示，所以我们在等待着命令。

看见了旧日的相片，使我想起了旧日的友谊，一幕一幕意味深长的在我脑海里放映着。过去，往事，难道这将是永久的昙花一现的一瞬间吗？

8月7日

我们又回到了小河庄，天已经大黑了。

当我刚一接近村口的时候，有人在呼唤着我，我向他诉说着我的疲劳。但忽然一个细小的声音："姐姐！"使我顿时呆着了，在阴黑的天气里，我看不出他的轮廓，但在我的意识当中，我早已确定了准是我小弟弟。果然他在向我述说着家庭的情况。等我们走到屋里豆油灯底下时，我呆愣得说不出一句话来了。好飞快的时光啊，孩子已经长得这样高大了。当我出来的时候，他还在怀里抱着，而现在已经能出来几百里地找他姐姐来了。由于家庭生活的困难,使得他长得是那样瘦小,看起来真不像根据地的孩子那样健康。和他谈了半天,许多的同志们都亲昵的围拢着,询问着,他却小京油子似的用着流利的北平土话来直爽的回答着。后来为了照顾大家的休息,我把他打发去睡了,但兴奋得我却一夜只睡着了一点多钟。我也很奇怪我的长途的行军疲劳也不知飞到哪儿去了!

8月9日

在天刚大亮了我就急忙的起来了,因为心里存放着一件事,就是家中的详细情形我还没跟小弟弟谈。我去找他还睡着,当我走回去洗完脸时他却来了。他向我问讯他的姐姐,我忍不住的笑了起来。我把他支应到屋里,同志们都在甜睡中,他不敢去推叫哪一个,只在门口呆呆立着。由于我的笑使他怀疑了,他转着身来又向我细看着,大概昨天豆油灯底下的印象出现了,于是才畏惧的说出:"你是我姐姐?"我不能不承认了,好可笑的事情啊!也为大胆的孩子,一个没有丝毫印象的姐姐,他却敢大胆的出来几百里地来追寻,万一要找错了,他又怎么办呢?

他跟我讲起家中的详细情形,弟弟们的职业很好,我很庆幸我的家庭成分会由这一代起了绝对变化。弟弟们全当了技术工人了,并且单靠了出卖劳动力来维持一家的生活。好,小资产阶级的意识对于他们再不会像我一样浓厚了。他讲到妈妈的困苦,及因为想我而生了病,直到现在才刚恢复。唉!我真没有办法来形容我这个时节是什么样的感情,心里真一股一股的酸痛!

8月10日

两天以来我全为了群燕忙乱着,弄得我学习不安心了,也许过这两天等一切全安排好了,我也就松心了。不过我非常相信大家的力量,两天以来,同志们对我、对他的帮助真使我太感动了。

8月11日

胜利的消息把我们鼓舞得颠三倒四了,一顿饭只吃了一个馒头,每一个人的心都在蹦蹦的跳,不能安心学习,也没有具体工作,到处都在沸腾着。

指导员回来了,人们追随到大院子里,把他抬到床上,请他做报告。

"日本鬼子投降了,在十号的晚上,朱总司令发命令……"

于是化装宣传队于很短的时间出现在大尹村的集市上,整个的集市被这消息振动得跳起来了。肉铺掌柜的忙的汗珠在身上汇合成河流,买卖的兴隆是空前的。因为解放区的群众被这消息兴奋得像过年一样,家家吃起饺子来。正像老百姓在煮饺子时所说的:"这下子可好了,把鬼子煮到大海里去!"

8月12日

上午到政治部去听报告,一切胜利的消息全在冲昏着人们的头脑,好像马上一切战斗就将结束,快乐的日子即将来临一样。各个大城市解放区的领导人员已经委任,我们划分的地区是天津,真把我高兴坏。想不到八年艰苦的战争,在我还没有死去的时候还会有这样的一个日子,事物转变的好快啊!在我的精神准备上,我觉得抗战起码还有两年,想不到今天我们就实行反攻了,真突然啊!

当我们听完了报告回去,就做着出发的准备,晚饭后即向着天津行进。

8月15日

两天的急行军,把我给走垮了,没有办法,不能不坐大车。下午到了白洋淀,对于我这已经是第四次了,不但没有半点的厌烦,反而一次比一次感到新鲜,也许因为季节的缘故吧!

8月17日

船靠岸了,因为前面队伍还没有入城,那么我们就需要工作。决定下午演戏，服装刚备好，就接到了出发命令，马上退了就向家走，到家吃过午饭即上船出发。顺着大清河，路过新镇，风景非常美丽，这使我联想到一个骗人的孩子就生长在这样一个秀丽的环境里，可是他却那样的蛮横，可惜他的童年时代啊！船走了一夜，早晨到达胜芳。

8月18日

很早的很早，人们即流行着传言"南有苏杭，北有胜芳"。今天我们即住在了这北方的苏杭，的确是有江南的味道，而使我这没有到过南方的人，就更憧憬着江南的春风夏景。

这里的确和乡村不同，街里有很多大买卖，来往行人很热闹。这里女人眼睛一般的都很水灵，最讨厌的就是蚊子太多，咬的一夜也睡不着。

为什么还不出发呢？人们都在焦急着，因为在谁的脑筋里都觉得我们会长驱直入的。哪知道天津敌人又增援了，我们又退出杨柳青。国民党在城里挂起招牌大摆其功了，蒋介石也委任了市长。真是，即使是胜利也不会那样的容易。

8月20日

出发了，大车准备了半夜，等我们到达目的地已经是早饭的时间。这里也是个大镇店，得胜口，才解放了一个多月。这里从来就没住过大批的八路军，更没见过女兵，所以当我们一进街就成了群众的集中目标，走到哪人们跟到哪，一屋子一院的。讨厌吗？不应该，他们没见过女兵，应该向他们进行宣传。

8月21日

我们参观了小学校，设备很完善，有两个女教员和我们谈了一个多钟头。从谈话中，使我看到她们在思想上的落伍。我相信一个八路军的小鬼如果讲道理讲经历都比她们要多的多，像这样的人外边还不是更多吗？

有的人已经当了先锋队,到天津去了,并且先入城准备做内应,我们不久也可以入城。苏联红军在东北已和我军会师,这是多么兴奋的消息啊!山东我军占领青岛、威海卫等要城,大的转变即来临了,让我伸出双手来欢迎它吧!因为——"战争的胜利即是我的胜利!"

8月23日

情况又变化了,我们又暂时的不能前进,在这里又必须住上一周或两周。真是,这样一来倒把人们弄得很不安心了。

为了进行宣传,在这里准备晚会。

8月25日

一连演了二天,夜里全是半途而雨,把一切服装道具全弄毁了。连雨已经几天了,据说地已经涝了。真是,好可恶的天气,五月天不下下雨,而现在却天天连绵。

雨天哪里也去不了,听一听报告,看一看书,真是觉得等待的无聊。

8月27日

消息,是在每一个钟头全在有着变化,一会这样了,一会又那样了,有好的也有坏的,使得人们这脑筋里也多少会混乱。但是总的情况的变化是向着胜利的光明的方向旋转,急滚。

8月29日

两天来就开始做着进城的准备工作——排戏。但是人们的心情全不够稳定,甚至有些人大唱"胜利后的悲哀"。自然他们大概是太谦虚了,认为自己一切全不行,进城后即没闹了,在乡下还可以唬一下土包子,在城里则不容易得到应有的社会地位。这些人看表面或许被你认为很虚心,但实际上也只不过是一种"英雄主义的个人渺小"而已。他何尝不愿意一鸣惊人呢！他又何尝不愿意领导剧场或参加剧场做做演员和银幕上的影星呢？但是在口头上他却一塌糊涂的悲哀，没希望，没前途，吃不开……等等，也许我太骄傲，我总认为这是一种偏向，同样的是小资产阶级的虚荣与自尊。

自然应该正确的估计自己，不应骄傲也不应悲观。都市的影星、导演以及所有现存文艺工作人都不足怕，而延安的反攻干部倒是应该注意的而要向他们虚心。但是最可怕的还不只这些，而是"后起之秀"，到了都市有可能你能风行一时，但是只要两年，短短的两年，你如果不加倍的努力，那么新生的一代会更远的超过你，这将是最可怕的，最应该警惕的。（自然这绝不是资本主义社会的那种出风头，自私的嫉妒的怕别人超过，不让别人进步，而是警惕自己怎样不落伍，在前面英勇的对革命负担着更大的责任。）

可怕呀！在这胜利的关头，党需要你的是更加迅速的进步，以担负更光荣的任务，而不需要的是悲观的"叹息"。

胜利，把一切全变换了颜色，瑾，不要错过好机会啊！

8月30日

形势又转变了，毛主席同周恩来已经飞到了重庆，与蒋介石做着新的谈判。最初我们很担心，但后来也就变成了期望，我们期望这次谈判能圆满结束，以决定全中国人民、东方民族的命运。

只有"等待的时间"大概是最难熬的吧！

9月2日

有的人在和我谈，他说感觉得我这一个时期是转变了，并且是朝着好的方向。

在黎明的时分，我从厕所回来重又躺下休息，我忆起昨天人们的谈话，我辗转的不能安眠了。我在想，我好像觉得我自己的见识在一天天的增长起来,我的为人也好像一天天的严肃了。有的人说现在一天也未必能听到我的笑声,而过去"大刘的笑"是到处可以听到的。当然这不是我的消极沉默,而是严肃了,对于过去一切的小资产阶级罗曼蒂克的幻想,一切不合实际的念头都应该置之高阁。而我想在所应该注意的则是一切目前最具体最实际的工作,把每一件你所做的工作都应该做得非常好。

我好像也懂得要对自己的行动更加倍的负责,只有卓著的战功(工作成绩)才能争得权利,才能更大胆的向组织、向群众发言,才能不辜负党对你的培养与信任。

转变吧,朝着好的方向!

9月4日

为了新的任务又回到胜芳,这里老乡煮山药欢迎我们。

晚上当我接到了命令,我突的待着了,我不知道这是愉快呢,还是犹豫?命令是这样的,抽出十五个人一同随了一部队到遥远的地区去执行新任务。这个遥远的地区真是太遥远了,自然上级不会明确的指明,但每个人会意识到的。我很出乎意料,因为有许多麻烦事在纠缠着我,如小弟弟等。可是上级却这样决定了,我只有坚决执行。晚上我都在思虑着,踏上征途后的情形以及到那地区后应怎样工作。同时我更联想到,到那地区我准备看到许多熟识的人。真是,我真没有想到当我们反攻快进天津之时,我还需要去进行这样一个长征,去完成一个阶段的新任务。

走吧,勇敢的接受党的光荣任务!

9月5日

天还没大亮我就起来了,为了及早的准备出征。

但是到了中午,任务又转变了,出征的人数减少,由十五人改为五人。那么我自然就获得了幸免,心中像有一块石头样的落了地。

晚饭后出发到了王庆坨,这里是敌人奴役了八九年的落后地区,村庄很大很复杂,国特特别活跃。因为离天津只四十余里,一般群众风俗又近于大都市。妇女们个个梳着飞机头,擦胭脂扑粉的,真艳气的不行。一般见着人们都称呼"爷",封建地主占统治地位,有好几家挂千顷牌的。但是成对比的一般群众生活也越困迫。我们全体住在女校中。

晚上召集村中知识分子开了座谈会,情绪还很热烈,瓜子,果,准备了很多,这使我想起了过去的学生时代的学生生活。晚三点始眠。

9月6日

气候到底转变了,微风吹过来使人精神格外清爽,凉快。中午不睡觉也丝毫不觉得烦躁。真是,秋天也来临了,但是这一次降临是在我们的反攻阶段啊!它将给我们,尤其是战士以更多的方便。

两天以来净看些旧的画报,和往日影星的趣事,引起我很大的兴趣和幻想。难道这又是小资产阶级意识的显露?我很警惕。

敌人说"教育就是生活,学校就是社会"。而我们是不是可以这样说呢?"生活是教育,社会是学校",而正成了相反的对比。

晚上演出了《血泪仇》。

9月7日

一天都在为了《李国瑞》的演出排演,忙乱着。

9月8日

急骤的锣鼓和热烈的喧吼,把一宿舍正在甜睡中的人们,震惊的全坐了起来。用手擦揉着惺忪的眼睛而侧耳倾听着,在人们的意识中猜测着一定是群众的暴动或复仇的控诉。大家就理了一下头发,披上了上衣蹬上鞋,一拥而出去了。

果然在我们的胡同里,满满的堆挤着人群,破旧的尖顶的小草帽,像一池荷叶被轻风吹过一样的闪动着,写着口号的红绿旗在草帽顶上飘摆着,正像耸立出荷叶的荷花骨朵,千万只发着紫红色光彩的拳头,不停的挥动着。在冒着火星的眼里含着泪花,他们的嗓子全喊得嘶哑了,原来他们在为了土地斗争,他们在呼喊着减租减息。

说来也的确苦,敌人统治了八九年,地主把他们压榨得再也不能生活了。一亩地就要七斗租,今年又涝了,好地也只能打二斗,他们怎能交得起呢?

我们挤进了人群,也挤进了院子,在人堆中突然伸出一只干皱的手,轻轻的拉着了我,一看原来行列中还有老太婆。在她们多线条的面孔上,松垂的肌肉在微微的颤抖着。

"同志,你们也是队上的吗?""嗯。""你们还走吗?""啊?"我被这凄怜的语气问得愣着了。"嗳,你们不知道,俺们怎样盼望你们呀!咱们人们来了,我们敢这样闹,咱要走了,可俺们就更受气了!""噢,八路军不会走的,这个地方是咱们的了,就是这部分走了,那部分也会来的。再说就是区里县里的会直接管你们。"我就向她进行了宣传与解释。她于是更跟我亲热了,把她们一切受苦的情形全说了出来,一边说一边擦着眼泪。我也几乎被这人群气氛及这些具体事感动得流出泪来。

一会行列挤到大街上,便扩大成示威游行了。我们因为要吃饭了,也只得回来。

一天我的思想在为这件事情所激荡着。

9月9日

我们向霸县前进,一路上竟走的是公路,平坦辽阔,虽然行程很远,却丝毫不觉疲劳。

晚上到了信安,为了进行教育,我严厉的打了群燕一顿,他现在的确成了我的累赘。我很后悔当初为什么要让他来,而他自己也敢来。

9月13日

到处都喊着对于霸县的失望,物价的昂贵,荒芜的土城,和住宿的破棚而引起来的吧。

形势是这样停滞着,每个人的情绪都陷于低沉,工作是没有办法再进行了,只有用放假来缓和这僵冷的气氛。

离家近的回去了,因为有三天的假期,夫妻们全住了"星期六",爱人们每天可以在一起开心的玩。而只有像我们这样的人,照旧的冷落,放假对于我们又有什么好处呢?

学习吧,到处都有着安静的环境。

9月14日

老的同志又在向我善意的说服与动员,要我去归顺于某一个人。意思是好的,动机态度全是好的,可是我就是对他没有好的感觉,那又怎么能行呢?谁能强迫着我和一个我不喜欢的人做爱人呢?当然别人没有这种权力,那么只有自己考虑了。不行,我不能违背了我的良心,我应该向着我的理想去追求,哪怕是不成功也应该有个水落石出的时候,到那时我再去爱任何一个人我也就安心了,我也就甘心情愿的去顺服于我自己的丈夫,不然我是不会甘心的。即使现在好了没什么,那将来怎么办呢?还不是又有一个"坏"在摆着呢!不行,我坚决果断的回答了。

不知怎的,从上次问题解决了以后,直到现在我的心情非常宁静。我认为恋爱在我的生命中并不算一个最主要的事,而我爱人的条件也不一定非那样理想化。而过去我曾把恋爱当成了生命旅途中最重要之一段,因此也就发生了许多偏差,而现在我愿我永远理智、宁静,并在下一次恋爱中来坚定自己的阶级的党的立场,及自己半年来所进步的程度。这一次那当然又是剃头的扁担挑子一头热,而事实也不会成功。

9月16日

人们全在为了一件喜事而忙碌着,我自然也是一个出头露面的人物而不能袖手旁观。在剧社这样的事情已经是第四次了,所以稀奇是没有的。但是一次却都比一次热闹,谁不愿意帮人家这个忙呢!古语云:愿天下有情人终成眷属,这句话对于每一个知事的人全是非常适合吧。

选定的黄道吉日为八月十五,那一天听说还有很多大会要开,一方面庆祝抗战胜利,同时晚上还有提灯会,我们还要演出。我相信一定忙的不行。

9月17日

当我们正在排演场进行工作的时候,从外边传来了一个声音:"××,你干爹来了!"我的心马上突突的跳了起来。我用我最大的理智压抑着自己,我不知道我为什么还有这种感情。

冷淡,双方都非常冷淡,但是他对她却非常热情,这使我很安心。

感谢最近同志们所给我的帮助,不然我不知我将会怎样的苦恼,而现在我却非常愉快。

9月19日

小弟弟的确成了我的累赘,我真想马上把他处置到另一个地方去。

宁愿在自己现有成绩的骄傲里得到喜悦与满足,而不希求进取或生活在进取里面,试问这样的人难道他还有前途?

不要把自己的幻想太美化了,难道你的一切寄托就只有将来?你的一切思想都集中在未来上面?可是你的"未来"又拿什么"现在"做基础呢?

这样不好,这样会把你装扮得更骄傲,更奔放!

9月20日

有人又提起了去年的中秋，可不，一年了。只有熟悉的人他才能知道去年是怎样过的中秋啊！

在路上，在铁道边，在旅途中，在一个也是暗黯的晚上，而我却接到了一个最后的苹果！……啊！一年了啊！光阴，流水的日子，你对于我就一点也不怜悯吗？

从上午就开始阴，下午就下起雨来，一直到婚礼大会开幕了，雨才停了下来。所以这对于我们的大典多少会减兴很多，但是也仍然出乎意料的热闹。

最遗憾的就是一晚上除了汽灯照到的地方明亮以外，其余全是黑暗的，整个的十五就没有看见月光。

夜里，有一个很长的时间，我的头斜枕在手臂上，我的睫毛就没有合拢。

9月21日

"在坚强的心中旧的爱就是这样，已经枯死了，但仍牢系着，只等到新的爱来方能把它赶走。"正像"在老槲树上（槲树是坚强的）旧叶子，只是在新叶子开始萌芽的时候才脱落"一样。

9月22日

"没有比自己意识到做了什么傻事更痛苦了！"的确，一点也不错。过去，我竟一次一次的这样干了，有意识的去傻，去错，而就越痛苦。

小力真的要走了，到东北去。在晚上的欢送会上，人们全感到了留恋，可是又有什么用处呢！最使我吃惊的就是有些在平时、背后痛骂他们的与他们成见很深的人，而今天却显得格外殷勤与热情，格外的发好了他的依恋的情感。我真莫名其妙这些人，他的里表究竟是什么东西？而他是怎样奇妙的改头换面的扮演着两个角色？而使对方不曾觉察。

9月23日

唉,人还不就是那么回事,往往互相之间会发生很多误会,其实我对于这些是再想的开也没有的了。我总觉得,想要了解我的人,他不会责备我。不想了解我或不能了解我的,他的诅咒也不会使我痛苦的。我就是这样一个顽固家伙!

9月24日

情绪的波荡又很明显的闹起来了,"只有女同志是值得赞扬的"。她们全很安静,没声无息的在进行着照料自己的私生活,什么补补袜子,缝缝衣服,一天假出不了一个大声。同时现在又都分住着,顶多的是两个人在一起。安静,颇为安静,但这是什么原因呢?因为都有丈夫、爱人,全团体只有两个没有的,而一个是孩子,一个则是我。因为有了丈夫、爱人,而得到了依靠,所以她们不会再想到工作的不安心,她们也不会再要求调动工作或闹情绪,顶多的来一个夫唱妇随罢了。我很怀疑这难道能算是女同志的进步?女同志不随波逐流而安心工作吗?

有人说我:"大刘,你好像大海里的水,看表面它是非常平静的,但在海底会翻滚得翻江倒海,巨大的洪流与漩涡都在海里涌流着,你就是一个这样表面平静的大海。"好形象的描述啊!我都不能给我自己下这样一个象征。我微惊的这样说了,周围的人们也全笑了起来,好像都在同意着他的意见,同时也赞扬着他的形象。我也笑了,我还能说些什么呢?

9月26日

我真没有见过这样自私、狭隘而嫉妒别人的人。在演同一个剧里,别人想和她唱同一个腔调,她全不许,而大骂其街,说别人浪声浪调的,为什么唱她的调。她的,难道是她创造出来的?真不要脸,还说别人不要脸,也不尿泡尿看看她自己,自己真是什么了不起的人啊!就这样的嫉妒与自私,真是，这与共产党员的大公无私相差到哪里去了，还是党员哪。对一个群众在工作上就是这种态度吗？呸！就是个太太货，依靠着你的支腰就发贼横吧！反正我能够看得到你的将来！

9月27日

什么事情我好像是越看越不顺眼，我总觉得是受排挤的一个，但是别人也全这样以为。班里的生活这两天是越过越不好，吃饭也分开了。真是，看你们这狗仗人势的会闹到什么程度。屎壳郎急了还扎人呢，你们别看我老实，再犯到我头上，我就不让哪个。有势力怎么样，这人们不怕，反正人不犯我，我不犯人，人若犯我，我必犯人。咱们走着瞧，老子这会儿不吃你那一套，高兴理你是给你面子，不理你也不犯法。

一天假关在我的小屋子里，过着我的小家庭似的生活（我和弟弟），颇觉有趣，每天还能保证了四十页书。你眼气吗？活该！

9月28日

踏上了十分区的路，我的心即开始压缩。愿意吗？又不愿意。不愿意吗？又想去。真是，说不出来是怎样的心情。结果就是抱着这样的心情，到达了十分区——牛驼。

看见了一些熟人，除了见面以后一刹那的寒暄之外，其余的什么也再没有了。住了房所，人们全出外去玩，只有无聊陪伴着我度过了整个黄昏。

饥饿与疲劳使我不能不倒卧在炕上，但是脑里却一幕幕的映演着电影……看见了旧日的熟人和旧日的物品，就使我回忆起旧日的友谊和旧日的安慰。

9月29日

一场秋雨一场寒，凄沥雨声人难眠。有情知情人不在，要买青春难上难。

绵绵的秋雨,真使人懊恼。哭不得,笑不得,喊不得,骂不得,只有恼与怨,忧与愁。等我实在烦的不行了,跑到了旷(伏兆)政委那里,玩了整整一个下午,还吃了一顿丰满的晚餐。

看见了他们的舒适生活,真使人羡慕,但也使人感叹!

10月1日

一个有名的美术家曾说:"生不虚度才能得到愉快的死,日不虚度才能得到夜晚的安眠。"

瑾,用这句格言随时的警惕自己。

10月4日

火线剧社的歌声现在又回旋在固安县城里的每个脑筋里,真是想不到,这里只离家乡——灰色的古城,一百里地了,但是我却不能回去,因为什么呢?抗战还没有彻底的成功。抗吧!革命所需要你的一切是"牺牲"。瑾,记着了这句话,当你情绪低落、工作不安、计较享受的时候,你应该反复的回忆这句话,那么党将不会得到损失。

城里一切环境都很好,住的房子很舒适,这使我精神特别愉快。

10月5日

有的人又在和我开玩笑,说延安的文艺工作队已经出发,并且不久即将来临华北各解放区,有的人并说凌风也会到冀中来,到那时,说我即会高兴死了,并且终身大事亦可迎刃而解。

他们对我说的全是希望,可是我自己却没有这样高的幻想,我总觉得那将是不可能的事情。假使他真的回来了,那对于我就是天上掉下来的幸福,同时我又那样想,当真的他回来了,可是却带来了另外一个她,那他倒还不如不回来,因为那样我会更痛苦。唉,管他呢,回来不回来只要知道一个信就好了,就将是我最高的希望,别的我想不了那许多了,为什么自找苦恼呢?

睡吧,明天还要演出呢,大刘!

10月9日

我们又向北出发了二十余里,来到鱼发镇。

这是一个很大的庙会,区里由北平请来了几个旧艺人大唱了三天,黑夜就是我们演唱。群众是人山人海,效果当然是空前的。因为有很多老年人全说从记事以来,这是第一次看这样好的戏。更有很多北平近郊的老乡全来赶庙,他们将把我们的影响带回敌占区。尤其是即将回去的旧艺人,他们会更广泛的到处宣传,因为我们对他们尽了我们一切团结的力量。

10月11日

看惯了根据地群众的朴实,再看到庙会上这些人们的浮华,使我有两个非常明显的感觉,不同,到底差远了。根据地再怎样落后也比这里前进了一个时代,这里仍然过着事变前的生活。妇女缠足梳辫,穿花戴绿的,在庙会上穿扭搭,擦着满脸的怪粉,无奇不有。真是,敌人把她们倒拉后退了八年,而我们的地区却前进了八年。

两天来,除了看戏即赶庙,嘴和眼睛倒享了点福,可是却没有一点读书成绩。

10月12日

黄昏的时候,我们又进了固安城。在街上看见了许多从遥远地方征来的旅客,穿的很破旧,精神非常疲倦,这引起我很大的好奇心。我总想知道他们究竟是从哪里来的,到哪去?我大胆的问了一个人,他为了保守秘密,不肯直接说出来。我又问了一个,仍然没有满足。可是我还不甘心,再问一个,又没结果。一个又一个,最后根据几个人简短的模糊的回答和我们自己的推测,确定他们大概是从后方延安或晋西北、或晋东南来,而到东北去。去的方向是确定无疑的了。于是这群人又引起我许多烦恼与希望。我烦恼的是这群人中我没有一个相识的,而我的希望也即是多久能有这么一天,也在同样的相似的一群旅人中能看见我朋友的归来。

"归来吧,照耀我的前程,……归来……归来!"

10月13日

在我们的地区能看见有汽车来往了,这真是抗战以来的第一次。环境到底不同了,人们的欲望也就愈高,从不背东西到坐大车,现在又想坐汽车了。可见人的希望是无止境的,到了一种环境,他即会有一种新的欲求。

到了牛驼村以后,看见在街口走着很多刚俘过来的伪军,穿的是那样狼狈,衣服全都上了补丁露了肉,有的还没有鞋,穿着两双袜子走。有的有鞋也大概是掉了底,腿上绑着点子布条与麻绳。一个个垂头丧气,真使人见了即讨厌。据说他们是出来抢粮的,而让我们打下了。由这一群俘虏身上看来,可见敌人阵容的内幕是怎样的饥荒了。同时使我也更进一步满足了我们现在的待遇。

10月14日

我每一天都在替着别人欢喜,今天也同样的有一件喜事而使我也特别愉快,即是老陈的弟弟从延安来了,他带来了许多后方的消息。有的曾打破了我许多虚渺的幻想,可是有的也就更坚定了我等待的信心。因为从多方面来分析,他仍能给我以希望,难道这种分析是片面的?

不,不会的!延安也不是那样容易可以解决问题,同时他说后面还有一大批干部,不久即可到达前方。好,等待吧!经过挫折的感情,那将是最巩固的。那么让我来为了她弟弟的来临而愉快吧!更应该为了未来的幸福而祈祷!

10月17日

抗战八年以来今天第一次坐上汽车了,由牛驼到霸县,心中有一种说不出来的欣慰。

10月18日

顺着大清河我们又到史各庄来演出,主要目的为了我们的生产。因为这里村干部向我们要求只要演两回戏,这村可以给我们几十亩麦苗地。这样好的买卖为什么不做呢?那真太傻了!所以演出就又剥夺了我们的休息时间。

10月20日

站在堤岸上的一棵垂柳下,我聚精会神的看着月亮是怎样逆着大清河的流水而慢慢的轻轻的漂浮。星星在水面上,像经不起这秋风的微寒而打着寒噤。只有一只落了队的旅船,满载着远行的战士,而急急的划了过去。随着船只的桨印而留下一连串一连串的涟漪,慢慢扩大扩大,最后就又恢复了刚才的平静。

忽然"呱"的一声,一只落群的孤雁"啪、啪"的从头顶上飞过去了,大概是要追赶上前面的行列,可见一只孤雁全不肯落伍啊!何况瑾呢!顺着声音向对岸望去,可不,在这平静如水的天空中有一群整齐的雁的行列,在向南飞去了,正像在澄清的大海中一队尾贯而行的鱼群会队形变更,远远看去像一群蛤蟆豆在清水中游泳,又像地图上的一块沙漠粒,远去了,消失了。

唉,是雁南归的时候了,为什么人不南归呢?

我怅惘着!

10月22日

坐着船顺着溜一直就到了胜芳,时间已经是夜晚八点钟。月亮又是那样的明而静,从高高的纱窗上一直射到了雪白的棉被上。这样的环境,使我怎能入眠呢?难道每一个月都会有这样一个月圆的晚上吗?阴天吧,老天爷,我受不起这月色的引诱。躺在炕上,听见了隔壁同志们的呼吸和钟声的嘀嗒,一会十点了,十一点了……

我轻轻的哼着:"今夜的月色分外好……多么平静的良宵啊……为什么……"

10月24日

在苏联的伦理要求:"恋爱必须负责成婚"。在报纸上看到苏联一篇关于恋爱、结婚与家庭问题当中有这样一句,使我更进一步的接受了苏联的社会制度,使我在革命的恋爱观上更奠定了一个认识:恋爱一定要为了结婚,双方都应负责,否则为什么要恋爱呢?这样即反对了杯水主义。

瑾,记着,最后的一次冒险,要恋爱即应负责成婚。

10月25日

语曰:一文钱能憋死英雄汉。的确,今天我算真正的体验到这句话的实质,只为了二三百块钱而使我几乎哭了出来。真是,假若我没有更高的理智力,我真要放声哭出来了。而现在只有把它咽到肚子里去,咽下去,有什么可说的呢?你对革命没有更多的贡献,所以你就不能有更多的享受。

但是应该感谢帮助我的同志,他想尽了各种方法而使我达到了目的,消除了烦恼。

晚上演出《血泪仇》,我经过了导演,利用快板而代替梆子调,形式可能和全剧不调和,但是把句词的中心全清楚的传达给观众了,这为什么又不可以呢?为什么非去坐那个蜡?根据今天的效果,在我个人来说那是比唱要好的多。每回往往因为唱那两句不搭调的梆子,而影响了我整个的情绪,也就破坏了我整个的创造。而今天我却觉得整个演出我自己是一个完整的创造,情绪是连贯的,以后如果仍然要我演,我即用这形式来再现。

10月26日

上级为了照顾同志们的情绪，每一个老的所谓正式社员全发了一件皮大衣，我也就依仗着军龄长点而获得了一件。

当我接到了这件大衣的时候，我的手都颤抖了，自然我非常高兴。抗战这八个年头来，我从没穿上过这样的大衣，我的情绪是很愉快，但是心中又非常惭愧。我觉得我对革命对党没有这样多的贡献，而今却得到了这样大的享受，我太抱愧了。

我还有什么理由不更安心更负责的为革命为党来工作呢，我还有什么理由不更多的牺牲自己呢，而为了党，为了别人。

大衣穿上了，软绵绵的，暖烘烘的，使我的心灵非常轻松。它真像党一样的温暖着我而不使寒风刺入。但是我对它的责任、对党的义务就更加重了。保护它吧，因为它能保护你更健康的来为党工作。

11月1日

我的日记遭了一次水灾，幸而得救而没完全毁灭，否则那将苦死我了，可是这样也得换一换衣服。因此使我许多时间都没敢去翻阅它，而恐怕夭折。

11月5日

成千成万的行列由我们的门前经过，有新四军，有冀鲁豫的军队，更有大后方的八路军，他们全为了同一个使命而往东北奔驰。无论遇到任何情况、风雨，他们的队伍全不停留的，每天真像急流一样的滚动着，向东三省、向那肥沃的被解放的园地。

我，被一种好奇心和一种真挚的希望所驱使着，每天都要在门口观望几次，有时立得腿都酸了才回去坐一会儿，便又出来。我看到这样许多强壮的行列，心中不觉得发出一种爱慕的感觉，我的情感被这粗野而疲劳的人群振奋得不知该怎样表现了。他们都经过了一个多月的连续行军,可是他们的精神却仍然那样饱满,共产党的队伍,我们有这样强大的武装,哪怕你国民党反动派怎么样呢?

我到处找寻着机会去找他们问讯,我很想知道关于他们北移的一切情形。可恨的国民党啊,就当他们奉命北移的时候还在进攻着他们。

11月6日

我今天特别留神门外路过的行列,因为我好像有一种下意识的幻觉——大概、也许有延安过来的部队。

我像检阅官一样直立在台阶上,细心的观察每一个从我面前走过去的行列,因为我在等待着一个最大幸福的来临。

望着,望着,一行一行,一批一批的过去了,没有一个人我看着眼熟,更没有一个人肯向我打打招呼,没有。

等队伍全过完了,我只得沉默的转回家来,我能对谁说一句什么呢?

11月7日

为了庆祝苏联十月革命二十八周年纪念,我们化装坐卡车宣传,这也倒是个新形式,很能吸引观众,但这次仍有不少短点。比如:

1. 化装的人员太少,只是几个特殊表演人员化装,而更多的歌咏队乐队群众则都没能全化起装来,这样使卡车减色不少。吸引力不能更大的发挥,对于全副武装的八路军,群众是不稀罕的。

2. 卡车上缺少短小的表演,如活报歌表演等形式,而只单纯的唱歌,显得太单调。

3. 飞撒的传单少了,应配合目前形势和卡车表演内容来印发大量传单,到处发散,使每一个人都能看到为最好。

喧噪了一天,我觉得还有这些应注意的地方。

晚上由旧剧团演旧剧,引起很大兴趣,因为我真的在旧剧中学得了东西。

11月9日

一个突然的消息,使我一夜都在朦胧之中,即是"听说凌风从后方到敌后来了,还有许多艺术工作者"。你想一个满怀幻想的人哪里能听到这样的消息呢?我兴奋着,我一天都特别愉快,好像有什么东西得到了支持,如非常干渴的人得到了一碗开水,真所谓"如大旱之望云霓",我说不出这是一股什么感情。老天爷,你真的还在睁着你的眼睛吗?

我跳跃,我歌唱,因为我得到了希望!

11月10日

白白的高兴了一天一宿,事实是完全相反的。昨天只不过是人们开玩笑,而今天由延安到新四军的文艺干部来到了我们社部,因为他们也得到东北去了。他说:"他们说……说……凌风结婚了,大概也到东北去。"啊,我……我……呆着了,我不相信这会是事实。我听着,我点着头,我久久的沉默着,我能说什么呢?真像空中的一个暴雷,把我吓得目瞪口呆了。同志们大概看出了我的脸色就尽量的拉扯闲话。可是同志们的安慰越多,我的心就越乱了。我真的抑制不着自己,我想哭,当眼泪涌到眼圈里的时候,我转了一个身把它咽下去了。我怎能哭呢?在这样许多亲近同志包围之中,我是不会表现那样脆弱的。因为我还虚荣,并且我还应该尽力表示无事,口中直说:"结就结吧!谁能管着谁呢?再说相隔这样远,我们又没海誓山盟过……"极力解释又极力抑制,直等汽车来了,我们全上了车。因为是从霸县出发,到了新镇又上了船,我都是在沉默着。

到舱里,我躺在木板上,身上蒙上了大衣,我真的哭了出来。一幅一幅的回忆在我脑子中映演,过去……现在……以及将来……

心里头是愤慨,是埋怨,是嫉妒。

"凌风,你害得我好苦啊!"

11月11日

夜里,凌风悄悄的走来了,头低到胸前,沉默着,连出气的声音都没有,两手在玩弄着衣角。可是我却疯狂的唠叨着,我也记不清我话句的前后,反正我是尽情的发泄了怨恨。

"凌风,你好狠的人啊!我真没有想到在这一年多的过程中,你就这样变了。一年多,仅仅一年多啊!你就又爱上了别人,你就不能等待了啊!自然,你会说'环境的变化啊,离得这样远,你又没给我写信'。可是你就不想想你过去说的话吗?你难道对一个人就遗忘的这样快吗?你就不想想在这一年多的过程中,大刘是怎样等待着你啊!你知道她经过多少波折吗?你想象得出来她是怎样为你而保持她的自由啊!她费了多么大的努力、压抑、镇静、理智来击溃了无数次的进攻,而取得了这自由。是的,她现在是'自由'的,因为她还没有结婚,更没有找到新的爱人。可是你……你……凌风,你对不起她啊!她为了你拒绝了多少社会上有声望的人,她为了你强制自己的感情而丢弃了在感情上她所喜爱的人,她为了你割除掉青年同志的友爱,她为了你给许多文艺工作者(有权威的)以永久的绝望,她为你……凌风,你会想到有这样许多经过吗?也许你会说她是傻子吧?不,凌风,我不傻,我对你的等待足证明我对你的忠实。我对你的喜爱是因为我对你有过美丽的幻想。我没有结婚是因为我既然爱过你,那么我就应该对我爱过的人负责任,这证明过去我对你并不是欺骗。可是这一点你却没有做到啊,你对你爱过的人并没有负起责任……

"凌风,我太难过了,你自然不会了解一个失恋的人是怎样痛苦啊!尤其对一个初恋的人,也许你不相信,说老实话,对于你,我真是第一个自发的主动的自然的恋爱啊!可是你却不能接受,因为恋爱对于你已经是一件平凡的事了。这也正是一个初恋者和一个多恋者不同的感情啊!你……你自然不会了解……好,你走开吧!否则我会更痛苦,我就不应该见着你。

你……你……快走！……好，你不走我走！……凌风，你好好的生活吧，你不要为了我这些话而悲伤，你知道我始终在爱着你，你的幸福也即是我的幸福。你去吧，祝你们夫妇生活过得更愉快，更甜美，好为党为革命尽更多的力量。

"我不哭，我为什么要哭呢？……难道我就这样脆弱无能吗？我不，我一定要好好的工作、进步、学习，再过两年，一定的，我一定不到二十五岁不结婚，只要我努力，我相信我不会找不到一个更好的爱人……我为什么要哭呢？凌风，你看着吧！哼，大刘……"

突的一下，船搁浅了，水手在拼命的撑船。"突突"的沉重的脚步声把我震醒了，原来刚才是一场梦吔。唉，可是醒时的痛苦就更是有意识有感受的了。

11月13日

两天两夜的水上生活，我就完全的躲在舱里，因为我怕见更多的人。同样我的头脑就没清醒过，随时的像有一架飞机的引擎一样在不停的旋转不停嗡嗡叫着，使我的心情烦乱得像茅厕坑中的大蛆一样翻滚着。船舱外面许多同志在拉二胡，唱京剧，弹弦子等，只有我在不耐烦的等待着，等待船到了岸好迅速的到达目的地。

11月14日

目的地到了，我们住在固县，从县城到这乡下来真使人有两种不同感觉，一切都和胜利前一样，只不过买卖更繁荣了点。这里今年收成还不错，因此老乡对我们也即更好。

11月15日

住下了，休息了两天，正规生活要开始，具体问题也该解决了。

社长找我谈关于调动工作问题,给我一些意见,可是我思想仍搞不通,我总觉得不走不离开火线剧社就解决不了问题。

走,坚决的要求走,我不能总在这里受着压迫。

早晨即把群燕打发走了,因为对我、对他全有好处。他到齐会去上学,一方面自己可以学习,另方面在剧社也不能受欺侮了,我也缺少了一个累赘,免得跟他一起挨骂。

11月18日

我近几天来每天都在牢骚里生活,到处全充满着埋怨与感叹。的确剧社现在又紊乱了。

说,并且骂,为什么不呢?我不能看着我自己前途的被毁灭。难道我就应该受一辈子排斥?具体问题需要解决,否则我就坚决离开,改行也可以,反正不在火线了。

也许我现在非常感情,可是我不离开又怎么办呢?狗急了还会跳墙啊,何况一个人呢!

走,坚决要走!

11月20日

由一个留声机片上听到了一个日本语的话剧表演,我并不懂里面台词的意义,而只是听取呼吸感情。只有两个对话,当然女主角是话多的,有时就好像独诵一样,而就把我给讲哭了。我不懂她的话,但从语气、节奏、感情、抑扬顿挫、快慢等表现方法,而把我打动了,我五体投地的佩服了这个高能的演员。我相信假若我要是一个日本人,懂她的语言,那么我一定更被感动,因此我更深体会到不懂外国语言的苦痛与演员技术的深奥。平时我们拿读词全不当事,由这回我才发现真正具有情感表现的台词,是能怎样帮助演员收到效果。而光有熟练的表情,没有确定的台词,也同样收不到效果。相反的你表情虽少一些,但你台词富于感情,那么你同样会成功。同时我想这也就是一个统一的东西,台词读好了,表演也会好,台词读不好,表现能力也不一定好,因为这和体会情感是分不开的。另一方面,我更深深觉得我自己应该更严格的锻炼,最好能在读词上向她学习,以备自己的使用。

11月22日

为了好奇心,我总想发现别人的秘密,但是当我发现了以后,我却又不能控制自己心灵上的忐忑。这是一种什么感情呢?嫉妒?兴奋?骄傲?眼红?……到底是怎样呢?我也不能确定知道。

11月23日

一次按期的普选,总算胜利的完成了。我们所拥护的领袖,自发的产生出来,自己的代表谁还不信任他呢!

真没想到,我又被人们给加上了头衔,什么班长、俱乐部委员,真倒霉死了,越不爱做工作是非叫你做。我又怎能违背群众的力量呢?唉,"当牛哈!当马哈!"而已!

刚一上任就迎头泼来了凉水,为了房子我又和别人闹了意见,当然应该自己检讨。为什么在这样一个小事上化不开呢?笑哉!笑哉!满外表的宽洪大量,其实心胸狭隘如沟。瑾啊,难道你是为住房子来革命的吗?

11月25日

为什么当别人最愉快的时候,我却总感觉到悲哀?当然悲哀是和悲观绝不相同的。因为我还能知道在无产阶级进步的革命队伍面前,悲观是绝不可能存在的。但是自愧的悲哀啊,它却这样经常的萦绕着我。

11月27日

天气是冷了,心却是像火一样燃烧。对于自己的感情,好像没有任何把握。难道一个最理智的人她将是最感情。

11月28日

有人更赤诚的向我谈出了关于一个女人她的水性与暧昧对于一个异性的诱惑力,以及她自己及对方的损失,使我更进一步的应该检点自己的生活态度。尤其对于一些未婚或孤单寂寞的异性,应该严格的检查自己的言谈举动,以致一个细微的最小的表情。

忠言,忠言,虽然苦口而良药也!

12月10日

几次的演出现在又回来了,在这休息的空隙里,我抽了一个空到了齐会村,去看了看我的小弟弟。当我看见他那活泼饱满的神态时,使我很高兴。那里大娘对他非常好,简直就像一家人,又加上他的嘴甜,是绝吃不了亏的。这样使我很安心,借着革命的光,让他好好受点教育吧。

12月11日

头天去第二天就回来了,好在有一个车骑,可是也很疲劳。尤其在天黑了以后,我单独的还走了二十多里,静悄悄的没一个人,真是有一种说不出的恐怖。但我仍勇敢的回来了,这回可算是又做了一次自我考验。

12月15日

屠格涅夫在《罗亭》中曾说他——说起话来是一个巨人,做起事来却是一个矮汉。

瑾,你得反省一下自己,是不是也有过这样的时候呢?

12月16日

时间所给予我们的不全部是身边琐事。

社会斗争是我们的全部生活。

用足够的精力拥抱事业吧!

12月20日

别人又把罪恶推到了我的身上,推到了一个可以谅解而又饶恕你一切的人的身上。我的确很莫名其妙,难道你就没有良心?

12月25日

我又在为了别人的婚礼而忙乱着,准备着,一次一次的经验促使着我,好像应该把它筹备得更完善,那才是最恰当的效果。

尤其是这一次数量是两对,又有我的妹妹,更应该卖把子力气了,还有理由怕琐碎麻烦吗?

一九四六年

3月8日

我的"命运"也将随着这伟大的和平建设年代而开始建设与巩固。

越不想写是越接不上,越接不上是越不想写,推来推去,我还是应该写起来。

写,对,再也不怕任何挫折与失败,记出你随时击响的心声。

三八,是一个苦痛的日子,你为什么又要来临?难道你就忘记了两年前的今天!今天,爱人已经结了婚,听说还已经做了最便宜的爸爸。凌风啊!难道大刘就不能给你生育儿子吗?难道我就不能满足你的一切?你,你,摧毁了我的青春时代啊!我为你,从那一天一直孤独到现在啊!凌风,你有良心吗?你有布尔什维克的恋爱道德吗?你对于你所爱过的人负了责任吗?用一定的党性来衡量你自己吧!在你的脑子里有什么样个鬼在做你的怪!凌风,检讨检讨吧!随着那胜利的消息给我个人带来的竟是那一连串的悲哀与不幸。最初我还不信,我不能信,不愿意信,我也不应该信啊!可是具体的事实血一样的印证着。我,我还有什么好说的呢!……凌风!……

只祝你们夫妇生活的快乐!

……我……我……我好像也应该打我自

己的算盘了。唉,组织啊!……

3月12日

三个臭皮匠顶一个诸葛亮啊,真一点不差,我们三个人的剧本,今天由于别人的帮助,到底把它改成了,已经交给了音乐组,但不知其今后的命运如何?

3月14日

剧社又卷入了混乱的状态中,新生队的解散与人员的复员,引起很大骚动,更有些人完全卷入婚姻问题里。更有人每天向我打通思想,可这种思想没有钥匙怎么能打通呢?当然应当感谢他们的关怀与热心的帮助举动。

3月15日

铁蛋(田丹)结婚了,有人批评我为什么没有卖把子力气。检讨起来,我有我的痛苦与为难之处啊,所以我没管,并且撂了起来。

3月16日

年轻的人们,爱情会损害你啊!

我知道求人谅解的那种虚妄,然而我也深深理解友情的可贵。

在伪善与自私的圈子里生活,"友谊"是常常遭到损害和出卖的。

过去,我一直常常差不多如此以为一切人都是好的善良的,然而我能这样自信么?"热情"到底算作什么呢?只不过是促使自己受骗的一种毒药!

每次的友谊被人误解,使我变得非常之孤独,我深深警惕"罗亭"所走的路。我了解了一切深厚的友情是在"自私"被打倒之后才可能存在。让我这样默默的领会过去吧!

我珍惜我的前途,我深怕自己的生命会像一朵花,无声的开放又无声的萎去。我向往于英雄主义的生活,让一切烦琐俗事远远离开我吧!生活的路其实是极其宽广的,假若让我挑选"光荣"与"烦琐"的友谊,那么无疑的我将抛弃后者。

友谊的可贵,倒不在于胜利时的共同狂欢,而是在于失败时的忘我互助。因为"进步"、"地位"和"荣誉"损害了和损害着多少的友情啊!

我看见人们相互之间玩弄着感情,争执着享受与虚荣,我知道生活于这种环境是非常可憎与可怕,因此我焦急的等待着一种摆脱。

人,可怕者不在于受挫折,而在于没有克服挫折的毅然的勇气与决心。生于安乐不如死于斗争——在激烈的斗争中即使战死也都是愉快的!

我永远是一个战士,虽死于激烈的战场,也要唱着赞歌。

这是我一九四四年的一篇日记,足足反映了那一年的思想感情的表现,以及那一年的内心苦痛。可是这个苦痛,是不是今天就完全绝迹了呢?没有吧,有时仍然和它起着共鸣。今天为了烧毁那一个本子,所以把它抄到这个上,以做参考。

3月18日

现在的剧社又明显的划出了山头,哪些人在一起那是肯定的。哪些人是一溜也明摆着呢。我自然也有我的一群,有时在会议上甚至公开对立,但是真理究竟是真理。

有人说的好,现在剧社就好像现在中国的内部局势,分出什么中央系、地方系、杂牌系,或者就有什么陈立夫之流派和王世杰、老蒋之流派,什么中央社、C.C社……等等,五花八门,反正就是个不统一,甚至经常内讧。你想在这样的环境中,你只能闩起屋门独自看书,因为也许这是一个最好的出路和应付吧!

3月19日

知人,知面,不知心。我更体验到它的正确性,难道一切真理都是从经验中得来。

我又发觉了有一帮人在背后暗暗的盘算我,一遇到机会就攻击一番,可是我就会那么容易的给你们机会?告诉你们,我已经从经验中学会了"狡猾",我不会再上你们的当,再给你们机会。

刀子嘴豆腐心,这样的人表面很可怕,但实际并不可怕。而最可怕即是口香糖的嘴,蒺藜心的人。这种人最狠毒最阴险最不容易发觉,他没有半点革命的阶级的友爱,他忌妒一切超过他的人,他更恨一切将要赶上他的人,他同时也厌恶那些不如他的。这种人在现在很有几个,他与另外的一群人对立得像针尖对麦芒一样。外表没有什么,内心里却在紧紧的寻觅着别人的空隙,比一个狼的嗅觉还要灵敏,更像水银一样的无孔不入。组织呀,组织,难道你就那样瞎眼,你就仍然那样偏爱,仍然采取调停的办法来解决问题吗?我相信你这回不会了吧!因为调停已经解决不了啦,已砸得很破碎的锅你就是怎样的往一块锔,它也有裂缝,它也会漏水。不如放进熔炉里一炼,再铸个新锅,将平安无事啊!

组织啊,组织,是时候了,再不应该放纵这些怪事情了。

3月20日

一种群众的自发的反山头斗争酝酿起来了,群众一致认为再这样下去,即使组织形式变得怎样适合于工作、适合于人,也是枉然,结果会不但便利不了工作,反倒更便利了山头的结合与生活的散漫,所以一定要先整了而后编。

经过了这两天的扩大干部会,初步的打通了干部与群众的思想,收获颇大。更明显的指出了山头的具体人物、中心人物,同时我也就列入另外一个山头的名单里,我一点也不稀奇,因为我本身在思想上就倾向、就接近了某一个山头。我也更希望这样彻底的撼一撼,究竟总会落个水落石出,分出轻重。光我自己觉着我并没有去压迫人打击人组织山头,是不行的,群众的眼睛很亮,群众是最公正的人证。两个山头,到底哪个是重点,哪个危害大,单等大会上的争辩与肯定。

　　有缺点就不怕掀盖,而最怕的是那些没有主见、怕得罪人而不敢讲的人,不敢掀的人。

3月23日

　　两天的会议把人们全开出了眼泪,大家全赤诚的谈出了许多问题。一年、两年、三年以前的事全盘端出来了。两个山头全进行了彻底的坦白反省,掏心窝子,互相也提供了意见。这是三四年来剧社为什么一直搞不好工作的原因。唉,只可惜开的太晚了,可又说回来了,早了也不能开得了这么成熟啊!估计一下这几年的损失吧,没法弥补啊!

　　我应该检讨,我也是一个很重要的角色。

　　别人,在讲桌前坦白反省时,话句与眼泪一同的流了出来,我在墙根底下也滴下了泪,我再看别人,有的也全低下了头。哎呀!好感动的场面啊!也只有在共产党领导之下,在革命的文艺团体里,才会有这样的事情吧!大家才能这样开诚布公的谈明吧!我真被这样的会给深深的刺激了。我要坦白,我要检讨,我应该比别人反省的更深刻,因为我还是一个主流缺点比别人不见得少,只是表现形式不同罢了。

　　好,开刀,大会给了我这样的勇气。

3月24日

　　人们的发言一个比着一个深刻。本来今天该我发言了,鸡刚叫头遍,我就再怎么样也睡不着啦,心里像打那小底鼓似的,止不住的跳。我思谋着怎样按照提纲发言,怎样补充例子,怎样能使大家满意而不致再受打击。正当我内心苦痛的时候,门外对面街上有急促的脚步声,一会听见伙房的门被砸的嗵嗵的响,还有一种嘶哑的喊叫:"开门,有事!"我也为之一惊,马上坐起来了,再细听门开了,进到了院里去说话。我细想反正不会有什么紧急情况,于是倒下又睡着了。等清早出操时才听到人们说:闫争半夜就要生小孩,羊水已经下来了。于是马上找人把她抬到医院里去,有的人也全跟去了。哎!真是危险的事啊!要是生在半路上可怎么办呢?我很担心。虽然过去有许多意见,我觉着真是非常对不起她,我只有祝福她顺利的分娩吧!

为了这样一个突然事变,会议延期了。

下午我正在看望着病倒的付林,忽然来了一个人,一掀帘子便嚷:"鲁威回来了!""啊?你做梦哪!"

"没有,是真的回来了,我见过啦!"

"在哪儿呢?"

"在二班,我刚从他那儿来。"

于是屋子里的人们热烈起来了,这个这么谈,那个那么谈,总之大家都很出乎意料。

等到吃下午饭的时候,我在伙房见着了他。果然,只是比早先消瘦了点,其他没有任何变化。直到吃过饭以后很长时间,我们全在一起畅谈着。他们全住的洋房,点的电灯,经常可以看到电影话剧,真是比我们这儿那算好多了。我们好像还在打着游击,还在抗战当中,丝毫也没有半点胜利和平景象。唉,真使人羡慕啊!

他已经结婚了,当他很亲切的问到关于我自己的问题的时候,我是怎样的窘迫啊!我只能回答:"没闹。"唉,是一个人都比大刘强,谁能经过像我这样的遭遇呢!

他又说看见了我所爱过的人,以及她的孩子。哎哟,真像针一样的刺的我心口里痛。心里搅搅和和的非常难受。唉,大刘,难道你对他还有感情?还有幻想?"不,没有,没有,已经没有了。战争啊!大刘一切全交付给你了,为你牺牲了!"

我,又是一次激烈的波动。

我,仍在徘徊,徘徊。

3月25日

闫争已经安然的生出一个男孩子,并不像人们所预料的那样难产,并且母子都还很健康,这个消息也就把人们心上的一块石头给落了地啦。但是有另外的一种人却又为这忧伤起来,忧伤的是为什么他们自己还没有孩子,人家现在已经做上爸爸了。唉,我很奇怪,为什么他们那样喜欢孩子呢?难道爱人所给予他们的安慰并不满足吗?

不过在我的思想中这仍然是一种威胁。我又觉着现在我还没有爱人也很好,可以更迟的避免这种难关。因为人们全推测我将来是一个多产者。多可怕啊!这又是一种阿Q的胜利吗?

3月26日

突如其来的,又一个青年人向我追逐,被我迎头一棒打回去了。冷酷吗?不,我很满意我这次的果断。只有这样,我才能避免掉更多的忧烦,否则我会又被那爱的毒蛇给缠着了,那是多么苦恼的事啊!"过去,有过这样的经验,今后决不会再重复。"瑾,警惕!警惕!

下雨了,这是初春的第一次绵雨。

3月28日

大会我已经坦白过了。晚上找到了郭维好好的畅谈了一番,一直谈到半夜,他才主动的回家去睡觉。不过在我可睡不着了呢!我躺下了又起来,又坐起来,拿出了本子。因为我在受着良心的责备啊!

我对不起郭维,我不应该对他那样有意识的去反攻,我不应该跟他抱那样大的成见而对立。假若我们不谈出来,我也不会更深刻的来检讨自己。

他说的话很对,在我的男女关系上应确定这样一个标准,即"德、才、貌",头前最重要,而不应把它掉转来做我的取"材"根据。同时非常明显,一个人的意识将决定他的一切。在我思想与行动当中,还非常明显的表现着"灵与肉"、"物质需要与精神需要"的严重矛盾,这也不能不说是我一次又一次犯错误的根源之一。

唉,"恋爱失败了,可以再来。事业失败了,死后悲哀。"哪一个重要呢?

3月29日

大会上别人对我的发言提出了尖锐意见,觉着反省不全面不深刻。哎呀!这一个迎头痛击,使我痛得发抖了。我再也不敢正视我周围的人,我惭愧得面红耳赤着。我后悔,我为什么检讨的不深刻而遭到这场攻击呢?太傻!太傻!实在的太傻了。在这样的会议上还企图隐瞒吗?群众的眼皮薄,群众的眼睛亮,再痛苦的挖一挖吧!反省是要经过痛苦过程的,没有深刻的内心斗争,你的反省哪能深刻呢!唉,我失策了!也好,让大家这样帮我挖一挖吧!否则单凭了我自己,那虚荣心是会战胜的。

瑾,哭什么,大胆起来!只要你敢正视你自己的缺点,你就可以改正它,难道你对自己又没信心了吗?

3月31日

两天,我完全沉醉在反省的痛苦里。痛苦,但有时当突破了一个死角时又很轻松,我征求了许多人的意见,他们对我全很赤诚。可见过去他们对我不好,那完全是由于我自己的自作聪明,不肯向别人接近,更有意识的不让别人了解,所以也就造成了我生活圈子的狭隘。这一次我觉着又该是我向前突一步的限界了,也就是说这一次的反省,将决定我今后的命运,决定我事业的前途。好不好,就看这一回了。

4月2日

由于闫争与她孩子的病,我们的会议也就又暂时缓期了。但是开始了小组的活动,并每个人一定保证找别人谈。我们分析这个山头,又分析那个山头,我觉着比会议上还分析的透彻。

同时别人也帮我打通思想,叫我在婚姻问题上做更进一步的打算,也就是说应该迁就迁就,不要理想的过高,以往吃了这个亏,今后就别再盲人骑瞎马,害了自己又害了人家。我很感激他们的好意,但是思想问题难道是一天两天可以搞通的吗?

4月3日

为了欢迎国际救援总署到冀中来的晚会,又为了搬家,我们的小组活动也停止了,大家全忙乱于整理行装与准备演出。

下午到村外去玩了一趟,真令人有一种说不出来的情意。麦苗全绿了,柳枝发芽了,一切的一切都非常适人心意。"啊,春来了! 春来了!"一个同志不由的唱了出来。

"可是,春天是属于大刘的吗?"我自问着,默默的随同他们玩耍。

4月4日

太阳刚出来,我们就上了汽车,一路上非常的爽快,到中午我们就到达河间了,看见了许多熟识的同志。因为住的是民房,需要大量的收拾,所以一直到下午晚饭后,我们的住所才马马虎虎的可以看过眼去。一天倒是做了不少事务工作。

4月5日

任务是紧急的,晚上即刻演出,正好我的嗓子还没坏,效果颇佳,受到各界的欢迎。这真是我演戏以来第二次的剧场生活(一次在边区参议会大礼堂),两次各有不同的味道,各有不同的心情、处理,但是我现在觉着比过去是进步多了,也可以说是懂事多了,以前我哪有这样的复杂,这样的不简单。

有人提议再连续的演出卖票,以改善生活。当然我没有什么意见,只看上级是否允许了。其实那又违反什么原则呢?

4月8日

上级不允许我们卖票演出,这是肯定的。但是却给了我们看旧戏的机会。中午一场晚上一场,我每场都到。旧戏对我好像已经有了引诱力,哪怕不懂我也同他们一齐去看。有时真是凑热闹,倒不坏,增加了我许多旧戏的常识。

4月10日

人们的心几天以来全跑野了,主席团又要继续开那个会,哪能开好呢?各个小组全进行了小组会,一多半人没信心。唉,会议越拖越松懈。

各班班长全进行了汇报,并讨论了今后怎样开法,大家意见分歧,就看主席团最后的确定了。不过我是主张坚决开下去,哪怕斗得头破血流,碰的满鼻子灰,也得开,开下去。

4月11日

闫争回来了,消瘦得像把柴禾,软的像块豆腐皮,苍白的像黄蜡一样,真使人见了好害怕啊,特别对于我的威胁更厉害。难道生一个孩子就会损失到那样程度吗?不生,以后可别生小孩,一不小心还能死了呢。可怕啊!

最近使我有着这样一个怀疑,难道每一对夫妇,都必须要吵架闹别扭,否则就不能点缀夫妇生活的曲折吗?因为我看到最恩爱的夫妻也打架吵嘴了。奇怪,为什么呢?

4月12日

看到了《晋察冀日报》增刊真比《平原》要好十倍百倍,到底是文艺工作者集中的地方,写的东西就是不同。有一篇《红》,很引起我的兴趣,不管写作技巧或故事题材本身全很生动,使我脑子中一个画面一个画面的构廓出红矿产区的工人生活是怎样艰苦,而八路军到达以后怎样幸福。由这一篇东西更进一步的证明了一个从事于写作的同志,一定要具备有丰富的现实生活体验,他才能写出生动的作品。

4月13日

被遗忘的人突然寄来了一封短信,这使我不由自主的冷笑起来。来信,为什么还要写信呢?难道你还存在着什么企图、幻想,你还留恋着过去吗?你还嫌害我不浅,还想再把我拉回火坑?不行了吧,过去,就让它永远的过去吧,已死的枯树是再也不会开花了。现在的瑾,已经不再那样幼稚、糊涂,她既经过雷雨的摧残与风霜的折磨,那么她生活得会更坚强!

4月15日

大会又转入了一个新的状态,但非常紧张,使你一天的脑筋全不能得到充分休息,假若自己再有点私事。

两天以来情绪很不安定,有时忽的心里乱上来,连书全看不下去。须经过极度的冷静,才会慢慢的理智起来。主要的跑不出是关于这两方面的否定、斗争,即是有时我会完全否定了我自己的一切,什么成就、事业、前途,甚至连些微小的工作能力全被否认。因此会产生我的悲观或悲哀、痛苦(内心的苦痛)。但有时忽的从痛苦中由于某一个小的问题、事务的启发,会使我又非常乐观,又看见了将来远大的前途,又可以自信与自慰。特别今天下午舒非同志来我们这报告了一下关于延安、张家口等后方的文艺活动情形,及那边文艺人是怎样羡慕我们这中国的乌克兰的坚持斗争者,并向往于冀中来工作。由这里又使我肯定了我是有前途希望的,试想一想将来表现、反映、创作冀中人民英勇斗争的还有谁?能让那延安总后方的人来做吗?能让那城市中的女艺人来做吗?不能,而只有我们——这与冀中人民一起生活、斗争了七八年的老文艺战士。自然这绝没有骄傲与夸大,事实是这样的明摆着呢!因此我就又看见了前途,看见了希望。但是这种人心情仍然动荡不定,一会儿这,一会儿那。唉,这时需要我的政治开展了,如果突破了这一点,那又将是一个进步。

4月18日

惊人的消息给党带来了不可计算不可弥补的损失,这不仅是全党而且也是全中国人民的损失。王若飞、秦宪邦(博古)、叶挺、邓发及黄显声老先生……等一行十三人,由渝返延时途中飞机失事,不幸遇难牺牲。

当这个消息传到我们的会议室时,整屋子的人全窒息了呼吸,而目瞪口呆着,许久的许久,才有人发出了沉痛的叹息。接着叹息的声音,大家全低下了头,内心里的苦痛像刚沸的开水一样一个过子一个过子的往心脏中翻。唉,谁能经得起这样大的牺牲呢!

会议为这个消息所沸腾起来,大家的发言更简单更赤诚了,因为……是不是觉得这些经过各种斗争和考验而被人民所承认的伟大领袖的牺牲,会更加重了我们的负担。而现在我们的不团结,曾给予工作给予党多么大的损失呢!根据我们现在的情况,我们是不能担负我们所应担负的责任的。

所以会议是越开越成功越有效果了。

4月19日

为了痛悼"四八"死难烈士,我们做了一天一夜花圈,有空还学习唱悼歌。疲劳是相当严重的,但每个人的精神却非常集中。因为在每一个人的心里,都在响应着党的那个号召:把悲痛变成力量!

4月20日

因为天气的关系,追悼会放在光明戏院里。当我们的队伍刚一进门就看见了我们所做的烈士塔花圈,耀眼的耸立着,好像对于它的追悼者在发着一种雄伟而庄严的号召。它象征着死者的灵魂,在向着人民呼喊。我不由的从内心中微笑了,我很满意我们的创造,我更觉着我以前的悲哀,现在在质上已经起了变化,这种悲痛将变成了实际的行动。我更观察到场的每一个追悼者,在心灵上好像与我已起着共鸣。

大会在沉重的哀乐中隆重的开始了,我们也唱着悼歌。整个的会场烘托出这样一个统一的气氛,即"把死者未完的事业加在了我们生者的肩上","他们是为什么而死的,我们应用什么事实来回答","应该把过分的悲痛变成实际的行动","我们经受得起这种损失,因为人民的力量正是向上发展的时候,高涨的时候,从我们斗争中不断的产生了成千上万的人民领袖"。这样的气氛促使着人们擦干了眼泪,大家不再痛哭了,已经把这一笔账用泪写在了自己的心里。人民心里的这本用血泪写成的悲痛与仇恨的账,现在又增加了一页新鲜的篇幅,并且这本账是任何风雨全都不能淋腐的,它的每一笔字迹全非常鲜明,不可磨灭。人民为它来讨还,来复仇。

账记下了,眼泪擦干了,就看人们今后的行动。大会经过了首长们的讲话,在这样的口号中闭幕了。

耀眼的烈士塔耸立着,召唤着生者。鲜红的五角星在夕阳的微光里,闪烁着光芒。

4月22日

有人向我提出了意见，觉得我对群燕太不关心。唉，有苦讲不出来。你们可让我怎样去关心他呢？事情没有轮到谁的头上，谁也体会不出来这种滋味。可他要是非常有出息，长志气，可谁还能不关心他呢！而他却是偏偏这样的不争气，不露脸，怎样让人讨厌怎样做，那我又有什么办法呢！我有我的虚荣心，我非常的恨铁不成钢，因此也就形成了我对他的强制，甚至像某些人所说的"一种法西斯独裁的行为"，这都是由于我的好胜与虚荣啊！

我没有办法，我能接受，但是我却没有信心来改正。只要是他改好，那我马上会对他改变态度，否则我绝不可能像母亲一样。

给他们发布了，我为了完成我这分内的责任，我花费了两天时间给他做上了。我所能做到的也只有像这样一些所规定的分内任务而已，更多的照顾，说老实话，我思想上就没有那一项。难道这是我的错误吗？可是我又怎样改呢？我需要回答。

4月28日

我们的大会由短期确定为长期，并确定了新的重点。第一阶段整山头，第一批"战犯"已经过去了。第二阶段是环节"战犯"，我被列为第三批"战犯"。大概半个月以后去了。唉，又增加了个负担。

但是我难道不庆幸吗？七八年来也没有得到过这样一个好机会啊！这次应该大胆、愉快，连头带尾的洗涮一遍，以后，那就不会再萌芽了。当然现在还没犯错误，可是你就承认以前的整风，是彻底吗？不会吧！这次应该有充足的精神准备，"心要狠，手要准，一刀下去就除根！"

大刘，欢迎你自己的机会吧！庆幸你下一次的再生！

5月1日

在小组会上,说不清有一股什么力量,由于别人的一句话而使我心情就这样缭乱,麻烦。

是痛苦吗?还是妒忌?不,我认为还是一种高兴。嗯,高兴,是一种衷心的高兴啊!甚至眼泪都快滴出来了……

我很放心,对方是我最赞赏的一个,真是眼睛真没长错,是一个幸福者,我只有……也只能暗暗的为你们祝福:快乐与健康,将永远的永远的属于你们!

5月3日

无聊,无聊,真真的无聊!我真非常的莫名其妙,像这一类的人却总喜欢这样庸人自扰,听见风就是雨,过分的怀疑与妒忌,闹的自己极度的不安,何苦?又哭,又闹,又打架,那……还不是你活该!这又能吓唬着谁?哈哈,我仍旧非常安然与自在。这样影响不了我什么,破坏不了我什么。相反的倒叫群众见见你那所谓一贯憨厚的为人,见见你的宽宏大量,见见你的温存与善良。

5月7日

衰退的人在具体的帮助我解决思想问题,当然是我最受感动的。最后关于我的恋爱问题时,他更具体的规定了三个八月十五,真是好笑的我肚子全痛了。即今年八月十五确定开始正式恋爱,明年八月十五举行结婚,后年八月十五怀上小孩。这是多么可笑的三个八月十五啊!唉,我感谢他的这番好意。但是做到与否,我却不能保证,谁知道这样一个机会究竟在哪呢?假若有机会,我当然也希望在今年能开始恋爱。假若没有这样机会,难道我还去抓蝎子不成?以往的教训我是终生不会忘记的。怎么样也不会再犯错误。

  特别这次对我当做重点目标的整,我是很乐意借此解决一切思想问题,在我精神上也有足够的充分准备。

5月9日

  河间城里的流行脑膜炎,一天比一天严重。对于一般的神经质的人们,全形成了恐怖,哪怕稍微有一些头昏,也就大起怀疑之心,于是马上就病倒。为了避免这种病的传染,我们的会决定结束了,而分头下乡。当然我是不乐意的一个,但是大多数通过了,甚至为了这,别人还谩骂我"伪君子",何苦!下去也没有什么,倒可以享几天安生福。可是对于剧社对于个人准没有开完会更有收获。

5月12日

  又不走了,因为没有款,我们出发到乡里,离城三十里地。

  一出城就使我非常舒畅,很久很久没有见着的麦子已经秀穗了。嫩绿的反着光的新槐叶,在微风中来回的摇摆。新耩上的高粱、豆子,也长出两三寸的小苗。这一切对于一个长期农村生活着而又进城久住的人,是怎样的诱惑啊!穿过了一排排一片片的梨树林子,当我们休息的时候,就放着小鸡,要走了就收起来抬着走。好不愉快!

  住到了四杨口村,四周环境非常适合我们,围村转的梨树林子当中,还夹杂着短短的篱笆和一畦畦鲜绿的园子。真使我再不愿意住那干枯的城里了。

5月14日

  几件趣闻:

  往往由于生活作风、趣味的不一致,而影响团结的事是层出不穷。新生队的几个女同志,也同样是这样。她们很明显的划出了两个阵线,一个是由农村出身的乡村妇女,一个是由中小城市出来的学生。前者作风近于放荡不羁,朴实,简单,热情,粗鲁,因此她们的趣味即和一般刚被解放出来的妇女一样疯癫,甚至有时解放的过火,而使人感到低级,厌烦。但后者却是某种程度的假斯文,腼腆,虚伪而又虚荣,甚至幼稚得可笑。所以当你把这两种人放在一起生活,却都没有长久的锻炼,她们怎么能团结呢!那么稀奇古怪的故事就可以百出不重,这是无足怪的吧!比如她们可以赤身裸体的在大柜上比大腿,可以一丝不挂的在炕上"下仙""请仙"玩,而忽的被一个男同志闯进去也不以为意。还可以脱光了在炕上打筋斗,竖直立,或以五十块钱花生为赌来在院子当中跑圈。像这种种行为,对于像后一种人,她怎么能忍耐得住而不提出抗议呢!

当我听到了这样一些故事,真使我肚子都笑得快崩裂了。我想即使是一些比较文明的男同志,也不会这样开通大方吧!尤其,假使她们的爱人全是一些都市出身的小资产阶级,并且这种无产阶级意识还没"化"得够的话,那么他听了这一些趣闻会怎样的呛不了啊!很难想象。但现有的她们的爱人却在极度的宽宏与原谅,大概这也是出身的不同吧!可笑!可笑!

又一则:

据说他们的爱人关系还在违反着组织原则的时候,她们即在别人面前大肆夸耀自己的不合法的爱人,而使得爱逗的人替他们起了许多卓越的外号或童谣般的歌谣。比如:一溜烟,火车头,毛儿稀,肉阎王,哈巴狗,中央柱,郎大脚……

歌谣有:日头出,志国哭,为什么,想三秃。

某某倒杯茶,乐的耿业龇着牙。

郎大脚,傻大俊,又想回河间,又想上新镇。

像这样一些语句,在一个知识分子,恐怕接受不了吧!但她们却洋洋自得,而她们的对方也全不以为意。奇怪!奇怪!

再一则:

关于陈二爷(陈志坚)到现在仍然没找到对象,这事已经在剧社成了一般人的话柄,并用以作为打击的工具。往往在群众面前弄得二爷面红耳赤,可也无奈何。最近又听到了别人,也不知是哪一位高明之士给他编了歌谣:

大刘胖,头发薄。

冯智没味耿业高。郎俊脚大志国毛。

彤彦土,石茵小,秀明落后丁冬骄。

就是胡汐长的好,闹了三月没摸着。

可见二爷条件如此高。高也!

5月16日

椭圆形的月亮,照在了一片干枯的麦场里,从远处看去,好像滚波的麦海里,平稳的放着一块大白银子,在闪着光丝。

像在这样的夜晚,两个小资产阶级出身的同志,怎能一钻进被窝就入梦呢!于是我们吹熄了灯,借着窗外月光反照进屋中的光线,我们来互相的交换着回忆。

好的,坏的,可喜的,可悲的,一切的一切,直漫谈到夜深。

5月17日

在我的周围堆集着许多好书,应该看的,必须看的,喜欢看的种种,但是我却总没有那么多时间,一本还没有看完,一本却又被发现了。总是这样堆集着,什么时候我能全看完呢?再说从整风以来,我的教条主义的学习已经被提出过,光看完了这些个书,又将有什么收获呢?但是我在思想感情还是愿意看。

但是两天以来我却没怎么看书,"因为我心里是很允溢的,即使没有书",我深深有这种体验,肚子里老好像饱的不行,即使怎样新鲜动人的书籍,也好像装不进去。有时连饭全懒得去吃,心里装满了东西,但是却茫无头绪,一个大的杂面疙瘩压在心上似的,几时能溶化呢?

多看点健康的东西吧!

5月18日

往往我走到街上,或步入一个公共场所,或出现于一个会场上,许多的斜度不同距离不同的视线全注视着我,而往往把我看得很不好意思,但较多次却看得我更傲慢了。

当然,我并不是说我怎样特别漂亮,但是为什么有很多人喜欢我呢?我自己回答我,即是因为我的健康。我的健康曾吸引很多人的注意。我知道我并不美丽,只是健康,健康得快要迸裂了。

我自然也很了解我的缺点,即是两个凸出的松弛的甚至下垂的乳房,走起路来它会自动的随着步伐的节奏而微颤着,并且从它发育的开始,曾给我带来了一连串的不幸的遭遇。别人也曾借此作为讽刺打击的材料,并赠送外号"二胖"。我自己也曾为此而悲哀和悲观过,曾一度认为这是我生平中最大的遗憾。当然从小资产阶级的观点看来,这是一个不可弥补的缺陷,但是如果站在劳动阶级的观点看来,那么会更实际。

假若鉴定一个人,只单纯从她的(他的)外貌、体态来着眼,那么一切都会非常糟糕。所谓风度不是只包括外貌、体态的,而实际的品质、道德、才能、修养、技巧等来决定风度的,这也就是说假若你素养好,会掩饰你外形的丑陋。反过来风度修养不好,即使你长得像一朵玫瑰,也是枉然,也让别人唾弃。当然我所提倡的素养是无产阶级的或无产阶级化的党的素养,它绝不是小资产阶级的空虚的幻想。

因此,这也就更进一步的打通了我的思想,应该从外形着眼,还是应该从内容着眼呢?同志,以前你走错了路!

5月19日

"残酷,战争的残酷啊!"

每当人们有意的或无意的谈到了这句话或这些事，我全会非常敏锐的有着反映或起着共鸣。因为我实际的体验到了所谓真正的残酷以及一切带有残酷的滋味。

我认为战争的残酷，不用从别处去找，我即是这个伟大的残酷中的忠实的牺牲者之一，所以我特别有着体味。

当然如果由党性的阶级的观点去看这个问题，那么一个青年为了党为了革命战争为了抗日的胜利来抛弃他自己的一切——家庭、幸福、温暖，以至最可贵的青春与生命——是应该的，而且更应该是值得庆幸和最光荣的吧！

但是在我们的团体里，这一点是不被重视的，一个老战士和一个新战士在政治上并没有什么不同看法，甚至于一个经过了八年斗争的卖过命而由死至活的老同志，还没有一个抗战胜利后才由老敌占区出来的新同志，受到的照顾更多些，怎不叫人有意见呢？难道别人就应该这样"残酷"着一辈子吗？

应该提意见，应该解决。

5月20日

两天的工夫看完了《新世代的曙光》，又给了我很多更新鲜的启示。我更进一步的羡慕苏联的妇女，并有着信心向她们学习。她们的意志的坚定与性格的刚强，都是我所最喜欢的。我一方面看看人家，又一方面对照对照自己，我更发现了我思想感情的脆弱、不健康，以至给革命的损害。唉呀呀！过去我所最偏爱的罗曼蒂克的感情，以及某些骑士作风的虚伪，和一些表面上是神秘主义"纯洁"的、而实质上却是鄙污和无耻下贱的东西，原来全是一种反动的东西，我现在才又进一步的领悟了。

当她的上级交给她一个非常危险的任务的时候，她是怎样的想与做啊，"对于我这不是一个同意不同意的问题，我说好极了，我要以最大的乐意和愉快来完成指示。"而当她被捕以后，自己的性命非常危险时，她却又那样坚韧的忍受着一切的毒刑，最后想出很多的好办法来完成了党给她的使命，以至促成革命的里应外合的成功。但是她却没有骄傲，她对于自己的力量是太确信了。当一个军官在她最虚弱的时候打算帮助她一下，她说："谢谢，我不需要任何人的帮助，你们的军官太太没有人帮助就不行。可是我……"看她是怎样坚毅啊。在她刚从地窖里出来时，她的头非常昏眩，几乎倒下去。可是她却弯下身子去摘取小花朵，以便宜掩盖她的昏眩。因为她的心里想"我不愿意在敌人面前显露我的弱点，那不是我的本色"。以至到后来她的工作成功了，红军攻破了防线，白军将官狼狈逃走时，她说："我瞧见到处都是焦急和哭丧的面孔，我瞧见恐惧和惊慌，但是充满了我的心的并不是怜悯，而是喜欢，因为我瞧见了报应的时刻，因为我看到了那损伤了人们的最好的情感的旧生活的死亡。"而到最后当爱过她的那个白军军官被她踢走以后，听他有很不幸的遭遇时，她说："我不怜悯这个人，因为他是我的敌人，而且无论如何和我不同，他是一个堕落的人……"而要是我们，我自己绝对会怜悯他，那将不知有什么后果，也不会说出那样勇敢的话，也许把自己早断送。而她却经常说："生命不是我自己的，是人民大众的，我一定要在很高代价和某种目的之下才出卖我的生命。""我不愿在任何情况下把自己交给绝望，哭泣和烦恼有什么好处呢？最好节省力量从事将来的斗争。"看了这样的故事，对自己可有多么大的鼓励啊！没有办法计算吧！尤其对一个无产阶级化的小资产阶级出身的知识分子。特别当她的第一个爱人被一颗白军的子弹打死了的时候，她又是怎样的表现呢，虽然她被震撼给压倒了，她也沉入过悲恸里，并绝望的痛哭过。但是她却向着尸体宣了誓："在我们的希望没有实现之前，我决不放下我的枪。"而以后她就像被这诺言弄得发疯了似的，始终站在战斗的前列。

总之，这个安娜·卡苏亚诺娃同志是这样深深的激动着我，教育着我，使我对她发生了爱，并坚决的向她学习。尤其是阶级的意志和任何战斗的无畏，与完成任务的灵敏，以及更高贵的阶级的恋爱品质。

5月21日

夜里，一只孤单的布谷鸟的啼叫，把我给惊醒了。它的声音是那样的悲惨与凄凉，又像一种划玻璃或锉锯的声音，在这静静的深夜里，划过天空而去，在我的感受上好像把这安静的大地一撕而破成了两半一样，并且还向南无情的撕下去。我完全的清醒了，却仍然听得到它的尾音，"光棍棍打锄"，"光棍好苦"，我的心悸动得非常厉害。

这是今年我第一次听到的这个声音啊！为什么这样特别刺耳呢？你，这个向来不失约的候鸟呀！在今年你又给我带来了什么呢？是不是你只单单的把季节给我们带来了，"快点麦收！快点麦收！"别的就什么全没有呢？唉，好快的日子啊！没有你也许我们不会这样清醒吧！现在我们就全知道应该准备麦收了。可是你能知道你那像啼哭、凄吼一样的声音，是怎样刺痛着一个满身创伤的人啊！不要叫了吧，你的责任已经完成了。

由于这样一只新临的候鸟，使我一直辗转到黎明。

5月23日

为了三十号的演出，我们又全都搬到河间。这里一切都依旧，依旧的枯燥无味，只不过气候更暖和了。

到这里后就听说有张家口来的文艺人，一打听原来是张庚、贺敬之、李冰三个同志。这三位艺术界的老前辈的来冀中，当然会对我们冀中文艺工作有更多的贡献与帮助。但是他们又使我联想起很多往事，特别尖锐的即是想到凌风。

他，一九四〇也曾到过这丰沃的冀中平原，也曾给予平原上的人民以新的文化食粮，和一种不可磨灭的记忆。但是他却永远的不会回到平原上了，对于平原他是一个叛逆者啊！

凌风，什么是你的誓言呢？肥沃的土地，丰富的斗争，善良而强悍的群众,难道都不值得你一回顾吗?唉!什么时候能在我的记忆中清除掉你的印象呢!

5月28日

空前的集团结婚——五对,又在我的忙碌下举行了婚礼。因为人数很多,即使别人怎样的没情绪,也不会不热闹的。的确闹的还很红火,有吹有打的,红红绿绿的满像回事。但是有些人却被这个婚礼给搅乱了,拼命的沉默着,不但不主动讲话、说笑,即使被动也是那样勉强。唉!"劝青年早结婚",有理,有理!

别人送了许多不三不四的对联和漫画,有的很含蓄,有的就露骨,让人一看真会笑破肚皮。其中有一副连我也打击在里面了:

贺老傅二次结婚儿女齐备,

叹大刘一生忙碌啼笑皆非。

妙词!妙词!

晚上闹房,一直到下一点才睡,因此也就睡得很香甜。

6月3日

为了劳军公演,我一直没有休停的忙乱了四天,除了排戏就是演戏,再就是睡觉,有三天的下午我连饭全很懒得吃了。

像这样急迫的任务,又怎能谈得上每一次演出是一次新的创作呢!

6月8日

芒种到了,我们全分散下去,去收麦。共分了五个组,我很幸运的被分到了深泽,这一下可把我给乐坏了。我可以串亲又可以下几天乡去看一看提美岩。所以在几天的行军中,我并没有感觉过大的疲劳,心中恨不得一下飞到了才好,因为我对于深泽有极大的希望。

6月10日

一共走了两天半,在这六月的阳光里,头上流着汗,皮肤全晒红了,可是归心似箭啊!

到了这里,果然有一种回家的风味。二奶奶待我们像亲人一样,照顾的非常周全。麦子已经熟透了,到了这里我们马上没有休息的开了工。

这已经是我第三次麦收了。回忆去年,有无限感情的留恋。

6月12日

太阳火热,人们吃了饭正在歇晌,突然一车子由门外推进来,我的心马上毫无规律的悸动着,这是一种什么感情呢?我自己也很莫名其妙。

果然不出我意料,他(王林)的来是有目的的。当老陈(立中)与付林和我谈起来的时候,我仍然在犹豫不决,可是最后我被说服了。我下了初步肯定的决心,我觉得在恋爱的旅途中,我不应该再徘徊,应该肯定,因为时间对于我是怎样的威胁啊!老这样徘徊,对事业是一个最大的阻碍。所以我肯定了,只是初步的肯定,我们还需要双方更多更深的了解。

6月13日

一个人有优点就会有缺点,而应该看怎样帮助他去弥补。当然有的缺点是不能弥补的,但是基本上要站在什么立场,用什么角度去衡量呢?优点胜过缺点的话,那么就应该谅解。

所以我认为我这次恋爱,对对象的初步肯定绝不是迁就,而正表现我在政治上的进步与开展。

但愿一切全顺利的圆满的进行下去!

6月15日

事情是轰动了,整个的生产组全和我开起了玩笑,甚至连顽皮的小弟弟也追赶着向我审问。两只明亮的眼睛经常不断的闪着好奇的愉快的光彩,有时也就更增加我心情的缭乱。

活儿很多,睡眠很少,但我不知是一种什么力量来支持我,使我这样精神。

处处他都在进攻,但我却总在谨慎的守备,因为我不喜欢狂风暴雨的速度,我所需要的是更细腻的温柔的感情。

6月16日

一切的事情他对我都非常关心,下午并陪送我到提美岩家中去。路上因为车子耽误了时间,使我们半夜才到了村畔。可是为了怕打扰村中人们的甜鼾,我们就在离村二三里地的流沙滩中休息了,一方面进行我们问题的谈判,一方面等待着黎明。

这五月中旬的月光,照得人特别的凉爽,一片散发着温暖的银灰色的流沙,在这幽亮的月光下闪烁着起伏着鳞状的光点,有的甚至像一片十二月的严霜,在月光下闪放着亮晶晶的光芒。

在这样的境地里,两个生疏的人也会变得更熟悉,何况一个又抱着非常坚决的恋意。

我们说这说那,我们扯东又道西,整夜间没有打过半点盹,整夜间没有感觉到寒风的吹袭,在这五月之夜里,只有一种无限的情的依寄。

6月17日

天明了,我们才进了提美岩的村,一种新鲜的劳动英雄的生活深深的刺动着我,我更见到了那久闻大名的陈眼这典型的人物。

白天由于过度的疲劳,使我不能不争取时间睡了一个大觉,晚上才和她们简略的谈了谈。

他要回去了,来征求我最后的意见。在几度的矛盾之中,我同意了他的提议:"回去先向区党委表明态度,说我们已做了初步的肯定,而最后需要组织的判决。"好啦,一块石头在他的心中算落下去了,我马上就从他的眼里、面庞上看出了一种衷心的愉快,一个非常安然而自满的轻愉的微笑,代替了一秒钟以前的那种怀疑而微恐的忐忑的心情。

他走了,肩头像卸下了重担,背影是那样的年轻。

6月18日

和一个英雄住在一起,我处处都得谨慎与虚心,随时向她学习每点极细微的生活方式与思想感情。的确很多处理问题的方法是与我们完全不同的,例如:

妇会主任病了,她是怎样不怕麻烦而耐心的侍奉她啊,请先生煎药,烧水,做饭,甚至于替她捶捶打打,都像一个母亲照顾着,不愿意吃了强迫她吃,哄着她吃。现在她和英雄住在一起,她母亲接她回去,她全不回去,可见一斑。

替复员战士解决婚姻问题,是那样的负责而热情。而她所着眼的第一个条件即是政治条件。她事先把他们双方什么革命历史、进步快慢、文化水准衡量了一个差不多,然后再和他们谈,和干部谈,最后和上级与家长谈,这样才能确定订婚。这是怎样一个复杂而琐碎的过程啊,而经过她手的,已经有好几对成功了。可见她对于别人的帮助是怎样用心尽力。

收布,别人的布哪怕多半尺她也给撕下来,叫她拿回去做个底面布。因为她讲:"妇女们织一尺布不容易,可谁也不愿意吃亏,只要你处处照顾她们的利益,她们会永远拥护你。"要不她的威信就这样高啊!

6月19日

由于近几天来睡眠的不足,使我的经潮向前移了五六天,从来就没怎样向前错过的日期,现在突然错了,因此造成了我很大的痛苦,肚子一阵一阵的疼痛,子宫忽紧忽坠,并且颜色也不像每次那样鲜红,而发暗黄色。真是,莫非这又是什么病态的象征。唉,女人!为什么偏要托生个女人呢!

心里很烦闷,夜里咬的又睡不着,我决定明天怎样也不睡午觉了。

6月21日

妇救会主任的哥哥和弟弟从前线逃亡回来了,这很引起我对她内心思想的注意。因为现在上级正布置下来扩兵工作。

果然不愧一个阶级的革命者,前些日子由于严重的内心痛苦使她的病很严重,同时那两天她也不好意思和我与美岩谈,直到今天病渐轻了,美岩才与她直裸的谈出来。但是她的表现非常好。最初她哭了,大概是被一种羞辱与怨恨的心情冲犯了自己的虚荣心。但后来却很理智,听取了美岩的意见,把她弟弟叫了来,当面给了他很大的责斥。但她弟弟却是一个顽固的老兵痞,一切道理全会背诵。但却坚决的不愿再拿起他的枪。这样理由,那样理由,听起来非常充足,但她却一一的给驳斥了,最后她母亲也来了,把老婆子可难为坏了,兄妹也全哭了。这是怎样一个生动而实际的场面啊!也只有在我们这巩固的根据地,在这八路的解放区,才会出现这个画面吧!才会培养出这样的妇女干部吧!为了革命,为了打退顽军,她是怎样不顾兄弟之情、父母之意呀!虽然最后由于母亲与兄弟的顽强,她的工作并没有得到圆满效果,但是这只是初次教育,我相信她的弟弟终究是会出去的。

由于这样的一个动人场面,教育了我自己,应该怎样正确的估量瞎字不识的农村妇女,尤其是干部,她们虽然没有一定的文化和理论,但她们每遇到一个极细小的问题,却都很容易的自然的站到了自己的立场,没有任何勉强与故意夸耀的成分。而往往像我们这一类人即使是找到了立场,那也是多数不情愿而或单纯为了个人英雄主义的夸耀。这一些小的问题在思想当中就差着多大的距离啊!

6月23日

白天是天气热与苍蝇爬,晚上是百灵与跳蚤咬,怎么着这整个一天也不能更适当的休息。心情又是这样的不稳定,想发脾气,想骂街,真是,为什么经期的情感就这样不正常。

纳起了一对底子,自己还有初期的满意,因为这也是一次新的尝试。我现在敢肯定这样讲了,针线活,那又有什么难呢!

我看她们纺织组所织出的布匹以及每一个年轻妇女所穿的格子布,真使我很羡慕,我迷着将来有机会,我也应该学织布。

6月24日

小刘把我接到大兴去了,为了我们的那个《婆媳俩》。我去了人们就非叫我给排,没法,只好耽误一天,从中午一直到半夜,我的汗就没有停止的冒。教了地位教读词,真是为群众服这一次务吧。

有个别曲子我很喜欢,一般的都还有特色,也不知道是村剧团捧我们,还是真心话,当我们征求他们的意见时,都说很好,没意见,甚至有的说:"我们排出了,就又该上束晋了。""是个小型的《王秀鸾》。"唉呀!我只是企图拿他们剧团做个尝试,等演出一次以后看着效果与群众反映如何,再进行修改与肯定它的优缺点。

天头明我们就回待堡了。

6月25日

一种心灵结合的友谊大概是最不容易破裂吧,它绝不会因为自私、嫉妒,而受到任何损害。

昨天因为刮风,我今天才回到赵庄,一路上像飞一样的没有休息,没有缓慢的一盘就走到了,因为我听说别人寄来一封信。

果然当我刚进入院子,还没进屋时陈大姐就马上由屋里迎出来了,手里举着一个黄色的信封,并马上要我拆开来看。我一见信封已经拆开了,我知道他们是已经看过了,于是我何必还那样着急呢,走到屋里,放下了东西,平静了一下,我才慢慢的抽出里面两张薄薄的绿纸,我的心随着信纸的张开而通通的跳了起来,我的手在颤抖,我不知为了什么,我的心脏像滚起来的油,直到把信看完了它仍然不能平静。

唉!为什么这样感情呢?

为了避免别人的注视,我极力勉强的逗着我的干儿子,一直到我完全冷静下来的时候,甚至于连饭全不想了。

这是为什么呢?衷心的爱他吗?

6月26日

一直到今天,别人还向我开着玩笑:"大刘,好好的保存着你的信吧!将来也像鲁迅与许广平一样,出版一本《两地书》。会比他们更生动,这是党的文艺工作者的恋爱观,是经过八年抗战同艰苦共患难的伙伴呀!"

我只能付之以一笑而解围。

但是我又不能不发生怀疑了,为什么他对我是那样生疏呢?如果对我已经追逐过两年以上的时间,那么为什么连我的名字都不会写呢?作风的散漫与粗枝大叶,典型的粗枝大叶啊!

如果真正的爱过我,为什么对我这样生疏与不留心,如果真正的爱过我,那他早就应该对我有一个细腻的了解与观察。

而对于他的每一次言论、举动、事件,甚至每一篇极小的作品,我却都那样精心。虽然有时不一定是有意识的,有时完全是下意识,为什么呢?因为我虽然不爱他,可是我却知道他爱过我,我不能不对他留意。难道这又是一种小资产阶级意识。而他却是无产阶级的典型思想吗?我不能相信,因为我知道他的感情很不集中。

6月30日

我们正在浇园的时候,剧社中来人了,说叫我们回去,为了准备七七的演出，可是我们怎么走呢？没车又没船，走着吗？大热的天谁也不干，所以给家里写了一封信，只得延期回去。但是老于已经走了，谁知道回去受批评不，管他呢，反正我是不愿意回去。

老于走了，孩子也接去了，只剩下我们几个大人倒显得很清静。

7月2日

每天里做饭做针线活，没有看书写字。但是这难道不是学习吗？以后穿衣服穿鞋就不成问题了。针线活，没做以前觉着难的不行，但做起来却比学习理论容易的多。唉，真是，天下无难事，只怕有心人。什么不是学习的呀！

7月5日

老赵由河间又回来了，为了解决他的婚姻问题。但是使我很奇怪，他为什么不写信呢？也许不知道有这样一个机会吧！也许知道我们快回去了，因为老赵也是来叫我们的。

由他去吧，管他呢！

社长叫我们七七以前赶到，很困难。

7月7日

大兴剧团在城里演出，有《婆媳俩》这个节目，他们特派人来叫我们去参加公演。我们去了，帮助了许多工作。晚上演出的效果是出乎我们意料的，这更坚定了我们的信心，尤其对于剧本，演出很受观众欢迎。可是这样的剧本在剧社却受到打击，什么环境啊！真是出来了我就不愿意回去。

个别的地方，别人也提了一些意见，等回去以后我们准备修改。

家里今天也演出了，谁知道怎么样呢！

7月9日

一个革命的知识分子应该具备着一种自我克制与自我苛责的品质,而往往我自己却总不能达到这种要求,好像有一种先天的惰性在催促着女人,堕落！堕落！

警惕呀,瑾,尤其以后找到了爱人,更应该向前大大突破一步,不应该依赖。别人的荣誉与地位不等于自己的,别人的能力更不能代替你自己。个人本身的提高,是对革命贡献的唯一工具。

7月12日

辞别了陈家院里的每一个长辈与平辈,冒着六月的濛星雨,我们上船了。浑浊的河水紧紧地催着我们的船。四旁岸上的柳杆荡一片一片的划了过去,绿油油的高粱谷子像转着旋风一样的转过去了。坐在舱板上,我恨恨的望着远方,心里有一种说不出来的情绪。高兴吗？不！不高兴吗？又说不过去,真是,我也没有办法来形容。反正我就希望这只小对舱,不停止的快快的像水一样的向东流,向东流。

两重心理的矛盾占据了我,我愿意回去,可是我又恐惧回去以后的种种窘难。哎呀！爱的缭乱,为什么这样厉害呢？

7月13日

路过郝村,我看了看我的干亲家,孩子已经长得到处会爬了,真是,时间为什么这样快呢！

不知是哪一位善良的同志,把我的消息传遍了村剧团的每一个人,谁见着我首先恭喜,再就开始逗着玩,真是闹得我气恼不得。

住了一夜,船装上了货,我们又前进了。

7月15日

进城了,我又看见了他,心里扑通扑通的直跳,直有十几分钟的时间我才慢慢的平静下来。可是当别人给我们让出房子,只剩下我们两个人的时候,我却又不能平静了……

一条火热的毒蛇,爬过了我的心脏。

我极力的抑制着我自己,应该理智,应该理智!

很不巧,别人全搬家了,我们也得走。胡丹沸非陪着我留下,我就又留下了,当然这又是一个机会。

晚上我们畅谈了很久,我特别有意识的来镇静自己,好让我们的关系更缓和的进行,但是……但是当他那整齐而闪光的牙齿咬住了我的嘴唇的时候,我当了俘虏了。我能怎样摆脱与回避呢?我接受了他的爱。从此,从今天晚上,我们就已经是正式的爱人关系了。

我爱他,应该像爱我自己一样!

7月16日

下午他送我们回到乡下。在城里时,我认识了三个刚从天津出来的女同学,很好,一见如故,我特别喜欢她们。尤其一个叫毕力的,见面以后是那样投脾气。

收拾了一天房子,疲乏的不成。

7月18日

回来两天了,人们仍然见面"举民同庆",真弄得我非常不自然,到处传嚷着:

"这回我可真得好好卖卖力气。"

"只要用着我将万死不辞。"

"你以前的道走下了,这回谁不报答你呢。"

"你这可真是剧社一大问题的解决,如果说你俩,就是冀中区两大最困难的问题全解决了,这是我们文艺界的荣幸!"

哎呀!真是,我真不知道人们对我这问题是这样渴望解决,而过去我把我自己估计得太低了,太不知自爱了。早知如此又何必受那么大损失呢?幼稚,真幼稚啊!

但是更有一些人传说这样一句新述语:"行喽,这一下俺们就吃点叔伯醋呗!"最初我还没有体味出这句话的真实意义,但是经我细细的一揣摸,我完全领会了一种内在的意义,叔伯醋,好!叔伯醋,好天才的创作啊!

7月20日

当我刚转过村口,公路上飞来了一辆车子,不由自主的我的心马上悸动起来,好像有一种什么样灵感似的,使我马上预感到那就是他来看我。果然,走近了,还能有谁呢!我只能向后转,可是大街上同志们全抢出来欢迎了。很多人在七嘴八舌的开着玩笑,我真是窘迫得不知怎样好了。好容易一千元的西瓜算解了围,可是到了另外一个地方,仍然是那样逗。唉,愉快吗?也有烦恼的成分。

一直到了吃过晚饭,我们才算谈了一些所谓正经的事。

五点钟他即回去了,因为要开会。

7月22日

群燕住校去了,这也是我最大的轻松。学校的集体生活可以约束着他,更向好的一方面走,可以更多的培养他的遵守组织纪律的观念。

我把他的东西送去时,就近到他那里去玩,看完了他那本一九四二年的创作《月亮》,琐碎而零乱的谈了一些小意见,当然只是我自己的感觉。你想浅浮而空虚的我,怎能在人家面前来高谈阔论呢!只有虚心,百倍的虚心,那将对自己有莫大的好处。

黄昏我递给他我那第三封信。

7月23日

从提美岩那回来以后,我就想写一写关于她的报道。最近他也很督促我,可是由于个人的虚荣与眼高手低的思想,总是肯定不出这样一个"写"字来。感情在内心一股一股的总是变成不了"勇气",总是胆小,怯懦,前怕狼后怕虎的。唉!瑾,勇敢点吧!为了你,为了他,为了你们将来的婚礼,你应该毫无畏惧的写,写,一定要写!

好,从明天我开始整理材料。

7月25日

他,说来,可为什么没有来呢?难道区党委的会议没有开完吗?

我已经开始整理了我的材料,现在只是把材料堆垒到一块罢了,更有组织的结构与创作,还需要有一个思索过程。

有人讲我的面色不如以前绯红了。我很奇怪,也许是开玩笑吧!因为我现在很安心,回来以后还没有失过眠。

中午到医生那检查身体,我本企图可以得到保健,但是半点病都没有,不会达到企图。唉,健康,我又为我的健康而自豪了。

7月26日

上午他来了,带来了布做蚊帐,我自然是应该高兴的,可是一种无形的恐怖紧紧的威胁着我。结婚的日期是一天天的迫近了,没有半点的成就,结了婚以后又怎么办呢?不久再怀上孩子又怎么办呢?苦恼,真真的苦恼啊!要非坚持不结婚,可也得替人家想想啊!唉,新的甜蜜又给我带来了新的愁苦!

7月27日

　　同志们现在对我是那样关心与热情,有时使得我真非常不安。蚊帐才拿来,今天大伙就帮我做起了,要像早先,别人会对我这样吗?会这样主动的帮助我吗?不会的,这不能不说是我人事关系突进了一步的表现。我们应当怎样的感谢她们呢,我亲爱的同志!

　　同志,你可知道别人是怎样的帮助你啊,在这中伏的炎热的天气里,没午没晌的帮助你做活啊,有的连吃饭全顾不及了,你可知道吗?你知道有多少人在为你庆幸、为你祝福、夸耀着你的"眼力"与羡慕着你的前途吗?

　　同志,你真是太幸福了,一切的环境舆论都是属于你的,整个的气氛像特地给你造成的一样。而我,我只能莫名其妙着我自己,我也不知道是怎样的一种魔力,突地就把我的思想打得这样快,更打得这样通,甚至一直到现在,我仍然好像在一种意想不到的状态中,真是意想不到啊!退回一个多月,我们不都还是"光协"的会员吗?都还"自由",互相间还是一个陌生人,可是现在,现在我也成了"俘虏"了!(你笑吗?这是你的一句话呀!)

　　同志,感谢毛泽东和共产党吧!假若要没有共产党的领导和毛泽东思想的统治地位,那么,大刘是绝不会被你战胜的,也绝当不了"俘虏",因为她过去的决心是"宁死不屈"啊。

　　同志,正像你这句话:不是鸳鸯来革命,而是革命配鸳鸯——你说呢?

7月29日

　　一本秘密的文件我看完了,上面有很多关于党的历史的斗争的问题,以前都是没听说过的,现在看到了,真对自己是一个大的帮助。

　　由这样一本东西,使我更深一层的体味到了,一对爱人关系,应毫无怀疑的用政治水平来做基础,基础越稳,关系才会越巩固,有了一定的相同的政治基础,才会产生相当的感情,才不至于忽冷忽热,才不会再闹分歧。俗语讲:一个最理智的人,他将最感情。

但愿我们的关系永远用毛泽东的思想来做着维系。

文件上还特别着重指出关于小资产阶级思想对党的流毒,以及数十年来的危害。

警惕啊!我们都应该警惕!

7月30日

按日历讲现在是应该出月亮的时候。可是站在了村外公路上向四周一看,不但没有月亮,连个星星也没有,天空低压得真使你闷气,只有正南方城里面粉公司的两盏电灯,像两颗明星一样眨着眼。树梢和高粱叶纹丝不动的挺立着,大地上一切全沉静了,偶尔一两只野蚊子忽的从你耳边飞过,那么你才会听到嗡嗡的一点小声音,其他什么全非常静寂。

还是大地上真的没有了动响,还是我的耳朵已经听不见别的声音呢?因为我现在正沉入到一种爱的陶醉里。

就在这样的时候,我们手挽手的在公路口闲踱着,踱乏了就坐下来休息,互相谈着过去、现在与将来。没有人会知道我们现在是怎样的善谈,真像是从东到西,由南到北,一大车一大车载着那"说不完的话",都到这里集中了,并且集中得是这样巧妙,静悄悄的没有惊动起任何一个人。

我们玩着,时间对我们又有什么关系呢!

突的一辆大车由南下来,像是赶路的,才把我们由沉迷中震醒。这时在脑子中才有意识的觉悟到"是应该回去的时候了",可是谁又能那样果断的先提出这个问题呢?

恋!恋!一直到那黎明的晓光使我们的眼全感到刺激的时候,我们才不情愿的分散了。

8月1日

　　分区到我们这来演《白毛女》，因为天气下了一天雨，没有演成，只能向后延期。

　　我们已经开始整理，领导，同志们全作了积极准备，我被推选成中心发言人，心中很为难。后来经过讨论，我又推出了一个助手。有关私人问题，让他代表谈，这样可以免除很多顾虑。否则发言技巧又不强再引起其他反映更不好。真是，现在一切都得谨慎，尤其已经找到爱人，不好了会互相连累。那么，为了他，我也应该更会做人，在剧社中要挽回自己的威信。

8月2日

　　要依着他，八一就结婚了，那岂不都成了落汤鸡。雨是一直到今天还连绵着，不大也不小，真是，倒适合了我们的会议。

8月3日

　　到现在我已经坐到戏院中了，我才相信今天的戏准看成了，即使再下雨也没有什么关系。

　　果然名不虚传，《白毛女》真有它一定的社会意义，"旧社会把人逼成鬼，新社会把鬼变成人"，整个戏剧中心全环绕着这样一个中心主题。主题表现得很明显，很积极，很强烈，但是剧作的结构上是不够紧凑与精炼的，一段一段的过程太多，有时显得琐碎与麻烦，并且在写作上，在旧社会受压迫、折磨一部分(即暴露黑暗的一部分)写的好。旧社会的人物写的也典型，但是到了翻身以后，新社会的缩影、新社会的群众生活斗争、翻身的愉快(整个社会性质的转变)，则表现的很少，而且不够火候。这往往是一个新艺术家的普遍毛病，因为缺乏新的群众斗争生活与体验，由此更证实了下乡的重要。

　　在这一点上我给他提出了更高的警惕，暴露黑暗容易(过去的)，反映现实(现在的)则难。

在表现技术上根据着一个分区文工队的水准就算很好,胆量很大,无论如何比我们还先走了一步呢。

看到天明才散,他一直送我到村边了才回去。他,是真的爱我,比我爱他还厉害。

在路上我告诉了他一件事,即黄枫又让小柴把日记捎回来了。他没有任何表示,并且表现得很大方,真是出我意料之外。在事先我曾估计了一下,告诉不告诉他呢?他听了以后会怎样呢?对于我们的感情有损害吗?可是为了我爱他,我应该告诉他的,我应该向他倾吐我的一切秘密,所以大胆的告诉他了。他并没有什么,这使我内心很愉快,并且我尽力从各方面向他证实说明,我丝毫也不受影响。

唉,黄枫,你真是太……

当你知道了我已经快成新妇的时候,你又怎样呢?哭吗?还是笑?还是执行你的诺言呢?

你早就知道了,瑾不爱你,你不够"她的条件",而且她也绝不会属于你,永远的不可能。因为你知道啊,她是怎样的傲慢呀!可是你为什么还是那样傻呢?

同志,为了革命,你死心吧!我现在已经订婚了,他虽然不能说是我以前所幻想的最完善的爱人,也不一定完全适合我以前的"条件",但是我却发现了他的一种内在的本质的潜伏的美。这种美,发出了一种强大的诱惑力,并且这种含蓄的美的力量,满可以掩没一切外在的或形态上的丑陋。

所以我爱他,我更觉得我只有爱他(除他之外是没有任何人的),只有爱他才有我自己的前途,我更坚信着我爱他,他将给我带来更多与更深的幸福!

8月5日

别人全看戏去了,我说个人休息一下吧,不去了,可是我怎能待得下去呢？心里很紊乱，出来进去的没着落，最后还是下了决心，去，一定去。可是我并不是为了看戏，我是为了找他去玩。不知怎的，现在我的一切思维都被他给占有了，一日不见如隔三秋，我体验出了这句话的真实。

8月7日

在屋子里闷了一天没有出去，写出了一篇稿子，关于旧剧问题我个人的意见，摘录了别人一些话。我觉着不管好不好，现在是应该练习创作的时候了，否则还等到什么年月呢？现在又有许多便利条件，别人也会帮助你，就大胆的写起来，正像他所说的"写作是从实际写作中锻炼出来的，越不写越不敢写，越写就越熟练"。

我写，反正丢人也不是丢我自己的，再说我现在也不怕丢人了。

他晚上来了，我们又玩了半夜。

8月8日

"崔社长被打了！"当我刚一走进饭场，我就听见了人们这样议论，每个人的面孔上都表现得非常愤慨。我也被这种事件给激怒了，这是什么样的举动啊！在解放区，在共产党领导的部队里，还有这样事情发生吗？对于这样一个有声望的文艺人就这样没有保证吗？随便的让几个特务员即给打了。想一想像崔社长这样有威望的人士还一样打呢，像我们这一群文艺小卒子们，那就更可以随便处置了，好恐怖啊！说不定什么时候在街上就被别人打了，打了以后你又找谁呢？林（铁）政委啊，看看你所领导之下的党员吧，对于文艺工作者就这样轻视吗？假若他要是个团长，你们敢打吗？文艺工作者在你的领导之下真是太没政治地位了。随便几个特务员即可打人，这是你的党的政策吗？真混蛋！

我们控诉了，全体社员、事务人员要求联名控诉。如果这个问题不解决，我们将永远脱离这个地区，不在这个地区工作。离开吧！从今天开始我们已经开始罢工！

8月9日

《虹》我已经看了三分之一，在这三分之一的篇幅里有很多页我都是流着眼泪把它读完的，在感情上过度的对于女主人娥林娜的同情，对德国兵的高度憎恨，使我自己都没办法控制我自己，泪花总不由自主的顺着眼角流到了枕头上，一直到眼睛非常模糊的时候才停一停，用手巾擦一下，或把书合起来哭上一两分钟再继续看下去。唉，真是太感动了。苏联民族的那种强悍性真是太让人可爱而可敬了。我真幻想着我们的国家也能很快的赶上苏联那样才好呢。

我想起了，他几次的鼓动我学习外国语，告诉我将来有上苏联或其他国家去的机会，这真是像糖似的甜，迷着我的心，使我在对将来前途的展望上，又划开了一幅美丽的幻影的图画。

可是……

m.d.w，难道你的幻想比我更多吗？我们将来能达到这种幻想吗？就凭了现有条件的你与我，我看是相当危险吧！同志，还是更努力于现实自己的本职工作吧！

下午与九分区文工队联欢，互相的提意见、批评与娱乐，直到二点才尽欢而散。

8月10日

是一件非常偶然的事情，别人拿着凌风与他爱人的合影，非叫我看一看，当然我也很想看一看。

但是当我看见他们两个是那样甜蜜的微笑着的时候，我的心突的痉挛起来了，说不出是一股什么样的感情充满了我的血液。我用颤抖着的手轻轻的把像片马上交给别人，极力的抑制自己，唯恐别人看出马脚来。我太难过了,是一个怎样的姿态啊!我感觉他们在向我示威,在向我炫耀,是一个胜利者对于他的颓败的对手的骄傲的微笑啊,是一个对于战败者的鄙视而讽刺的微笑啊,我……我低下头来了,我看着我那高凸着的乳房的急剧起伏的波线,在它后面我想看出究竟是一个怎样的刺剑在刺痛着我的心。我想看见它呀!

我是嫉妒吗?不,我还有什么可嫉妒呢?现在又有人在爱我了,并且比他对我的爱更深更浓。可是我这一口怨气到什么时候才能发泄、才能出完呢?我是太怀恨了。

我恨他对于别人太不负责任,我恨他对于爱情不忠实,我恨他没有一个共产党员的品质,我恨他更缺乏一个革命者的道德,我恨他……

总之,我恨他害得我好苦!三四年的时间我给他以希望,我给他以等待,我为他错过了不知多少美妙的机会,我为他受过党内组织的处罚,我为他让别人打击得把性格都变成了"沉默",我更为他耽误了我的青春,而现在他却向我那样微笑着,唉……

我很奇怪,为什么我就不如她,一个已经有过七岁孩子的母亲。过去我总怀疑着,有时虚起心来也就自慰着说:"大刘就是不如人家。"可是我今天看见了,她并不漂亮,同时也没听说过有什么更超越的技能,可是她却胜利了。我不服,我咽不下这口气。因为在我所遭遇的情场斗争里,我从来没有让人抛弃过,只有我甩弃别人,而别人没甩弃过我,这真是第一次,仅仅第一次呀!

我不服!好,凌风,你等着瞧吧!大刘不是一个甘心堕落的人,我还年轻(起码比她小五岁),在四五年的过程中,我要做出个样来让你看看,我快结婚了,结婚以后在我的情感上会更稳定。同时他也可以帮助我,我要安安静静的埋头干事业,将来我非要造成一个"你后悔的时候"的到来,到那时候,我也会向你耍着一个同样的微笑!凌风,警惕吧,我现在已经开始和她默默的竞赛了。

晚上，躺到蚊帐里，翻来覆去的睡不着，这个问题来回的纠缠着，一会儿起来跑到院子里坐会儿，因为再躺不下去了，一会儿就又回到屋里。月亮本应该很明亮，今天却浑浊得不行。唉，又是多半宿失眠！

8月11日

小柴特地给我们照相来了，我自己单独照了两张，和别人伙着照了两张，真是，到底老同志啊，处处他都表现着不同的关系。

这两天生活又很紧张，除了排戏就唱歌，想玩也没有时间，可是工作第一啊！

剧社问题还没有适当解决，同志们还在紊乱情绪中。

8月12日

他要我教他识谱，我觉着这是一个非常艰难的工作。我很奇怪，为什么做了这么多年的文艺工作，却连一个歌全不会唱呢？

我喜欢别人唱歌给我听，我也愿意给别人唱，可是以后我就只能独唱了。不，我要多教给他，我更要多唱给他听，在不影响他的专门事业之下，我尽量的"促进"。

我给他唱着，轻轻的只有他能听见。当我向他唱过了一个《我的太阳》的时候，他紧紧的将我拥抱了，甚至连我的呼吸全困难起来。经过了一阵极热烈的狂吻之后，我们就全都沉默了。但是手却没有松开，一直沉默了好几分钟，他才甜蜜的说出了"你也是我的太阳，永远的"这样一句话。唉，如醉如痴的爱情啊！你为什么这样缠绵？

我把我的一切感情全给他了，但愿它能在他的事业中找到回应与归宿。

8月13日

老陈又生了一个胖小子，这很引起许多人的羡慕。并有好多人向我开玩笑,说将来我也是一盘好机器。

哎呀,我还总觉着我自己是一个小孩子,可将来要做上母亲那够多么怕人啊!

8月14日

到老陈那去看了看,天傍黑了才往回走,顺着公路我把车子蹬得像飞似的,那小风嗖嗖的,可爽快呢!只可惜就是我自己,没有任何的同伴,心里又担心怕出来个国特打两枪就坏了,所以还没有三十分钟我就飞到家了。

月亮正露出了鸡蛋黄色的笑脸。

8月15日

夜里,腰酸腿痛的非常不好受,而窗外的月光又那样富于引诱,所以就更难使我入梦了。躺在炕上辗转的睡也睡不着,我以为准是今天骑车太疲乏了,可是到后半夜时我才发觉原来是月经来潮了。心里很高兴,记着这个日子吧,以后要保证它按期来临,那我将永远的念着"阿弥陀佛"。

下午以支委小组长的身份去参加区党委召集的一个干部会,主要是做着紧急动员的号召,因为现在国内形势非常恶劣,全国性的大规模的内战已经在进行、扩大着,"一切支援前线"的指示已经下来了,因此我们也应该积极动员起来,到前线去。

8月16日

在社部中压留了好几天的信,今天才送给我。我一看是张茜与黄枫的,当时很高兴,可是当我看完了以后,我完全被一种气愤给占有了。当时我的全身就麻木起来,我的手在颤抖着。哎呀,这是多么大的污蔑啊!他给张茜讲我已经和他结婚了,现在是闹别扭分开的,并且茜姐还好好批评我一番。当然茜姐的关心、热情,我是非常感动的,可他的这种造谣、污蔑,我却再也不能忍受了。所以压抑了许久许久的感情,我今天都要马上爆发出来。我马上回来就给他写了一封回信,我老实痛快的把他骂了一顿,我觉着他太不自量了,这是多么无赖与流氓的手段呀!你难道说这又是在布置攻势,你想用这种方法来争取我对你的回心转意吗?不可能了。过去,是已经过去了,过去我是太幼稚,是受了你的欺骗。可今天我不再那样傻了,你别再那样妄想天高吧!如若没有镜子的话,也尿泡尿照照你自己,你还算个人吗?

对于一个革命同志,这样恶意的中伤与污蔑,你是什么意思?你存的什么心呢?你起的什么作用啊?你想竭尽能事让组织让大家永远不信任我,永远怀疑我吗?你企图把一个人毁到什么程度呢?你负了谁的使命来这样做呢?过去你的手段曾达到了应有的收获,可是今天,你办不到了,大刘已经不是过去的大刘了,她将永远和组织是一条心,这样你还有什么机会呢?你真的就不嫌丢人吗?你屡次这样向自己脸上贴金,你都觉得是无上荣耀吗?呸,不要脸的东西!我被你搅扰得头昏目眩了,我也不知道该怎样写了,怎样骂了,我觉得现在我骂你什么我都是不解气的。好一个无赖与流氓呀,你就不扪心自问吗?你有天地良心吗?你说说你给我的损失够多大啊!恨不能一下子将我的名誉、地位、威信一扫涂地而后快,恨不能让我堕落到死亡。你呀,你呀,黄枫,我太恨你了,我对你的仇恨真不小于国特与汉奸。假若我要有手枪,那么我会马上枪毙你。

8月17日

《虹》我看完了,故事是一个好的故事,但是结构与写作技巧并不够太精炼,尤其是后半部显得很松懈,而冗长,很多叙述太平板。据说现在的电影脚本修改的比这个好,但愿它能更早的在银幕上与我见面。

见到了两本别人写作的剧本,心里很感动,别人都能这样及时的配合政治形势进行创造,而自己却没有这份能力,心里好着急啊!我什么时候才能把自己也培养得能够随时使用呢?哪个时候有任务需要创作,即可哪个时候就有成绩出现,那够多么好呢!唉,只有自己努力吧,依靠着别人的帮助是不可能的,因为走路只有你自己伸腿它才能前进啊!

8月18日

非常荣幸的事今天轮到我的头上了。下午支部改选,未选前支书就声言应提拔新干部,因为老干部一般都滑了,工作总是不积极。可一般新干部工作热情高,也负责,同时也培养人才。就在这样的条件下,我非常荣幸的当选了。哎呀,是高兴呢,还是恐惧呢?高兴的是我这一个时期的威信忽的提高了,恐惧的是我拉不了这个套,从来也没做过这种工作,今后能担当得起来吗?可是既然大家给我这样一个机会,我就应该投入到这个机会中来,全心全意的为了大家、为了党做更多的工作,负更多的责任,更应该成为群众的核心。

好,我勇敢的接受了这个职责,今后工作成绩的好坏,主要依靠着我的肯干与虚心,虽然有许多地方不摸头,可是可以向别人学习。我想只要我积极去做,怎么样也会有成绩,起码对自己也是个锻炼。

瑾,努力吧!枷板套上了,这是你从今后新的政治生活的开始,过去违反过党,也隐瞒过党,和党存在过两条心,而今后就不应该再重复错误了。还有什么理由不忠心耿耿的为党工作呢?你应该知道这是你政治开展程度与进步速率的最好标尺,这是你党性坚强与否的最好考验,同时也是你意识健康的最好锻炼啊!

瑾,认清这一点吧!自己的命运全靠自己去决定,自己的前途全靠自己的苦干。

我高兴,我真是太高兴了,我高兴的不一定是我权力与地位的提高,而是我自己的划阶段的进步机会,是我可以更多为党贡献的职责。我愉快,我晚上兴奋得全睡不着了,躺在炕上反复的想着。我思想着怎么样以后才能把工作做好,应该用些什么方式方法去完成我的任务(暂代宣教),对一般新入党的同志应该怎样帮助他们学习……等等一切的一切。同时更想到在今后我个人的工作、生活态度也应大大转变啊！不应再讲怪话、再打折扣、再发牢骚了。对人应该更诚恳更和气，更接近群众，处处随时都应该想着自己已经是一个党内干部了，自己在群众面前威信的降低即是党的严重损失啊！我想着，检讨着，一直到夜深。

哎呀，我太兴奋了，可惜在夜里我一点也不能和我的同床者来谈谈，因为她还是一个群众啊。我要和她把我现在的内心活动都谈了，那不暴露秘密吗？可是我真愿意和别人谈谈呢！让别人也替我来分析分析不更好吗？唉，现在只好让我个人兴奋吧！我想以后当他知道了这个事情，他会为我庆贺吗？他会为我祝福吗？他会因为我的愉快而感到愉快吗？他有没有那种因为爱人的进步而自己也感到荣耀的那种心理呢？他会不会因为爱人的威信在群众中的提高而受到群众的爱戴而感到骄傲呢？同时他从今以后会更进一步的帮助我吗？

我想着，思想的轮廓已经达到无边无际的远方了。

8月19日

群众都在促进着我在没行动以前结婚，他更用着高压的强迫手段，说结婚以后什么全方便了。可是我怎能接受这个意见呢？我的思想打不通，我觉得回来以后，顶多到年底再结也不晚啊！可又有什么呢？

下午他领我到区党委那里去玩，不意中别人全帮助他打通我的思想，我只有回答考虑。如果为了他，我应该结，如果自私一点呢，那就不可能了。唉，看看情况再说吧！

8月20日

上级又在提拔我了，真是要负起责任来的话，处处都是工作，要是没有工作的话，就一闲闲个死，甚至谁也不搭理你。这次又让我担任导演，可是我是怎样为难呀！半点门不摸哪会导呢？只有硬着头皮干吧，只需要的是虚心。

环境到处在促，到哪会儿也是那么几句话，真是弄得我可犹豫呢。不接受大家的意见吧，别人会说我装蒜，接受了吧，我又有我自己的苦恼。唉！

夜里梦见他死了，我啼哭吧，到处找都没有。我可后悔呢，我觉得真是怪对不起他的。为什么不和人家结婚呢？哭呀，哭的，一直把我给哭醒了。在朦胧之中我摸着我的枕头布已经湿了，眼里还在不住的流泪，有很长的时间我还在抽搭着，怀疑着，是真是假呢？可是当窗外的公鸡开始打鸣时，我才彻底的清醒了。哎呀，是一场噩梦呀！

8月21日

吃过了早饭他就来了，可是我正在排戏，到中午我才家来。许多同志也都来了，谈话的中心只有那一个，看形势我是逃不脱了。

左说右说怎样也违背不了群众意见。

吃饭号吹了，我的决心还不大，直到没办法时，我才颤抖的在那张报告上签了名。哎呀，我的心忐怎得几乎要从嘴里蹦出来了，这将是我自己给我自己所决定的最后命运啊！以后绝不会再有相似的事情了。

他笑了，愉快的拿着报告走了出去，可是有好几分钟我在屋里呆立着，什么也没想，全身像麻木了一样，一等到同志们全开始吃饭了，我才慢慢的走进饭场。

刚一进去，社长正拿着报告给人们朗诵呢，羞的我头全不敢抬起来，急促的走到一个饭桌的尽头蹲下了。于是一连串的玩笑，都向我开起来。

我哪里吃得下去呢，勉强的吃了一点就赶快回去了。整整的一下午，我都是处在一种不安的状态中。紊乱啊，心情太紊乱了！

8月22日

支委会通过了我们的呈请书，上级也批准了，红火的日子决定在二十四日（阴历二十八）。

　　天爷！怎样过那一天呢？同志们都说："三天就甭想安生了，可得好好闹闹！""不闹你闹谁呢？"哎呀，是威胁呢，还是事实呢？一天一连好几串要求请客的，我都答应他们的要求了。为什么不呢？一生只这一回大事了。再说别人全在为你忙呀！下午一大群女同志都来帮忙做被子来了，可弄得我不好意思呢。约定好明天再请客，谢谢她们呀！

　　生活委员会和同志们都要求我们出一部分钱，在大家的强迫下我给他写了一封信，要了三万元。很好，他并没有驳回，大家都非常满意。为什么不让大家高兴呢！

　　一直到熄灯号吹了，我还看见他们在开会计划，讨论着怎样进行婚礼，怎样会餐和明天怎样赶集买什么东西等等。心里可真是太过不去了。唉，革命的部队，革命的家庭，还有比这同志的友爱更伟大的吗！在家爹娘又怎样呢！假若我不参加革命，那就绝没有今天了。说不定这会儿会变成什么样妖怪呢！也许给人当太太了，或许早已做上了母亲，或许整天奔波劳碌的过着苦生活，或许……唉，哪一种前途没有可能呢？可是今天，是谁也想不到的啊！没有党，没有党的培养，我能有今天吗？

8月23日

　　时间对于我现在是多么急促啊！眼看明天就到了，我怎样熬过它，又怎样记载它呢？这最值得记忆的一天！

　　越在这样的时候，大概是越富于幻想与想象的吧！同时也最愿意回忆。

　　我一天做着各种各样的事，可是我的脑子却一天都没有停闲，一会儿想到这，一会儿又想到那，也没有秩序，更没有范围。不过使我思想最长的即是，我忽的想起我的妈妈来了。我不知道她现在过着什么样的生活，是否还健康呢？她会猜想到我明天的事情吗？不会吧，上次贾奉公回去，她还在打听我这件事呢，并让他带回了她的嘱托。

妈妈,你想不到吧,你的女儿明天就结婚了,就变质啦,就该成一个少妇了,永远的也再不会是孩子啦。并且从明天起,说不定什么时候就还有做母亲的危险啊!

妈妈,你高兴吗?我怎样把这个消息告诉给你知道呢?也好让你那衰老的心灵不再惦记着这样一门事呀!也让你知道一下你的女儿虽然离开你九年了,可是她又找到了另外一个保姆啊——中国共产党。这个保姆比你还亲切而负责的在培养她啊,已经培养九年了,以后还要培养下去的。妈妈,你放心吧,以前你的孩子因为幼稚曾做过对不起你的事情,可今后她决不会再那样幼稚了。妈妈,我向你宣誓:以后保证不再辜负你的嘱托。并且告诉你,妈妈,他,我明天开始的丈夫,会像一个老大哥一样的照顾我,因为他比我大,什么事情绝不会让我吃亏的。妈妈,你愉快吗?等着吧,等打败了蒋介石,国内恢复了和平的时候,我会带着他,我们俩一同出现在你眼前的,那时你会更不认识我了。妈妈,你等着吧,总有那么一天会来临的!

8月24日

除了1939年4月7日我正式获得了共产党员的光荣头衔,我开始过着有纪律的组织生活的那一天以外,那么今天真是我最快乐的一天了。

这种高度的愉快与激奋,难道是用笔、口能形容出来的吗?

婚礼是在下午两点半举行的,外边来的宾客很多,虽然为了节约支援前线,但是一切筹备都还不错。仪式很简单,但是很严肃,去掉了以往那老一套比较庸俗一些的东西,大家都是非常庄重的,只有王林更名改姓时比较是精彩的也最热闹,其他都很庄严,这样是非常适合于我的,否则就更羞坏了。

晚上闹的就更是凶,各式各样的节目、要求、表演,真把我难死了,但是不做又不行啊,结果做了五个算完事了。

夜里没有任何动静,到处都是静悄悄,只有我的心在急促的蹦蹦的跳着,几乎连别的人全可以听见似的响着,就这样,就这样,我一直清醒到天明。

哎呀，这一夜呀，你没有体验的人是绝不会了解的。我总算把它度过来了！

8月25日

新婚的甜蜜，我是没有更多享受它的机会，一天到晚我所有的时间都消磨在会议里，只有休息的一瞬间我跑回去看了看，可是他却睡着了。等我散会以后，他又不见了，到哪里去了呢？一直到晚上才知道他回了河间。

由于过度的疲倦，使我一夜都在甜睡中。小弟弟又和我们住在一起，所以我们的试探并没有成功。

感谢啊，他所给我的时间，我这一个月的怀孕危险期可能又过去了。

8月26日

这是我们第三个夜晚，一切都"平安无事"的度过去了。他在积蓄着力量，以准备彻底的突围。因为在我们面前好像存在着一种障碍，但愿这种障碍不会成为永久的事实。

从一些高明人士的嘴里，他得到了许多科学的知识，我觉得这一些东西，每一个青年人都应该了解。

当一些关心我们的同志见着我就问非常神秘的"怎么样啊？""呛着了吗？""新的生活过得很愉快吧！"可是我怎样回答呢？我说没事，他们是一定不会相信的，所以只能付之一笑了。更有人和我开玩笑说："坏了，脸色黄多了！""可平常也打起盹来了，你多咱这样疲乏过啊！""再过两星期王林就成甘地了！"哎呀，这一连串的玩笑真使我非常不好意思。可得注意呀，要是把身体搞坏了可真不好。尤其对于他，要真成了甘地，那么我应负完全责任。瑾，极力控制着自己一点，以保证着他身体的健康吧！

8月27日

真是，没有结过婚的人，处处都感觉到新鲜，随时都在被一种火热的爱情激荡着。只要稍微一接触,全身就像中了电一样啊,有着一种火辣辣的麻木的感觉。过去我是没有过的啊!也许现在生理起变化了。

8月28日

我开始怀疑,我怀疑他的生理缺陷,因为他不能一下突破我们的关系,使我们能成为名副其实的夫妻。我怀疑,可是又没有怀疑的条件,根据着什么病态,他才能这样呢?这到底是怎么一回事呢?我很莫名其妙。可是我又不敢说出来,会不会使得他也会苦恼呢?唉,互相的迁就吧,哪能一下就那样顺利呢!

我等待着,我等待着他春潮的来临!

8月29日

在没有结婚以前,我梦想着新婚的甜蜜,可是现在一件出人意料之外的不幸的遭遇在预兆着,最悲惨的命运的魔王在向我招着手,啊,这是一个多么残酷的激荡啊!

当他向我讲着,要是万一他的病不能治疗的时候,他将怎样去处理这个问题。我的泪泉再也收缩不住了,我哭了起来。因为怕老乡知道影响不好,我只能极力的控制自己,使我不哭出声来。我抑压着不停止的抽搭着,把我的肚子全压痛了,可是我是再也忍耐不住了哇!

我哭,我觉着我的遭遇太不幸了,我非常唯心的觉得我的命运太惨啊!我真太痛苦了,老天爷,一切的不幸难道都是属于我的吗?一切的灾难都是我铸成的吗?

"大刘,你的命好苦啊!"

过去,在我刚一开始恋爱的时候,就自己步入歧途,曾遭遇过很大的挫折,受过很多的刺激。有一次比较圆满的恋爱,但是由于战争的隔绝也被别人抛弃了。自己梦想着这一次恋爱的彻底成功,满想着将来夫妇生活会非常幸福,可是谁知道矣! 天有不测风雨,人有旦夕祸福,天大的灾祸马上降临了。哎呀,老天爷,任何人能经得起这样严重的打击吗? 我要早知道这样,我就不会结婚呀! 唉,我后悔,我后悔我太盲动了。可是他事先也没预料到会有这种事情发生啊! 难道他还会欺骗我吗? 不会的,根据着他的品质来说,他是不会那样不道德的。唉,我对谁去讲呢? 假若他的病可以治疗,并很快就痊愈了,那么以后对我们的名誉都非常不好,可是要是万一……唉,我不能想下去了,我只有忍耐吧! 忍耐一个较长的阶段,好容许他有时间去治疗。唉,王林,我最亲爱的,假若要证实我对你的爱情是真实的话,那么我应该为你牺牲,因为一个小小的大刘不要紧,革命的事业更重大啊! 因为我知道,当我不得已离开你的时候,你会有什么样的结局啊! 唉,王林,你知道我们结合的困难吗? 我们的爱情是经过千辛万苦才培养出来的啊! 可是现在另一个前途已经摆在我们眼前了。王林,我怎能抑止住我的眼泪呢! 当然,我也知道你苦恼,有时比我还厉害,因为你刚才不是说了,这几天以来你就早已写不下东西去了。哎呀,这是什么危险的前途啊! 一切的幻想全破灭了,唉……

　　王林,我不哭了,你看我的眼泪不是已经擦干了吗? 你也冷静一下吧! 王林,苦恼是没有用的,我们应该想些更积极的办法才对,我们应该治疗。王林,别痛苦了,我等待着你,一年,两年……五年,即使当医生准确的开了证明信来以后,我也要陪伴着你一个相当长的时期。因为……我太爱你了! 王林,不要想得太悲观吧!

8月30日

　　情绪的痛苦也还要勉强的坚持工作,这种滋味也真难熬呀!

　　每天的日记都是用眼泪陪衬着写下的,眼睛实在的模糊了就停下来,冷静冷静再写。唉,世界上有比大刘更痛苦的吗?

　　等了许久,他还是没有来,虽然他在走的时候已经告诉我说不来了,可是我还是愿意等啊！也不知道这是一种什么样的心理,我一次又一次的跑到村外公路上去张望着,我幻想着他会打断早晨的诺言而突的来临,这会使我多么的喜出望外呢！我等着,我盼着,我痴痴的呆立在公路上,八月的秋风送来了打谷场上的金黄谷穗的香味,是秋收的季节啊！一阵阵的微寒轻轻的抚摸着我,哎呀,我痛痛快快的出一口气吧！因为现在还没有人来打搅我,新出的像一根江米条一样的月牙,已经走到头上了。我踱着,无意中走到了我们最亲密的时候谈话的地方,我向四周看着,地方更辽阔了,因为路两旁的谷子已经割掉了,可是我的心却越来越狭隘,因为我舍不得割掉我的他！我们的爱苗比谷苗耕种得还晚呀！

突的一个冷战,村里传来了最后的一声熄灯号,我清醒了。哎呀,我上这,这是干什么呢？他并没有来,别的一个人也没有啊！现在又戒严,我又没有口令,只好回去吧。唉,王林,你让我怎能睡觉呢？也许,也许你早就鼾声大作了！

8月31日

我现在愿意让工作剥夺了我的一切时间,哪怕是连应有的休息也在内,因为这样我会更安心,我可以把我全副精力集中的投入工作中去。

所以没黑间带白日的,我尽力突击我的《逃难》。由表面看起来,也许别人全会赞扬我工作的热情与积极性,但是有谁知道我内心的隐痛呢？有谁知道我不这样做我就没办法生活呢？我不这样我就一点也支持不住了。唉,人生啊！波折太多呀！

下午,他没有预约的来了,我对他还是照样的热情,因为我是太爱他了,我对他是绝不会产生任何怨恨的。

当我们接触了以后,从他的眼睛里我发现了他比我更深的痛苦,这种痛苦促使着他任何情绪全没有了。几天以来,我们连KISS关系全没有啊！唉,王林,我了解你,我知道你为了安慰我,为了解脱我自己的苦恼,你是极力挣扎着的。在我面前你是尽力隐蔽着你的衷心的苦痛的，极力的把前途说得更乐观。可是难道我傻吗？我就不敏感吗？我也同样的在安慰着你呀！唉，王林，一切我全原谅了，你为什么还痛苦呢？别吧！为了党，为了你目前的工作，你应该振作起来的，这个事情让它慢慢治疗吧！虽然这种"挂名夫妻"是不太好熬的，可是，王林，为了你，我是一切会忍耐的！只要在精神上你不离开我，我还有什么更高的要求呢？

王林，为了你，我是一切全忍耐了！

愉快起来吧，在这紧急动员的时候，党允许你懈怠吗？就直当我们还没结婚，我们还在热恋着不行吗？

王林，愉快起来吧，我也快到前方去了，你愿意让我们都非常痛苦的离开吗？不会吧！我走了，你应该加紧治疗，等我们再重逢的时候，但愿它能是我们新的生活的开始！

这本日记，就在这样的一种情绪下结束了。这一年多的工夫没白花啊。我应该更珍贵的保存它，以便将来万一有用的时候好再翻出来看看，我相信对我不会没有好处吧！一年多的经历，一年多的记载，一年多思想转变的情况，一年多的血泪生活都全部记下了。等再过一年，再翻出来看，够多么新鲜呢！同时也可以供给愿意了解我、帮助我的人，以一种赤裸裸的真实的参考吧！他可以由这本日记里了解我全部的生活、斗争！

保存啊，瑾，只要是有你的生命，那么日记就应与你共存，并永远不离开你！

9月1日

人不留人，天留人，整整的下了一天雨，他没办法只有留下。一天我们都在愉快的玩着，同时我尽量的让他忘却一切的苦痛，这样我觉着才安心，才对得起革命。因为他要是颓丧下去，我又怎么办呢？我不应该负责任吗？那样我不是就更苦恼吗？所以我宁愿牺牲我自己,我要挽回他的青春的朝气！

9月2日

今天又是集,我们全到城里去玩,顺便买了一点花洋布,以便做个小裤衩。

在他那吃的下午饭,看他情绪比昨天饱满,也许当着许多外人的面吧。不过我已经嘱托他,叫他明天到白(求恩)校去检查,这样得一个肯定的真实的情况,对我对他全是有好处的。很晚我才回来,一路上以及这一半夜我全在为他祝福,但愿他明天检查能得一个乐观的结果,否则……老天爷,我真不敢想象啊！

9月3日

他检查病去了,路过这丢下了几个大蜜桃,非常的可爱,而滋味又是那样的鲜美,莫非是他带来的吗？可是为什么别人也说好呢？甜,可真是甜啊！像……

白天我什么也做不下去,也睡不着觉,一心都在惦记着他检查的结果。

黄昏,他来了,并没有带来悲惨的命运,但是也没带回来一种立竿见影的特效药,只是需要一个"时间",经过长期的冷水浴就会马上恢复常态,而医生还肯定讲这不能算是一种病。

唉,我没有什么更高的欲望了,只有等待吧！瑾,这是你对于他的爱情的坚贞的最好考验啊！王林,将来的幸福就全看你自己了,我在等待着你呀！

黎明,他很冲动,我怎么办呢？在这样的场合我能拒绝吗？我应允了,于是我们又在大胆的尝试,当我刚一觉痛的时候他即没事了,可是天明后在我们的手巾上发现了一块块的血斑。哎呀,我是高兴呢,还是痛苦呢？我也摸不清了，只觉得以前别人对我的怀疑太冤枉啊！这回可有个水落石出的时候吧。王林，你还怀疑吗？我只能对不起别人，可不能对不起你啊！现在你应该明白了，事实是最好的见证。

可是另方面我又在想着，怕着，以后在生理上将起着一个巨大变化啊！可怕！

9月4日

雪白的手巾，鲜红的斑点，使得我一天都没有舒坦啊！不知怎的精神上身体上都感到一种特殊的疲惫，想睡觉可又睡不着，不想吃东西可也不饿，这是什么缘故呢？

一天没精打采的坚持工作，晚上当我向炕上一躺时，哎呀，老天爷，这一天的疲劳使我连身都不愿翻了，把头扔到枕头上就一动不动啦！

9月5日

早晨刚一起来，就觉得头懵懵的，有些烫，预感着病快来临了。可是我能休息吗？不应该的，我应该坚持工作，可是到中午排完戏时，我的左脸全肿了，牙痛的非常厉害。唉，又是长牙吧？为什么这样痛呢？一个午睡后响我全在炕上翻滚着，痛呀，真把我快痛死了，饭也不能吃，只能喝一点水。唉，倒霉呀，喝凉水都塞牙的，一切的不幸就都赶到这会发生，我翻转着，怎么样躺着全不如意，唯一的希望即希望着我爱人的来临。可是，他并没有来，唉……王林，对我就这样冷淡吗？

我后悔啊，我后悔我不该对你发生强烈的爱，尤其我不该这样快的嫁给你，虽然……噢，原谅他吧，他是不知道的，是你告诉过他吗？瑾，他要知道了是会马上来临的，现在他不知道你病呀。再说他现在的情绪不比你更坏吗？他更痛苦啊！原谅吧，你不应该那样的要求啊！噢，一种良心的责备，像有一个人在响亮的跟我说着话啊，我缄默了。

一阵一阵的牙痛遮过了我思想中一切混乱的活动。

9月6日

一夜的疼痛,好容易盼到天明了,天明以后我可以找医生吃药啊。脸的浮肿已经渐消了,只不过还是痛,真是,要是得长四个牙的话,这只是第二个呀,还有两个也必得受同样罪过吧!可不希望它再长了,一天也没有参加工作。

他已经是第三个夜晚没有来了,莫非……

傍晚当我正在帐中沉思的时候,忽然别人送来了惊人的事情:"老傅(铎)向组织提出离婚。"这样的事情对于我现在不能不是个激荡啊,为什么呢?太感情了吧!可是经我再三思索以后,我同情了,我长长的叹了一口气,唉,老傅,你也是个苦命人啊!

十几年来的封建旧式婚姻把你折磨得已经苍老了,甚至把你的青春都已荒度。可是再也没有想到,一个新时代的妇女对你也是那样刻薄,不是骂来就是打,今天把你手全咬破了。唉,老傅太怯懦啊!为什么在一个女人面前就这样泄气呢?你原谅她,你容忍她对你的一切的侮辱,可是你应该知道,她并不是一个善良的百姓,她是一个相当狠毒的泼妇啊!对于她的丈夫像对待一只小鸡一样的冷酷,你想这样的女人有哪一点值得尊重与可爱呢?离,站在感情立场我同意,否则她会摧残了你的前途、事业,以及会摧毁了你一生所有的成就。可是如果再冷静一点呢?那就应该去说服教育,你没有力量,你可以交给组织,这也是个暂时缓和的办法。我想别人是不会赞成你离的,只有我是这样冒失而已。还是冷静些吧,组织上明天可能召集会议以做专门讨论。

看看人家,我也看看我自己,是不是也有一种"掌握"别人、"征服"别人的思想呢?我思索了半天,主观上认为还没有,可是谁知道客观反映呢,不过不是大刘夸海口,十年、二十年,不一定发生过一次像他们那样的冲突,因为我是最善于容忍的。你说呢?

王林,幸福死你吧!你知道有多少人在羡慕着你的夫妇生活啊(当然都是旁观者),有多少人都羡慕而钦佩着你会驾驭着一个别人所认为最不容易的女性啊!而且今天她完全被你给征服了。王林,你还有什么更高的条件吗?

9月7日

一当了干部马上就忙了起来,一天总有三四个会议,不管大形式或小形式的总得这样。可是最厌烦会议生活的我,也得咬咬牙克服克服自己的散漫现象。

小组会议收到了空前的效果,以一个支委身份来参加的我,是起到了她一定的领导作用。

两天来都在阴雨,为了生活的集体与房子整个的调整,我决定搬家了,搬到一个破旧的小屋里。当然精神上很不满意,可是一个干部又应以身作则呀。搬吧,为了整个影响,为了不使干部为难,自己什么地方不能住呢!但是当我搬过去,我一看有条件整理,我就下了决心。一天除了开会时间以外我全部收拾了房子,结果比原来的一点也不坏。唉,由劳动得来的果实啊,是最甜美的。收拾完了,我躺在炕上休息,真是有一种说不出来的愉快!正好,他晚上又来了,我就用我这新收拾整洁的屋子,来迎接我这新来的客人吧!

有些人和我开玩笑开得太厉害了,我有时很避讳,可是又怎好向人家恼了呢?那也太不近人情了,起码别人和你逗都是善意的。所以我烦躁了两次又都立刻让我抑制了。别人都说我已经怀孕,哎呀,真是笑话,你们有什么凭据呢?单凭客观判断是不可能的,你们可知道这内中……还有许多不可告人的秘密吗?同志,你们的估计错误了。

9月8日

全体同志都卷入到创作热潮,光歌词就有六十多。哎呀,对我真是一个刺激呀！假若我要不结婚,那么我也会有创作的。可是,新婚,新婚给我带来了多少不幸与灾难啊！使得我半个月以来都不能更安定的创作与学习。唉,我应该练习创作了。所以在他没走以前,我向他谈出了我个人的意见,我希望他在创作同时也帮助我,我们应该给工作更多的贡献。

　　白天排戏,自己的工作方式很不好,因此使得排演不能顺利进行,以后应注意,警惕！

　　晚上一个人在屋子里,外面哗哗的落着细雨,凄沥沥的声音忽大忽小,偶尔"悲秋"的曲子在我心灵中激荡的响着。我知道这与我现在的情感是完全不调和的,因为今年哪能比往年呢。我就极力用睡眠把这种声音掩盖了,从门口吹进来一阵风,使我把被子盖了起来。

9月9日

　　为了满足群众的要求,我们决定明天演戏,在那月圆人欢的晚上。

　　白天买了点东西在集上,又思考了一下我的歌表演(准备写)。

　　晚上他来了,向我谈了一个结构好了的故事,是一个喜剧效果的东西,内心表现特别多,我很害怕,恐怕写不好,现在就让它先在我脑子中活动一个时间,成熟了以后再动笔也不晚。

　　今夜月色分外好,我很神经质的感染着一切,很想和他多玩玩,多谈谈,但是他却困得连眼皮全抬不起来了。我很奇怪,也很少见,像他这样的人真不多,为什么一个文艺工作者却这样贪眠。也许他白天开会太疲劳了,我也只得不打搅他吧。我想,我在剧社中就是有名的实眠者,可是竟有比我还好睡的,可见他好睡的程度啊,哈哈哈！

　　在这半个多月的新婚蜜月中,我发现了他的许多特点,也就是与别的一般的文艺工作者不相同的地方,真是太多了。起码和我过去所接触的人当中没一个相似的,甚至连一个文艺工作者一般的特征全表现不出来,或表现形式不同。当然这些特点的发现并不能减低我对他的热爱,相反的有的地方却增加了我爱他的条件,因为我就是欢喜一个这样稀奇古怪的人物啊!王林,我爱你!

9月10日

昨天的事情弄坏了,一天都非常不舒服,头昏眼胀的,整整睡了一天。因为再不睡,晚上的演出恐怕没法坚持了。谁知道这是怎么一种反映呢?莫非又快例假了。

中秋按理说月亮应该很明亮,可是今天却暗淡的不行,演出回来以后我就又睡了。

9月11日

在我还没有睡醒的时候,通知就来了,早饭后出发,到七旅去演出。这是怎样急促的任务啊!我想也不能向他告别了,只有留下一封信吧,可是当我正要写还没写的时候,他突然由门外进来了,这是怎样一个喜出望外的巧合啊!那就送行吧!

汽车来了,在一种难舍难分的情况下,我们接了一个最甜的吻,于是为了任务我只得背起了我的行装。他送我到大门口,我们就前进了,坐着敌人的汽车。

到那以后,我真是太疲劳了,晚上一黑就躺下了。可是同床者都是久离的老同志,这一次可有一个谈话的机会了,于是我们交谈着很多经验,尤其是我学习了很多。

9月12日

今天不演出,为了准备。可是我却发了半天高烧,真有一种发疟子的感觉。唉,为什么这样壮的身体还病呢?奇怪!附近传染病很严重,我更有些害怕了。

9月13日

天还未明,在一阵强烈的肚痛之后,我的月经来潮了。噢,我才明白了为什么这些日子以来身体总是这样的不舒服,可是日期不对啊,为什么向前错了五天呢?

吃过了早饭就又难过起来,发热发冷的直到吃下午饭才算清醒了,可是下午还要演出,多吃点药吧,这样用药把我支持得演完了我自己的节目。

9月14日

已经快回去了,我的故事我一点没想,因为我总在那么一种发烧的昏迷状态中,我怎能想它呢?回去以后他会原谅我吗?一定会的,因为谁愿意生病啊!

9月16日

疟子已经发了五场,一次比一次厉害,并且月经也随着忽有忽无。唉,真是福无双至,祸不单行啊!出来就是为了工作,不工作怎么交待呢?所以宁愿自己咬咬牙,也不能让干部们为难啊!每一次我都是打一针才能上台的,否则就会昏倒了。唉,这苦中苦的滋味有谁能体会得到呢?又正赶得出来,大家都很忙,当然不会有自己的人照顾的那样周全了。王林,你想象得到我会生病吗?你可知道我现在是怎样想你啊!尤其当我发高烧的时候,我是怎样需要你守在我的旁边呀!可是现在我睁开眼来看不见人,伸出手来拉不到手,王林,头痛的我只有满炕打滚啊!你知道吗?

9月17日

今天大概不发烧了,坐着汽车一路上也没什么感觉,到家后我就希望能马上看见他,可是捎信的机会全错过了,只有等明天吧,下午有些反应不要紧。

夜里,当我微烧过去以后,我怎么样也睡不着了,顺手拿起了他的日记,于是点起灯来就看,躺在被窝里非常舒服,一口气就看完了。日记写的很乱,什么材料全有,当然我特别注重着我们的恋爱生活,以及他的思想活动,有些地方写的很逼真,有些估计也很正确,有的写的很让人好笑,有的也真正能表现他的思想感情。总之现在他爱我那是完全肯定无疑的。过去有些顾虑是因为信不准我,当然婚后这种疑虑是全被打消了。现在是应该怎样想办法使我们的夫妇生活过得更愉快。王林,只要你的病不是永久的(哪怕是长期的,三年五年也好),我还有什么更高的希望呢?

看完了,鸡也叫过头遍了,月亮正好非常亮。你想我能够继续睡下去吗?一个非常神经质的人,又是在病后……我……我……唉,我数一数窗户棂的格子吧。

9月18日

今天他来了,正赶城里开大会,他又不能不走,只有白天玩玩吧。因为病,偷了个懒,一个支委会没参加。唉,真是,在家里我是没有办法休养的。

下午听到人们对他有那样多的意见,简直快引起公愤了。我当时很感情,气的不行,可是冷静一下,还是需要帮他来解决,否则对他的威信是太不利了。谁知道怎么现在闹成这样呢?我准备明天和他谈一谈,好好沟通一下双方的关系,不然对于我的虚荣心与自尊心也是侵犯的。你想我能愿意叫别人骂得我的爱人一钱不值吗?愿意听别人的讽刺与嘲笑吗?愿意使得他的威信由于人事问题而一落千丈吗?王林,你太傲慢了,过去我批评过你,我也给你提出过警惕,可是你却没有完全按着我的做,结果弄成这样了,你能怨人家大家吗?你让我怎样的去向别人解释呢?袒护你吗?还是顺着别人骂?唉,王林,你太不会维人了,你就不知道俗语说得好:"十年八年维不下个人,三言两语就会得罪个人"啊,你为什么专门听郭维的意见呢?他对你并不忠实,他拉拢你是用的手腕,是有企图的,结果你就这样容易而可怜的被别人利用了。别人用你来做挡箭牌以及隐遁自己,可是你就给人家搭了肩,结果弄得两面不是人。王林,傻死你了,可惜你的社会经验啊!

王林,你还听我这一次劝告吗?我最亲爱的!

9月19日

病中是这样麻烦,他又不让我去看戏,只有看看报纸来消遣。不过他每天都来这,当然也是我唯一安慰。早晨他即带来了一大瓶鲜牛奶,可惜我是不愿意喝它的,以前也是不愿意喝,但是为了他的要求,我硬着头皮喝了两大碗,真是破天荒!

9月21日

今天排第二场,正好没我事,就跟着大车到城里去了。在街上买了一点零星东西,我便找他去了,正赶他刚午睡起床,还好,没有耽误他睡觉。因为假若他要睡眠不足了,那他什么工作也干不下去的。玩了一会我就陪他到五一学院去上课,同时找毕利玩,一直又玩、又等、又看报,到吃下午饭才回到他那里。下午本应该回来,可是他怎样也不叫走,只有住下了。这是我婚后第一次到他这里来住,一切都感到新鲜。

9月22日

为了排戏,一早我们赶了集,我即回来了。路上你可知道我是怎样的急啊,每一个脚步都像小跑一样的,没有半点钟我就到家了。正好他们刚吃饭,我赶的是多巧啊!

现在这一病不要紧,堆下了许多活与事急需我来做。可是就是没有时间,排戏,开会,一天忙的不行,所以一天顶多能睡六小时。当然我也知道病后应当保重,可是这样时候怎能行呢?我准备排过了第一幕,我请几天假到城里去休息几天,谁知道组织允许我吗?看吧,先忙过这一阵再说吧!

9月23日

戏排的很拖拉,时间掌握的也不太好,使人有一种烦倦的感觉,但党内又提出要保证,只有硬着头皮干吧,反正就是一个消磨时间罢了,还能谈得上什么艺术创作呢!

9月25日

他已经五六天不来了,别人全向我提出质问,并有人怀疑他是不是也因为剧社有隔阂而不来了呢?我想他们的态度全是一种关心的立场,而绝非出于恶意,所以我也只能尽量解释。我说不是的,他因为正在写剧本,没有时间,不能来,但是别人的怀疑是很难打消的。中午他叫人来送一个信,说愿意叫我去玩,可是下午我要排戏,不能如愿前往,只有告诉他我排完了戏再去。我估计明天再排一天,我就可以没事了,我准备后天去。

9月26日

夜里,我梦见他来了,精神是那样萎靡,使得我情绪也很不安,到底为什么呢?我问他,他不讲,尽量在炕上躺着,一句话也不说,可真急死我了。后来就把我急醒了,我出去解了一下手,回来就怎么也睡不着了,我追思刚才梦中的情形,我又联想了很多问题,唉,莫非我是太想他的过,为什么这样不宁静呢?幸亏我还胆子大,要像她们那害怕劲,我又该怎么办呢?就得吓死了,翻来覆去的想着,我真睡不着了。

9月27日

果然,当我要去而还没去的时候,他来了,精神很愉快,并不像梦中那样。当然我也就更愉快了。正好晚上没有我排戏,我可以陪着他玩一晚上。他的剧本写好了,并向我交卷,这使我多么不好意思呢!我准备仔细的看一看,一方面作为学习,一方面也可以尽点责任。

9月28日

一天除去排戏,我看完了他的剧作,一共提出有十五六条意见,当然都是自己主观的,不知恰当否?可是有感觉就应该提出来以供参考。如果别人从表面看起来也许以为这个剧本要不得,为什么能由我这样一个人提出这样多意见呢?可是意见多并不证明剧本的坏或不能用,而是改掉了这样一些意见,即使剧本更进一步提高。同时我看他的剧作提出更多意见会证明我仔细的分析了,看了,考虑了,否则意见是会没有的。他态度很好,很接受我的意见,并准备修改,并没因为意见多而受到打击或败兴。

晚上他一直等我排戏回来才睡。

9月29日

看过了中央"五四"指示,以及关于土地政策问题的一些零星文件,使我心中非常感动,我觉得也只有共产党才会有这种政策,也只有解放区的人民,才能享受到这种应得的利益。而在国民党广大的统治区,佃户、贫农、无产者该怎样生活啊,还不是过着和杨白劳一样的生活。唉,共产党,人民为什么不拥护你呢!

土地政策是目前最重要而基本的任务之一,我准备用心的学习一番。

9月30日

丁辛今天结婚,约我们去参加婚礼。可是因为排戏,我不能去了,只有让他代表吧。

他们已经搬家了,离这里约有二十里地左右。我想这对于我们今后的生活会是一个阻碍,但是如果为了身体那么还是离得远一些保险,否则很难掌握。

老傅与志国又打起来了,为了她的孩子,这真是多么无聊啊!志国我觉着也真是太不懂人情世故了。为什么非把你的孩子弄来呢?你知道给老傅增加多少烦恼吗?虽然都是革命的同志,旧的传统思想会多少有些残存的,封建的观念不会一下肃清的。你就不想想,假若老傅的孩子也弄来,你又怎么想呢?你愉快吗?本来你们的关系就不够好,这样一来会更增加隔阂。唉,真是太幼稚呀!我相信我幼稚,可是比起来这一点,志国就不如我想的更多了。结果打架吵嘴的,是多么不好啊。庆幸王林还没有结过婚,更没有孩子,不然只有天知道,会更给我增加多大麻烦啊!好了,没的说,是应该的,要是坏了可就该挨骂了。"后娘"、"小婆",这是多么刺激的名词啊。也许我的意识还没有进步到一定健康程度,反正我接受不了。唉,苦恼啊,老傅,一切的不幸大概也有你那应得的一份吧!

10月1日

由于我的一句话,引起他对于别人的许多不必要的怀疑。他是那样的多心啊!王林,你想我和你结婚,别人能不嫉妒吗?七八年才培养出一个这样的干部,万一要调开了,那难道不是工作上的损失吗?许多社中人都在企图着,唯一剩余的没有结婚的人,结果和你结婚,你想别人能不吃醋吗?我想这是一般的人情道理,你是应该原谅与同情他们的。因为一贯的剧社是利益不外溢的,这一次突然出去了,而出去得又是这样无法阻拦(假若像过去与凌风一样,即又会受制止的),你想别人能痛快吗?怎么样他也要想法出一出气,因为有的人即当面与我谈过:"唉,想不到大刘会和王林成了,真是叫我都冤枉的慌,七八十来个人啊,大眼瞪小眼的看了好几年了,会一下让他弄到手了,真他娘便宜呀!天下还有比王林更福将的吗?""王林这下算闹着了,大刘你就点戏吧,你点哪出他就得唱哪出。"你想在这种情况之下,你不该原谅吗?应该的,绝对的应该!

他又告诉了我在山里,他对我印象最深的也即是他最考虑的一点,是由于别人的一句话。这句话在我们恋爱时期他就该等结婚以后告诉我，可是直到今天他才告诉我啊。这句话非常难听，但是却出于一个领导干部之口，真有失领导干部之威严啊。同时更进一步的证明在他的品质上是怎样的卑鄙与恶劣，对于下级甚至是自己的学生，就这样的讥讽辱骂，而却不能站在领导之位对他进行帮助教育，这是怎样的领导作风呢！你难道就不觉得脸红吗？

10月7日

我们举行预演，把这二十多天五六十个人紧张工作的成绩，做一次试验性的检阅，看看我们的力量究竟如何。但是结果却不像人们开头所估计的那样高，甚至不客气的讲，某些地方还超越不了分区，这是怎样的让人们担心啊！万一要砸了锅，那对外的影响是一辈子也收不回来了。天呀，可得进一步的加油努力啊！

10月9日

预演了两天，由于预演结果的不太好，所以一整天我们都在突击舞台工作，即使像我这美术的外行也需要帮助他们涂一涂片子，因为人太少啊！

晚上又像演出一样全体试景，每人具体分工，专人负责，练习上下景的熟练及时间的缩短，一直到很晚才回去。

月亮正是整圆的时候，我突然想起他已经又有五六天不来了，一定又是有什么事情吧。不过我们驻在村相距是那样远，这不能不是其中原因之一。唉，可又有什么方法补救呢！我进到屋中并没有点灯，因为外面的月光把屋中照得分外明亮，一切都看得很清楚，这时心中一种异样的感情促使我轻轻的唱起了"今夜的月色分外好……"。

10月10日

秀珍分娩了，在夏历的九月十四日，是一个男孩子，这使得人们都很为她兴奋。当然老大是特别的更愉快,忙着买了许多东西送去了。

这时别人就全和我开起玩笑,唉,我为什么要有孩子呢?难道一个女人就单为了这一种任务吗?可是生孩子的痛苦谁负呢?据说秀珍孩子很胖又大,生时用剪子铰了一下才生下来,由此可见生个孩子并不简单,还是尽可能的回避着点吧,没有孩子什么全方便。

刚吃过了早饭我们即到果子洼去演出,人们精神都非常疲倦,因为已经有四个晚上没有更充足的睡眠了,尤其是舞台工作股更是疲劳,从昨天直到今天出发,他们还没有合一合眼呢。

观众是人山人海,会场很紊乱,戏又很长,所以到最后只剩下五分之一的人数了。效果一般还不坏,不过并没有达到预先人们的企求。一般演员还整齐,个别演员则不如分区。唉,真是,越听越丧气。可见火线剧社的"天下无敌"的时期已经成为过去了,现在如果再骄傲,则有完全没落之可能。

演过了戏天就快亮了,我没有回家,和王林到了中堡村。

10月11日

天刚亮就睡,直睡到黄昏,一天只吃一顿饭,但天黑却又早早的睡了。

10月12日

他,真是出乎意料的转变,别人全说"现在再也看不见老王发脾气了",可也是真的,甚至连一句牢骚背后也不发了。最奇怪的现在他挨着我睡觉也睡着了,早先可不行,我们总得有一个距离,哪一次全是我很自觉的离开他,否则他会一夜不踏实,难道这又是一种习惯?

到区党委那里玩,人家很善意的对我们提供了一些意见,我都很虚心的接受了。因为我出来即是火线之一员代表,我不能让人家反映乱七八糟,有一些问题我也适当解释,最后他们要我多去玩,我当然很愿意,并提出王林到我这来的太多,我到他那去的太少。可是我哪有时间啊,一个有着集体生活的人总不会像外边那样自由的。

他介绍我看了一段关于狄更斯的东西,其中有一句话使我感染很深,即是"没有任何一种艺术创造没有模特",我想这对于我这搞演员将更应值得注意。

10月13日

在报社的确非常方便,任何报纸消息总可以先人而知。但是今天听到一个"我们已经放弃了张家口,傅作义已于十二日进城"的消息后,使我精神上受到很大波动。想不到,真是没有经过任何艰苦的保卫,就这样迅速的放弃了,真让人难以猜测啊!到底是我们在战略战术上又犯了错误,还是敌人的火力非常强大而或没法坚守而被动的离开呢?到底是什么原因呢?对于一个这样在解放区来说还算是一个中心的城市的放弃,我想在政治影响上一定是非常不利于我们的。虽然我们最后的胜利是绝不在于一城一镇的得失,然而外国人、国内民主人士及中间势力,尤其是反动派,他们又怎样看这问题呢?

一早起我赶忙看完了《人民是不朽的》,当然是苏联近代很成功的作品,描写苏德战争中的一些故事、事实及英雄人物。但是我总觉着没有《恐惧与无畏》那样动人、深刻,更多的意见提不出来,只有这样一点感觉。

剧社中第一次这样虚心的广泛的深入征求外界对演出的意见,我想这是我们与外界密切关系的开始吧。孙民到这里来做这工作,又叫我回去,因为上级决定我们三四天之内就要到前方去了,所以马上叫我回去。吃了晚饭我即回来了,一路上竟走错路,绕了好几里,心中可生气呢!

10月14日

开了一天的演出检讨会,还没有结束,上午他就来了,为了筹备文协的成立大会,同时还准备去看秀珍,可我是一天也没时间啊!

10月15日

文协总算在几个筹委百忙的筹备下今天开幕了(成立大会),到会的文艺工作者共有六十多名,并有党委机关的代表及各机关团体的代表,大会通过了文协简章及纲领宣言等东西,并票选了执委。我想在冀中开这样的大会真还是第一次,同时俺也是第一次参加。这样对于每个人的政治地位,全可以说提高了。早先咱们这群人怎有资格参加文协呢?那么没问题以后就应对这自己的组织负责并加以爱护。通过这个组织怎样团结与发挥全冀中文艺工作者的力量,彻底为工农兵为新文艺运动努力,这是我们今后的工作。

七八年以来,今天我算开始找到了我自己的家——文协。

他被选为执委,我很为他高兴,又很为他担忧,高兴的是他可能得到这样多群众的拥护,担忧的是怕他今后光为了一些事务工作所缠绕,而今后对创作工作,对下乡,就都会受到相当妨碍(当然站在个人立场),可是不干吧,那又有谁呢?

10月16日

明天我们就到前方去了,一天全在做准备工作。他看戏去了,半夜才回。

10月17日

当我坐上了汽车,心中有一种说不出来的情的留恋,难道这又是脆弱的表现!他看着我直到汽车出了村。再见吧,王林!两个月以后,当我由前方回来时,再见!

汽车一直的开进了郑州,住在我们去年住过的地方。真快啊,又一年了,一切全有了非常大的变化,只有个别的老乡还非常亲切的向我们招着手,叫到他家中去坐坐,其他的还有什么东西能引起你更多的回忆呢?

10月18日

例假已经过了五天了,还不见来,这不能不引起我更大的恐怖,要万一是……哎呀,那将怎么办呢?这对我是多么大的威胁呀!我苦恼,我斗争,最后我下了决心:我要把他打下去。正好有麦收时医生给我的一包奎宁,我狠狠心一天吃下有一包多,共分三次吃的,可谁也不知道哇!天爷爷也不能让别人知道啊!那不就犯法了吗?吃了,身体只感觉到烧,可是一直到黑不见一点动静。怎么呢?打不下来吗?到底怎么一回事啊!或许不是,要是的话,这样大量的奎宁早就该下来了。弄得我很莫名其妙,到底怎回事,只有停停再说,因为要再吃了那一包多,大人恐怕全受不住了,我心中也有些跳。

哎,王林,该死的王林!有了孩子怎么办呢?真烦死我了!

10月19日

今天演出,我对于我的角色全不能集中精力创作了,因为我在提心吊胆的等待着,等待着我月经的来潮。仍然无踪无影,坏了,天爷!我可以肯定的说是坏了,因为我过去没有错过这样多的日期啊,哪个月都是准的不行。他妈的,现在虽没什么象征,以后可就影响工作了。

我一次又一次的拿起了剩下的那一半奎宁,可是我的手、心,全在抖的很厉害,一次吃不行,两次不行,再吃就是第四次了,万一还不行,打不下来,结果把孩子吃成了聋子或受了奎宁毒,也是得生,那更不合算啊!所以拿起来又放下,矛盾了半天,心终于是软了,停停再说吧!显病以后再吃也不晚,或者再找点其他的药。行,就那样办。

演出效果比上回可强多啦,就我个人来说比排时好多了,人们的反映也不坏。唉,到底用一点功是一点的事,多读两遍词,演出就不同。同时经过了这一个角色的演出,使我受到了相当大的刺激,我体会到哪怕是自己稍微的"自满"、"骄傲",即会在你的事业中马上显露出来。过去自己的确是太不虚心了,光凭了自己固有的聪明,来玩弄技巧,那只能瞒哄一时,时间长了就会马上显原形。唉,悲观啊!现在又陷在一种饱和状态中了,如果突不破,危险,危险!再说自己事业还没有处到一种定型中(即有了一定的程度的成就),再弄个孩子,那就甭想进步了。唉,女人啊,女人,为什么单有这样一种天职!好苦恼啊!

10月20日

写了一封信,给他寄去了,我相信他一定等急了,因为他是怎样的嘱咐我啊!在我们离开的时候。我已经写晚了。

戏演完了,不过听到一个谎言,即是前线战事激烈,并且可能对我很不利,所以到前方去演出,又在不能肯定中,明天大概派人回去问。我想在这里起码还得休息两天。唉,我很不愿意,要不就走,要不就回,因为在这里我什么也干不了,我们的院中屋中,每天像赶集一样热闹,既不能学习也不能休息。

10月21日

有人大胆的问我:"在一起工作好呢?还是不在一起好呢?"我坦白的回答了一声:"在一起好。"因为实际情况你没有办法隐蔽的,别人有这样的体会,同时我自己也深深觉得在一起到底方便的多,即使有一点小事情,也会互相帮助,体贴。不在一起,当然遇到一块时会感到分外新鲜,可是夫妇生活就不会过得那样细腻。这是真心话,我愿意和他在一起(但是工作却把我们隔离了),因为我在随时的受着别人的刺激。

最近对舞台工作从思想上很不愿意做,这样对自己的威信很有关,你以后应当注意,作为一个干部处处应起模范作用啊!

别人都在开始和我开玩笑了,事情已经再也瞒不住,怎么办呢?王林,(现在可以完全肯定了,因为我没错过日期啊。)打吗?我已经决心这样做了。

10月22日

我看了几篇别人的日记,心中可惭愧呢!瑾,你自己不觉得庸俗吗?哪里是你的文艺性质呢?虽然自己也知道日记应该怎样写,可是实际写出来的却是那样简陋,可恨而又可耻。自己再不努力,连一个小学生都会超过你去了。而别人的日记为什么就写得那样生动活泼呢?同样在一个集团里生活,别人对环境就会观察得那样深刻,自己却熟视无睹。可怜啊!现在已结了婚,又有了孩子了,瑾,自己再不努力,我看你将来算打哪一牌呢?

谁也企求着富裕的物质生活,但富裕的物质生活对于他的思想却起着腐蚀的作用,久而久之他即会被淘汰。警惕啊!因为自己现在生活得太优越了。

一个最好的演员,是最善于向群众学习的演员。因为演员应当首先具备着对于自己所扮演的角色的丰富知识,这样的演员不只老百姓说好,干部看了说好,连专演戏的人看了也说好,这才真正做到了"交口称赞"的地步。但是他最可贵的长处即是见人就问"你看我该怎样演才好呢"?瑾,检讨一下自己,你曾问过几个人呢?你对于群众、对于同志,有过什么虚心的表现呢?可以说完全没有,那你怎能不陷在"饱和"状态中呢?同时要突破这个"饱和"也只有这唯一的法宝——虚心再虚心的向群众学习。孤独的闭门造车,孤独的关在屋里钻书本,即使你再钻上十年,也是没有用处的。

回忆,个人学习比谁全努力,但表现出来的却处处不如人。也不外乎这样一个原因吧!

10月23日

当别人超过我的时候,我就着急,但是心中却非常不服气,这可能是触犯了我的自尊心,同时也是因为自己虚荣的原故。这里面一方面是极大的忌妒,另一方面也有我的好胜心。例如在演出一个角色或处理什么事情,自己总愿占上风,绝不甘落后于任何一个不如自己或与自己不分上下的人,甚至在女同志中自己在极力争取权威、领衔。所以当发现一点别人的新鲜的进步地方,自己就暗中使劲,一定慢慢赶上。自然有时也惭愧得说不出话来,但那也是暂时的小部分的,大部分自己还是忌妒。

丁冬房东有一个非常漂亮的媳妇,穿着深绿色的麻线夹小袄,绛紫色的裤子,天蓝色的袜子,盛青色的鞋,这个装扮从后影看去即非常诱惑人。但是当她一转脸则更会使你大吃一惊,那是漂亮得马上使你会呆着了。头发是蓬松的向后翻卡着,突出来的部分像两朵木槿花一样高翘着,两条弯弯的眉毛像两条刚生出来的浮在水面上的苲菜(有那么一种),又新鲜又灵活。一个通天的鼻子,一排洁白的像白玉米一样的牙齿。而当她向你一笑的时候,脸上马上浮起像一个小划子轻轻划过去而留下的一条条波纹和一个旋转着的笑涡。最诱人的还是她那两颗明亮的像深秋的两汪潭水一样的清澈的眼睛。她经常是在炕上下垂着眼皮做活,上眼皮的睫毛一直垂过了下眼皮,一动也不动的非常斯文的坐着。但是当她那睫毛向上一扇动时,使你马上会感到一种迷人的魔力(两汪深秋的潭水像要流溢出来一样,只有她下垂着眼皮你才会放心),这时不由自主的你的精神会完全属于她,你的灵魂完全被她占有了。你想几个同性的人,全被她给吸引着了,假若要是异性的人又该怎样呢?最大的遗憾是她不认一个字,及没有两个凸出的乳房(因为她的身体并不太健康),否则我想天下会没有再漂亮的人了。我为她的丈夫而庆贺啊,是一个什么样的人呢?娶了这样一个好媳妇。同时就为了她我们好几个人用了好长时间在守着她,围着她,看着她啊!

10月24日

　　在一座辉煌的剧院里的一层楼上，我上到了最后一磴，顺着扶栏望去，忽然看见一个高出于别人的身影。我和别人一起走过去了，因为好似在开一个联欢会。可是当我走近了，离他还有四五步远，我就再也不能往前走一步了。他原来就是凌风啊！他在微笑着吃着皮糖，并且见我来了，忽然走近来要向我握手同时递过了一块糖。天爷，我能够接受吗？我呆看着他，他好像也有些窘，于是把糖收回去了。我只向他摇了摇头，没有说出一个字我就跑下楼去了。楼下我们剧社的人们正在化装，因为在准备游艺节目，正好没有我的角色，于是我跑到一间没有人的屋子，趴在椅子上就哭了，哭得是那样伤心啊。突然一只非常大的手把我的肩膀抓着了，我抬头一看原来又是他，我用力一挣，猛的清醒了，哎呀，原来是一个梦啊！梦，好新鲜的梦啊！这是一种什么样的思想感情呢？时钟刚打十二点……

　　从梦中醒来以后怎么也睡不着了，翻来覆去，想这又想那，唉，大刘，你就是个苦命人啊！天下还有比你更不幸的吗？

　　由于没有睡着，天刚明就起来了，正好我们也提前吃饭准备出发。饭后即开始走，又坐车又坐船，一直到下午三点钟才到了雄县。这个地方可是我第一次来，看样还不坏，有时间出去闲遛遛吧，今天太晚了。

10月25日

　　今天发走了给他的第二封信，把吃"奎宁"的事也告诉他了，我为什么要瞒着他呢？谁知道他接到信后会怎样表示呢？

10月27日

　　最讨厌的我的牙又肿了，又不能吃东西了，为什么这个牙总长不出来呢？看了两天陈月楼他们的旧戏，很过瘾，我们也就连看了两天演出。

10月28日

　　落日的余晖铺满了大清河面,初四的月牙儿一头扎在了流动的水里,使昏黄的大清河水变成橙黄色。一个小小的银星做着月牙儿的伴侣,在水中看去好像一个银铃,用线拴在了月牙儿角尖上,经风一吹还不时的摆动着。一个小小的灯火在遥远的河面上摇晃着,随着灯火摇晃,可以隐约的听到了轻轻的但是非常沉重的摇橹声。一两个走动的人影倒映在水面上。我立在桥头就被这一幅天然的美景给陶醉了!我呆呆的立着,一两个小划子从桥洞中划了过去,划得飞快,一会儿就看不见了。我随着它,我的思想也就划到了尽头(不可触及的远方),划到了他的跟前,划到了他的心间。我想着他这会儿做什么呢?回家了吗?还是在散步?在聊天?因为这个时间是他休息的时间啊!可惜他不在这里,他要陪我一同站立桥头够多好呢!他要陪我堤上散步,顺着这映满月光的大清河够多好呢!可惜啊,可惜,现在只有我孤单单一个人啊!王林,我太凄苦了!

　　听别人偷着告诉我,在我已经恋爱成功了时,胡苏还给我写来一封信,后经组织扣留了,因怕影响我和王林的关系。她告诉我信写得非常深沉,很感情,特别有一句她记得:"你如对他有哪一点不满意的地方,我希望你也不要迁就,因为将来你会痛苦。"其余的她就不记得了。我听了当然表面绝不会有任何表现,也不会影响我们夫妇关系,但是却激起了我一种小资产阶级的怜悯心。我同情他,我真是太对不起他了,像有一个重担加在我的心头,多咱他结婚了,并且他的对象还不坏,他们的关系非常好,我的负担才算解脱了。否则我怎能忘了他呢?到了这里打听他,说他本想回军区,后不知为什么又到平汉线参加战役去了。好倔强的人物啊,他多咱也不会放过任何一个锻炼机会的。王林,他的刻苦是你所不能比拟啊!也许还有别的原因吧!唉,可怜人,我怎样的帮助你呢?我并不是一个没有良心的人啊!我左思右想着,半夜了,我还在挣扎之中,牙更痛了。

10月30日

昨天经过六十里的跋涉，下午才到了容城，因为这里环境比较复杂，所以我们住在了乡下离城三里的小白塔村，群众条件尚好。

给他写了封信，但是却无处邮，因为是新解放的城镇，工作还没完全恢复。白天到城里见到那种荒凉劲真使人意想不到，满街头的砖头瓦片，破房子，破堡垒还非常多，老百姓还没全逃回来，街上院里很多陷落的地道洞，真是太凄惨了。战争啊，你给予人们的只有灾难。但是当人们争取到胜利以后，即会又非常幸福，因此我们还必须用战争去消灭战争啊！

就在这样一个荒凉的城镇，胡苏就在这里面坚持工作啊，又在这样复杂的环境，他曾几度遇险，他为了谁呢？还不是为了革命。可是已经三十岁的人了，却连个媳妇还没娶上。坚强的人啊，我除了同情之外，哪里会有怨恨呢？你太过敏了！

我现在到容城了，你却已经离开，假若是在四五个月以前，情况也许完全不同了。因为近水楼台先得月啊，先下手的聪明人已经是个胜利者，他占有了我的一切，我的一切已经属于他。可是失利的人儿啊，你将漂泊到哪里去呢？哪里将是你的归宿？唉，我不能再为你歌唱了，请原谅我吧！我只能再给你唱这最后的一支短歌"不要因我而烦恼"，我也好像听到你回答了我一个歌，是"我将漂泊去了"。好，朋友，我可以这样称呼你吗？让我们永远离开吧！因为我不爱你，这正是"爱人者不被爱，被爱者不爱人"啊！

11月1日

一边演出我们还一边准备战斗，敌人已经离这二十多里地了，机枪大炮一天就没有息止过，演出完了马上装车准备，敌人来了我们即走。但是就在这炮声中，我们仍坚持了两个晚上，总算任务完成了，效果是超出了我们出来以后的纪录。因为这里正进行着控诉、复仇、土地革命，又是在边缘区，所以这次的政治影响那是非常大的。第一次演完后，县区村干部即分组进行讨论，并联系自己所遇到的或正在进行的工作，并进行反省，并且在每次未开幕以前他们即开大会并进行控诉，因此观众是这样情绪高，也影响到我们演出的情绪也高。并在每幕或场中间，他们还呼口号进行解释。第一次本打算一夜演完，可是因天不作美，忽然刮起大风来了，弄得棚帐也撕了，所以只好停止，分两次演完。同志们的疲劳是很可以想象的。

11月2日

清早提前吃饭，饭后我们即踏上了归途。我心中有一种说不出来的愉快，有人更向我开玩笑说："大刘现在是身轻脚快啊！"那谁知道呢，反正是高兴回去了。

昨天晚上接到他的来信，当然更愿意早日回去解决清我的问题，因为现在无论怎样，苦恼是多多的啊！

晚上住到了一个河口。

11月3日

下午总算赶到了郑州，我们仍住在旧房东家里，待我们很客气。

晚上集体去洗了个澡，真舒服啊！回来往被子里一躺，一睡就到黎明了。

11月4日

大洗了一天，准备明后天回去，心中很不安定。总愿意早日起程，回去以后恐怕也会不平静吧。他要不赞成呢又怎么办？反正我决心要争取他来服从我——到二三个月时把孩子打下去。不然……一定要这样做，要不我还工作不工作了呢？你知道搞演员的是有一定的物质条件（身体）限制的吗？假若我要做的是别的工作，那我也就安心了。做演员工作，生一个孩子对我前途会有多大阻碍啊！你们全没有想到吗？反正这次回去我要把这个问题解决了，他赞成更好，求得合法，他不赞成那就不客气了。

11月5日

组织上为了照顾，特地叫我坐汽车先回来。可是当我天黑到家时，又听说他到石门桥找我去了。真真的不巧啊，下午才走的。没法只有同秀珍睡了一晚上，明天还要回去，因为老崔（嵬）决定在石门桥演出。

11月6日

又坐上了汽车，还是昨天那辆，心中希望他别回来，别再闹一个错中错啊。上回他上郑州被特务吓回来，别人就给他编成诗了，这次要再碰不上，那人们就更开玩笑啦。可巧他没有回来，当我们一到那即见着了。哎呀，我心中真有一种说不出来的愉快啊！久别了，王林，你好吗？可是我怎能说出来呢？几十双眼睛全向我看着，我只能对他默默一笑了，我想他一定体会出来我的感情吧！

吃过了早饭，我们就回剧社了，他就陪我玩了整整一天。

11月7日

因为下雨我们不能演出，这不能不说是老天爷给我们的机会，因为第二次出来没有带着书，所以只有闲聊，玩，倒也很愉快。不过关于孩子的事，他的意见是很坚决的，一定要，不同意打。那怎么办呢？我说好的他也说好的，我发了火，他仍然央求着，所以弄得我也进退为难了。为了我么，那就应该打，要是为了他，就一定要生下来，最后决定是万一打不下来即生下来，马上送给别人，我不弄着他。当然我不有意识的去打，可是要小产了，我不负责任，因为我不有意识的去保护他。

11月9日

　　演出完了我们即各奔前程,临别时他是再三的嘱托,并替孩子求情,真是叫我怎办呢？路上是坐的汽车,因为现在好歹的还算不大舒服,当然我也知道影响不好,那又有什么法子呢？到家已是黄昏。

　　晚上听到丁冬向我诉苦说,老崔(岚)向她说,有些女同志害口,不是害口,就是馋,只有陈、刘、何才是真正的害口。当时就让丁冬很不客气的给了他两句说:"当然有人不麻烦伙房,那是她有条件嘛！有人侍候着,有勤务员使唤着,就不用伙房了。再说人家也有钱啊！"当时说得老崔哑口无言。丁冬向我说着还非常气愤,我听了当时也气的不行,我马上就火了。我想只有他老婆是人,他老婆害口才是真害口,别人全是馋嘴！真是的,他当时要向我讲,我一定还要给他一个厉害的。自然他也许不会向我说。真是,向下级说这样的话,真有失一个领导干部的威严啊！丁冬现在害口比较厉害,听了心中非常难过,我向她安慰了半天,也发了点牢骚即回来了。我回来想这难道又跟我个人利益结合了吗？虽然我害口并不厉害,冷静一些想想,害口也可能有部分的精神作用,因此以后应警惕,不应太放任自己。

11月10日

　　到城里看了一下群燕,他很好,一切全很使他满意,因此我也就放心了。

　　在书店中看见一个非常小的孩子(大概十一二岁),穿得破的不行,从内衣小口袋里掏出了一个小纸包包,有三四层纸,当中包了一张一百元的半新票,他拿了出来买了一本《平原杂志》后,很小心的翻着看了看,双手举着走出来了,看样子心中非常高兴。这真使我感动啊！一个这样穷的孩子,也会看《平原杂志》,真只有在解放区才会见到吧。因为统治区的教育是只为了有钱的孩子们的,再说书价也会高得你穷人买不起啊！

　　又看见一个老头有六七十岁了,也是穿得很破,看样像个贫农,也来买书,并且买的是一份中国大地图。当他挑选了半天看中一张后,店员想给他卷起来,他不用,想拿纸绳给他系上,他也怕系上个印子。他给店员几次要求要一张报纸裹在外面,最初店员不肯,后我看着说找一张旧的才算达到了他的要求,于是小心翼翼的走去了。由此可见农民对他所喜爱的东西是怎样的宝贵它啊,同时他也真是花一个钱都不容易啊,都得梥粮食啊。可是我们拿着几千几万却随便化了,请咱们大家都互相对照一下吧!以后就应该节约了。

11月12日

两天来做被子,改衣服,做点零碎活,什么也没干就完了。因为这也是非常必须的啊!自己不动手谁来替你做呢?

他昨天来了,一早就又走了,因为联大过来了,成(仿吾)校长并到了军区,各方面要开会欢迎,所以他很忙,并且他还要上联大去一下,所以最近几天不能来了。我也很愿意他们能互相的交换一下经验,因为联大对这方面环境是不甚了解的,他对他们也有学习的地方,我很愿意他去。联大过来了,我能去学习吗?人文学系?

11月13日

一件很出奇的事情使我呆了半天。王某坦白,他与石某曾发生过肉体关系。哎呀,老天爷,真是使人们估计不足啊!谁会想到呢?可是今天他向组织坦白了。唉,真是骂别人的时候那个嘴张得可大呢!可是这会儿又让自己的行动把自己的嘴给堵上了。她还有什么权利可以说别人呢?还有哪些地方值得骄傲呢?唉,这也见得我们组织工作的薄弱啊。同时也足证明剧社组织纪律松弛到什么程度了,连一个这样小的孩子就满肚子的坏水。回想起我在她这个年龄时,那是怎样的纯洁与朝气蓬勃啊,正在拼命的用功呢,可不懂得这样许多人事问题。

11月14日

赵宗志结婚,婚礼是简而陋,但是那又有什么法子呢!真是一次不如一次啊!很多人在洞房里发表了感叹,并有很多人受不住那种气氛的刺激而很早就退席了。唉,全是青年人,又怎能不见景生情呢!

完全看完了《解放区小说选》,当中我最喜欢《我的两家房东》,写得是那样真实而且生动,最可贵的是一件我们平时生活所见的最平凡的事情,而他写出来了却显得那样的不平凡。由此可见一个作家的生活经验是唯一的不可缺少的资本。两个由战争培养起来的青年男女,他们是怎样愉快的热情的向着新的潮流进步,学习着新鲜的事情,过着新的经济生活,从事着各种新的社会活动,以至于在新民主主义的农民生活中,他们向旧的老年人的旧思想斗争而开始恋爱了。恋爱得是那样纯洁与朴实,最后争取得家长的同意,他们订婚了。订婚后他们更努力的学习和生产。作者写到这里即结束了,但是他却让读者马上会想象得出来,将来这一对新夫妇新的家庭生活会怎样区别于旧有的,而前途是更不可限量的。同时将来中国的农村正需要着这样的家庭,这样的夫妇关系,这样的青年男女啊!他们对于旧社会的改进是起着一定的作用的。通过了这两个房东青年人,作者描绘出新与旧、老与少的斗争,而更重要的是抓着了农村的一般风俗习惯,使人读后不感到斗争的突然。作者有许多的群众语言,也是我们应该学习的。总之,这篇文章我认为是一本书中之首,甚至把丁玲的全可以超过的,可见后生可畏也!

11月15日

在城里,我刚走近棚帐舞台,突然从里面走出了一张熟识的面孔,满面笑容的就向我走来了,并喊着我的名字。哎呀,我的心马上突突的跳起来了。在一种非常窘迫的形势下我们握过了手,很客套的寒暄了一阵,我就准备离开了,可是他又突然的向我贺喜,这更使我不自然了,我怎么回答呢?只能随便的应付两句完了,后来我即想着办法离开他们这一群啊。因为我想到我现在的环境、处境,更不应给他以过分的刺激。

到底他是谁呢?为什么我还会有这种感情?因为我回忆起过去。

11月17日

一等也不来,二等也不来,难道他就不来了吗?今天已经有七天了,他干什么去了呢?莫非他真那样坦然吗?

为了备战工作,我们要搬到腹地去了,同时上级号召大量轻装。这真是一个思想问题啊,从反攻以来即开始散漫起来的人们,是一定要经过很好的战斗动员的,情况现在又非常紧张了。

11月18日

联大过来了,文工团也到河间来演出,今天演出《白毛女》,还有几个小形式,我们全抱着非常大的信心去看了,觉着一定非常惊人。可是看完了以后,并不像每个人所想象的那样好。根据他们的水准与排练时间(排半年,演出一年),在我们的想象中应该非常超出于我们的,可是我个人的意见是这样:

1. 音乐条件与技巧是我们永远赶不上的,演员的演唱与伴奏是非常好的。

2. 只有个别演员可以比过我们(像王大婶、喜儿、张二婶某几场),其余的则技巧不一定高超。

3. 大部演员缺乏生活。

4. 许多场面的演员与导演手法不如我们。

总之,看了以后在演技上没能更深的刺激我,只有女演员的声音锻炼上是大大的把我刺激了一下。他们可以说每一个女同志唱歌全非常好听,真是一个赛一个。哎呀,吓的我明天演出《逃难》全不敢演了,我可有什么条件与人家比呢！哎,惭愧啊,谁叫我没能先天生一副好嗓子呢！这一个刺激使我对演员工作全抱悲观了。

11月19日

当我们演完戏时,仲卫告诉我关于凌风的情形,真使我太难过了。她说凌风并没有忘记我,随时随地在向别人谈起我的问题,他并公开向组织谈出要调我过去,同时中央局也向冀中打过几次电报,可是他一直没有得到我一点消息,别人曾几次给他介绍爱人,他全拒绝了。因为他在等着我呀！可是后来一直没有消息,他生气了,觉着我已经变了心,于是在大家与组织的帮助下,他便爱上了一个他过去的同学。他当时是非常勉强的,因为她比他大,她又已经有过一个孩子,现在已经七八岁了。可是他又有什么办法呢？得不到我的消息啊！哎呀,这样的消息能叫我不伤心吗！我后悔,我后悔我当时太怯懦了,我为什么那样一点勇气全没有呢！凌风,你等着我,可是你可知道还有比你更"望穿秋水"的人吗？你等着我,还是你先结的婚啊！你等着我,你却先肯定你的爱人了。你生我的气,可是你知道我的淋巴腺是怎样发起来的吗？一直到现在病根已经做下了。你觉着我变了心,你却不知道当我听到你已经结婚的消息后我所受的刺激啊。我全快疯了,快傻了,足足有一个月的时间我的思想是昏迷着,可是你正在度蜜月啊！凌风,我结婚,我为什么不呢？我还那样傻吗？已经被你抛弃的人,我不能再为你牺牲了！我结婚,我就是为了报复,看看除了凌风之外,还有爱大刘的人没有。我不相信我比你的老婆差,我要争这一口气,我要让你看看将来大刘是怎样一个人,让你看看她的成就,然后我让你后悔,我再尽情的向你报复,我让你不等着我！哎呀,我的脑筋乱死了,回来以后天已经后半宿,可是我怎么也睡不着,回忆像毒蛇一样纠缠着我,我痛哭了一场。这是真真的衷心的悲伤啊！凌风,你对不起我,我太冤枉了！

11月20日

吃过了饭即到各处去玩，因为情绪太不稳定了，夜里又失眠。下午到果子洼去看文工团表演街头剧，效果很好，比《白毛女》好，其中尤以《夫妻识字》使我特别喜欢。这其中打破了我们许多思想，即利用旧形式（民间歌曲、秧歌等），是最受群众欢迎的。同时一些小形式街头表演的效果，不一定比演几个大戏小（如《白毛女》我觉着不如这些小形式好），受群众欢迎，所以这也就又坚定了我一点信心，使我更大胆更勇敢的走自己的路了，因为我也是觉着应该向这种东西发展才有前途啊！

从这几个戏里，使我更看到了音乐对于戏剧更大的发挥与帮助，假若这几个戏没有音乐的配合，那会什么东西全不是了，更不会有这种效果。

回来时已经大黑了，几天以来疲劳的很厉害，今天可真想睡觉了。

11月21日

为什么他还不来？莫非出了什么岔子？这样一个思想来回在我脑子中翻转着。问报社的人，他们也不知道他到底上哪去了。好一个没有组织观念的人啊！回来以后应该受严重批评的。可是他什么时候回来呢？这两天又开会，我又不能去看看，真是快急死我了。到底上哪去了呢？回家了吗？下乡了？上联大就一直没回来？上安平了？唉，真麻烦死人了！千万别碰上国特，那就什么全不好办了。不会的，哪能呢？

11月23日

在与文工团开的联欢会上，别人转来他的信，原来他真的到安平去了，并在那准备参加他们的土地斗争之后才能回来。时间是不太长的，可是为什么你这时才来信呢？早一天我也就早放一天心了，你呀，王林，心中并没有大刘！

有人说我完全拿着他了，我半点也不承认，既然拿住了，为什么还有这

"不辞而别"呢?

联欢会开的还很好,互相都交换了一些经验与意见,晚十二时才散。

11月24日

为了解决问题及教育落后群众,我们又卷入斗争热潮,斗争对象是石茵,因为这已经是无法无天的小霸王了。会议整整开了一天,但这还仅是一个揭脓盖的过程,真正的教育还在以后,但是她的无所激动的坦然态度是惊人的。

11月26日

会议进行了三天,才算刚有点眉目,可是一个新的任务不能让我们再开下去了,明后天即出发到旅中去演出,演完后一部分下乡,一部分准备政工会议,会议暂停了。

可是他为什么还不回来呢? 后天就走了,他不回来那也就不能怪我也不辞而别了。

11月28日

坐着汽车到了高阳,一路上不知是晕车还是肚子里的病,整整吐了一道,可把我难受坏了。吐的人并不少,别的人到地方即有人照顾去了,可是我只有在车上趴着,好在车也不走了,心中有一种说不出来的凄苦。但是我又一想,大刘就那样软弱吗? 为什么那样依赖呢? 没有你自己的人你难道就不生活了吗? 没结婚以前你又怎样呢? 你应该很倔强。于是我挣扎着又起来了。病,你折磨不倒我。

11月29日

高阳是一个繁华点的小城市,工厂就有七八家,市面也很繁荣,可是就苦了没有钱的人们了。街上看什么想吃什么,这难道也是病? 控制自己,应该控制,一个孕妇如对自己太放纵了,一方面影响不好,一方面你自己难道也不是一份负担吗?就直当没有这回事,那也就算了。

11月30日

老傅(铎)今天才来,捎来了一封信。他原来在秀珍家等我好几天了,以为我们快搬家呢。可是这一下就等空了,谁知我们多少天才能回去呢,反正我坚决不给他写信。

12月1日

在街上遇见张建龙,知道老石又负伤了,现仍在休养期间,这无形中又引起我过去对他们的一度兴趣。我觉得他们真是一对新型的夫妇,从哪方面来讲都很典型。我找到了胡汐,我们商量着怎样搜集一下他们的材料,以做个人的创作学习。她很同意,就在这几天,我们演出以后的空隙,尽量多到他那里去玩,谈,扯,回来以后就整理。我想这次我们应该更具备点信心,否则是又会流产的。

12月6日

在这里一直逗留了这么五六天,一方面为了等待部队,一方面进行解决内部问题。然而最不幸的就是我们的材料还没搜集完,人家可要走了,明天就走,所以我们今天忙了一天。

晚上与胡汐闲谈,谈到关于我们过去的思想,觉着现在可真是复杂多了。我们都说假若那个时候要有现在的心眼、现在的魄力、分析问题的能力、现在的勇敢,那么两三年以前我们是不会碰壁的,一直碰到头破血流,身败名裂,到现在才碰出了这样许多教训。我们全怀疑而又可笑,那时为什么那样混蛋呢?我们越谈越感慨,越发生很多的懊悔。而又看到现在还有许多的比我们年轻的人,在昏迷的重复着我们以前的道路,真是危险。可是我们又没办法向他们恳谈,把我们这些经验告诉他们,因为在平日我们是非常隔阂的。有几次鼓了鼓勇气想大胆跟她们谈,可是又怕谈不好倒引起误会或反感。而据一般情况在她们正昏迷的时候,也是不容易一下被你的话来刺激清醒的,只有自己真正体验到了,那才是真正的觉悟。唉,青年人啊,为什么偏走那一条路呢?

我们谈到,人到了一定年龄,经过一定波折,他的心理感情会有更大变化。比如少女的时候绝不会和恋爱的阶段心情一样的。而结婚以后就又非恋爱时期的心情,那么有了孩子呢?情感就又会不同了。尤其到了老年以后,那么他的心情就会更有大的变化。我们谈到老石的爹及维吉尔的父亲,甚至连他的父亲不也同样变化吗?少年荒唐了,年老以后会懊悔,会对儿女更亲切更热情。像《腐蚀》当中女主人的父亲,不也是老年惜子了吗?可见年龄给予人的变迁是怎样大啊!

住在这样繁华的地方,对于一个人的思想也是起腐蚀作用的。每天出门总想花钱,下饭馆,今天又是集,一个早晨都在闲逛,总想着回去看点书吧,也总没有去,后来回来了,又很后悔,真是荒唐,荒唐!

12月8日

到这来以后唯一的功绩就是看完了《腐蚀》,当然感想很多。

首先,它把国民党统治区的大后方人民生活的饥馑,地主官僚的荒淫无耻,军阀与汪派合流的黑暗,特务阴谋的横行等等最无耻的东西,毫无掩饰的描绘在读者面前了,并且用一种日记的形式来具体写出一个女特务堕落的经过,而她还正是一个二十四岁的青年,就已经饱经风霜了。她并不甘心情愿的来做这种勾当,而只是出于生活的无法。她曾被骗和一个坏人有过一个孩子,然而她把他这刚满三星期的小生命就丢在医院中了,因为"我即使有钱赎回他来,可是我还没有办法抚养他啊",所以她为了自己也只能狠心的永远不可饶恕的这样做了。她屡次负着重要使命去做她自己良心所不甘愿的事情,她也曾被迫的用她的漂亮肉体与青春,去陷害一些纯洁的青年与学生,并且还有一次,她被指使着去勾引她早先一个爱人去自首、悔过。在这过程中她良心发现了,曾想法救他,可是孙猴能逃出如来佛的手心吗?结果终于失败了,她的小照也死了,她也受到了处罚。她还被利用着去狗咬狗,总之,她是那样不情愿的在那个万恶的黑暗的环境里生活啊,与其说是生活,还不如说是挣扎啊!她并不是一个没有灵魂的人,正像她自己所说的,她也不是"一个女人似的女人",而国民党的特务就把她陷害到那种程度,而一直到最后她救走了N,她的唯一的朋友妹妹,并把一切希望全寄托给她以后,她也曾大声的疾呼,她要"行动"起来,她要用她的行动来挺直她自己,她要立即离开这恶疫横行的"文化区",她要勇敢的踏上她的长期苦斗,并且她自己还说"此时此际我非拿出一个男人似的手腕和面目是不行的"。这样一个女人我是同情她的,而经过她,使我对国民党就更增加仇恨。我相信像这种被害的人一定多的很,她只不过是作者抽出一个典型人物而已。我觉着这群人是应该值得同情的,正像她的一个朋友给她的一封信中这样说:"生活不像我们意想那样好,也不那么坏,只有自己去创造环境。被一位光荣战士所永久挚爱的人儿是一个女中英雄,她能创造生活的。"我很同意这样几句话,我相信她会重新创造新的生活。

　　看完了这本书,使我更进一步的感到我们部队的纯洁,我们所处的环境真没有像书中环境那样复杂的尖锐的人事关系,人与人都带着假面具,都像生着犬齿,随时即可互咬或卖友,而正是"他微笑着,神气是非常和蔼,眼光也并不吓人,但我知道这一切的背后未必是'可亲'的,然而当他非常险恶的时候,也未必是那样狠毒"。可见这里面一些暗无天日的人事关系,是多么尖刻虚伪啊!我真庆幸我从小就出来了,要不然我岂不也陷在那样的环境中,说不定我现在就会又成了另一种人。根据着我的环境,我是非常可能的。可是二叔救出了我,共产党又培养了我,现在我已经没那种可怕的危险了，所以我几年以前是那样幼稚单纯，现在有时我想起来简直是混蛋，什么也不懂。而现在也不能有她那样复杂，说真的，我是非常羡慕她的机智与聪明的，真不愧叫赵惠明啊！

作者对于女人心理状态的描写，是使我非常惊奇的。我觉着我本身是个女人，应该更深刻的细腻的了解女人，可是我却没有作者所写出来的体验得那样典型、深刻。我真从这书中学习了很多的女人心理，真是枉生成一个女性啊，对女人是熟视无睹的！

作者的政治价值是永恒的，根据我过去对他作品的阅读，我认为这应是作者又一新阶段的开始。同时更可以根据它的政治效果来看，那将是非常大的。我想我们还这样，如果在统治区一般青年来看，那影响岂不更大吗？所以这更证明一个作品的政治价值与艺术价值是正比例的。同时一个作家也绝不可忽略了他自己作品的政治影响，单纯的艺术至上是不可能的。

12月9日

在棚帐里人们乱嚷着"王林来了"，当时我的心马上跳起来，人们又一哄，我的脸也红了。我当真相信了，可是逗了半天，原来是别人造的谣，闹着玩的。真他妈的，这不是拿着穷人开心吗！以后人们又逗我几乎要发火了，可是又一想那多不好呢。注意影响啊，他们逗自己也就跟他们逗吧，反正我知道他们是拿着了我们不在一起工作这一弱点啦。好，你们拿吧，怎么样大刘不会让你们看笑话，我现在很觉得我应该学会一些应付环境的"手腕"，否则会吃很多哑巴亏的。

12月10日

回想起昨天人们的一段谈笑，直到今天还非常让我暗笑。

"不知道人们为什么都愿意瞒岁数。"不知是谁这样说了，就引起了一个题材。

"嗯,真笑话,王林早先比我大两岁,可是这会儿又比我小了,哈……"老崔(崀)一只手拿着帽子,一只手在搔着那已经快秃到脑顶的光亮亮的脑袋。

"你看啊,当着人家大刘的面,你就这样说,多捅人虚荣心啊!"小胡善意的这样说。

"哎,那有什么呢,就是大,我现在也没意见,现在我们的关系已经肯定了,这种虚荣心是起不了什么作用的。"我趁势这样说,好像也是个反攻。

"哼,你别看人家王林比你大,可看起来比你年青呢!"老李也这样打岔说。

"嗯,比我年青,我才不信呢。你看他那脖子全向前探了。王林我看快呛不了啦!哈哈……"老崔又这样打趣。

"哎!王林就是个受苦人啊,一下子就让你给拿着了!"老李在做着鬼脸。

"那哈个,情人眼里出西施啊!"我又笑着说,别人也全笑了。

"哼,你别看我外形老,我心里可年轻呢!我精神还满负有青春的朝气!"老崔得意的挺直了胸。

"崔社长是不老,人老心不老啊!"不知是谁说了这么一句,全屋都笑了。

"嗯,以后到外边去拍电影,我还准备演银幕的小生呢!哈……"一边大笑着,一边顺手向上一抱肚子,就向门口走了。

"崔社长演小生,我看你演小生他爹吧!"于是屋里就又是一片哗笑。

谈笑算结束了,这是多么有趣呢!

12月14日

回家来了,他事先就到啦。先开始烧炕,糊窗户,所以一切只有将功折罪了,我还能再闹吗?平息了,一切又恢复了常态。

12月16日

三天我们尽量的玩,因为我快下乡了,又赶上一个下雪的天气,所以就尽情的欢笑。他待我像一个长辈,处处是那样关心,真有时使我很不落意。可是这又不是强迫的,我只有尽情享受他对我这样热情的关怀。当然我也应该以同样的热度去对待他,这真是一好换两好啊!

12月17日

下乡了,由他的介绍到安平田香彩家里去。一路上倒还顺利,因为是自己家中的大车送我们,可是有谁知道这争取大车的经过啊!

管理员只动员了大车送我们十几里,这个事实激怒了我们下乡的一个小组,于是气愤的跑到管理处。管理员已经进城了,没法只有找到赵恒。他也同样的没法,因为他说我不是负责这事的。经过我们又骂又哄,结果又想出一个办法,我们的大车要到饶阳去拉白面,顺路可以一直送我们到,但必须绕三十里。于是他把这事向社长请求,可是我们的大社长啊,却坚持到分路的时候一定要我们自己倒车,大车绝不送到,一再请求也不行。这时聪明的司务长向我们使了一个眼色,我们领会了,退出了社部。在院里司务长向我们说:"不用再跟他说了,车出去了,大权就在你们。我告诉他们一直把你们送到,他也不知道啊。"妙计妙计!"好,好,你真替我们解决大困难了,要不三个女同志怎么能一站一站倒车呢,又多麻烦啊!"于是事情就这样办了。

在我们坐上车出村以后,每个人都纷纷议论,觉得社长太得小失大了,总是在这样一些小问题上损失自己的威信。假若你要答应了,这够多么合乎人情啊,又显着对下级干部关心,可是现在谁也不会念他半点好处。

12月19日

田香彩果然是一个杰出的倔强的女性,关于她的材料非常动人。但是村中的工作却非常紊乱,复杂的干部关系在他们当中存在着,又加上她最近才被改选下来（村支书），情绪非常不振。一群在群众中没有威信的人倒掌握了村政权，双方的斗争没问题很激烈，甚至分了派别。你想这样一个复杂的情况当头一棒一样的摆在我们面前了，和我们所想象的顺利的收集材料进行创作的情况完全相反。所以使我们三个人的情绪和信心也都受到影响与动摇，到底搞不搞呢？怎样搞法呢？一切都很不摸头。最后决定先在这休息两天，等王林来了我们再做最后决定。

12月21日

根据这两天以来的详细了解，我们认为这样的一个材料，人物，事务，环境，是非常新鲜而生动的，可是由于我们的水准及工作能力，我们对这材料不敢动手，也就是说，根据我们现有的条件及下乡时间，我们不能把它搬上舞台的，只有小说来反映她才是最适合的。这个材料要缩减成剧本是困难的，同时一个月的时间光解决村中问题就解决不完，何况回去又要交作品呢！假若有三个月，那我们也就决定下手做了。所以我们也没到县里，等两天我们要到提美岩那里去。

经过三人讨论决定了，再等两天王林来了更好，不来我们就到深泽去。

12月22日

在这里物质生活过的很舒服，每天除了和老田谈谈就是学习，可是却觉得非常无聊。人们的心都焦急了，为什么他还不来呢？这月又是小建，又少了一天，真是穷汉子赶上了个闰月年啊。到底怎么着呢？别人说再最后的等他一天，他如不来咱就走。也只有这样做了。一天我心中都非常不安宁，因为我的负担比她们更重啊。下午我一次一次的走到门口看着那辽远的村外，可是一次又一次的使我失望而归。

两天了才把一本《复仇艳遇》看完，是一本电影小说，普希金的，故事内容及穿插都很生动，是一种浪漫主义的作品。

12月25日

到了提美岩这里，人们情绪也不太高。没法，一方面到县去了解情况，一方面去串亲。早饭后冒着大雪我们就进城了，事情办完即到赵庄，正赶上斗争三爷。二爷昨天已斗，房子也拆了，地也挖了，真是看起来怪惨。可是又一了解具体情况，即使我们思想又有一种变化。

同情呢？立场？结果后者战胜了。对于这样封建剥削的地主，就应该从政治上彻底打击他，摧毁他的社会地位。这是一个考验过程。我们住在他家里，处处都受着他的包围，可是结果我们很清醒，并帮助区村做了许多解释工作。我想这不能不说是这次出来的第一小点收获。

12月28日

我们决定在这里住几天，以便更深入的了解情况。

二爷和三爷在斗争材料上就满可以看到复杂和狡猾的程度。

二爷，敌人一次来村，在他家给人做饭，共买了二两香油，他偷着倒了一半。维持会的棉花在他外院北屋放着，一天他去用小布袋偷棉花。和别人一小孩放驴，他把别人的驴腿绑起来不叫吃草。放债是先扒二成利，借十元当面就现扣两元，只给借人八元。向外放债，指地全不借给，非指一家一所新房不行。他的地被别人霸占（当汉奸）种上的白菜，后敌人退，他怕要不上，就用小刀去地里一下一棵的挖白菜心来吃。还别人钱，早先使元宝时，一次给人共十二块，当中揣羔就有八块。

三爷，为了娶小婆，曾拿枪逼一个人，非说那人给破坏了。他的儿子两个全在国军中（民生公司），还有一个朋友据说有联系。他的狗咬了别人，那人要打，他说让人家给抵命等等。

总之这些钱大气粗欺压剥削穷人的事是列举不清的，可是这弟兄俩的所作所为是显然不同的，以及斗争后所表现的态度也不相同，真是俩人物啊！

村中扩兵很遭难，青壮年听讯后跑走了好些，真可见群众的政治觉悟程度。一般看来青年不少，可就是落后，曾说"就是不去，去也行，得让我带着媳妇"，"给别村代耕也干，就是不去"，"去啊，先查封了我的家我再去"。妇女更说"什么困难全没有，就是缺少个男人"，"哼，他们白天能给代耕，晚上就不能代耕了"。哎呀，这是多么难以出口的话啊！所以工作布置了好几天，一点起色全没有。唉，也很难说，战争的残酷，家里生活的富足，夫妇生活的美满，可没有一定的政治觉悟，谁愿意当兵去呢！

12月29日

按照旧思想的迷信说法，我昨天的梦在今天就实现了。果然在中午他匆忙的赶了我们来，这……这……有一种说不出来的情的安愉！

我想他，并不是一种情欲的冲动，而就是愿意让他守着我，哪怕都默默的不做声。由于这种要求曾使我思想上做过更激烈的斗争和千万种幻觉的变化，甚至有时非常无原则，可是怎样也不能阻止"我想他"。

"爱月迟眠"，在老乡的枕头上也绣了这样四个字，我不由得微微的笑了。

12月30日

中午我们又分手了，他向南去，我们又回到大堡。

在这里使我深深体觉到战斗对于妇女的摧残，妇救会共有七个人，有一个是有丈夫的，其余六个有一半是烈属，一个寡妇，一个远征军家属，一个敌区做买卖的家属，其实还不都等于守活寡吗？所以她们的工作就特别积极，因为一切精力全集中在工作中了。她们还有一个小特点，就是两个人一小集团，有两对每天一起吃一起睡，好的像一个人，真使我怀疑她们是否同性恋呢？干部工作能力群众观点都很强，作风也和别村不同，使我们很感兴趣，所以决定细腻的去了解这些由群众中来的新的典型。

12月31日

生活的熟视无睹，又一次由别人的智慧中刺激了我，使我发急，想哭。难道我就这样一天天堕落？不，我应该更清醒的生活起来，把一切我觉着有兴趣的都随时记载下来，否则脑筋是不用则衰了。

一九四七年

1月1日

又过年了,谁会想到又有这样大变迁呢!去年,正为别人匆匆忙碌,而今年自己肚子里却长了一块根。(但这块根将来还不知开什么花结什么子。)

谁会想到呢,去年,忌妒的并不是别人而是自己,被忌妒的却变成了别人,可是今年又在一个不同的对象上,事实上是正相反了。

有谁会相信呢,在去年,我绝不会去爱这样一个所谓不是"我的条件"的人,又有谁会预料到呢,现在我们的感情是真的情笃意浓了。

仅仅一年啊,就有着这样大的变化!

又过年了,我应该好好检讨一下这颠簸的一年的进程和进度,更应该明确一下1947年的态度和目标,到底应该向着什么突击,因为一年之计在于春啊!

我想明年,不,今年,将是我最痛苦的一年,因为从身子的笨重到生,到生后一两个月,我自己的进步是很困难的。如果再没有外界强有力的督促帮助及环境的刺激,那么我将成为一个切切实实的奶孩子妈。当然我绝不愿意单纯的依赖,但是生育对于一个女人是怎样沉重的绊脚石啊!没有超人的毅力是很难跳过的。所以根据这些困难,我觉得我今年这一年,应大部放在下乡生活上,更彻底的改造自己的感情,了解农民的实际生活、斗争、思想情绪,以至最简便的人情世故、风俗习惯、生产方式及方法、手段、生产关系和更容易的学习掌握生产技术(像纺线、织布、做活、地里轻便事务等)。因为:

1. 我自己小资产阶级意识、幻想超过一般的和我一样出身的同志,我想这样对我只有千利而无一弊。

2. 最近看了一些新的作品,如赵树理的、康濯的和别人的批论,使我在思想上更深刻的体会到生活的丰富、语言的丰富,对于一个文艺工作者的重要和必不可少。

3. 我的演员生活,由于物质条件的具体限制,它的年限是不会太长的,顶多再有十年。假若现在不从早准备,将来再现抓就晚了。现在就应该给将来作文艺创造工作打下一比较有意识的基础。即使对现在工作也不会没利,所以我今年应该更有意识的去丰富自己的实际生活,真正的向农民学习,尤其是农妇。当然这是一种幻想,也可以说是野心,但是借着今年自己最困难的时候,看书是看不下去的,也只有这样做还比较恰当。

1月4日

用自己的毛,我开始学习纺线,两天了纺车都在我的耳边嗡嗡着。最初很没有信心,因为过去失败过。可是纺下一盘以后,技术提高了,兴趣也大啦,所以就一口气坚持了两天,才算掌握着这种技术。可是晚上累得胳膊痛腰也痛的,到底不行啊。人家老乡一天一夜的连续纺又怎样呢!所以我们三个人谈起来也只是好笑,都认为知识分子到底是个吃菜货,什么营生也干不了,尤其我们所住的环境周围,谁家全是半宿半宿的点着灯做活或是织布。一家大嫂夜里由掌灯一直织到天明,吃过早饭就又织起来,可把我们给影响坏了,大家谈起来都很感慨,所以也就拼命学习做活。我想从思想上去看这个事,这不能不说是我们这次下乡来的唯一的小小的收获。每个人觉得只有不偷闲的劳动才是无上的光荣。

1月5日

仰望了很久的王昆,今天在她的家中看到了。如果单从表面上去估价,这人并不漂亮,更不适合一个小资产阶级的幻想。可是经过短短的相会以后,就会马上使你感觉到她以一种优良品质做基础的风格上的美。她并不健谈,只经常回答人以默默的微笑,同时在这种微笑里,你会感觉到她对人的热情与诚恳,所以只这一点钟的接触,倒会给你留下很深的印象,人们的议论是很配得起她的爱人。

因此可以看到,单纯外表的漂亮引人注目并不稀奇,尤其适合我们现在人们的眼光,还必须加上她内在的一种风度上的美,这样才能值得别人评价。过去自己的着眼点是错误的,今后怎样对自己风格上注意培养,倒是一件大事情。当然风格的好是与品质与政治开展程度和适当的文学修养分不开的。我想只要在这方面我能更进一步,那么对于我的事业前途进步速度将有直接推进作用。瑾,加油吧!

1月10日

等来等去,总算等上了大堡村的第二次扩兵,我们都勇敢的参加了。当然这个村的情况还是比较困难的,因为首先干部不能迎头挂钩,所以光各种动员会就开了三天,区县全来了人具体领导,直到最近两天才开始正式动员。我们有时跟着干部抗属到家中去,有时就收集情况,适应其时编出顺口溜和口号,所以也就忙了两天。效果还是相当大的,尤其是小学的啦啦队及高房广播,都起到了一定的鼓动作用。同时也使我们更实际的受到一次考验,使我们眼睁睁的看到,哪一些干部是群众真正爱戴的,哪一种作风是群众所喜欢的,哪一种工作方式是群众所接受的,哪一种语言是群众所熟悉的。同时更打破了我们过去认为扩兵就是个容易事,谁也愿意去,家中父母更欢喜去欢送,一切都像非常顺利。可这次使我们真看到了扩兵的难,青年思想的难搞通,以及父母对儿的种种难舍难离的表现,老婆孩子的连累……等等,形形色色,真是表现着家庭关系的复杂啊!

我,一个十五岁就脱离家庭的孩子,现在是怎样热望着家庭啊!

工作到现在已经有九个报名了,其中只有四个是自动的愉快的,有五个都是经过了肉头阵及干部群众的各种动员,甚至有的他娘到现在还寻死上吊的啼哭呢。唉,娘对儿子这是一种天性啊。可是当他娶了媳妇的时候就早把你忘掉了。一般说来,总算打破了僵局,匆忙了两天很值得。

1月11日

吃过了早饭就开始欢送了,可是毕智钢的情况又有了变化,他娘没有出被窝就揪着他哭,怎么样也不让他走。经过区村干部各种的动员、说服、威胁、恐吓,直到人们都走了他才去。走的青年有的很愉快,有的就很愁苦。有的家长也很开明的讲过话,有的则连到会场的勇气全没有,更有三个外村的过路老婆,走到这里看见了他,却转到一边啼哭去了。唉,各种心理的表现啊!

回来后我们即打算结构一个剧本,因为我们离走只有四五天了,任务是一定要完成的。

晚饭吃得很不痛快,因为美岩忙,叫我们做饭,我们烙饼,把一个搁的油多了,本想自己吃的,后她们回来看见很不高兴。自然我们也非常不好意思,双方都很僵,最后也只好拉着脸来吃。但是饭后我们都非常懊悔,为什么就这样嘴馋呢!也真是出来肚子里一点油水全没有了。

1月12日

他来了,赶来了一辆大轿车,街坊四邻都轰动了,说是接媳妇的,真弄得我怪不好意思的。本打算明天走,可是我们剧本刚结构成,怎么样也得写完才行,只有叫他等等吧。他明天即去安平,这样我们的任务更可安心完成。

为了应酬那个据说很顽固的后婆婆,我不得不做些充分准备,更为了一大群的小叔小姑,那么我更应该买一些薄薄的礼品。因为这样的家庭特别讲究穷礼,更爱挑礼,所以只有充足的精神准备,是不会有坏影响的。

1月15日

我们的创作结束了,究竟怎么样还不能给它下个定语,评价是只有别人才能给定,但是我们对它却已有了初步的满意。

他等了我两天,把一切手续全办清了,于是就坐上了那呱搭呱搭的大轿车,往家里走去。心中是非常忐忑的,不知这当媳妇到底是一种什么样的滋味。高兴呢?还是恐惧?说不上来,反正一切都为了他。

1月16日

宿到了联大那个村里,一清早即去看望沙(可夫)院长,同时也见了许多的老师和同学,大家都很热情,只是我个人心中总觉着有那么一点难为情,因为我现在已经成了王林的老婆,而联大那些人是知道我过去和凌风的关系的,所以有时在他们向王林庆祝的时候,我都深深的感到刺激。难道我神经太过敏吗?不,绝不,他们有很多话都像很有含义。可是,管他的呢!我现在是非常安心了。

午后我们到了家。真是一下车,人们就围严了,乱嚷着"看媳妇",可是当他们一看见我之后,就马上转为严肃了。我想是因为我穿着这灰色的军装的过吧!当然是很出他们的预料之外的。我进到屋里,人们也就全跟进来了,像看怪物一样。在这样的时机,我只有百般的谦虚,同时还应该庄重。

晚上,为了开玩笑,双方都闹僵了,谁也不理谁啦,就这样一直闷了一夜,可把我给气坏了。最后还是他先开的口,我才万事即休。

1月18日

天刚亮我即起来烧火,尽我做媳妇应尽的义务,什么事情我都抢着去做，所以还颇得公婆的待见。从表面看起来，这一家人还不是我事先想象的那样难斗，一般说来还不错，反正为了他，我宁愿牺牲我的一切。

每天都要应酬十来起子看媳妇的，真是使我饱尝这新人的滋味。回想起在我结婚的时候，我都没这样装腔作势过，现在我就一定要拿出一个新媳妇的架子来，从这当中我有意识的去体验生活。

1月19日

现在我真成了伙夫了，身上到处都弄了点油，每天我也围着锅台转起来。因为离年只有两天了，也是应忙的时候啦。所以一点书也没看，原来的计划全被打破了，只有等过了年再说。

1月21日

除夕，一切的一切我尽量的遵守着这里的风俗习惯，因为我现在是做媳妇啊！地区是个落后地区，环境也是个落后环境，可是为了他，什么我都附和着，一方面学习啦，一方面也体验啦！

躺下了，我忽然想起了我的妈妈，她怎样过年呢？在明天起五更的时候她端起饺子会想起什么来呢？也许日子混得连饺子也吃不上了，那么她会在这几个晚上全不能睡觉而只有啼哭……唉，妈妈呀，你恨谁呢？孩子并没忘了你，只是战争把咱们分散了。

妈妈，你知道我现在什么地方过年吗？是在他的家里啊。我想明年就许到咱们家里过去了。妈妈，你等待着这一天吧！那天，还一定能给你带回去一个非常胖的小娃娃呢！因为妈妈的孩子，已经快当妈妈了。我想你不会知道这些事情吧！妈妈。我怎样告诉你呢？我想你啊！

除夕，他在非常香甜的打着鼾，我却非常不宁的辗转着，因为有很多的事情堆集在我的脑子中，每一件都须经过我长久的思虑。一直到很晚我才不能不睡，要准备明天五更的精力啊！

1月25日

　　这里的乡俗,一过了初一就家家户户请媳妇。当然是进乡随乡入城随城,我就毫无例外的放在了被请之数。从十点钟开始到下午两点,整个时间都做了客人。一天要有八九家子,到哪家也全是准备的点心、大肉等,每个人全只能坐坐装装样而已,谁还能吃多少呢?有好几次是同三四个新媳妇同席,她们全穿戴得非常鲜艳,有的穿着各种花样的绸旗袍,头上戴着呢礼帽,围着花围巾,连头全不敢随意动一动。有的抽着裙系着蒙头纱,带着脖锁,有的还戴着凤冠,滴零搭零的,真是各种封建传统的装饰,都在这里显现了。而与她们非常不调和的就是这里还有一身泥灰色的八路军服。但是别人的目光就特别注视着她,这使我内心升起了一种无限的骄傲。在席上我并不那样装腔作势的瞎摆样,我很自然的向他们谈吐一些他们所追问的,同时我对他们特别热情与质朴,所以换取了临走时他们对我的评论:"还是人家这外边的,多么大方嘹亮啊!""到底是这跑嗒惯了的人,多么不拘束啊!""你看人家一点也不酸气!""脾气倒好,准看得起咱这穷家破院子的!"……总之,我在他们的眼目中倒成了中心人物了。这不能不是我特别注意的结果,因为我有意识的去换取他们的好评,因为这个地区落后,更因为我是一个八路军。就这样一连赴了三天席。

　　赴席回来,桂如说:"你们别看她们穿戴的那么漂亮,可谁也没俺嫂子长的好看!"这话可真是事实,不由得我内心微微的笑了。是一种得意的笑啊!

1月27日

　　从家来以后,我们的生活是越过越甜了,比在外边甜的多,甚至于我觉着我们现在是和度蜜月一样的,有谁还能再怀疑我们的前途呢!

　　在闲暇时,他把那唯一的宝藏——书,全拿给我看了,并且还有他在十年以前的创作,并且数目是很多的。我们两个人计算在他开始创作的时候,我才仅仅八岁啊！那时谁会想到一个八岁的丫头，就会成为他的老婆呢！我看了看他那许多创作，内心中对他的天才就更进一步的爱恋了。

晚上看完了《升官图》，是陈白尘的一部新创作，早先在报上也曾看过关于它的介绍，这次对照一下，果然很好。故事很简单，但是写的确非常精练，用一种诙谐的手法，把国民党统治区的上层丑恶完全真实的讽刺啦，要不他们就禁演呀，可真是一个好剧本。

1月29日

是回去的时候了，可是天气却严冷起来，你若往地上吐一口吐沫，那会马上结冰的。所以家里人们执意的挽留，只有再延几天。

又看了一篇《塞维勒的理发师》，也是一个喜剧，是法国博马尔舍的。其前半部不甚动人，但后半部（二幕）即会经常引你发笑。我幻想着如果这戏在舞台演出，那么会使观众捧腹大笑的。一个自作聪明的人，他是怎样的让别人愚弄啊！总觉着自己一切疑虑全是正确的，有把握的，可是结果却上当了。而正像最后的一句台词：当青春和爱情都一致要骗一个老头子的时候，凡是这老头子做来阻碍他们的，都很可以正正当当的叫作"无用的提防"。这是怎样一句概括了整个剧本主题的漂亮台词啊！事实就是一个这样迷糊的老头子，在作为他的十六岁的少女的被保护人，处处周旋着这"无用的提防"，终于最后她被一个年轻豪华的伯爵，在最短的期间给占有了，而他仅仅迟延了几分钟啊！并且所有布置的"提防"，却都给别人开了方便之门，利益是属于别人的。

当中的词句有很多都是非常美丽的，而代表着性格。

"对于女人，你有三种热情都一样的强烈——爱、恨、怕。"难道一切男人都是这样吗？"爱情和宁静能不能装进一颗同样心里？现今的青年只能有一个不幸的选择——爱情无宁静，或是宁静无爱情。"二者是不能俱得的，经验！经验！

2月12日

旧历的一月十六,我们又起了一个五更,吃完了饺子即套车起程了,当天赶到秀珍家。因为要看联大文工团演出,所以又住了三天,到二十日才到达火线剧社。人们一见即乱寒暄,说什么的全有,真是革命队伍的家呀,它向我倾吐着非常真挚的热情,使我感动。

到家听说崔社长调工作,当时使我非常惊奇,因为在艺术领导上的确是我们后一辈的损失,可是提起他的人事关系与经济享受,则又使我对他毫无留恋。我相信他走了以后,下级干部会发挥更大力量,工作不见得搞不好,所以也就没什么。

2月14日

刚到家就赶上搬家,全体搬到邱三里庄去,离他那里只六七里地了,这当然又给我们一个方便。两天来我们即忙着这个事。

下午他也来了,为的帮助我搬家,恐怕在搬拿重的东西上把孩子弄坏了。真是,能有谁比他更关心与爱护我呢!

屋子本来很不好,经下功夫一收拾一裱糊,倒也不错,只是一个人在他不来时感到特别孤独。不知怎的,这次回家倒回坏了似的,现在对他是特别情深了,真是一步也不愿意离开。从离开后,每天夜里梦到他,总觉着他是睡在我旁边了,可是用手一摸,却是冷冷的一片炕,不由的心中一阵凄苦。等醒明白了则又宁静了。唉,难道他不做梦吗?

2月16日

他找我一同到黄敬那玩,因为他明天就到联大开会去,并且据说还要到山里中央局去,恐怕一去就是一个多月。按理性说我应痛快的同意他去,可是在感情的激动中,我不能不拖他了。我告诉他尽量的不要到山里去啊,叫别人代表去好啦。他也这样同意了,谁知道组织上能同意不?晚上我陪他睡了一夜,但一清早即动身了,但祝他一路顺利。

2月18日

昨天看电影《楚霸王》,这是九年来第一次看到的影片。当然哪一方面也不如过去。今天请崔社长吃饭,所以两天来倒走了不少的路,现在的确感到走路困难了,并有时肚内还痛,谁知道有毛病没有呢?

我们的股票出人意外的分得了很多红利,现在总共有三十七万多元了,这真是一笔巨款啊,想起以前连经手都没有经手过这样多钱啊!

2月20日

接续的不连贯的总算把《欧也妮·葛朗台》看完了,的确不愧为名著,作者巴尔扎克不仅写完了一个小说故事,而同时反映了一个法兰西的历史时代。这一点是最明显的,封建贵族与布尔乔亚的激烈斗争,在整个故事当中或明或暗的穿插着,隐伏着,而使读者感到自然。在文字上我没感到特别新鲜,在结构上也比较平凡,但是最大的特点即是典型人物的刻画,使人感觉到活,并有很多不限于国度的特性全被描述出来了。当中我最喜欢的是葛朗台老爷和娜侬那个老实的女仆。我认为也是最成功的人物,他们有很多特征,全通过了人物本身的语言或举动或环境的关系表达出来了,真是淋漓尽致。

只可惜看的太草率,又没连接看,所以有的地方印象迷糊,以后应再看一次。

2月22日

人逢喜事精神爽,月到中秋分外光啊,今天又是一个新婚的日子,是卜一与王琨的吉庆喜日,我们照例的开会、会餐,只因为了节约,当然一切都比较简陋。这也无足怪,据说胡苏结婚,还只买了两盘瓜子即算了呢。

晚上洞房闹的很厉害,因为都是初婚的人啊!回来后精神很受影响,真是"春宵一刻值千金"啊,为了工作,我只有用力的想我的歌词,三八快到了。

2月25日

剧社整个的掀起了立功运动,并且要人人立功事事立功,当然它和过去的英模竞赛是不相同的,并不是创模运动。这只是又一个新的领导方式而已,要提高工作的效能,要使得我们更加快的完成自卫战争。当然我是一个党员,我决不能超脱这个运动之外的,只可惜今年是一个胎妇了,许多的东西不能按照理想去做,但是要根据我自己的特殊情况,来具体克服自己最弱的一环,而发挥自己的一技之长来为人民立功。立功,我一定要在今年特别的加油了。近两三年我始终是一个落后分子啊,各方面都进步得非常的慢,政治上越发的不开展了,艺术成就上已经到了一种饱和状态,创作上更没有新的表现,所以怎怪人们在背后为我感叹呢!唉,大刘,危险啊!你的前途快没落了,你要怎样挽救这个危机呢?让我冷静的去做一个个人的立功计划吧,然后拿到小组上去讨论,确定后即坚决完成,否则个人的故步自封就会前功尽弃了。

2月26日

果然不出我之意料,这次的支部选举以及许多群众的行政的组织形式的变动,算把我给清洗下去了,任何部门对于我都是无声无响着。天爷,这是多么一个大刺激呀!难道有了孩子,一个女人就真的完了吗?这也真是给我的一声警钟啊!大刘,看你再骄傲,再看不起别人,别人眼瞧着就超过你去了。真是,才两个月不参加这个团体的集体生活,就变化成这样了,潮流是不会等待你的呀!打通个人的思想吧,主要阻碍你进步的还是意识当中的毛病,把这一窍打通别的全好说了。

2月28日

三天才写好一个歌词,可见自己的写作能力。这次也真是一次测验,看到底自己有多深的水准。想好了两个主题,准备写个散文,却总是没有那种勇气。自己呀,到底像草包一样稀松了! 惭愧啊,二十四的年龄了,又有什么呢? 一点钟一点钟的过去,它是再不回来了。

怎么他还没有来信呢? 难道又忘了吗? 已经分离十天了,他呀,不知道别人的心!

3月1日

写了一封信叫韩巡给带走了,我想他一定动身了吧,因为早晨他来信说今天离开联大呢。

我开始看《演员自我修养》啦,一天只能看一章,因为有理论的地方理解还是比较困难的。从第四章才开始做笔记,恐怕看过忘了,费点时间也是必要的。不过还只能是摘录式的记法。

上级决定我们快入伍了,这几天完全做的入伍的准备工作,及立功运动的宣誓动员等。

3月8日

每年的三八,照例是一个风沙的日子,今年当然也不例外。在河间民众教育馆聚集着一百三四十个的各级妇女干部,由冀中妇联田秀娟来领导着进行漫谈,主要内容是关于妇女干部生产问题,包括个人生产及带动别人的情形,再一个就是关于妇女干部思想倾向的检讨和讨论。每一个单位全有代表发言,我也破天荒的被迫发了一次言,主要是关于剧社内部妇女同志生产问题及思想动态。我想这对于今后妇联对我们的领导上,不能不起一定的推动作用,更给她们提供了许多具体情况。我是一个妇女,但是对妇女工作却始终的不够关心,今后要加强对妇女工作的实际参加。我想对我演员工作也一定起很大作用,尤其是一个外来的小资产阶级妇女,只有和农村劳动更密切的结合,她才可能谈到对于自己的改造,否则她将永远突不破小资产阶级的坏意识。另外小知识分子妇女只有实际参加劳动,才是她着手改造的第一个过程,也是必须的最好的改造过程。

3月9日

决定十一号下乡入伍,我几次的提意见,却仍然被决定到练兵团去,这是多么的败兴啊。可是现在的新组织,我能给它更多的为难和难堪吗?假使我非不去,非坚持自己的意见,那对我也是非常不利的,尤其在这大立功的阶段,所以也只有忍泪服从了。管他入伍后有什么成绩呢,跟着瞎跑跑吧,即使得出许多失败的教训也很必要,反正我也只能再工作一个多月了,去了看看再说吧。

因为急着要入伍,生娩费也提前领下来了,我看这倒是我一个负担,我怎样处置它呢?只有先入到合作社里去吧,留少一部分先买点东西也是必要的。唉,得准备一下啦,要不到时可怎么办呢!也是自己吃亏啊,他又不在家,自己不着手行吗?唉,生孩子,可有什么用呢!真麻烦死啦,今天我真想哭啊!

3月11日

早饭后即动身到练兵团来,一切的幻想与要求全成泡影,最后只有服从组织分配。练兵团现住辛中驿东三里地的张家庄,可能在这住五六天,担任两个晚会即分散,有的到野战旅去,有的留下也分散下连队当中去,一切我只有顺着大溜走了。

这里老乡很好,尤其村干部,曾挨家访问有什么困难没有。我们的房子还很好,因此同志们精神还很愉快,因为意料之中入伍后不定多么艰苦呢。被子,东西都带的很单薄,可是现在是出乎意料的满足了。小资产阶级啊,最善于过左过右的估计事物,有时是非常不合实际的,只是空想罢了。我们的生活从明天即开始部队化了。

3月14日

他来信了,是从定县来的,他说七号或八号即上山,想现在已经平安到达了吧。

我们今天演出,再演一个晚会即分散入伍,我被指定在本村这个团当宣教干事,一切工作都非常生疏,只等下去后虚心学习才有办法。反正这次人们是全鼓足了劲入伍立功了,又何况我呢!做一做部队的工作,锻炼一下吧,好在时间又不长,大胆的干吧!

3月16日

《演员自我修养》到今天才看了一半,当然是比较难懂,可是最近在学习上总不安心,很浮躁,有时眼看着书,心却想到别处去。因此进度非常慢,可又有什么办法不使它跑脱呢?几次的试验全失败了。唉,真急死人了!可是,叫我如何不想他呢!

3月20日

从到这八十一团以后,我们每天都像机器一样的忙乱着,机器还有它一定的规律,可是我们却毫无头绪的忙着。前几天工作很不摸头,这两天还像熟习了一点,可是成绩就一点也谈不到,只刚开始注意到一两个材料。我到的这个是第四连,文化程度比别的连高,因此也是我们工作的顺利条件,可是干部不团结却是一个阻碍。

3月23日

春困。难道现在又到了这样的季节?每天队伍全是天不明就出操。可是我却一点也醒不了,一觉就到天亮,现在我是真正感到熟睡的这种香甜。

骄傲,具体的表现在什么地方呢?现在它又来侵蚀着自己的思想了,不愿服从具体的小组长的领导,这难道不是吗?自然他有些地方不如自己,可是现在组织让他来直接领导你啊,有意见或者有分歧,不会善意的提出吗?为什么总是顶人家呢?使得人家对你总感觉得棘手,这是党性的表现吗?更仔细的研究一下《续编共产党员的修养》吧,它会帮助你怎样去服从一个比你能力弱的人的领导的。

我大胆的写了两篇通讯,假若幸运的被刊登出来了,那将是我从事写作的开始吧。我准备以后应多向这方面发展。

3月25日

收到了他由城南庄十四号写的信,恰恰的走了十天啊!他把会议上简单的进度与情绪告诉了我。我觉着这次他是不白去的,起码对他的思想上有一个新的灌输,让他对自己一套旧的凝固的东西,更有一个批判的认识。所以我很后悔在他没去以前的那段拖尾巴,假若他真的不去了,那岂不是失掉了这样一个好机会。

他谈到范瑾,既富于中国妇女的社会道德,又具备解放了的新女性的工作能力,和那朴素的大方的政治风度,还有对于黄敬病中的体贴和忍耐。的确,她将是革命路途中理想的伴侣了。可是我们什么时候才能赶上她呢?难道他的用意不也愿意我能赶上她吗?可以,大刘不傻,我会虚心的向她学习的,只要是有机会,我也愿意忍痛的来改造我自己。

他又住到了城南庄,并且每渡过我们演出《前线》的那个沙滩,会引起他许多情绪的记忆,并且还是很甜蜜的。但是今天也同样引起我许多情绪的记忆啊。甜蜜的,痛苦的,也像影片一张张放映,可是究竟是过去了。那时是怎样的幼稚和无知啊!也是在那同一的《前线》晚会场,彼此的心情是多么的悬殊啊!彼此的心境又是怎样的不同!可是现在那两种不同的思想,已经紧紧的结合成一条心了。

今天已经是二十五号了,据他的报告,现在该是回来的时候啦,即使不能到家,也应该已经踏上归途。所以我不写信了,只等待着他的满载而归。

3月31日

在同一个时期中,我接到了两个好朋友的来信,一个是茜姐,一个是桓妹,因为这都是她们这样称呼我呀,我也就毫不客气的接受了,以后我就尽我革命姐妹的责任。

茜姐非常关心我以前的问题,真使我感动得快哭出来了。可恨的黄枫呀,谁知道你向她讲了些什么鬼话呢?而在她那真诚的心灵里,为我印上了一块悲痛的烙痕,而使她永远的这样惦记我。去年的信是她亲自写的,而使我误会是他捣的鬼,这又是多么对不起她呀!现在我给她写了一封回信,把一切的详情告诉她,以慰她的挂念。我想这封信会很快的传寄到她的面前的。

桓妹,我也写信了,为了今后更多的交换工作经验,尤其联大的总结经验是值得我个人来学习的,所以这一个桥梁我不能放弃。

又到月底了,他怎么还不回来呢?莫非又遇到了什么会议?可是也该来信呀!

4月4日

每天都在过着刻板的生活,材料虽然有点,但是总找不到适合编剧的,写个通讯还可以,两天来跑了七十三团和六十四团各一趟,也是枉然。回来只是累得呼哧呼哧喘,别无收获。组长又催得紧,怎么办呢?反正尽力而为了。

小资产阶级意识当中的"反抗一切"的心理,现在应该丢掉了,因为在革命部队中"反抗一切"并不等于光荣,相反的全是"毫无组织观念的自由主义"。

4月7日

个别部队开到北线胜芳,参加战斗去了,这当然是一个好机会,很多同志全随同参了战,只可惜身体笨拙的我们啊,只有眼巴巴的望着他们走了。

下午他来了,没有变样,精神还很愉快。想不到一个多月的行军、开会,没有损害他的健康啊。他收集了蠡县郑村那个材料,给我们部队做了报告,并开始写剧本。我想我应该毫不客气的来帮助他。但谁知道他的主观见解能接受我的意见吗?因为他的主观力太强了,往往我们为了一个问题争论很久,结果只有我让步。

他没有去看群燕,只有给他写封信去,可是他为什么总不来信呢?真使人着急!

4月15日

十三号他回去了,听说他现在已经去往石门,参加那个大战役,可能还做些工作。

我的肚子是一天一天的大起来了,现在已经笨得不行,肚皮上还裂了许多小口,真是才七个月为什么就这样大呢?难道是个什么怪物吗?他妈的,所有的单衣服夹衣服全穿不上了,只有等待新衣服的到来,不过天气又是这样热,真是罪孽,有个孩子不简单呀!

房东家养着的马前天生了一个小骡驹,今天老母猪又下了十五个小猪,真是双喜临门。可是当你走近牲口棚或猪圈时,那两个不同类的母亲,就用眼狠狠地看着你,怕你接近它的儿子。如果你用手或用棍去摸去捅那些小动物,它就又会发出怪声音或张开嘴要咬你,表示对它孩子的爱护,可见动物这爱犊的程度。由此我就想到我自己,现在怀着,心中非常讨厌孩子,是不是等生出来以后,心情上也会起一大变化呢?也会由恨而变爱,更惜爱自己的孩子呢?这是可能的!

两天来咳嗽的很厉害,肚子也震动得时而发疼,心中也就更不安适。老傅几次布置叫我写出个东西,可是就是写不出来。可见肚中空虚的程度,现在是连丁冬全不如了。苦恼啊!人家也是双身子,为什么自己就总不进步呢?以后生下孩子不就更完活了吗?

4月20日

　　思想的偷懒病是应该积极治疗的,为什么总不愿意多想呢?不愿意用思想那不就等于睡觉吗?自己进步的慢,我想这很是一个大原因,以后对任何事的不思不虑不闻不问态度是应马上克服的。

　　两天完成了一个小快板,谁知道能用不能用呢!现在我真正考验出我创造能力的低薄了,应更进一步丰富自己的生活,扩大意识范围,以后还要多创作多写,多看别人的创作,哪怕是二十分钟的小形式,也应多看。以前由于骄傲,由于眼高手低,对外边一些小创作是不重视的。今天到了这样一个程度,后悔已晚,只有从今咬牙苦干,对任何人、作品都应虚心。

4月25日

　　部队又接受了新的任务到前方去了,女同志也去了四人,只留下我们这大肚和拐腿不能去,但在家中又有什么工作呢!老傅说配合杨角来整理材料,我看也好,反正月底我们就回去休养了,这几天做什么不行呢。

　　没出发前我到连里去了一趟,同志们情绪全很高,尤其是一班,人人都说谁不愿意打仗呢!可是三连马上就逃亡了两个,这是怎样鲜明的恐惧与无畏的对比呀!一班王合四天没怎么吃东西了,今天听说执行任务去,马上起来吃了两卷子就非要去不行。上级不让他去,他说嘛也不行,并向我说:"刘同志,你等着吧,我非得点胜利品回来给你作个纪念。"其他同志也就都说:"对,刘同志,回来准给你带点东西。"这样一些由朴实的战士口中说出来的话啊,真把我给感动坏了,战士们对你是真正有一种革命的友爱呀!回想起在平时,我又为他们做了什么工作呢?太少,太少了!而今天他们就要到战斗中去实践他们的话了,可爱啊,战士同志们!我今后要更多的来为你们服务,我也同样能找几个像这样好的战士来做朋友,只可惜当你们胜利归来时,我不能亲眼目睹了,我也不能直接得到你们的礼物了。那么我决定即使我住院以后,我要给他们来信,问讯一切的情形,并鼓励他们更好的整训,有机会更多的消灭敌人。

  我在一班玩了一个多钟头,陪伴着他们擦枪,整理行装。每个人全有说有笑的忙乱着,脸上呈现着无限的满有信心的微笑,想起我,又为什么有孩子呢?不然配合他们一齐去战斗够多么好呀!那时我将会体验到更多新的生活了,尤其对这些连特别熟悉了,和他们一齐战斗够多好呢!唉,小腻歪,就让你把我给绊着啦!

4月26日

  部队走了,村中都呈现着一种寂静,每条街都显着人烟特别稀少。许多老乡都在谈论着"这够多空的慌啊","俺院队伍一走,俺出来进去都那么没踏实的","这可真显着冷清多了","唉,这人们别听说去个三头五晌的就会回来,可出去了就没晌了"等等不同的话语。的确,我们也的确感到非常冷静,早晨操场上再也没人跑步唱歌了,这里只剩下我们三个人,一天也像没去处的一样,只有在家中看点书,做点活,够多无聊啊!

  唉,八九年来的部队生活,除了反攻以后使我厌倦以来,现在又重新提起我的兴趣了,集体生活好像已经成为凝固的习惯,假若现在让我单独一个过日子,那将是怎样的不可想象的孤寂啊!

4月29日

  冒着四月的干沙风,我们两个大肚就坐着非常稳当的大牛车回家了。风很大,刮得眼全睁不开,也真是够呛,好在中午就到了。回家后一切都很不顺心，房子没有，东西找不到，真是看到别人再看看自己，不免心中很难过。可是革命工作第一呀，我怎能忍心叫他来替我做这些琐碎勾当呢。唉，先和别人搭伙睡几天吧，好在住院日期也快到了。

4月30日

事情很巧，只和秀珍就了一宿伴，韩巡即回来了，我只有另外找房搬家。当我随便安置了一个睡处后，就看电影去了，演的是《天上人间》，苏联片子，故事很动人，是反映苏联在战前一个三角恋爱的故事。可是当战争爆发了以后，那就一切服从战争，战争高于一切了，恋爱也只能为战争服务了，这是怎样含有高度政治教育意义的故事啊。一直到十二点才散场，因为修理机器的时间很长，可是当我非常疲惫的走到家去敲我那房东门的时候，房东告诉我已经搬走了。

到了别处一家，我于是又去叫，可真是没想到啊，走出来开门的却是他。他正等着我呢，真使我心中有一种说不出来的愉快，这种愉快把我路上行走着的一切腰酸腿痛全代替了，我还能讲什么呢？他是衷心的爱我啊，一切的隔阂是都应该由我来负责任的。只有我去挑鼻子捏眼的乱找事，他对我始终不是忍耐吗？以后不应再犯孩子脾气了，都快当母亲啦！

5月2日

今天本想又去看电影，突然的事情发生了，敌人已经占领高阳，并在高阳大肆放火。为了避免敌人的突然袭击，组织决定母亲、孩子们转移到南边去。这真是把人们急坏了，东西多的不行，可万一有情况又怎么办呢？现在只有尽量轻装等待大车出发。

他来了两次，像有很多的话要告诉他，可是慌的我一句也说不出来。许多应该要叫他办的事，也没告诉他，当时就全忘了，只一心一意的愿意陪他多坐会儿。可是他又急于回去，没法，送给他一个甜甜的吻吧！祝他永远健康！因为敌人在强迫我们分离啊！

5月6日

坐上了大车来回的咣当了一百多里地,因为传递命令的误会,使我们又回来了,结果受到组织批评,这当然也是一种极端民主的表现,以后应警惕。

回来了两天,我就忙活了两天的缝洗工作,心中很想去看他,可是谁知他回来了没有呢？

下午前方的同志们全回来了,有许多人都乐的合不上嘴,一切行军、情况的威胁全一扫而光了,只有我在憨憨地等待着他的来临,可是他没有来。唉,不同在一个单位里工作,的确是有许多别扭的地方,可是我们又谁能就谁呢！好烦闷啊！连老乡都在替我忧虑,经常的来问我："你们不会在一起工作吗？""这多不方便啊！""你瞧人家都上一块,怎么你们俩离开了呢？"等等,我记述不完,尤其今天我出门走到街上,有一群老婆都问我："大刘,你女婿今个回来了吗？"我只有恭顺的解释。

老傅回来了,讲到前方女同志的情形及田禾的负伤,使人真敬佩。

5月10日

他去找我,我又去找他,结果谁也没碰上谁。可是刚过了两天他就回来了,并把我坚壁的东西取了回来,还到安平去了一下,谈到燕群一些问题,使我很生气。这个孩子就是这样的没出息,可让我把他放到哪去才行呢？到哪还不是一样的调皮捣蛋。唉,真腻歪死我了。我真是太后悔,怎么就想起来叫他来呢！我真是陪他丢这份人也丢不起呀！提起来是大刘的兄弟,好一个不要脸的兄弟啊！浑身的坏毛病,真是把旧社会那一套流里流气的野孩子的东西全学来了,好负担啊！

他又强迫着我给妈妈写信,因为等我产后可以给我抱孩子,可是你想我能同意吗？一个兄弟就够是我的累赘了,再来一个妈妈,不更加重负担吗？

再说自己对革命可有了多大贡献啦，就让革命这样奉养你，不行的，道理上说不过去，我不能写。天伦之乐是只有打败蒋介石之后才有可能享受的，现在我应当更多的为革命牺牲（个人利益），更多的去做出工作成绩，别的一切全谈不到。可是他却代笔写起了，我怎么办呢？他非要发出去，也好，随他去。我相信，信是不会收到的，这么远，又经过层层封锁，再说我又好几年不给家中去信了，她们是不会突然相信的。但愿妈妈不来。

5月15日

他来了两天，每天上午全要甜睡两三个钟头，并且说这是一种习惯："我这种习惯就是要加强工作的强度不加强长度。"意思也即是说工作时间要短，可是成绩要大，工作完了就大休息，而不是拖拖拉拉的瞎忙一天，也见不到半点成绩。这句话给我启示很大，我应该向他学习这一点。往往我是乱忙一天，筋疲力尽不见成果，自己还满觉得不赖，这一天总没白过，连午睡全牺牲了，可是看一看你的成绩呢，看书就打盹，结果只是走马观花的看过去，思想中印象不深，做点小事做点针线还有点成绩，其他就无所谓了。所以我以后应改正这种拖沓现象，向他学习，望能做到"强度"，不要"长度"。

5月16日

六七年不见的老战友吴江平来看我，真是使我很羞惭。几年来别人的进步是怎样的超出于我呀！他谈到延安及许多零星的琐事，又引起我许多幻想。唉，这民主圣地的延安呀，现在正被兽蹄践踏呢！几时我也能到这圣地去观光呢？恐怕没有这样机会了吧，只恨过去组织的狭隘啊，个别干部本位主义的观点，结果大刘就成了你们的牺牲品，把我"保留"，"保留"到了今天的地步！

5月19日

　　我打开了这个本,手中拿着的却是一支最新式的美国流线型的51号钢笔,这是他的老友送给他的,价值五六十元,样式的确是很美丽。

　　什么马配什么鞍,什么人就什么打扮。一个搞文艺创作的假若没有一支合手的笔,那也将是一件最大的烦恼。因为他的笔就是他的枪,就是他斗争的武器。假若他的武器不尖锐,他就不能大量的发扬火力,歼灭敌人。

　　今天,他有了这最新式的武器,心情中流露着最高的愉快,他应该迅速的掌握起这武器,发扬火力来大量歼灭敌人。那么就正像他自己所说的:"现在我任何负担全没有了,笔的苦恼已经解决,今后我应该更多的用它来创作。"是的,林,你不应该再有任何的思想负担,老婆、孩子、工作、生活、枪、笔,一切问题全解决了,今后等待你的将是"创作",而正像周扬同志所说的,现在我们所需要的就是"写","我们需要写!"那么你这使用笔的人,任务不就很明显吗!

　　笔虽是老友送给的,可是他将代表着人民,因为钱是群众的,人民把这支笔送给你,将对它寄托希望与要求,他们要求接受他们的笔的人——也就是愿意为他们服务的作家,应该更大量的、真实的、具体而生动的来反映他们自己的生活与斗争。他们要求带笔的人,能写出他们的经验,而再去教育他们自己。

　　王林,使用上这新型的流线笔,负担是更加重了,望你更多的爱护它,使用它,而不使它离开你的手。

5月22日

　　筹备报告材料的余暇,我把《望穿秋水》看完了,它是怎样生动的剧本啊! 作者是西蒙诺夫,是以他的诗《等着我吧》作同一主题写出的。他是苏联今天最有活力、最风行的青年作家(44年28岁)。在苏德战争中,他曾亲自去侦察敌人,参加冲锋,因此他的作品才得到广大人民的喜爱。1942年曾以

《俄罗斯人》得到斯大林文艺奖金。

关于《望穿秋水》，作者说："我想用一种浪漫主义的调子来写它，让生活里所有的一切，它都能包括吧，可以让那些活在这艰苦时代的人，看了这戏，相信世界上还有幸福以及幸福的终局吧。这剧本是写爱的力量，不顾别人的成见与证明，而表现信仰的内心呼声，当周围大家都说'他死了'的时候，你说'他活着'。"

"我想在这一剧本里，做无数心灵的安慰者，叫在前方看见它的人，都想到她们在等着呢！而在后方看见它的人，都想到他们要回来了！"

这剧本是作者集合了苏联战时许多妇女的特点而写成的，在前方，在后方，有多少像她们那样的妇女啊，有多少代替了她们的丈夫、兄弟、父亲在工厂中工作啊，她们有很多痛苦与期待，而不灰心的等待——顽强的等待，不顾一切的等待着爱人的归来，这是需要多少的勇敢、忠实与道德的力量啊！

妇女们的勇敢是一种强大的力量，这种力量在最危险的境遇中，对于男子是一种灵感，使他们咬紧牙关，抑制着每种恐怖的表示努力斗争到底。

爱是强大的力量，这些妇女们的忠贞、豪爽、高尚的品质，给我们战士们灌注了一种新的力量，激起了他们的勇敢，给他们一种胜利和希望的象征。

法西斯的侵略，把安静的环境捣毁了，把幸福的生活破坏了，使恩爱的夫妻离散了。战祸所及的国家，有多少人在盼望着征人的归来呀！西蒙诺夫在这儿给了一个回答："等着我吧，我要回来的！"

同时作者更在这儿回答道："这些人的期待是不会落空的。"这样他启示了新的力量的源泉，给了人们精神上的支持与鼓舞，增强了人们对于胜利的信念。战斗时的苏联，成了一个统一的战斗的大家庭，从这灾祸里没有个人的特殊的出路。出路只有一个，就是胜利。把胜利同这些妻室离散的广大人群的命运联系在一起，把反侵略战争的胜利，看作个人的事业，看作个人的出路。因此这剧本是具有社会意义的，这儿有爱国热情及对于胜利的信心。

看完了这剧本同时联想到我们自己,在中国,在解放区,在抗日战争过程中,及在自卫战争中,不是也有许多同样的主题吗?不是也有更多的成千万的妇女在热盼着征人的归来吗?她们的等待恐怕比苏联妇女更艰苦吧!因为在中国,战争的时间更长,战争的灾祸更大呀!可是却没有反映出一个像这样的剧本,可见我们的作家为战争服务的观点以及成绩是太不够太不够了!

我们这次的入伍,还不是第一次的尝试?身为部队剧社,又生活在斗争最激烈最残酷的地域里,十来年的时间,只是第一次尝试入伍,未免太可惜了!

他,也跟我说,今后要更多的为战争服务,多写战斗作品,并有机会多入伍。我很同意,我想在我分娩以后能给他一个较长时间到前线去。

5月24日

久已仰望的周扬与丁玲同志,今天幸运的在文艺座谈会上看到了。他们刚到冀中,参加这次的土改,可能是要待一个长时期的。会议完了后,他们都做了报告,关于冀中文艺工作者今后方向问题,做了一些具体指示。当然我们都是很愉快的,他们这次来,对于冀中文艺活动将有更多的帮助,他并声明愿意抽暇多看一点冀中文艺作品。但愿他也能对剧社有更多帮助。

听了报告天气已黑,就住到他那里,我想这次将是我自由自在的在他这里居住的最后一次了吧!因为以后就会又多了一个麻烦呀!

5月28日

今天说走,明天说走,但总被一些琐事纠缠着。要开会,他又在我这里修改剧本,所以直到昨天追悼会开完了,总结也做齐了,他的剧本也差不多了,才决定今天走,所以今天一早我们即往医院出发。

中午到达的医院,房子很好出意料之外,生活也不赖。下午医生就给我检查了,说胎位很正,胎儿发育的特别好,估计还有半月即可生。真是我们来得是多巧啊!但是对于这已将临近的临盆的痛苦,却使我一天加似一天的开始恐惧了。还有半月,那生死的关头即将到来啊!好怕!

5月30日

我给他捎了一封信去,告诉了他到这的一切情形,并希望他在不妨碍他的创作与整理材料之原则下,能在半月左右来,因为我愿意在我临产的当时,能有他守护在我的旁边,也许痛苦就会减少点吧!

我们到这里生活并没散漫,每天坚持两小时学习,尤其注意对外界的影响,因为未来以前上级或同志们就有很多嘱托,我们是应该那样去做的。

刚脱离了工作岗位,的确是感到很寂寞,好歹还有我们两个人,不然真闷的慌。每天我们就学习,散步,闲谈,做活来消磨这等待的时间。

6月8日

看完了西蒙诺夫的《日日夜夜》,使我对苏联人民那种爱国的热忱,一切为了战争以及在战场上那种坚贞、勇敢、顽强的抗敌精神和那种对于胜利的高度信心及视死如归的一切举动,深深的感应在我的脑海里,使我发生一种崇高的衷心的敬慕。使我对苏德战争的情形更具体的看到了一样。同时对于希特勒德国的侵略战争的残酷性,更增加了我对他的愤恨。我觉得苏德战争比中日战争更残酷,苏联的损失是比中国不见得少的,甚至还要多。但由于苏联民族的顽强,最后战胜了法西斯。法西斯侵略得越疯狂,则越证明苏联胜利的伟大。世界上也只有苏联才能经得起这次战争的考验。

斯大林格勒的保卫战,在整个苏德战争中来说是起着转折作用的,也即是说从斯大林格勒保卫战以后,苏联才开始由被动变为主动的大反攻。因此斯大林格勒保卫战在苏德战争史上将是最不可磨灭的最辉煌的一页,因此斯大林格勒的保卫者,无论是已经光荣捐躯的或仍然活着的,也将是无上光荣的英雄好汉。同时要受到全俄罗斯或全世界人民的永远歌颂。

《日日夜夜》就是描写斯大林格勒战争的无数保卫者们的英雄事迹,描写他们是在怎样困难的条件下,敌人重重包围,粮食弹药的缺乏,人员的大量死亡,敌人火力的凶猛等等,可是他们永远要坚持着,死了一个别人就又拿起了他的武器继续射击,一直坚持了三个月,这才听到了不远的向敌人总反攻的炮声。

故事当中的男主人公以及尤其是一个特别突出的女护士,使我特别爱慕。我认为只有苏联的妇女才能那样坚强勇敢。在敌人那种密集的炮火下,她不顾一切的抢救伤员,以致最后自己负伤并很严重,直到故事最终完了,不知道她的最后情形,这是很让人担心的。当然作者是给读者许多想象的余地的。但我总是为她的英勇事迹,而为她担心,怕她万一遭到不幸。男主角也就是一般苏联战争英雄的典型人物,不过是比一般的更具体更真实更形象而已,这当然也是作者的手法技巧。同时更重要的是作者的实际生活,因为他也参加过斯大林格勒的保卫战,以及到许多战场活动过。

看完《日日夜夜》后,使我具体感到最大的收获就是阶级教育以及对于战争的观念。它最形象的从思想上、从政治情绪上给我以鼓励,使我对于目前爱国自卫战争更坚定了信心,和启发了对于战争的积极性。它更使我向往于战场上的英雄生活,也更促使我怎样更多的工作,更多的来为战争为人民服务。等待有朝一日胜利到来时,我也同样和他们一样的会享受到那种战胜敌人的幸福。

6月10日

生,还是不生呢?日子一天天的过去,真使人有点着急,恨不得一下生了完事,反正怎样也逃不出这一难关。现在的生活真是单调极了,可是又怎能逃脱!

别人全估计我生一个闺女,我自己也这样感觉。因为据老百姓以及有经验的人们来谈一切的象征时,是跟我的肚子差不多的,所以我也就肯定他会是一个女孩。可是女孩又有什么关系呢?难道在我们的思想当中还应该存在重男轻女的残余?不应该的!管他呢,什么孩子不是国家的呢?将来也要为人民服务。

6月22日

住院已经是第二十五天了,肚子里却仍没有个动静,可把人急坏啦。又闹嚷着搬家,要不就在这里生,要不就搬过去生,可千万不要生在路上呀!

他到前方去参加青沧战役去了,已经去了一个星期啦,谁知道情形怎样呢?报上也看不到他的消息,但愿在他没有归来以前我能产完才好!

没有事,屋子里每天闹哄哄,显然才多了两人就像多多了似的,使得我学习也不能安心。尤其是她那种装模作样的故意天真的富有贱性的谄媚,真使我感觉到非常不舒服。可是她却故意大方的当着别人在丈夫面前那样撒娇,好像故意向别人示威一样,也真可谓风流天真啊!

一时灵感的冲动,又把我那旧歌词改了改,已给剧社寄回,谁知能用不。我想等他来了,让他也看看,提提意见。

8月4日

等待得使人焦急的小生命终于在六月二十三日(旧历五月五日)临盆了,也就从这一个痛苦的日子起,直到今天八月四日,在这四十多天的过程中,我完全处在一种天昏地暗头晕眼花的日子里。

孩子是已经自己奶上了,最不幸的是奶上长疮,奶不够吃,孩子病,我病,而又赶上闹情况,连续转移行军,真是好苦啊!

他也就一直陪了我这一个多月,而耽误了复查。虽然我几次叫他去,可是这一堆子事,他又怎能甩手而走呢。只有等到现在我的病已经好了,奶也多点了,他才在昨天离开,工作去了。

在他没走以前的那几天,脾气特别怪,动不动就发火,无论跟谁三句话不对头就粗了脖子红了筋的大声抬杠,真有时气得你鼓鼓的。说他也不听,并且这个脾气还不容易改,也只能耐心的等待了,只等待他自觉觉醒的时候。

有了孩子的确是一个天大的负担,影响学习又影响工作,可是你又有什么办法呢!虽然在生前千般厌恶,可是既生下来又活了,所以你又绝不忍心把他弄死,也只有为社会来尽你女人应尽的这一点责任。

想起来也真好笑,现在已经是一个做了母亲的人了,已经有了儿子,所以对于一般的人情世故、为人做事就更应该有些常识,绝不能再处处主观的孩子气。

是个孩子就应该有个名字,因为是五月单五生的,所以他给他起名叫端阳。同时丁冬在我生后一点半钟也生了一个小女孩,名叫安利。安利是一个幸福的孩子,比端阳那就强的多,安利的妈妈在为安利写日记,可是我却不能一切都为了端阳。

满月过了,我就应该适当的尽可能的参加一些会议生活,所以等抱孩子的来了,我就要出去扩大一下圈子了。三个来月的孤独生活啊,使我真感到快落后死了,现在就已经都跟不上溜啦!

8月8日

从他走一直到现在,抱孩子的才来,这几天的日子可真把我忙的不亦乐乎。抱孩子的是一个十四岁的小姑娘,看起来还聪明,只是因家庭穷困,每天吃秫面和麻枕,所以外表也就不那样水灵。我相信到部队后,几个月就会把她变个样子。现在土改后,一般赤贫、贫农全有了生活,所以人非常不好找,我就暂用她,慢慢培养训练吧!

组织上和我谈家庭问题,他们的意见不愿意我全家来,可是我告诉他们王林已经写信了。他们说去到联络部,再去问问。我看假若他们要全家真来了,那也真是一件麻烦事。唉,王林,你办事就是太不谨慎了!

孩子最近拉稀好些了,奶也多点啦,这一切都是好象征。

8月11日

他来信了,已经参加到工作团里,并在大西章工作。提起了北杨村与大西章,这不是我参加部队一出来即入伍的地方吗?唉,一晃已经九年了,这九年可真不容易熬过来呀!我相信我再到那村一定有很多感慨的。

剧社整编已经开始了,大家分头在讨论,真是意见纷纷,想不到我这一两个月没过集体生活,剧社情况就这样生疏与复杂起来了。尤其关于母亲问题,使人很不安定,有人提就当作随军抗属,不在编制之内。有人提让她们定期下乡,也有的说干脆就不要,回家抱孩子。有的提为了保全干部让她们到联大学习。有的说把孩子全奶出去,参加工作……等等,真是弄得我们也就此大发议论,什么有的要当教员,有的要回婆家,有的要下乡,有的要奶出孩子去,有的不当军属要独立工作,总之也是意见一大堆。

我觉着当个干属也的确难为情,革命这八九年了,没有功劳也有苦劳,五一扫荡也坚持了,狗塌子也住过了,五台山上的南天门也过过,草房子的大雪山也爬过,黑虎石的山沟也走过,真是九死才得了一生啊!现在闹了个干属,指望着男人来吃饭,抱孩子,我觉着真有点屈枉!说一句怪话,真不如那时不革命,在家里幸福着,这会儿出来嫁一个大干部舒服的多。我自己反正是愿意下乡,但看组织怎样最后决定吧!

这两天又不太舒服,牙又痛起来了,这讨厌的病总不绝根,一上火或累过火就要痛,东西也不想吃,也不能吃。奶自然又渐少,我没法只有再买上一服药准备吃。唉,不吃又有什么办法?为了儿子,就真得两肋插刀呀!

8月21日

我们搬到盘古庄,到这以后牙就变成牙干,嘴里发展成严重的口腔炎,东西一点也吃不了,奶少得要命,孩子每天像个大叫驴,一饿了就哇哇哭。他哭我也哭,心中难过死了。唉,从生了这个孩子,我真没有一天舒服过。就这样病得快一星期了,现在才开始好转。

剧社中的许多会议我全没能参加。关于孩子问题的讨论,群众意见是奶出去,组织也号召,但是许多母亲都打不通思想。我近来对孩子感情已深,真要甩手奶出去,心中也不乐意。所以自己也不冲锋,也不能太固执。如果找到了适合条件的奶母,我未尝不愿意解放解放。但是如果奶母不适合,那我情愿牺牲我一年,也不能让孩子将来成了残废,而糟蹋了孩子的前途,使他造成终身之恨,而做爹娘的也会一辈子抱歉。

他又到安平去了,来信说月底回来。我本想不给他写信,等他归来再具体商量,但形势很急迫。同时两三天内剧社全体都要去复查,所以不能不给他写封信,以促其早归。我、孩子等问题,只等他来了再做最后决定,因为我的病现在也还不好。

孩子生出第二天称,是老秤,六斤高,满月时称就七斤半了。昨天是两个月,再称就是九斤十二两,长的也不算太慢,但是要没有病,奶再强岂不更长的快了吗!现在比安利只差四两。

8月24日

我带着病,抱着孩子就和大家一齐参加了复查工作团,当晚就搬到了果子洼来住。自然我也知道这样做好像有些太勉强,可是我假若这次再不来参加这个大改革,那将是我一个最大的遗憾,所以我咬着牙就和大家一齐来了。

第二天就听了王力同志的一个报告,对我帮助很大。今天是讨论,可能明天即可分配到村中去,我想等分好固定村以后再给他写信。

我曾矛盾着无数次,直到今天当我牙痛起来吃不了饭时,或当孩子大哭大闹时,我就总想回去。可是每次又全被理智压下去了,直到最后我还没有坚持到底的决心。我准备到村中以后看看情势再说，实在弄不了，参加不了工作，倒是人家的一个累赘，那我就决心回去。

孩子这两天淘气的不行，每天大哭五六次，心中也没办法，谁叫自己的奶不够吃呢！别人全说孩子的肚子那么硬，应按时按量吃才好，可是当他像叫驴一样发泄时，我只有叫他吃才能止住他的吼声，不然谁也没办法。唉，孩子，事业，前途，根本就是个矛盾事，你怎能解决这最具体最实际的问题呢？别人还不是一个样。

8月27日

我们又被分到北李子口村来，当然心中不愿意，可是组织决定，只有抱着孩子来了。这里有供给部住着，对我们照顾很好。

一来即开始工作，几天几夜忙的不行，孩子奶更少了，因为住到贫农家中吃饭也不好，所以找到一个贴奶的，我想总比冲代乳粉方便的多，可是就需要自己出钱了，为了孩子就这样吧！

因为成天我来回跑，奶上火，孩子又发烧，又出疹子，可把我吓了一跳。大娘们说不要紧才放心。接着孩子又发眼疾，真把我忙坏了。

8月30日

说月底来，他果然今天来了，并准备写几篇文章再回去。

这村的工作已经有了眉目，地主恶霸已经扣押，诉苦已经开始。我听了许多群众的诉苦，真使人很感动。生在都市的我，对于这农村封建的剥削压迫的方式方法，真是了解的太少了。过去也只是从表面上知道点，但并没有从内心中体会到。可是从这次诉苦，我好像真和农民思想感情一致了。他们说着我也想哭，对地主恶霸的憎恨更深，绝再没有像去年到老陈家中看到拆房扒砖觉得过火的心情。我觉着这也许是我意识进步的一点表现。

9月7日

　　服从当地的组织领导,我很注意。但是有许多问题我心中总感觉到很别扭。只有积极提意见,有的甚至引起争论。双方意见很坚持,结果只有请求上级。不过我认为领导上太不大胆放手,并有些主观。

9月30日

　　几十天的复查,对自己的确有许多帮助、教育,但因工作关系,没等结束就于十四日回来了。于是就出去演戏,演完戏就搬家到饶阳县老张保来住。到这的第二天,他即又到安平去了,现已十多天,也没来信。

　　到这前天过完八月十五,演了一天戏和一次文艺晚会,吃了三天的好饭,到现在一切全正规起来,一方面工作,一方面开始三评。我们现在学习几篇报纸,特别是富农路线及阶级划分,检查自己思想是否掉了队、地主思想等。几篇文章对自己帮助很大,我的阶级观点还从来没有像学习过这些东西以后这样清晰,对这次评思想、评出身成分全有很大帮助。

　　孩子最近吃的好像少一点,因为他白天可以到街上玩半天,奶即可多一点,现在一天顶多吃别人一两次,有时还不吃。现在我抱他感到很沉,三个月时称了称,是整十二斤,已和安利平等。

　　注:日记至此中止,在日记本中夹着刘燕瑾写给儿子的一首诗:

黑　蛋

　　黑蛋!我亲爱的宝贝!
　　为什么这两天我每夜梦到你!
　　不是病着就是瘦得让人害怕,
　　一直把妈妈哭醒。
　　莫非病魔真在缠绕着你!

莫非你真病的骨瘦如柴！

孩子！
你憨厚的像个小肥狗的形态，
一合眼就出现在我的面前。
纯朴而简单的笑容，
深深的印在我的脑子里，
妈妈怎能忘记！

孩子！
就是要完成党的任务，
妈妈不能不扔下你！
正是由于敌人的侵犯，
妈妈不能守护你！

孩子！
我无知的宝贝！
你可了解妈妈的心！
唯一的希望，
愿你健康！！

黑蛋！
你今天已经九个月了！

二月初五　夜

回忆三章

难忘的日子　难忘的人民

——一个女演员在"五一大扫荡"中的惊险经历

善良的老大娘

有两个老大娘，我不知道她们的姓名，也不知道她们家的村名，几十年过去了，我一直怀念着她们。

一九四二年五月，日寇铁壁合围冀中根据地最后一块腹心地区的时候，我们冀中军区火线剧社一个小组，跟着政治指导员解杰，一夜突击了一百多里地，认为跳出了敌人的合击圈。进村找饭吃，又被敌人包围住了。我们冒着层层的火力网，冲出村去，到野外却又陷在敌人的骑兵包围圈里。我和丁冬在一起，一看实在突不出去了，就抓把土往脸一抹，坐在麦垄里，充逃难出来的老百姓。可是刚才突围什么都丢光了，两手空空，不像个逃难的。这时候敌人的马队一边喊，一边跑着压缩包围圈，最后下马搜索起来。我们不远的地方，突然有一个青年惨叫了一声，我们知道这是敌人挑死了一个人。接着，敌人和马匹走动踢麦子的声音越来越近，我们以为要像那个青年一样被屠杀了，就把心一横，憋一口气，准备忍受敌人血淋淋的刺刀。突然一个软绵绵的东西撞我的胸脯，吓了我一跳，睁眼看是个红包袱。这时邻近一个瘦小的还有点儿喘病的老大娘，用腔子音鼓励我们说："快拿起来！"

我把包袱递给了丁冬，因为在这瞬间，我

觉得她比我更不像老百姓。手里有了包袱，一看又跑过来的几个逃难的妇女，心情就比较镇静一些儿。敌寇端着刺刀搜索过来，走到丁冬面前，丁冬把头低下去，双手紧紧的抱着包袱。鬼子用刺刀挑开了她手中的包袱，包袱里都是破衣服、破铺衬，鬼子只看了一眼，就朝我走过来，猛然问："什么地干活？"

我赶快回答："老百姓。"

鬼子又问："哪个村的有？"

我想回答就是附近这个村的人，可是又不知道村名。正在一窘一愣，我旁边那个大娘指一指附近的村庄，抢着回答说："就是这个村的。"说完把我一拉，拉到她的身边。

鬼子于是看了看我，又打量了打量老大娘，就搜索别人去了。

马蹄声越走越远，可是我们还不敢动一动。我看了看丁冬，丁冬看了看我，好像是互相安慰说："我们又算闯过了一关！"

最后什么声音也没有了，只听得微风吹动着刚要秀穗的麦子，悉刷悉刷地响，天空里一上一下地掠过打食的飞鸟。

过了老半天，晌午歪了，村头上出现了喊叫的声音。喊叫的人都是老头和小孩，他们喊叫说："维持上了，不要紧了，回家吃饭去吧！"

藏在麦垄里的老乡们听到自己家人的喊叫，一个接着一个陆陆续续地朝自己村庄走去了。用包袱援救了我们的老大娘，也要回家去。我们向她道了谢，把包袱交还给她。她约我们进村到她家去，我们这时候对村里的情况还不摸底，不敢去。她走了，我和丁冬赶快去找自己的人，附近的各个麦洼都找过了，一个我们的人也没找到。

逃难的人越走越少，茫茫无边的大麦洼最后只剩下我们这两个无家可归的人了。东望望，西望望，不知道村名，也不知道该往哪里去，怎么办呢？

我们俩都是外乡人，口音不对，本地汉奸一听就听得出来。虽然参加八路军也四年多了，可是过去光是跟着主力团打游击，一切服从指挥，过惯了集体生活,今天突然单独行动,由我们两个姑娘独立自主地应付这种瞬息万变的敌情,实在没有经验,再加上脚掌子上都磨成了铃铛泡,寸步难移。毒热的太阳像火烧火燎,从昨夜行军一直到今天晌午,都是水米没打牙,渴得饿得心发慌。

正在没奈何的当儿,从道沟里走来一个高鼻梁、大眼睛,走起路来麻利快的老大娘。她一手里提着饭罐子,一手里提着饭篮子,像是平日给在地里干活的人送饭去。我们一见有人来,心里也就有了希望,等她走过来,就向她打听村里敌人的情况,两眼泪汪汪的光盯着她手里的饭罐子、饭篮子,心想:"吃点东西才好呢!即便不能吃饱,喝口饭汤解渴也好啊。"

我们一问情况,老大娘就从口音上听出我们是外乡人,并且看出我们是八路军来了,就把村里的敌情详详细细地告诉了我们。我们问她是给谁送的饭,是不是可以给我们点儿吃?她解释说是给她在地里藏着的儿子送的饭,接着把饭罐子递给我们说:"你们先喝点稀的,等一会儿我打发我儿子吃了,我回来带你们进村上我家里去吃。鬼子们在村当中打尖呢,我家住在村边子上,看不见,你们又都女的,跟我回去不要紧。"

老大娘走了以后,我们俩对老大娘的话半信半疑,商量了半天也拿不定主意。冒险进村吧,怕是自投罗网,不跟大娘进村吧别处也没个投奔,往前走了几步,不由得又停了下来。过了一会儿,大娘回来叫我们,我们只好壮着胆子闯一闯了。

进了村,她家里果然是住在村边子上,出道沟就可以拐进她家的大门,一进屋门,她就亲切地招呼我俩说:"闺女,快上炕吧!你们再喝碗饭汤,我给你们烙饼。"

我俩喝了碗饭汤,丁冬帮助她和面,我就给她烧火。她心疼地劝我们说:"快歇着去吧!走了一夜哩。"

可是我们怎么肯吃现成的呢!

她烙完饼,又拿出鸡蛋说:"你看,家里也没有菜,净跑反啦,给你们两个鸡蛋吃。"

我们不叫她炒,她推开我们说:"又不是买的,自己的鸡下的。这年头儿,省着干什么？省着也是叫鬼子汉奸抢了去!"

她炒完了鸡蛋往焦楞楞的大饼里一卷,一下子就塞在我们手里,叫我们赶快吃。

我们咬了一口饼,心里酸一下,眼泪像断了线的珍珠,落在热腾腾的大饼上。大饼带着泪水的咸味儿咽到我们肚子里,也带着人民的热情渗入我们的心灵里。

吃完了,大娘看出我们的难处,一边收拾东西,一边安慰我们说:"快躺下睡一觉歇歇,天黑了你们还要赶路呢。"

这当儿,大街上有人喊叫说:"乡亲们！维持上了,开会去吧,一家去一个!"

老大娘忙着对我们说:"别管他们,你们睡你们的,我在门外给你们巡风望着去。"

老大娘说完走出去了,我们说不出一句话,可是心里激动得都要哭。我俩背朝背地坐在炕头上,谁也不敢看谁。后来我听见了丁冬隐隐地抽搐起来,我想安慰她,可是刚把脸转过去,说了一句:"别难过!"自己也忍不住痛哭起来。

老大娘的儿子,天黑以后才回家来。他有二十五六岁,又黑又壮,闷头闷脑,不爱说话。老大娘问清了我们要投奔的方向和村名,晚上又做了一顿饭叫我们吃了,临走还让我们带上明天打游击的干粮。我们说我们朝西北奔铁路西去。她叫她儿子送我们出了村,指明了方向和道路才回去。

我们在茫茫的黑夜里,又走上茫茫的道路,可是我们增长了胜利的信心和勇气,我们觉得在茫茫黑夜的每个角落里,都有可爱的老大娘伸着温暖的手。

浇园的人

我们嘴上跟老大娘说我们奔铁路西,可是我们心里明白,这时离铁路还有一百七八十里路,一夜赶不到,即使赶到了,铁路沿线还有封锁沟和岗楼、据点,凭自己的力量也穿不过去。小组原订的计划是到指导员家乡一带村庄去隐蔽,被冲散以后,谁也不知道谁死谁活,再去那里也怕没处投奔。我们俩摸着黑走了老远,才决定投奔蠡县蔺岗村。一九三八年,我跟叔父从北平逃出来参加八路军的时候,就是首先投奔这个村庄,找张存实同志接上关系的。他家的人待我都像亲人,所以我一有困难就想到他们。

第二天还没有走到蔺岗村,白天不敢进村庄,藏在野外坟地或麦洼里,黄昏时分才敢进村讨饭,同时打听往蔺岗怎么走。第三天夜里走着走着发现一个村庄,也不了解情况就冒冒失失地走了进去,一看墙壁上写满"大东亚共荣圈"等等的汉奸标语,高房上还挂着膏药旗子。我们不敢多停留,急忙出了村。往西走了十几里地,天快亮了,估计老乡要出来干活了,我们就不再进村,吃着干巴饼子,走了一夜路,口渴,想喝水,见有园子地,走了过去。水井是用辘轳打水的,水井台上只有架子,没有辘轳头,我们只好伏在水井旁边的麦地里等浇园的人来。不久,浇园的人来了,一个是四十多岁的中年人,一个是十几岁的青年。中年人胖乎乎的,留着两撇黑胡子,戴着草帽,肩膀上扛着辘轳头。青年人一手拿着开畦的铁锨,一手提着水斗子。走近水井,安辘轳头,挂上水斗子,青年人拿着铁锨走向畦边,中年人就嘎啦嘎啦地拧起来。

我们看准了他们是爷儿俩,是真正的庄稼人,就从麦垄里钻了出来,向开畦口的青年人打听村里有没有敌人。青年人用吃惊的眼神看着我们摇了摇头。我们也就更大胆地站立起来,朝四外望了望。这一带虽然离敌人公路这么近,南面、北面的岗楼看得清清楚楚,表面上却很安定,各处都是下地干活儿的人。

我们到井台上去喝水,拧辘轳的中年人问我们俩:"你们是哪村的?"

我们回答说:"滹沱河南的,逃难过来的!"

他纳闷似的问:"逃难的?怎么逃了这么远?"

我们怕被露了,扭过头去冷冷地回答说:"走迷糊了!"

他没有再继续追问,沉默了起来。

我们俩就偷偷商量:走不走呢?这儿近敌区,从来没有到过,这里的群众究竟怎么样?……中年人突然问我们:"你们是工作人员吧?"

我的心一跳,怎么叫人家看出来呢?赶快反驳说:"不是!我们是姐俩逃难的。"

"呵呵!"他笑了起来:"一听你们的口音,就知道你们不是滹沱河南的人!别害怕,我们这里是近敌区,可是敌人一扫荡,我们这里就变成根据地啦。干部打我们这里闯出去的多啦!坚壁下来的也不少。我看你们是咱队伍上的吧?"

我们又隐瞒了半天,直到问清了情况,才说了实话,并且要求进村隐蔽几天。他满口答应,安慰我们说:"我们这里都是两面办公。我就是维持会里的人,像你们这样的事近来天天有,还不是一句话!"

他领我们到他家里吃了顿饭。另外找了两家堡垒户,把我们分散坚壁下来。因为敌人进村,经常是直接到他家找他,他家的目标太大。

这个浇园的中年人,原来是我们的抗日村长,又是应敌组织"维持会"的会长,姓张叫殿卿。村名是小张家庄。这个村的北面是北高晃村据点,南面是郑家庄据点,两个据点距离不过三里地。

智慧和坚贞不屈

我住的这家是个寡妇人家,孩子又小又多,我一来就帮助她干活儿和照顾孩子。孩子都很喜欢我,我们亲亲热热地,简直像是一家人。

我和丁冬分开住的时候,规定了每天正晌午或者天黑了以后接头一次,交换情况,研究新的行动步骤。有一天中午,一个青年人在屋门外唤声"玲子女"就一直走进北屋来。我正坐在东内间炕上纳鞋底,听见这声音以为是本村的人,也没有在意。他走进北屋外间,一边跟房东婶子说话,一边却直往内间看我。这青年人个子不高,瘦长脸,被太阳晒得黑黑的,看得我不敢抬头,可叫我不能不多心。不多会儿,丁冬又找我来了,她一见到我就偷偷的向我挤眼。我装作我们不是一事儿的,问她:"干甚活儿来着?"

丁冬装作邻家妇女似的回答我:"套磨呢,来借个箩。"

房东婶子听了丁冬说来借箩,立刻笑了,插嘴说:"你住的那家自己有箩!"

这一下把我们俩的秘密都暴露了。接着外间屋那个青年人也喷地一声笑了起来,问我们:"你们害怕我吧?"

我心里的确慌得很,丁冬的脸刷地一下也白了。我鼓着勇气,用住家户妇女应付敌伪军的口气回答说:"不!怕什么?"

房东婶子感觉出了我俩的心情,爽快地"嗨"了一声,说:"怕他干什么?他是我外甥,你们是一事人,他也当八路!"

"啊!"六只眼睛惊喜交加地碰到一起。"同志!"这个崇高而又亲切的字眼儿,同时在三颗跳动的心里迸发了出来。我们又热情又谨慎地看了看他,才松口气笑了起来。丁冬说他刚才也到她住的人家呆了半天,丁冬以为他是特务,害了怕才来给我报告情况的,没想到在这儿又碰见他,真是吓了一跳。这个同志接着说:"我认得你们,你们是火线剧社的吧?"

我们纳闷的问他:"你怎么知道?"

他回答说:"我看过你们演戏……"还能说出我们在哪出戏里担任哪个角色。

他叫扈国俊,是抗大分校冀中三团一大队民兵干部队的指导员,他在这一带人熟地熟,从此我们就依靠他坚持反扫荡了。跟着他反扫荡的还有个叫关荣绅的山东人。住了些日子以后,为减少目标,我们就转移到扈国俊同志自己的村庄滑岗去了。

在滑岗分头住下的第三天,起响以后,我正帮助房东推碾子,负责我们安全的应敌干部"联络员"突然跑到碾棚里朝我说:"快放下,跟我走!"

房东大娘也机警地说:"你走你的,我收拾。"

我放下碾棍,把手上的面粉往头发上和衣服上抹了两下子,就跟"联络员"走去,问他:"怎么回事?"

他气喘喘地说:"先别问啦,赶快走!"

我以为是一般的敌情跟着他穿了几个小过道,他才告诉我说:"敌人进村把黑炭抓去了。"

我知道黑炭是扈国俊同志的奶名,"轰"地一下就心跳起来:"哎呀!这可怎么办?"

头重脚轻,走路也迟缓起来。"联络员"着急地催我说:"快点儿!你先跟我走,你先跟我走!回头我再去看他!"

穿过几个小过道,进一个小黑门,门里有个很深的院子。走到屋里一看,丁冬也在这里。丁冬一见我来到,立刻拉着我的手说:"老关自首了,黑炭也被捕了,这怎么办?"

"联络员"接着说:"还要你们俩呢!你们先在这里藏着吧!"他又转身嘱咐房东大娘说:"有人来搜,就说是你的媳妇和闺女!"

"联络员"匆匆要走,又回头嘱咐我们对房东大娘唤叫"娘!",并且告诉了我们房东的儿媳妇和闺女在户口册子上的名字。

"联络员"走了以后,我们按"联络员"的规定,赶快跟房东大娘建立社会关系。老大娘又聪明又沉着,指示我们说:"先赶忙上炕做活儿!"她推给我一个针线簸箩,叫我补补袜子。递给丁冬一个线拐子,叫她拐线。她打发我们坐稳以后,才告诉我们说:为掩护我们,她把儿媳和闺女都打发到别人家藏着去了。接着叫我们把她们的名字记清楚,并且嘱咐我们万一敌人来到了,千万不要慌神慌脑的。

老大娘有五十多岁,头发都白花花的了。为我们担着千斤担子,自己也有杀身亡家的危险。我感觉得出她的心跳多么厉害,可是她一直安慰我们说:"不要紧,你们做你们的活儿,他们来了我替你们支应。他们一定要问你们,你们就按那个说,可别忘了。"

我们哪做得下活儿?耳朵光是听外边敌人的动静,手就一个劲儿地打哆嗦,胸脯里像百爪搔心。

"嗒嗒……"马蹄子的声音,突然在街上乱响了起来,我们大吃一惊,以为是敌人搜我们来的。老大娘说:"不要紧,他们的马队。这里离南关据点很近,他们常来回的过。"

马蹄子声音果然越响越远,过一会儿就听不见了。

我们的心情刚平稳一下,立刻又听见隔壁院子里有打人的声音。我和丁冬扒着窗台,从窗户格子里往外看,看见邻家房顶上站着一个瞭望的便衣汉奸。我们俩同时大吃一惊地说:"哎呀!房上也上来人啦!"

老大娘迅速警告我们说:"别看啦!叫他们看见!"

我俩赶快抽回身子来做手里的活儿,接着听见隔壁院子里的汉奸,狗吠狼嗥似的喊叫着问:"枪在哪儿?"

"没有枪!"这个声音我们听得出来,是扈国俊同志的。

"还有谁?"

"就我一个人!"扈国俊同志这时候说话,比平常日子还气粗。

"胡说!这是谁?"汉奸的语声;我们准知道这时候指的是叛徒老关。扈国俊同志没有言语。汉奸接着说:"哼!一个人?不说实话!"

"啪!啪!"地打了起来,我们感觉得出是敌人打扈国俊,我们紧张得手发抖,真好像自己挨打一样!

"汉奸!"扈国俊同志挨打以后生气了,骂起来,"……你们是什么东西?老子就是八路,老子就要抗日!"

接着传来互相扭打的声音。很明显,这是扈国俊同志还了手,跟汉奸打了起来，我们感到解恨，可又替他担心。果然，又有一个汉奸骂了一句："你小子不要命啦！拿棍子打！"

这时乱棍子打人的声音就响成一片了。扈国俊同志痛苦地哼了一声，还是对打对骂。突然"砰！"响了一枪。

天啊！我们全吓呆了，以为扈国俊同志这一下完了，接着哇的一声哭了出来。房东大娘怕敌人听见闯了进来，劝我们说：

"别哭！孩子别哭！"可是她也忍耐不住，扭身下炕到外间屋里抽搐去了。

隔壁院子里汉奸好像还在用棍子打人，可是扈国俊对骂的声音再也听不见了。

我们俩再也不敢哭出声来，只是两眼泪汪汪的我看看她，她看看我。正在这当儿，院里忽然有人高声喊说："大嫂子，敛鸡子的，有吗？"

我们赶快擦干眼泪，低下头做活儿。

这个人却悄悄走进北屋来，跟房东大娘在外间屋里小声嘀咕起来，我们以为坏了，揣测来的这个一定不是好人。我们外表装得非常镇静，继续做手里的活儿，心里却在准备应付这个突然事件。

这个人在外间屋嘀咕了一会儿，就进了我们的内间，我们心跳得更厉害了，头也不敢抬一抬。他见我们，就首先声明说："不要怕！联络员打发我来的。你们俩得先分开一下，上别的人家去一个。"

我们半信半疑地抬起头来，一看来的人是个花白胡子老头，很善良很朴实，心就放下了一半。房东大娘看出了我们的心情，也解释说："不要紧，他是会上的。敌人正在搜找你们，一下都搜出你们俩来不好。"

花白胡子老头接着又补充说："联络员说，在一家不好，就是搜出来，叫他们也只能一下搜出一个人，不能叫他们一下搜出两个来！"

"好吧！"我们俩决定我走。临分手的时候，我们俩互相保证说："抓住谁了算谁，宁死也不能暴露别人，好有一个活着回去！"

既然决定我走开了,可是怎么走呢?邻家房顶上有瞭高的汉奸,居高临下,看我们一清二白。花白胡子老头从门缝往外看看,回头说:"不要紧,跟我走装敛鸡子。"

他把手里的篮子递给了我,大娘又给我一根头绳和一个网子,叫我把头发梳个抓(鬏)髻,等瞭高的敌人转到另一边去了,我们就沿着墙根走出来,拐进一个碾棚,碾棚角上,有几捆秫秸戳着。花白胡子老头把秫秸一推,就露出了一个窟窿门。我们从这个窟窿门钻出去,又一连横穿过几道临时凿开的小便门,一条正街也没有走,最后从一家院子里登上一个鸡窝,翻过一个矮墙头,就到了一个极贫户家里。这户人家,房子极破,孩子却挺多,房东大嫂不过三十多岁,粗粗壮壮的正在洗衣服,身边围着五个像台阶似的孩子。花白胡子老头把我交给房东大嫂,简简单单的说:"给你带来了个人,有人要问,就说是你妹子。"

"好吧!"大嫂答应着,起身递给我一个板凳。老头扭身就要走,我不放心,追上老头,要他给我介绍一下这家的情形。老头已经从屋里走到院里,见我追上来,仍然简简单单地回答我说:"不碍事,你就待着吧,这是堡垒户。"扭身匆匆走了。

他好像非常有把握,可是我心里没有一点儿底。我回屋向大嫂介绍了我的情况,想主动地把我们的关系研究好。大嫂没听我说完,就安慰我说:"不要紧!我们这里已经搜查过去啦!"

我听这里已经搜索过了,心里踏实一半子,就帮助大嫂洗衣裳。她的小儿子总缠着她闹,闹得她干不了活儿,我就替她哄孩子。

这里的确很安全,汉奸正在别处疯狂地搜索我们,这里连个动声也听不见。我自己安全了,心也定下来了,可是立刻又替扈国俊同志难过,又替丁冬担心起来。

过了有个把钟头,联络员来了,一进屋门就说:"同志,你受惊了吧?"

我顾不得回答这个问题,急忙地问:"老扈怎么样了?真……"

"打坏了,浑身是伤,牙也打掉了好几个。人是打得半死啦!套车呢,要带他走!"

听说扈国俊并没有死,心里刚透过点气,接着又听说敌人要把他带进据点去,我可又慌了,心里紧张起来,怎么办?我要联络员赶快想办法,无论如何也别叫敌人带走。联络员说什么法子也使上了,还花了不少钱,就是买不下来。联络员又惋惜又钦佩地说:"他跟人家打的太凶了,敌人生了气,非带走他不可!"

"那怎么成呢?"

"没法子!以后再想办法吧!"

"丁冬……我们那个女同志呢?"

"不要紧,没有搜出来!"

他扭身就要走,最后向我解释说:"我怕你害怕,所以先给你送个讯来,我还得急忙给他们套车去!"

我又追上问他:"老关自首叛变是怎么回子事?"

他说:"他跟房东在地里干活儿,警备队从公路上路过,并没有发现他可疑,他倒沉不住气啦,瞎跑,这反倒叫他们多了心,追上打了他几个耳光子。一吓唬,他就什么全说了。"

我气得不得了,联络员迈开步子走着,又回头说了句:"还不如你们女人呢!"

联络员走了以后,我痛苦的默默想:"带进据点里去,可就更麻烦啦!怎么办呢?"

又过了一会儿,我听见街上有人轻轻说话声:"走啦!"接着那个花白胡子老头就找我来报告了。

这时候,太阳已经落进地平线下边去了。黄昏的影子从阴暗的角落里渐渐伸展了出来,我跟着这个善良的花白胡子老头在街上匆忙的走着。刚要痛痛快快的松一口气,立刻又想起了扈国俊同志。扈国俊已经被敌人弄走了,再也看不见了。我跟随着花白胡子老头找到了丁冬,她也是不知道怎么办。我们面对面的发了半天懵,忽然不约而同的一转身,就像追寻什么似的跑到扈国俊挨打受刑的院子里去了。

这个院子眼下空空的,在黄昏的黑影里,像座阴曹地府,真是瘆人透啦,院心有一张破桌子,一条板凳,靠北墙还有一架梯子,梯子上拴着绳子,桌子前边一片血。还有几节打断了的推碾棍。另外还有些烟头和空烟卷盒。我们瞅着那一片还没有干的血迹,哭了。

联络员来到,我们问:"敌人往哪里去了?"

联络员回答说:"顺公路奔南庄据点去了。"

我们又问:"还能看得见不?"

联络员说:"没走远,还能看见一个尾巴。"

我俩跑出村,顺着通往南庄据点的公路看去。黄昏里,远远一辆胶皮大车,大车前前后后,黑鸦鸦的拥着一群人影子,一直朝着那个鬼魅似的南庄大黑岗楼奔去,大车上的人却什么也看不见。

我们看着,看着那个什么也看不出来的大车影子,一直看到这个大车影子什么也看不见了。

一九五八年

(原载《红旗飘飘》第八期)

深深的怀念
——忆崔嵬同志导演话剧《把眼光放远一点》

一九四二年初冬,我们冀中军区火线剧社的大部分同志,经过空前残酷的五一大扫荡的战斗洗礼之后,三三两两的跳出了敌人的"铁壁合围",钻出了敌人的"梳篦拉网",绕过林立的岗楼,跨过条条公路、封锁沟,越过平汉铁路,进入晋察冀山区根据地,大家在唐县南洪城见面时那个激动劲儿,真像失散多年的孩子重新回到家园见到母亲一样,互相握手、拥抱,眼里含着泪花欢笑、跳跃,有的甚至抱头痛哭,多少语言,多少情意呵!同志们对坐在一起,一夜一夜的互相倾诉着个人在反"扫荡"中的经历,同时也更加怀念那些挺着胸膛面对敌人刀枪而英勇牺牲的战友们。

由于冀中地区的情况恶化,区党委的"新世纪剧社"和各军分区剧社的同志们也相继突破敌人的层层封锁集合到火线剧社来。与此同时,华北"联大"的戏剧主任教员崔嵬同志也带了一部分联大的教职员工及文工团的艺术骨干来到了火线剧社。这样剧社的队伍扩大了,经过整编,火线剧社成了一支人才济济、力量雄厚的文艺新军。

整编后,剧社面临的任务是排练和演出,没有剧本,领导就组织大家座谈反"扫荡"当中的经历和感受,有写作能力的同志就一面听取材料,一面编写剧本。胡丹沸同志很快就写出话剧《把眼光放远一点》。剧本一拿出来就得到崔嵬同志的肯定,经过大家讨论后,胡丹沸同志又做了修改,就在一九四三年的初春投入了排练。

剧本写的是冀中根据地的老哥俩,同院,分居,各有妻儿,老大一家进步,老二家自私保守。顺利环境在参军竞赛中,老大儿子大刚和老二儿子二傻并肩参军,反"扫荡"中二傻经不起艰苦考验,开小差跑回家来。为动员二傻归队,老大和老二两家展开了唇枪舌剑的斗争。

当时的演员阵容是这样:李壬林饰老大,胡海珠饰老大妻,郭筠饰老二,我饰老二妻,刘之家饰大刚,张云亭饰二傻,沈雁饰村长,段月波饰日本小队长,孟涛饰伪军,最初的导演是田风同志,后改为崔嵬同志导演。

领导决定让我演老二妻,我就闹开了情绪,我向领导提出自己太年轻,没有老人生活体验,不能胜任。而实际上在我内心深处,是不愿意演老太太和落后人物,我认为我应该演年轻漂亮的正面英雄人物。为了帮助我,领导上进行了耐心的谈话、说服,尤其是崔嵬导演对我进行了非常严厉的批评,把我都批评哭了。可是我却永远记住他那既严厉又亲切的教导。他要求我要立志终生当一个真正的人民演员,并说:"要自觉的有意识的来培养与磨炼自己,除了学习外,还应该要求自己什么人物都能演,光能演一种类型的角色,算什么好演员呢!要创造各种不同类型的人物形象,越是距离自己远的角色,越要努力去演,越是反面落后的人物,越不好演,很容易过火,分寸不易掌握,困难越多对演员才是最好的锻炼。没有这种胆识和理想,将来能有什么出息!"他还给我举了许多中外名演员、表演艺术家的实例。崔嵬导演的一番话,对我真是触动心灵、语重心长的教导,奠定了我这一生从事表演艺术的思想基础,当时虽然还不能提高到理论上去认识,但使我在艺术观上经历了一次飞跃,从此以后,我再也没有挑选过角色,什么老年的、年轻的、正面的、反面的、进步的、落后的,不管分配给什么角色,我都敢于大胆尝试，哪怕演砸了，我也不怕。这主要是因为有崔嵬导演的教导在随时提醒着我。

思想问题解决后，我愉快的参加了排练，我开始认认真真的思考角色：老二妻到底是个什么样的人物呢？她的成分是中农，是一家之主，老头子听她的；她精明、泼辣，恨日本鬼子，愿意赶走日本帝国主义。顺利环境下她也能随波逐流送子参军落个进步名声，在敌人空前残酷"扫荡"的时候，她又担心自己的二傻在部队里受不了，怕被敌人枪子把他打死。她盼着儿子能有个机灵劲偷偷跑回来，当个顺民、安生过日子，所以当二傻从部队开小差回来时，他们俩千方百计的想挽留他，动员他到岗楼上去领"良民证"，当顺民。这充分表现了农民小生产者（特别是中农）的两面性，革命高潮中他表现积极，竞赛中也能说大话、夸海口；当革命低潮时，他们就想脱离革命，甚至拉革命的后腿。但他们本质并不坏，经过事实的教育，是可以转变的。

有了这种对人物的理解和认识，我对老二妻逐渐产生了感情。我觉得剧本对老二妻这个人物塑造得生动具体，她的言谈举动都非常合乎她的身份。因此对我演好这个角色增强了信心，尤其在排练中，由于导演的不断启发与帮助，由于同台演员不断的相互启发，交流合作得非常自如默契，特别是我的对手饰老二的郭筠同志，演得那样真实自然，生动朴实，真是满台的乡土气，这就更加从情感上感染了我、带动了我，使我越排越"进戏"、越靠近人物，慢慢地、不知不觉的溶入角色之中。排练时我好像所有的神经都开了"窍"，不管是我的语言，我所选择的一招一式，似乎全是老二妻的，这时我才深深体会到创造的自如。

一种夸张的手法讽刺喜剧的形式来处理，使整个排演面貌大大改观，使每个人物的性格都充分表现出来，收到了强烈的戏剧效果。现把记忆最深的几段记述如下：

戏刚开始的时候，是夜里发现了敌情，老大是村里的办公人，匆忙到村公所去了。老二夫妻俩悄悄地每人抱着一个大瓦罐子，一个装的是鬼子票，一个装的边区钞票；老二主张埋鬼子票，二妻坚持要埋边区票，各说各理，争执不下，最后还是二妻有高见，她说："咱们怎么老糊涂啦，把两个罐子都埋了，不管是八路军来还是鬼子来，咱们不是都不怕了！"老二如梦方醒地说："咋！"两人才转怒为喜的统一了意见。两个罐子都抱在老二妻怀里，老二又回屋去抱东西，根据导演要求，他又抱了被褥、包袱、衣物，杂七杂八的东西，像搬了一座山似的从屋里勉强挤出来，这时候除了老二的两条腿，整个人都不见了。俩人蹑手蹑脚地走向大门，好不容易刚挤出来，却又忘了带铁锨。两个大罐子像一座山，谁看了都好笑。

又如，老两口子到外面探听情况回来，一前一后刚进屋，他们从部队开小差回来藏在屋里的儿子二傻，从屋里出来截住爹娘说："娘，我看我还是回部队吧？"老两口一听大惊，急问："什么！"二傻把自己觉得这样像老鼠似的藏着，不仅怕鬼子搜出来，还怕住在同院的大伯大娘看见，真不如在部队上，手里有杆枪，跟鬼子真刀真枪的干痛快。老二妻听后，首先打掉儿子回到部队的念头，进一步动员他到日本岗楼上去照张像，领个良民证，当顺民，在家好好过安生日子。二傻说什么也听不进娘的话，娘就一定要他听。这是一段对话，不同的处理有不同的效果。

开始时是用的东拉西扯的地位调度，我叫它"拉锯式"，儿躲到东，娘追到东，儿躲到西，娘赶到西，来回这样重复，显得沉闷、呆板，令人厌烦。后来崔嵬导演用了绕凳转圈的手法，我给它起名叫"推磨式"，把一个凳子分成四角地位，一二三四号，儿子躲到一号位，娘追到一号位；儿到二号位，娘追到二号位；儿子躲到三号位，娘越过三号位到四号位截住，儿又调头返回二号位，娘又越过二号位在一号位挡住，接着儿子向后转到三号位，娘又跟到三号位，当娘刚到三号位，不等娘站稳，儿又急躲四号位……以后就是连续不停的反复转圈子，儿子是转了半天圈一句话没说，娘是边转边像连珠炮似的、不停的又吓唬又利诱的劝说着。

这样处理,灵活多变、讽刺幽默、活泼有趣,是崔嵬导演运用讽刺喜剧的手法而创造的,它既适合演员在特定环境中的思想与内心活动,也恰当地把这种内心情感通过典型的形体动作,巧妙地展现出来,所以取得了良好的效果。每演到这些地方,观众就自然的爆发出强烈的笑声,这种笑声里,含着多少善意的批评与讽刺啊!

再如:老大在村公所里知道二傻开小差的事后,急急走回家来,一进门就把老二夫妻从屋里喊了出来问:"二傻回来了吧!"老两口心里一惊,而表面故作镇静的矢口否认,并一唱一和的掩护着:"二傻在哪里呢?""做梦也没想到二傻会回来呀!"老大说:"我不信!"他一面叫着:"二傻,你出来吧!大伯不会难为你!"一面朝老二屋门走去。老二两口子怕老大进屋会露馅,便急忙并排堵在自己的门口,说:"真是大白天见鬼了!"老大要进屋他们坚决不让进,正在这难解难分的时候,二傻从爹娘背后挤出门来,说:"大伯,我是回来了!"老二见二傻出来惊呆住了,二妻气得不知说什么好,急不择词的从牙缝里挤出来一句:"二傻,你真是傻王八蛋!"说着一屁股蹲坐在板凳上,又恨又愧的低着头生闷气。

这时,老大痛心的对他们进行了批评教育,老大妻也不断讽刺的说:"老二夫妻胜利的时候充好人,装积极,多光彩,多体面,怎么环境不好了就缩脖子了?"

正在老二夫妻被批评得哑口无言的时候,村长老福把捆绑着的老大儿子大刚推了进来说:"开小差的又一个!都出在你们家了!"

这个突如其来的情况使场上的气氛突变,老大夫妻由批评者变成了被批评者,老二夫妻好像起死回生。老大气的要打大刚,夫妻哭骂儿子不争气,老二妻扭头端详了一下捆着的大刚,眼睛睁圆了,老二押脖子也看了一下,急忙用胳膊碰碰二妻,两口子一对眼色,暗暗欢喜,然后二妻慢腾腾的从凳子上站起来,拉着长腔地"呵!"了一声,走近大刚说:"大刚呀!你可不是那开小差的货!"接着转对大妻以报复的口气说:"骂到别人的时候那嘴张得可大啦,这下子可让你们这有出息的大刚给堵上了!"骂完觉得自己一肚子窝囊气总算出来了,这一回看你们怎么办。转身就把棉袄袖子一褪一褪,把手缩回棉袄袖里,用空着半截的袖头捂住自己耐不住要笑的嘴(这个动作是我从生活中学来的),和老二交换了一下眼神,两人要笑又不敢笑,心里不住一鼓一鼓的翻滚着笑浪,那个得意劲儿,那个幸灾乐祸劲儿别提了。老二也端着烟袋锅站在二妻凳旁,笑么悠悠的吸着烟,两人全盯住老大家,静看戏的发展。

老大夫妻气的冲到大刚跟前,拉住要打,被村长老福拦住了,并说明大刚是奉命回来把开小差的找回去,捆着来是要试试家里人的态度怎么样。这样一来戏又来了一个一百八十度的大转弯,老大家自然,老二两口又成了泄气的皮球。正在这时街上传来杂乱的脚步声,老福急忙去察看,又迅速转回来说:"鬼子来了,快躲一躲!"大刚和老福一块跑出去隐蔽了,老二夫妻急忙把二傻推回屋去,老大示意大妻回屋,自己就到村公所去了(因他是两面政权的"联络员")。

静场片刻,日本小队长带着伪军进门来搜查,结果把二傻搜出来,老二夫妻苦苦哀求,百般解说他不是八路,但敌人仍要把二傻带走,多亏老大设法解救、说他是傻子,是苦力,把责任归到自己身上,并给伪军塞了钱,任罚"金票",才算把二傻赎下来。经过事实的教育,老二两口悔悟,不得不让二傻跟大刚一起归队,老大催着他们把钱罐子刨出来,老两口自然心痛,但也无可奈何,当老大把老头票和边区票一块拿走时,老二还想留下点,老大一把夺过来说:"就这样还不知道够不够哩!"最后导演处理是老二夫妻每人抱着个空罐子,互相看了一眼,有气无力的长叹了一声:"嗨,落了个人财两空!"此时刚欲走出门的老大急忙转过身来说:"以后你们应该把眼光放远一点!!"这句画龙点睛的结束语,使全剧的主题思想得到了升华。

以上几段戏起初看剧本的时候,觉得平淡无奇,没什么惊人之处,经过崔嵬导演对剧本的删削精炼，巧妙的构思安排，严格排练，演员们的通力合作，使戏增光添色，获得了极大成功。

　　这个戏排好后，首演于唐县葛公村，晋察冀军区驻地。开演时我们还捏了一把汗，不知能不能得到首长和观众们的认可。演出中当老二两口子埋罐时，观众中传出了嗡嗡的笑声，我们知道这是戏在观众心中引起了共鸣，这表示观众对戏的肯定，从而增强了信心。戏演到老二妻追着二傻"转磨"时，来自观众席的笑声更强烈了，以后凡是我们预计有效果的地方，观众都加倍的给予肯定。戏演完后，首长和观众们，一致赞扬说这是一出好戏，首长并决定把这个戏拿到即将召开的边区第一届参议会上去献礼。这届参议会，包括全边区所属的根据地、游击区，甚至敌占区的参议员，其中很多是知识分子，让他们了解一些根据地人民对敌斗争情况是很有意义的。首长还号召我们要把这次为参议会演出当成一项战斗任务来完成，只准演好，不能演坏。因此大家情绪都很高涨。首演后我们进行了总结，崔嵬导演进行的讲评，戏又进一步加工排练，大家都兢兢业业，满腔热情的准备开赴参议会。

　　晋察冀第一届边区参议会的会场，就在阜平县温泉附近两个山谷间临时盖起来的一个礼堂里。里面是一排排的新木椅，散发着松木的油香，几个角落里是用敌人的汽油桶做成的大炉子，整天冒着红红的火苗。当时外面虽然下着大雪，礼堂里面却暖融融的。我们的演出就在这里开始了。大幕拉开后，台下一片肃静，随着戏的进展，观众的情绪被吸引着不时发出会心的笑声。跟着剧情的变化，观众的情绪也不断变化，有时像欢淌的流水，有时像突发的狂涛，持续不断。从笑声中我们受到了鼓舞。戏演得越来越带劲了，直到大幕拉上。观众席中暴风雨般的掌声持续了很久，有许多首长和参议员还到台上来和我们握手，向我们祝贺。通过演出我们和观众一起经历了戏中表现出的这段火热的斗争生活，观众的掌声代替了他们的语言，他们对我们演出给予了承认和奖励，使我们感到莫大的幸福。记得当时一位首长曾说："要是我们的游击区、敌占区都能像这样坚持斗争就好了。"

《把眼光放远一点》话剧,在晋察冀军区和边区参议会打响后,一九四三年秋,西北战地服务团回延安时,把此剧带回去为党中央的领导们演出,也受到了中央领导的赞许。我们冀中军区火线剧社更把它定为本社的保留剧目。一九四四年冀中环境好转,上级命令我们火线剧社随部队返回冀中去开辟工作。命令一下来大家非常高兴,同志们虽然知道由于敌人的严重破坏,冀中环境仍较艰苦,但大家愿意回去和群众一起重建家园。对绝大多数同志来说,冀中毕竟是故乡呵,同志们盼望着跟家里亲人,跟父老乡亲们见面了。火线剧社一回到冀中,如鱼得水,立刻轰轰烈烈地展开了工作,到处组织演出,《把眼光放远一点》真是从山地演到平原,从部队演到地方,到处传颂着火线剧社的戏演得好看,有意思,许多老乡看完戏后,说:"这个戏太好了,俺们村就有这样的事。"有的说:"谁谁家不就跟戏里的那些人一样吗!"在战争空隙里我们不断演出,不断的征求意见,不断的对剧本充实修改,使人物越来越丰满,性格越来越突出,在丰富角色的同时也丰富着我们自己。我们的表演水平,理论修养也在不断进步和提高。

通过演出,有效地教育了部队,鼓舞了部队斗志,部队战斗力得到了提高。地方青年看了戏争相参军,部队进一步壮大了,为大反攻赶走日本帝国主义准备了强大的物质力量。

今天我们回忆这段往事的时候,令人不能平静。我深切怀念我们的老社长,优秀的导演崔嵬同志、田风同志,还有舞台合作十分默契饰演老大的李壬林同志、饰二傻的张云亭同志,他们虽然都先后逝世了,但他们的音容笑貌和他们创造的生动感人的舞台形象,却深深叠印在我们的脑海中,他们对我的帮助、教导,一直是激励我奋发前进的巨大力量。为了永远悼念他们,我记叙了当年排演《把眼光放远一点》的片段,愿这段战斗戏剧生活与他们的英灵常存!

一九八六年九月

(摘自《火线剧社在冀中》)

我怎样学习和表演王秀鸾的

我们火线剧社的很多演员，自从一九四二年冀中"五一反扫荡"转移到山区以后，天天想念着冀中平原根据地的人民。大家都像久别家园的孩子一样，急切地盼望着早日能够回到母亲的怀抱！

一九四四年秋天形势开始好转，我们终于接到了配合部队重返大平原的战斗命令。在出发的路上，同志们都高兴极了！几乎完全忘记了敌伪岗楼的威胁和行军的疲劳，轻轻地欢呼着，跳跃着，谈论着：那是多么美丽富饶的大平原呵！春天那碧绿碧绿的菜哇，那日夜不停的叮当叮当的水车的声响，夏天那一望无边又金光耀眼的麦浪和那嫩绿的新苗是多么迷人呵！等到青纱帐起来的时候，大地就像是天神着上了盛装，从那高粱地中间的瓜田里，飘散出甜丝丝的香味……可是，当我们到达冀中根据地一看，一切全变样了！大地荒芜着；从前我们熟悉的一些村干部和房东"堡垒户"许多人都被鬼子杀害了；村中的男青年很少，有的参加了八路军，有的被敌人掳去运到关外下煤窑，只剩下老人、妇女、儿童；生产和生活遭到严重破坏，有些村庄连一头骡、马、牛、羊全看不见了。

这时，党交给我们火线剧社一项任务，就

是要配合部队帮助组织群众,战胜困难,恢复生产,重建家园,发展冀中抗日民主根据地,为大反攻准备条件。

不久,傅铎同志给我们写出了优秀歌剧《王秀鸾》。记得那是在蠡县鲍墟村,剧本读过后,同志们一致肯定,并且主张赶快排演出来与群众见面。剧社领导也很快地确定由郭维同志任导演,由卜一、刘敬贤、刘之家、王滔等同志谱曲,接着又宣布了演员名单。当我听到女主角王秀鸾由我来扮演时,我几乎不相信自己的耳朵,我重复问了两次,都说我没有听错,这真是出乎我的意料。我是个大城市的中学生,虽然已经跟冀中军民共同度过了六七年的抗日游击战争生活,可仍然浑身带着"小资味",扮演一个敌后根据地的劳动妇女,难度很大,首先在气质上就不像,因此很胆怯,但剧社领导、导演和演员同志们都鼓励我,帮助我,使我勇敢地接受了这个任务。

导演郭维同志和剧作者傅铎同志,向演员介绍和分析了剧本及角色人物的性格特征以及对每个人物的具体要求,然后郑重声明:这个戏是突击排练,每个演员都要自己抓紧时间下功夫,到生活中去寻找自己的模特儿,还特别要求我首先要学会剧中人王秀鸾所应掌握的各种农活儿技术,如锄地、浇园、拉犁、割麦、担粪等等,不仅在生活中能学会,而且还要到舞台上做得像,既要真实、可信,又不能生搬硬套、自然主义,要选择最典型的东西。

这是导演和作者给我出的一个不容易做好的试题,给我留下的一份非常困难的作业!

《王秀鸾》剧本的主题思想是发动妇女组织起来生产自救,战胜鬼子造成的破坏,重建家园,支援前线,最后打倒日本侵略者。这是广大农村劳动妇女走向革命的道路,是妇女提高社会、家庭地位,争取自身解放,为民族解放事业做出伟大贡献的道路。对冀中人民的热爱和对于鬼子残暴破坏的仇恨,使我产生一种强烈的责任感,我要首先向她们学习,然后再表现她们。

我决心拿下王秀鸾这个角色,通过再现典型环境中的典型性格来完成剧本的主题思想。

　　我从学习劳动技术的过程中锻炼劳动气质。我利用所有的课外活动时间和排戏当中的空隙,跟老乡一起下地去干活儿。当时,我们所住的村庄由于敌人的破坏,连一套大牲口车都没有,开春送粪时,家家户户全靠人工挑担和用粪筐背送,个别人家有独轮小车,吱纽吱纽地也很费力气。这时导演和作者就带领我们全体演员去帮助老乡往地里送粪。我们演青年妇女的还要求一律用挑担送。我觉得我们经常给老乡担水,学担粪想必很容易,可是路远无轻载,担着粪挑要走出村头,走到地块,特别还要担到地块当中去,泛浆以后土质松软,深一脚浅一脚的,可比在街里担挑水费劲多了,担过几趟就把肩膀压肿了。老乡们风趣地形容我们说:"看!卖油的来了,担子两边晃荡!"我们才真正感到我们和农村劳动妇女差距多大。后来扬粪时,我们更是扬不远,撒不开,一疙瘩一坨的不均匀,经过老乡把着手教,反复练,把胳膊全抡肿了,才逐渐找到了那股又利索又发挥效率的巧劲。

　　剧作者傅铎同志扮演剧中的三秃子。他是冀中人,土生土长,许多农活全会做,在我们当中他是"全把式"。学拉犁时,他就经常帮助我和饰演我儿子小卿的石茵同志,带我们一块去给老乡拉犁。开始我认为拉犁总比较简单,只要用劲拉着往前走就行了。可是实践证明,劲头用不到节骨眼儿上。把绳子拉断了,犁头也不往土里钻,只能浅浅地划破一层薄皮儿,土翻不起花来,等于白犁。后经老乡指点才知道不能用猛劲,要把腰塌下去,两腿蹬上劲,上身往前弓着走,这样才能犁深、犁透,使土翻起花来。傅铎同志在后面扶犁也能使上劲了,不再感觉一轱拥一轱拥地使犁把扶不稳,犁出的土地也不平整。我们经过多少天的练习,肩膀和手掌全磨出了泡,真是累得腰酸腿疼,石茵同志还曾累得哭过。我们就这样从形体的劳动气质上逐渐靠近了角色,也在思想感情上得到了初步的体验。

由于鬼子对生产工具的破坏,在当时借一个完整的辘轳来学习浇园是很困难的,有的人家有辘轳头没水斗子,有的没绳子,都是几家凑起来共同使用,生怕我们给使坏了没处买也没钱买。所以导演就让傅铎同志和几个会浇园的演员田丹同志、刘敬贤同志等,带着我和石茵先去帮助老乡浇园,他们轮流着给老乡浇,让我和石茵在旁边看着,学开畦。老乡对于我们干的活儿很满意,这才抽空教我们。记得当我第一次往井里放斗子时,左手没往辘轳上按上劲,那辘轳把被水斗带得滴溜溜的转,把我打了个趔趄,差点儿没卷进井里去,把他们吓了一大跳。我只是看着老乡放斗子很容易,右手只要一松辘轳把,斗子就哗啦哗啦下去了,又快,又轻松,可是不知道如果不用左手按住辘轳控制速度,辘轳把要打人,真是看着容易做着难呀!经过老乡们的指教和反复实践,左手才逐渐学会按住井绳,右手也能相应的一摆动,就能使井底下的斗子灌满水,等拧上来时再松一下辘轳把,才能提起斗子把水倒进水沟。起初我总是把水倒在自己的脚上而倒不进水沟里,又浪费水,又把井台弄得很脏,练习了好多天,才算掌握了王秀鸾在舞台上所必须表现的、又熟练、又很美的劳动动作。

因为领导要求早日排好演出,我们只经过初步学习,就开始排练了。

第一幕戏是"家破"。作者在这幕戏里,安排所有的人物都要出场,让人物在观众面前都展现出基本性格和特征,要表现出人物与人物的关系,要使矛盾开门见山地展开和尖锐化,弄得"家破",而矛盾焦点集中在王秀鸾的身上。我当时只简单地理解和表现出愤恨、委屈、埋怨,一赌气地领着儿子回娘家了。导演说这很不够,他要求王秀鸾要表现出对待公公、婆婆、丈夫、小姑、村长、妇救会主任、三秃子等等人物的不同态度和人物关系,我感到茫然。因为前一阶段,我把精力全部用在学习农业技术和锻炼劳动气质上了,认为有了这些就可以使王秀鸾的性格突出出来,而忘掉学会了耕、耩、锄、耪只是对于角色的外在形体动作有用。而我和人物内在的性格特征、精神世界、思想感情上却仍然存在着相当大的距离。

这时候恰好冀中区党委在任丘青塔召开冀中区各县劳模大会。领导和导演立即决定我去参加劳模大会,现场观察"王秀鸾"的模特儿、深县劳模张化泉同志。这是一个多么难得的学习机会呵!我激动得一夜没睡好觉,想象着我将要见到的劳模,想象着我的角色,寻找着自己的差距,思考着导演对我的要求。第二天没等吹起床号,我就悄悄起来准备好东西,打起个小背包出发了,到了大会上办完手续,我们第一个先找到了张化泉同志。经过傅铎同志的介绍,她对我非常热情。也许是由于傅铎同志曾多次给我们介绍过,她和我脑海中想象的人物差不多,高高的个头,粗粗壮壮的,枣红色的双颊永远带着微笑,那样和善可亲,两只大眼睛流露出聪明和贤惠,微厚的嘴唇,谈吐干脆利落有劲,我们真像一见如故呵!当我说明来意,向她学习的时候,她倒有些腼腆和不好意思了。于是在整个会议期间,我们都生活在一起。她纯朴、虚心和实事求是,对自己的事迹报告一点都不浮夸。我认真地观察着她,研究和学习了她的报告与发言。在休息的时候我们更是无所不谈,谈她的家庭、她的公婆、她的丈夫、她的亲戚、村中干部、邻居,以及她的喜爱,她最高兴和最烦恼的事等等。我对她真像对一个大姐姐一样尊重与敬爱,别人都说我是她的影子,她到哪儿我就跟到哪儿,她也开玩笑地说:"我们是干姐妹!"

在劳模会议期间,我除了重点地跟她学以外,同时也认识和熟悉了其他一些劳模,听了许多劳模的典型报告,深受教育与启发。在会议结束的那天上午,《冀中导报》的一位记者,还给我们照了两张照片,遗憾的是这两张照片后来我再也找不到了。

从劳模会回来,我感到收获很大,特别对于王秀鸾这个角色,有了进一步的认识,打破了我对英雄人物那种简单化、概念化的理解,真正看到了他们是活生生的真实的人。他们是最坚强的人,最勇敢的人,最有感情的人,也是最能牺牲个人利益、爱护别人、爱护集体、爱憎分明的人。这是她们的共同特点,但她们也有着各不相同的性格,如张化泉她除了组织妇女努力生产自救支援前线外,还有着一个美满的家庭,她爱丈夫,孝顺公婆,具备那种特别勤劳善良和贤惠的本色。我认为这就是王秀鸾这个人物的动作核心。寻找到这个核心,使我对王秀鸾内心思想感情的体验,和形体动作合乎分寸的体现,有了进一步的把握,对角色起了深化的作用。因此,也增强了我的创造信心和真实感。

从劳模会回来后,对于导演过去对我提出的要求:"……要有王秀鸾的内心思想感情逻辑和王秀鸾在那样艰苦的特殊遭遇下,她这个典型性格的典型动作……"我开始有了抓挠,有了想象和创造的基础,甚至有了模仿的形象,内心不再感到那样空虚,好像充实进许多具体的东西。于是在以后的排练和演出中,我就尝试着把我所学到的、体验的和观察模仿到的那些有关角色的一切,都尽量表现到王秀鸾的舞台行动中来。我把导演过去所要求于我的,而我没能做到的那些空白,逐渐地填补起来,使人物逐渐丰满、真实。

例如:王秀鸾对婆婆的态度和关系上,过去我的表演只是简单的嫌弃,从心底讨厌这个好吃懒做的婆婆。从第一场"家破"我就埋怨她,每听到她唱到:"细白面,黄叶韭,吃了喝了起身走……"的时候,我就产生一种反感,所以对婆婆的态度很生硬。导演几次启发我对婆婆态度要好一些,要说服她,劝导她,不能嫌弃她,但我做起来,脸上虽也带点笑容,但不是内心由衷的,观众一看就虚假,这就不合乎王秀鸾这个人物了。在劳模会上,我倾听那些妇女劳模的事迹,观察与寻找她们的共性和特性,发现她们多数人在处理家庭问题上,都是非常贤惠的媳妇。她们能吃苦耐劳,孝顺公婆,是典型的贤妻良母。由于这一观察和理解,使我对婆婆的态度完全转变了。王秀鸾是个贤惠的媳妇,对公婆非常孝顺,对丈夫很体谅,虽然挨了丈夫一笤帚疙瘩,也要忍气吞声,奋发图强。她知道丈夫是被当时鬼子"扫荡"和家庭生活困难所逼走了,他出走是抗日去了。当婆婆受了苦难也要出走时,秀鸾曾由衷地说服她，挽留她。而婆婆不但不听劝阻，反而把秀鸾和孙子赶回娘家，自己卖了箱子，卖了柜，还典当出去坟地前的二亩麦苗地，一抬屁股拉着女儿就上张家口了。以后王秀鸾在娘家纺线织布卖了点钱，准备回家来种地时，一进门看到这种情况，心里是多么难过啊！但她没有被困难吓倒，在村政权和妇救会的帮助下，她把全部家务和生产劳动担当起来，直到婆婆"败子回头"又回到家里时，王秀鸾也不轻视她，对她更加体贴和尊敬，婆媳关系搞得更亲热。这一态度的转变，达到了导演和同台演员的要求，不但使王秀鸾这个角色在性格创造上增加了一些生活气息，更重要的是，我在不知不觉当中表达了王秀鸾善良的品德和宽阔的胸怀，使人物在本质上升华了一步。

又例如：在王秀鸾对丈夫大春的态度和关系上，导演多次要求要有感情，要让观众相信你们是夫妻，一对美满的革命夫妻，而不是兄妹关系。不要有顾虑，不要怕出"小资味"，出来了再改。可我当时却有一种想法，我宁愿让人批评我没演好，没表现出感情来，我也不愿让人批评我的表演是"小资味"的。这实际上由于我对农村劳动妇女怎样表现爱情是不熟悉不了解的，再加上点儿个人偏见，因此害怕、心虚和别扭。从参加劳模会以后，我了解了张化泉和其他一些劳模的家庭生活和她们的恋爱过程、方式，她们也跟我讲了一些村里姑娘们的恋爱故事，使我真是大大开窍。她们并不是整天到地里干活儿，回家就围着锅台转，她们的家庭生活是各种各样的，她们表现爱情的方式方法也各不相同。她们有的很美满，有的也有不幸的遭遇。对鬼子的洗劫或封建家庭的约束与家长的包办，她们也有各种反抗与斗争，她们的感情都是很丰富很纯真的，特别是在战胜痛苦与折磨后，她们的感情就表现得更强烈、更炽热。这些生动的感性认识感染了我，使我打破了顾虑，我选择了最能表现王秀鸾与大春的感情动作、思想活动，把王秀鸾对大春的感情深化了一步。过去大春走就走了，我没有内心动作和潜台词，现在我想大春，盼大春，希望他早日打败鬼子回来，帮助我挑起这家庭困难的重担,特别当我们母子俩没吃没喝,连地都种不上的艰难日子里,我多么盼望他能复员回来呵。可当时是战争环境,他是参加了八路军去打鬼子,由于这个道理,我咬着牙也得生产自救,使他在前方安心抗日。王秀鸾组织妇女做军鞋,送情报,收集慰劳品,支援前线,把思念大春的感情与日常的抗日工作结合起来。这是多么高尚的情操呵!在那战争年代,冀中妇女就是这样自觉地支援丈夫去抗日,自己承受着孤寂和艰难的生活重担,这也是王秀鸾的思想境界。一天,大春突然回来了,许多乡亲们簇拥着他一块进屋来,我一见他穿着八路军的军装,那个威武劲,内心非常高兴,可是攒了一肚子的话又说不出来。当乡亲们相继散去之后,大春第一个开口叫了声:"秀鸾!我真没想到家里变化得这样大呵!"我只说了句:"你知道俺们娘俩受了多少苦呵!……"泪珠止不住的流了出来。这不是责怪,而是一种深刻的爱情,一种对亲人的倾诉!大春从挂包上解下白毛巾递给我,这个动作代表了千言万语,表示了大春的认错,为临走时打秀鸾一笤帚疙瘩表示赔礼和请求宽恕,其实秀鸾早已谅解了他,看到了他的进步,就更加爱他。这是一种无言的交流,而两个人的内在感情却非常激动。

他回来了!我多么希望他别走了,但由于战争他必须走。我虽然舍不得让他走,但是不能拖尾巴,我要克制住自己内心的痛苦,暂时牺牲个人的家庭幸福,鼓励他归队抗日,还要让他安心、放心。这种感情是非常矛盾而复杂的。在这里特别值得提一提的是"分别"那场戏,当我们唱:"他抗日,我生产……"那段词时,我内心的激情达到了高潮,脸上虽有笑容,但心里却激动得闪现出泪花。这泪花凝结着一对青年革命夫妻在民族解放战争中多么崇高的感情呵!就这样经过导演的帮助和肯定,我感觉充实了,因为有了生活基础,也敢演了,也没听到别人批评是"小资味",相反大家很鼓励我,认为很真实,很生活,表现出来的是王秀鸾的激情。

从此在不断的排练、演出过程中,我总是不断在观察、捉摸、学习、创造,使王秀鸾的形象不断地丰富成熟起来！总结我创作和演出《王秀鸾》的过程,实际上是我向冀中劳动人民学习生产技术、改造思想感情、锻炼劳动气质、锤炼革命意志的一个实际过程。如果说我现在还能当个社会主义时期的演员,那是冀中劳动人民对我哺育与培养的结果。我永远忘不了在火线剧社排练与演出《王秀鸾》这段生活经历,永远难忘那些与我同台演出和幕后辛勤劳动的亲爱的战友们,那是多么水乳交融亲密无间呵！

火线剧社把《王秀鸾》演遍了冀中的各个分区,后来,各分区和各县、村剧团都广泛演出了这个戏。群众反映说:"你们把戏演活了,就像俺们村的故事,每个角色都对上号了!"《王秀鸾》的歌声到处流传,飘荡在整个冀中平原上。群众说:一出《王秀鸾》演活了,千千万万王秀鸾式的英雄人物成长起来！王秀鸾,在当时的冀中平原,已是妇女组织起来带头参加田间生产的一面旗帜,是烈、军、工属生产自救、不依靠政府代耕的光辉榜样,是开创新时代的优秀妇女的典型。

王秀鸾呵！王秀鸾式的英雄的冀中妇女呵！你们承受着民族灾难的最大痛苦和最大负担,你们对冀中平原生产建设的恢复与发展,对于抗日民主根据地的开辟与巩固,对于争取抗日战争的最后胜利,做出了多么巨大的贡献呵！在那硝烟弥漫战火纷飞的年代里,是你们送走了丈夫,送走了兄弟,送走了儿女,送走了你们最亲最亲的亲人！你们遭遇过一切敌人残酷的掠夺与屠杀,还承担着后方的一切生产和支前工作,一直坚持到战争的胜利！一直坚持到全国人民的解放！一直到社会主义革命和社会主义建设的今天！我一想起你们,我就激动,我的心就久久的不能平静下来……

王秀鸾呵王秀鸾！你不愧为从抗日民主根据地成长起来的巾帼英雄,就是在建设社会主义的今天,你的光辉形象,你高尚的道德和情操,仍然是我很好的学习榜样！冀中！大平原！我的第二故乡！我是多么想念你呵！

一九八〇年十二月十二日

（摘自《火线剧社在冀中》）

附录：母亲刘燕瑾和凌子风

王端阳

早在很久以前我就听北京电影制片厂的人说，凌子风和很多人都讲过：刘燕瑾是他的第一个情人。刘燕瑾就是我的母亲。我听到后，也不好向母亲打听，只是记在心里。

以后我和凌子风接触过几次，1993年初我还到他家里采访过他，写了篇《老夫聊发少年狂》的文章。我们谈话的内容，早就超出了采访范围，当然也谈到我的母亲，他说她当时是冀中最漂亮的女演员。但始终没提到所谓"情人"的事，只是在我告别时，他说："问你妈妈好！"

后来再没见他，只是间或从默默那里听到他的一些情况。默默是著名作家海默的女儿，海默在"文革"中被北影厂的造反派活活打死后，凌子风一直关照她。她和凌子风也是没大没小，都是直呼"疯子伯伯"。凌子风住院的消息就是她告诉我的，我说去看看他，她说医生和凌子风第二任夫人韩兰芳不让人随便看他。当然她随时可以去陪他。接着她告诉我，疯子伯伯好几次在只剩下她一个人的时候对她提到大刘阿姨（即我母亲）。

1999年凌子风去世后，默默帮助处理后事。她曾打电话问我家的地址和邮编，好给"大刘阿姨"寄讣告。可直到凌子风的追悼会开过之后,我母亲也没有收到讣告。我问默默怎么回事?她说她列了一个名单,"大刘阿姨"在第一个,不知为什么没寄。后来她查了一下,有好几个"阿姨"都没收到。我也不再多问。

这事我和妈妈说了,开始她没吭声,但看得出,她很激动。沉默了一阵儿,我试探性地说凌子风在病危时曾多次和默默提到你。这时妈妈再也忍不住了,开始断断续续地谈起她和凌子风之间曾经发生过的事……

1937年7月,我姥爷作为二十九军的军医遭逢卢沟桥事变,从此就杳无音信。当时我母亲正在女二中上学,父亲"失踪"后,因交不起学费,就停学在家。第二年她的叔叔来北平买药,顺路来到家里。她叔叔刘觉非参加过一二·九运动,当时在八路军冀中军区卫生部工作。他见母亲在家无学可上,就把母亲带到冀中,进入火线剧社。那时母亲才十五岁。

1941年初,火线剧社准备排曹禺的《日出》。冀中还从来没有排过这么大型的话剧,到哪里去找合适的导演呢?这时有人提到了凌风(即凌子风),说他刚从上海出来,见过大世面。可他在西战团,不属冀中军区领导,于是通过组织关系将他请来。

我母亲在《日出》中演顾八奶奶,他们就这样认识了。我问她什么时候开始谈的恋爱?她说记不得了,但可以肯定的是,就在《日出》的排演中,他们彼此产生了好感。那时我母亲十八岁,凌子风比她大六岁。

排演完《日出》后,凌子风返回西战团。以后西战团要去延安,他要求我母亲和他一起去延安。我母亲同意,于是向组织提出结婚和去延安的要求。但组织没批准,理由很简单,当时谈恋爱是要经组织批准的,他们事先没有报告,是违反组织原则的。另外凌子风是从"国统区"来的,还不是党员,而我母亲已经是党员了。在随后的整风中,我母亲也因此受到一系列的"整顿"。

他们只能服从组织。临走时凌子风让我母亲等着他,他也等着我母亲。后来冀中的形势越来越残酷,信件也就断了,但我母亲一直等着他。再后来就听说凌子风和一个老红军的遗孀石联星结婚了。

解放后,在第一届文代会上他们又见面了,凌子风对我母亲说:我真对不起你!我母亲骂他:你混蛋!他说没办法。他觉得对不起我母亲,很内疚。我母亲对他说:你就背着吧!

后来听默默说,疯子伯伯说过,石联星是组织给撮合的,她是老红军的遗孀,本人也是老红军,他没办法。他挺后悔的,可是已经晚了。

提起这些往事,我母亲仍然很动感情,但她更怀念的是冀中那战斗的岁月。她说,那可是个火红的年代,冀中物产丰富,群众觉悟高,一进屋,老乡先给抓把花生、大枣……

关于凌子风的事,我母亲就谈了这些,我再问,她都说记不清了。我不知道她是真记不清了,还是不想说了。不管怎么说,我母亲对那段初恋的回忆是美好的,尽管以后的结局不那么愉快。

2012年1月14日我母亲突发脑梗去世。在妈妈的遗物中有两样东西特别引起我的注意,一个是四本从1943年到1947年的日记,一个是凌子风给我母亲的八封情书以及照片。这一下,那些被岁月淹没的细节又浮现出来。为了保持原汁原味,我还是把日记和信的原文呈献给读者。

为了阅读方便,我只做些简单的注释。

1942年日寇"五一大扫荡"后,冀中军区撤到太行山区,火线剧社也被打散,于7月陆续向北岳集结。1943年1月晋察冀边区第一届参议会在阜平县温塘村召开,凌子风参加了会议,会议期间还演出了话剧《日出》和《把眼光放远点》。由此可以推断出母亲和凌子风最晚在此期间重会。

1943年3月16日

昨夜梦见了凌风,他从一个两旁长着白杨树的山坡上,穿着一身湛蓝色的外衣,孩子一般的跑了下来,紧紧的握着了我的手。他的脸上突的第一次浮起了褐色的兵士的泛潮。就在这一秒钟,我陶醉在一股甜与热的情感里了。我没有讲话,因为还有急的工作等着我,我离开他了,不远,在背后传来了钢样的声音:"××,待会我和你谈谈。"

在此之前,凌子风于3月3日曾给我母亲写过一封信,表达了自己的爱情:应该先告诉你:我是爱着你的。……我觉得我自己已经爱着你,自然我也因之想到很多问题。我认为我们相爱是很适合的,我不但对你产生了爱,而且产生了美丽的前途和理想。接着在3月17日的信中又写道:天黑了,我不写了,我等待你的信,你知道,我等得很急,我接到你的信才会快乐,因为我爱你。

3月20日

C.R和我谈关于凌风的事,我无法答复,我完全处在一种心灵矛盾的斗争里。

3月30日

清晨就接到了凌风的信与两本书,的确是太关心我了,可是我又感觉到没有办法回答他。早饭后写了一封回信,只谈到我个人的学习以及生活的情形。

凌子风在3月31日复信中说:是三月三十一日接到你的信。我的手也在抖着,心也在抖着,你想呢? 我很愉快……让我在我们来往中使你更深的认识我,我也去了解你。让我们"双方"的爱情滋长吧,而且我是很坚强的爱着你。现在我很愉快,并且感到幸福,怀着希望。……而在4月3日的信中,他还把自己珍藏的一张照片送给我母亲,并叮嘱道:我与牧虹同志合照的像,是过去拍的,在南京戏剧学校,就这一张了,别弄丢了!

这张照片我母亲一直保存了七十年,至今还在。

4月12日

接到了凌风很早的信(三.三),谈到很多问题使我感叹。他也决心下功夫了,是的,应该这样,让我们竞赛吧,看谁的进度收得效果更大些。

更谈到关于我们关系问题,这使我真不知从哪说起,我准备向管林询问真情。

总之我接到他的信是感到有一种很不自然的情绪,但是这里面却包含着兴奋,愉快。

看得出,此时我母亲还处于矛盾之中。当时在火线剧社内,追求过我母亲的人很多,其中就有黄枫。黄枫在1942年的"五一大扫荡"中被俘,都以为他牺牲了,4月20日他突然回来了,自然引起一些骚动。虽然我母亲已经和他"断绝"了"恋爱"关系。可是指导员仍找她"谈话",对她进行了批评。因此我母亲在4月27日的日记中发誓说:在我没结婚以前,对任何男人都不应太真诚、热爱、坦白、直爽,因为他们受不住,总会有其他想法或行动,这样会害人。我为什么要害人呢?……在抗战过程中我是绝不结婚的。

但是她的"心"没有死,而是采取了"沉默"。

五月份开始反扫荡,环境是残酷的,其他自然都放下了。

5月25日

接到了凌风寄来的《山》(三期),该后边有一封长信,我冷静的等待着,一切的问题我全想到了应付办法。

夜里做了一个奇异的梦:许多的青年,强壮的勇敢的青年,在拼命的追逐着我(当然有许多我是非常不认识的)。

在无际的平原上,我飞快的跑着,后边有一个人在追逐着我。

在辽阔的海洋上，我像生了翅膀一样翱翔着，后面也有人在追赶着我。

在无边的沙漠中我跋涉着，后面也有人使我喘不过一口气。

我急了，爬着绝崖陡壁，他们也爬上来。我大胆的跳下来，他们也向下降。我转着胡同或旋绕的最高楼，虽然一刹间可以看不到人，但几秒钟过后就又赶来了。我化着装，用了各种方式方法隐藏，结果只能取得很短时间的效果，一会便又被人发觉了。

我喊着，闹着，我要自杀了，因为我是不能让他追上的。也不知道为了什么，但是利用各种方式方法也死不了，结果最后被一个最强健的人，把一只手臂拉着了。我疯狂了一样的喊叫着，想把这只手臂用刀断下来，但是强有力的他，却一把将我按下，我拼着最后力气大吼一声，醒了。完了，一切全解决了，原来我在做梦。真好玩啊，弄得我筋疲力尽，全身都很没力。就这样疲惫的躺着，一直躺到天明，还没恢复过来。

好奇异的梦呀！

从这篇日记可以看出，我母亲已经被凌子风"俘虏"了。

可是到了6月，又开始整风，我母亲的恋爱问题又成了重点，上升为"不良倾向"，并和"党性"联系上。她不断地交代、反省、检讨、接受批判，不仅是黄枫问题，还涉及凌子风问题。结果是那么争强好胜的母亲被打"蔫"了，自己给自己戴了不少"帽子"，并下了这样的决心——

6月26日　黄昏

我下了最后决心，这次不仅解决 X.F 问题，而同时也解决了凌风问题，我再不愿被这问题所烦绕了，我要解脱得一干二净。斗争就要彻底，矛盾就需要统一，所以我决定这样去做。

我不应该再被恋爱所纠缠，也不应该再让它消耗去我差不多五分之三的精力。我不应该再任性的随便的接受某一个人的爱，也不应该只凭了自己无定型的思想、感情、嗜好,去爱一个人。这也即是说让我爱情的火焰暂时的熄灭。

……

而在今天,当一个纯洁的、无知的、幼稚得可笑的少女的初恋,遭到了这样的不幸,已经够痛苦的了。如果还不接受这次经验教训,仍然这样单纯的、大胆的、错误的和丝毫不顾忌自己的前途、事业、影响的做下去,那将来会怎样呢? 请问!

可就在这时,我母亲收到了一个月前凌子风从雁北发来的信: 瑾,从你的信上,我更清楚了解了你,我更爱你,你提出的问题是正确的。在这方面能看出你的精神,那是一个共产党人的精神。你是一个好同志,党性坚强的布尔什维克,让我们紧紧的握手。这封迟到的信来的可真不是时候,就像是嘲讽。

6月30日

暴风雨过后,现在是连绵细雨,我相信有多么狂暴的火气也会被它扑灭的,并且永远不会再燃烧。

早晨接到凌风从雁北来的信,那里仍然在严冬,生活是异乡风味。他说我党性很健康。呕,混蛋,简直是不了解我! 我的党性最不纯,意识最坏了,所让他感到好的只是表面的东西,实际上满不是那么回事!

我爱情的火焰是再也燃不起来了!

从此之后,我母亲有七个月没有写日记。直到1944年初才在日记本上写了几行诗:

安静吧,我的心,它已经缭乱了六七个月!

清醒吧,我的头脑,它不应再被苦闷所昏迷!

睁开吧,我的眼睛,看一看这新的潮流新的环境!
……

这一阶段剧社开始排练、演出、下煤窑、体验生活、整编……我母亲在紧张的工作中也渐渐恢复过来,他和凌子风又见面了,爱情的火焰也"死灰复燃"了……

1944 年 3 月 8 日

我们路过西战团,感受到了他们的热情……

晚上凌风告诉了我突如其来的事情,太突然了,真是我所意想不到的,他们要到很远很远的地方去了,他们要很长很长的时间去下乡,他并且争取我到他们团体去工作。我犹豫,我畏缩,我还需要好好考虑……最后我却答应了他……但是,这只不过是自己的愿意而已,我是一个党员,我还应该绝对服从组织。他已经反映上级了,他请求组织能够允许我和他一起走。

我很高兴我发现了他对于我的爱情的深厚,甚至超过了我对于他的感情的几倍以上,我很愉快。

夜晚和管林四个人睡在一起,谈得很久,我非常兴奋,我兴奋得全睡不着了。月亮把屋里照得非常亮,我看着窗格的花影慢慢的斜过去,斜过去。

这一天,凌子风正式向我母亲求婚,并要带她走,到很远的延安去。但不幸的是,他们的恋爱没有得到组织的批准。原因据我母亲后来说,一是我母亲是党员,而凌子风不是,还是从国统区来的,需要考验。二是军区领导不愿意放我母亲离开火线剧社。而在接下来的整风中……

3 月 9 日

满怀着极大的不安,忐忑的走到了家中,我的脸一进村就烧得通红了,像有一件什么事情将要临头,我也不知我是兴奋还是恐惧。……

天快黑了,我实在再也等待不住,一股劲的跑到了社部。当我一进院子,我立着了,我到底干什么来呢?我怎样讲呢?这些事先我全没有想到,现在当然也没机会来准备了。鼓了鼓气大胆的喊出了一声指导员。他出来了,和往常一样,我不能抑制自己了,我说出了我的话。他没有回答,因为他不知道有这样一回事。没法,我只好又回去。

晚上凌风来了,是那样的冒失与唐突,他向社部说了,但是所引起的效果是那样坏。因为他没有经过一定的组织手续,剧社的组织完全不知道这回事,更没接到过指示。自然事情办的非常不好,我也没办法,只好叫他回去,经过一定的组织关系来解决问题。他很坚决,他说回去一定经过组织把我调走。可是问题会这样简单吗?我们团体的性质不同,我们的上级又不是一个组织系统……

又一个夜晚我是在朦胧之中。

3月10日

剧社的整风正式开始了……

上午文件学习,很好,很合适,这样可以掩饰我自己情绪的不安。我眼睛注视着文件,我也顺着行一个字一个字的看下去,但是我的心却跑到了西战团,我的心在陪伴着他们行军,陪伴着他们谈笑,陪伴着垂头丧气精神痛苦的凌风。

中午我再也忍不住了,这样我怎么能够学习呢?我炸着胆子又找到指导员,向他谈明了。他很不满意,他严厉的批评了我,最后他说他也没有办法,只有等待组织上的决定。……

一直等到月亮出来,下半月的月亮呀,是那样的贼亮而清凉。任何的动静都没有,我深信他们是走了,问题是不能解决了,他们已经走了。

3月11日

　　我的心开始向回收，因为我已经失去了希望，走的希望。毫无问题，组织上一定是不允许，而他也只有随着他们的团体到更远的地方去。

　　但是我很不甘心，我总觉得他还应该给我留下一封信，哪怕是几个字，写明了他的去处，也可以使我安了心。我也可以作长期的等待，等待，我只有等待了，等待着他能够给我留下、留下哪怕是最后的一封"信"！

3月13日

　　组织上正式的做了最后决定：我不能走。

　　我没有任何话可以讲了，我是一个党员，难道我不懂组织纪律？一切的幻想完全破灭了，像坐了几天飞机，今天很直旋的落在地上。我不应该再有任何的希望，组织告诉我还应该慎重的考虑考虑……一个党员和一个群众，这是组织原则问题，我们又是一个党军的剧社，而不同一个群众团体，这样的事情是绝对的不可分辩的。

　　组织纪律呀，打破了那迷人的噩梦！

3月14日

　　有人在暗地里想看我的哈哈笑了……由于我个性的倔强，我的理智，我不愿意让别人看到我的不幸与痛苦，我宁愿"演戏"，我也不愿让别人作为茶话材料。……

　　我哭不得，笑不得，真的，我不知道应该怎样了，我也不知道我现在变成了个什么形态。但是我却了解我现在要是哭，哭不出来，我已经流不出眼泪。要是笑，也笑不起来，我好像再也不会笑出声。

3月15日

　　好坦然的凌风啊！你就不给我一封信，难道你就忘了吗？你就忘了这里还有一个对你有着希望的人！难道你就当真非常安然毫无留恋的走了吗？听说你们要到更远的后方去了,我后悔,如果我们的关系没有进一步的发展——我已经爱了你,那么又与我何干？可是现在你让我怎么办？连封信全不给我！

不,他不会这样做,由于他的忠实,他也绝不会忘记我,他不是一个党员,他有他自己的苦痛,他会给我来信,一定的,再等两天。好,我等着,我愉快的等着。

凌风,我对不起你,如果我知道在你来的那天晚上将是我们最后的一次见面,我为什么不多和你玩会呢？不多和你谈谈呢？我相信你也不会想到这一点吧。你的希望更高,你一定会更痛苦,我知道了。但是凌风,听我的话,你勇敢的走吧,我们都还年轻,日子还长的很。精神上应该愉快,因为我的精神在陪伴着你,更要注意自己的健康与进步。我……请你放心,你也应该放心了。

啊,天啊！我这些话是对谁讲呢？

唉,可怜！可怜他连一个字也听不到了！

天是黑的,地是黑的,交流的空气也是黑的。

只有两只圆睁的眼睛是亮的,发着期待的光。

但是……她是很疲倦了！

3月16日

"大刘,根据你的水准,家庭成分,与你的年龄,你应该是一个很纯洁很健康的人。但是小资产阶级意识在你还是很浓厚的！"呀！像一声雷,像一颗手榴弹在我头上爆炸了……我深深的思考着,为什么？究竟这是为了什么？一个纯洁的孩子会变成了这样的破坏党的分子,会变成了这样的肮脏！

3月19日

反省应该有重点，反省应该抓着要害，这样才能够深刻，这样别人才能够满意……

那么对于我，我应该坚决清算"我的男女关系"。

3月21日

赤裸裸的坦白反省对自己的确是一件非常轻松的事情，但是内心的激烈的斗争、矛盾，也是相当痛苦的。但是"新我"如果战胜"旧我"，那是多么愉快呢！打开反省大门，坦白将是一个最主要的关键。让"新我"迅速胜利吧！我有这样的决心与信心，我争取做示范，我要在这次整风中改变人们对我的印象，改变我的思想。

几天以来我感到非常疲乏，每天早上全睡不醒，晚上又不愿早睡。白天脑子里就没个闲，这真是体力劳动与智力劳动初步的结合，真够受！昨天抬粪的肩，今天还在痛呢！

3月22日

整风、坦白运动在剧社造成热潮，真是我所预料不到的效果，很多的从来就隐瞒着的问题全坦白出来了，墙报更大大的增加了篇幅。真是共产党的伟大呀！有一种看不见、摸不住的力量在促使着每一个人，比一个最纯真的教徒还要诚挚的向党坦白着他的一切。他们的诚挚感动着一切的人，有谁能对这样的运动不严肃呢！谁也知道只有这样党才会给他以力量，他才能得救！

的确，问题是越挖越多，像有这样许多问题，过去全埋伏着，工作怎么能做好呢？剧社怎么能进步呢？同志间怎么能不打架、不骂街、甚至于像仇人一样呢？

凌子风最后一封信只有日期，没有年月，从内容上看应该是这一时期的,因为信中提到:现在我们都在整风……我先应该郑重的告诉你,我对于你,我的爱情没有变,我今天仍旧和去年一样,而且我不但说,并且负责任。在信中他还谈到他过去的恋爱及未入党的原因,似乎在向我母亲解释:我过去恋爱过,我叫别人玩弄过,我恋爱过法国姑娘,我恋爱过一起演剧的女角,我还恋爱过石群……我的组织问题过去自己在认识上犯着绝大的错误,就是小资产阶级的自尊心,我等待党找我。……我的问题要经过党委讨论(支部早已通过了),又因反扫荡和反扫荡后庆祝胜利和生产工作迟了,分局已经和我谈过话,告我没有什么问题,最近便回答我。在信的末尾特别注明:这信看完烧了!这一点我母亲没有做到。

  以后凌子风随着西战团去了延安,他们无法联系,我母亲也就陷于长期的思念与等待之中……

5月19日

  一封寄不出去的信

  ……

  特别应该告诉你的是,我现在已经在深爱着一个人,他也很爱我。虽然他已经到了很遥远的地方去了,但是为了我个人的将来幸福,我是决心等待着他的。虽然我也知道这是一种可能很小的希望,我也曾受遍人们的讽刺、谩骂,可是我的心却无时不飞向那有他住着的遥远的地方,任何人的力量全拉回不了我的心,任何人的爱都使我难于接受。

  你知道了吗?我是在爱着这样一个人,当然他并不特殊,也不漂亮,并且在某些地方很落后,工作能力也不一定高。可是我确在爱着他,我确被他的某些力量所引诱着。

6月1日

  当我看完了三十一日的报纸,我的心急急的跳着,我的精神特别集中,我不知道我是高兴呢,还是悲哀?我哈哈的大笑了一阵,我又偷偷的擦了擦眼。最后我立起来报告给别人这样的消息:"西战团到延安了……"

9月7日

一批一批的同一战场上的伙伴,在向着延安跋涉。果然我们剧社也有两人参加了这同一的行列,我再也维持不住我自己的安宁。

一次又一次的我在做着思想斗争,斗争的很激烈。结果我再也忍耐不住了,我向组织上提出了我的要求。

我给凌风写了一封信,我热望着它能代表着这颗破碎的但是年轻的心,一直到他面前。

9月12日

又入到温塘中洗硫磺澡,但是彼时此地情景易分,回想起当边区第一届参议会的时候,每天的温泉澡,洗得分外舒爽。而今天再怎样消毒的硫磺泉,也洗不愈我心头的创伤,因为它是太痛楚了!

凌风啊!忘记了吗?就在这同一地点的第一届参议会,你是怎样纯洁的试探的谈说着你的爱情,当时屋外下着雪,天上没有一个星,礼堂里没有一盏灯,礼堂里的炉火正烧得通红……另外就是你的两颗明亮的眼睛。

1945年3月8日

……我想起了在三百六十五天以前的今天,我想起了大风沙的白日,我更想起了上弦月的半阴的夜晚,我想起了我最知心的朋友,我更想起了最爱我的人……唉,悠长的三百六十五天呀,你在经历着多么大的变化啊!这悠长的岁月是用痛苦和悲哀充实起来的,这悠长的岁月是用眼泪所洗过的日子。天哪!难道是容易熬过来的吗?可是今天,以后,还要坚韧的熬过去。……

10月5日

　　有的人又在和我开玩笑,说延安的文艺工作队已经出发,并且不久即将来临华北各解放区,有的人并说凌风也会到冀中来……

　　他们对我说的全是希望,可是我自己却没有这样高的幻想,我总觉得那将是不可能的事情。假使他真的回来了,那对于我就是天上掉下来的幸福,同时我又那样想,当真的他回来了,可是却带来了另外一个她,那他倒还不如不回来,因为那样我会更痛苦。……

10月12日

　　黄昏的时候,我们又进了固安城。在街上看见了许多从遥远地方征来的旅客,穿的很破旧,精神非常疲倦,这引起我很大的好奇心。我总想知道他们究竟是从哪里来的,到哪去?我大胆的问了一个人,他为了保守秘密,不肯直接说出来。我又问了一个,仍然没有满足。可是我还不甘心,再问一个,又没结果。一个又一个,最后根据几个人简短的模糊的回答和我们自己的推测,确定他们大概是从后方延安或晋西北、或晋东南来,而到东北去。去的方向是确定无疑的了。于是这群人又引起我许多烦恼与希望。我烦恼的是这群人中我没有一个相识的,而我的希望也即是多久能有这么一天,也在同样的相似的一群旅人中能看见我朋友的归来。

　　"归来吧,照耀我的前程,……归来……归来!"

11月9日

　　一个突然的消息,使我一夜都在朦胧之中,即是"听说凌风从后方到敌后来了,还有许多艺术工作者"。你想一个满怀幻想的人哪里能听到这样的消息呢?我兴奋着,我一天都特别愉快,好像有什么东西得到了支持,如非常干渴的人得到了一碗开水,真所谓"如大旱之望云霓",我说不出这是一股什么感情。老天爷,你真的还在睁着你的眼睛吗?

我跳跃,我歌唱,因为我得到了希望!

将近两年过去了,这是一个少女苦恋的两年,可漫长等待的结果却是……

11月10日

白白的高兴了一天一宿,事实是完全相反的。昨天只不过是人们开玩笑,而今天由延安到新四军的文艺干部来到了我们社部……他说:"他们说……说……凌风结婚了……"啊,我……我……呆着了,我不相信这会是事实。我听着,我点着头,我久久的沉默着,我能说什么呢?真像空中的一个暴雷,把我吓得目瞪口呆了。同志们大概看出了我的脸色就尽量的拉扯闲话。可是同志们的安慰越多,我的心就越乱了。我真的抑制不住自己,我想哭,当眼泪涌到眼圈里的时候,我转了一个身把它咽下去了。我怎能哭呢?在这样许多亲近同志包围之中,我是不会表现那样脆弱的。因为我还虚荣,并且我还应该尽力表示无事,口中直说:"结就结吧!谁能管着谁呢?再说相隔这样远,我们又没海誓山盟过……"极力解释又极力抑制,直等汽车来了,我们全上了车。因为是从霸县出发,到了新镇又上了船,我都是在沉默着。

到舱里,我躺在木板上,身上蒙上了大衣,我真的哭了出来。一幅一幅的回忆在我脑子中映演,过去……现在……以及将来……

心里头是愤慨,是埋怨,是嫉妒。

"凌风,你害得我好苦啊!"

11月11日

夜里,凌风悄悄的走来了,头低到胸前,沉默着,连出气的声音都没有,两手在玩弄着衣角。可是我却疯狂的唠叨着,我也记不清我话句的前后,反正我是尽情的发泄了怨恨。

"凌风,你好狠的人啊!我真没有想到在这一年多的过程中,你就这样变了。一年多,仅仅一年多啊!你就又爱上了别人,你就不能等待了啊!自然,你会说'环境的变化啊,离得这样远,你又没给我写信'。可是你就不想想你过去说的话吗?你难道对一个人就遗忘的这样快吗?你就不想想在这一年多的过程中,大刘是怎样等待着你啊!你知道她经过多少波折吗?你想象得出来她是怎样为你而保持她的自由啊!她费了多么大的努力、压抑、镇静、理智来击溃了无数次的进攻,而取得了这自由。是的,她现在是'自由'的,因为她还没有结婚,更没有找到新的爱人。可是你……你……凌风,你对不起她啊!她为了你拒绝了多少社会上有声望的人,她为了你强制自己的感情而丢弃了在感情上她所喜爱的人,她为了你割除掉青年同志的友爱,她为了你给许多文艺工作者(有权威的)以永久的绝望,她为你……凌风,你会想到有这样许多经过吗?也许你会说她是傻子吧?不,凌风,我不傻,我对你的等待足证明我对你的忠实。我对你的喜爱是因为我对你有过美丽的幻想。我没有结婚是因为我既然爱过你,那么我就应该对我爱过的人负责任,这证明过去我对你并不是欺骗。可是这一点你却没有做到啊,你对你爱过的人并没有负起责任……

"凌风,我太难过了,你自然不会了解一个失恋的人是怎样痛苦啊!尤其对一个初恋的人,也许你不相信,说老实话,对于你,我真是第一个自发的主动的自然的恋爱啊!可是你却不能接受,因为恋爱对于你已经是一件平凡的事了。这也正是一个初恋者和一个多恋者不同的感情啊!你……你自然不会了解……好,你走开吧!否则我会更痛苦,我就不应该见着你。你……你……快走!……好,你不走我走!……凌风,你好好的生活吧,你不要为了我这些话而悲伤,你知道我始终在爱着你,你的幸福也即是我的幸福。你去吧,祝你们夫妇生活过得更愉快,更甜美,好为党为革命尽更多的力量。

"我不哭,我为什么要哭呢?……难道我就这样脆弱无能吗?我不,我一定要好好的工作、进步、学习,再过两年,一定的,我一定不到二十五岁不结婚,只要我努力,我相信我不会找不到一个更好的爱人……我为什么要哭呢?凌风,你看着吧!哼,大刘……"

突的一下,船搁浅了,水手在拼命的撑船。"突突"的沉重的脚步声把我震醒了,原来刚才是一场梦呓。唉,可是醒时的痛苦就更是有意识有感受的了。

1946年3月8日

三八,是一个苦痛的日子,你为什么又要来临?难道你就忘记了两年前的今天!今天,爱人已经结了婚,听说还已经做了最便宜的爸爸。凌风啊!难道大刘就不能给你生育儿子吗?难道我就不能满足你的一切?你,你,摧毁了我的青春时代啊!我为你,从那一天一直孤独到现在啊!凌风,你有良心吗?……我,我还有什么好说的呢!……凌风!……

只祝你们夫妇生活的快乐!

……我……我……我好像也应该打我自己的算盘了。唉,组织啊!……

此时凌子风已在延安和石联星结婚,石是老红军的遗孀,带来一个女儿。

3月24日

下午我正在看望着病倒的付林,忽然来了一个人,一掀帘子便嚷:"鲁威回来了!"……

等到吃下午饭的时候,我在伙房见着了他……

他又说看见了我所爱过的人,以及她的孩子。哎哟,真像针一样的刺的我心口里痛。心里搅搅和和的非常难受。唉，大刘，难道你对他还有感情？还有幻想？"不，没有，没有，已经没有了。战争啊！大刘一切全交付给你了，为你牺牲了！"

我，又是一次激烈的波动。

我，仍在徘徊，徘徊。

5月23日

到这里后就听说有张家口来的文艺人，一打听原来是张庚、贺敬之、李冰三个同志。这三位艺术界的老前辈的来冀中，当然会对我们冀中文艺工作有更多的贡献与帮助。但是他们又使我联想起很多往事，特别尖锐的即是想到凌风。

他，一九四〇也曾到过这丰沃的冀中平原，也曾给予平原上的人民以新的文化食粮，和一种不可磨灭的记忆。但是他却永远的不会回到平原上了，对于平原他是一个叛逆者啊！

凌风，什么是你的誓言呢？肥沃的土地，丰富的斗争，善良而强悍的群众，难道都不值得你一回顾吗？唉！什么时候能在我的记忆中清除掉你的印象呢！

这年的6月12日，我父亲王林开始追求我母亲。我父亲是火线剧社的第一任社长，此时任冀中文建会副主任，他们早就互相知道，而且在感情上都经历过挫折。经过两个月十二天的"磨合"，于8月24日结婚（这段经历在这里就不谈了）。但是留在母亲心上的"伤疤"，还不时会被揭开……

8月10日

是一件非常偶然的事情，别人拿着凌风与他爱人的合影，非叫我看一看，当然我也很想看一看。

但是当我看见他们两个是那样甜蜜的微笑着的时候，我的心突的痉挛起来了，说不出是一股什么样的感情充满了我的血液。我用颤抖着的手轻轻的把像片马上交给别人，极力的抑制自己，唯恐别人看出马脚来。我太难过了，是一个怎样的姿态啊！我感觉他们在向我示威，在向我炫耀，是一个胜利者对于他的颓败的对手的骄傲的微笑啊，是一个对于战败者的鄙视而讽刺的微笑啊，我……我低下头来了，我看着我那高凸着的乳房的急剧起伏的波线，在它后面我想看出究竟是一个怎样的刺剑在刺痛着我的心。我想看见它呀！

我是嫉妒吗？不，我还有什么可嫉妒呢？现在又有人在爱我了，并且比他对我的爱更深更浓。可是我这一口怨气到什么时候才能发泄、才能出完呢？我是太怀恨了。

我恨他对于别人太不负责任，我恨他对于爱情不忠实，我恨他没有一个共产党员的品质，我恨他更缺乏一个革命者的道德，我恨他……

总之，我恨他害得我好苦！三四年的时间我给他以希望，我给他以等待，我为他错过了不知多少美妙的机会，我为他受过党内组织的处罚，我为他让别人打击得把性格都变成了"沉默"，我更为他耽误了我的青春，而现在他却向我那样微笑着，唉……

我不服！好，凌风，你等着瞧吧！大刘不是一个甘心堕落的人，我还年轻（起码比她小五岁），在四五年的过程中，我要做出个样来让你看看，我快结婚了，结婚以后在我的情感上会更稳定。同时他也可以帮助我，我要安安静静的埋头干事业，将来我非要造成一个"你后悔的时候"的到来，到那时候，我也会向你要着一个同样的微笑！凌风，警惕吧，我现在已经开始和她默默的竞赛了。

晚上，躺到蚊帐里，翻来覆去的睡不着，这个问题来回的纠缠着，一会儿起来跑到院子里坐会儿，因为再躺不下去了，一会儿就又回到屋里。月亮本应该很明亮，今天却浑浊得不行。唉，又是多半宿失眠！

10月24日

在一座辉煌的剧院里的一层楼上，我上到了最后一磴，顺着扶栏望去，忽然看见一个高出于别人的身影。我和别人一起走过去了，因为好似在开一个联欢会。可是当我走近了，离他还有四五步远，我就再也不能往前走一步了。他原来就是凌风啊！他在微笑着吃着皮糖，并且见我来了，忽然走近来要向我握手同时递过了一块糖。天爷，我能够接受吗？我呆看着他，他好像也有些窘，于是把糖收回去了。我只向他摇了摇头，没有说出一个字我就跑下楼去了。楼下我们剧社的人们正在化装，因为在准备游艺节目，正好没有我的角色，于是我跑到一间没有人的屋子，趴在椅子上就哭了，哭得是那样伤心啊。突然一只非常大的手把我的肩膀抓着了，我抬头一看原来又是他，我用力一挣，猛的清醒了，哎呀，原来是一个梦啊！梦，好新鲜的梦啊！这是一种什么样的思想感情呢？时钟刚打十二点……

从梦中醒来以后怎么也睡不着了，翻来覆去，想这又想那，唉，大刘，你就是个苦命人啊！天下还有比你更不幸的吗？

……

11月19日

当我们演完戏时，仲卫告诉我关于凌风的情形，真使我太难过了。她说凌风并没有忘记我，随时随地在向别人谈起我的问题，他并公开向组织谈出要调我过去，同时中央局也向冀中打过几次电报，可是他一直没有得到我一点消息，别人曾几次给他介绍爱人，他全拒绝了。因为他在等着我呀！可是后来一直没有消息，他生气了，觉着我已经变了心，于是在大家与组织的帮助下，他便爱上了一个他过去的同学。他当时是非常勉强的，因为她比他大，她又已经有过一个孩子，现在已经七八岁了。可是他又有什么办法呢？得不到我的消息啊！哎呀，这样的消息能叫我不伤心吗！我后悔，我后悔我当时太怯懦了，我为什么那样一点勇气全没有呢！凌风，你等着我，可是你可知道还有比你更"望穿秋水"的人吗？你等着我，还是你先结的婚啊！你等着我，你却先肯定你的爱人了……回忆像毒蛇一样纠缠着我，我痛哭了一场。这是真真的衷心的悲伤啊！凌风，你对不起我，我太冤枉了！

  日记真实地记录了我母亲和凌子风那段令人叹息的经历，我还有什么说的呢？

  当我母亲听到凌子风去世的消息，她流了泪，这眼泪也为他们的关系画上了一个句号。

2014年3月　三稿

火线剧社 女兵日记